傅书华 著

边缘之思

关于中国现当代文学的个体言说

山西出版传媒集团
山西人民出版社

图书在版编目(CIP)数据

边缘之思：关于中国现当代文学的个体言说/傅书华著．— 太原：山西人民出版社　2013.12
ISBN 978-7-203-08460-0

Ⅰ.①边… Ⅱ.①傅… Ⅲ.①中国文学—现代文学—文学研究②中国文学—当代文学—文学研究 Ⅳ.①I206

中国版本图书馆 CIP 数据核字(2013)第 320913 号

边缘之思：关于中国现当代文学的个体言说

著　　者：傅书华
责任编辑：吕绘元
装帧设计：王聚金

出　版　者：山西出版传媒集团·山西人民出版社
地　　　址：太原市建设南路 21 号
邮　　　编：030012
发行营销：0351-4922220　4955996　4956039
　　　　　0351-4922127（传真）　4956038（邮购）
E-mail：sxskcb@163.com　发行部
　　　　sxskcb@126.com　总编室
网　　　址：www.sxskcb.com

经 销 者：山西出版传媒集团·山西人民出版社
承 印 者：山西省教育学院印刷厂

开　　本：787mm×1092mm　1/16
印　　张：18.25
字　　数：269 千字
印　　数：1—1000 册
版　　次：2013 年 12 月　第 1 版
印　　次：2013 年 12 月　第 1 次印刷
书　　号：ISBN 978-7-203-08460-0
定　　价：35.00 元

如有印装质量问题请与本社联系调换

目录 CONTENTS

第一辑

大时代呼唤大国文学 …………………………………………… 3

"十七年文学"中的个体生命碎片摭谈 ………………………… 9

浅述政治时代小说世界里的情爱描写 ………………………… 21

"人的文学":赵树理的文学创作之魂 ………………………… 24

一代女学人的心路历程与文学批评之路
　　——刘思谦教授学术人生述评 …………………………… 33

官员古体诗词写作的意义 ……………………………………… 48

永远还非常远 …………………………………………………… 52

祈盼与呼吁
　　——写在《中国传统文化与未成年人精神成长丛书》出版之际
　　…………………………………………………………… 56

何为文学名作 …………………………………………………… 62

关于"母亲"的批判与反思 …………………………………… 67

第二辑

山西文学　山高水长 …… 75

山西长篇小说引论 …… 81

启蒙　革命　战争变奏曲
　　——《山西百年散文1919—1949年卷》导语 …… 91

单纯与激情的时代叙事
　　——《山西百年散文1949—1976年卷》导语 …… 97

山西中短篇小说创作的风向标
　　——以山西省2012年中短篇小说创作为个例 …… 103

黄土地上的七色花
　　——读《黄土地与芬芳——山西女作家走山西·散文选》… 122

山西的厚重　厚重的山西
　　——读《厚重山西》 …… 130

第三辑

林鹏思想随笔摭谈 …… 137

旷世的绝望　个体的悲凉
　　——读《张马丁的第八天》 …… 142

新世纪中国女性长篇小说写作的新进展
　　——读《羊哭了,猪笑了,蚂蚁病了》 …… 151

对一代人精神历程的评析
　　——论李骏虎的小说创作 …… 161

修复现代人的人生感受
　　——读李燕蓉的《有风从湖面掠过》 …………………… 174
当代文学家身影的价值
　　——以《山西文坛十张脸谱》为例 ………………………… 179
让古代圣贤与现代民间个体生命直接相遇
　　——读《被误读的〈论语〉》 …………………………………… 184
对中国乡村的"小历史"叙事
　　——读《坚锐的往事》 ………………………………………… 189
对远去歌魂形神兼备的呈现
　　——评《夕阳下的歌手》 ……………………………………… 200
论研究区域民俗文化的意义 ……………………………………… 207

第四辑

古典诗词世界中的社会价值流程与生命价值流程 …………… 215
中国现代文学中的漂泊主题 ……………………………………… 225
人生的"蝴蝶效应"
　　——鲁迅、梁实秋青少年时期对其人生成就影响之比较 … 243
接受视野中的巴金 ………………………………………………… 258

未必清醒的反视（代跋）
　　——我的文学批评自述 ……………………………………… 274

第一辑

大时代呼唤大国文学

「十七年文学」中的个体生命碎片摭谈

浅述政治时代小说世界里的情爱描写

「人的文学」：赵树理的文学创作之魂

一代女学人的心路历程与文学批评之路
——刘思谦教授学术人生述评

官员古体诗词写作的意义

永远还非常远

祈盼与呼吁
——写在《中国传统文化与未成年人精神成长丛书》出版之际

何为文学名作

关于『母亲』的批判与反思

大时代呼唤大国文学

我们今天生活在一个大时代。

所谓大时代,有四层含义:其一,中国社会结构正面临着千古变革。鸦片战争之前的老中国,学界公认是一个超稳定的社会结构。这一超稳定的社会结构,在经历过了做何种选择的百家争鸣的春秋战国时期之后;在经历过了以农耕经济为主要经济方式的中国传统社会结构终于形成的秦帝国,及将这一社会结构其生机活力发展到顶峰的盛唐时期之后;在经历过了新的商业经济初步形成的北宋时期,及一度中兴的明代但终于因为两次异族入侵导致这商业经济滞后于西方导致农耕经济山穷水尽之后,终于因为自身律动的需求,而以与西方冲突为表面征兆为契机,轰然崩溃,从而告别老中国,步入了现代中国的历史进程。

西方社会结构作用于现代中国历史进程的途径有三:一是资本经济模式。在历经洋务运动的技术革命、辛亥革命的政治革命、五四运动的思想革命之后,西方资本经济终于在20世纪20年代末在中国初具规模,但伴随20世纪20年代末全球性资本经济危机的发生及自身内在矛盾、内在危机的激化,资本经济模式终于于1949年在中国大陆全面崩溃。二是以苏俄为主体的社会主义模式。这一模式在20世纪30年代全球性的红色革命中诞生,1949年在

中国大陆取得了全面胜利,之后在20世纪80年代调整自身内在矛盾、内在危机中,迎来了对这一模式的重新认知与实践。三是日本影响。日本的社会结构深受中国盛唐影响,但在明治维新之后,日本脱亚入欧,形成一种东西方融合体,并从官方民间、从武力侵略的极端方式到政治交流等多种途径影响中国。中日关系的微妙性、敏感性远远大于中国与其他国家的关系,其因概出于这种历史的近缘性。

在中西各种社会结构完成了各自对中国的影响之后,中国的社会结构可谓正面临着千古变革,所谓中国目前的现代自由主义、威权主义、新左派、文化保守主义、后现代后殖民主义、民族主义、民主社会主义等各种思潮之争,正是在如何应对这种变革中而发生。

其二,中西方历时性演化过程中所体现的价值形态、精神形态在当今中国,以共时性、平面性得以全面呈现。诸如西方希腊神话中的欲望天性,中世纪神谕用天理对欲望的束缚,人文复兴对神谕天理虚伪性的嘲讽及对世俗欲望的价值认可,古典主义对建立满足人的欲望的社会规范的努力与向往,浪漫主义对个体感性生命的张扬,批判现实主义科学性、实证性的对社会的批判,现代主义对认知人与外部世界双重绝望后的孤独感、绝望感、荒诞感,后现代主义放弃永恒追求的瞬间快乐,大众文化消费性的精神快餐等,在当今中国都可以找到与其相对应的价值形态和精神特征。诸如中国传统文化中的儒道互补、天理人欲之辨、修齐治平的理想人格、魏晋风度、明代世风等,单单一个对《论语》的多重性解读,也可看出其与当今中国的血脉相连。诸如民国时期的自由主义、激进主义、保守主义等,单单一个民国范儿也就足以让我们看到其在当今的在场性存在。

其三,当今中国每个国人的个体生存方式、存在形态、价值选择都面临着根本性、结构性的动荡。中西之争、古今之争、传统现代之争、国家个人之争等,都不再仅仅是发生在文化思想层面、政治变革层面、少数精英层面,而是切切实实地发生在每个国人具体的生存方式、存在形态、价值选择之中。这是为中国社会结构正面临千古变革所决定的。而每个国人在如何选择个人生存方式、价值取向中的各种不同,抑或各种困惑,也是当今中国重要的社会特征。正因如此,构成了当今中国空前未有的社会变革、精神演化的深度与广度。

其四,由于东西方各种社会结构、价值形态在当今中国登场的丰富性,也构成了中国在应对过程中所发出的中国声音在全球话语场中的对话分量和对话价值。

大时代呼唤大国文学。大国文学不是经济大国的必然产物,而是因为一个时代全球性的前沿性的精神焦点都凝聚在某个国度并对此做了充分揭示的产物。在东西方曾经相互疏隔的时代,大国文学曾经以地域性标高的形式出现,诸如人文复兴时期的莎士比亚、工业革命时期的巴尔扎克、西方东渐过程中的俄国文学、作为中国传统社会顶峰时期的精神标志的唐诗、作为中国从农耕经济到商业经济根本性社会转型初期精神标志的宋词等。而如前所述四点原因,文学大国正在呼唤当今的中国文学。

当今的中国文学,或许应该从以下五个方面回应时代对大国文学的呼唤:

其一,写出当今国人五光十色的丰富人生或者人生乱象:老板阶层的崛起、白领阶层的形成、知识分子的蜕变、官员的焦灼、平民百姓的甜酸苦辣、代际之间的文化冲突、底层群体的辛酸无奈、金钱的光芒与炫耀、肉体的觉醒与沉沦、人生无从选择的困惑与迷茫等。不用观察与体验,这些通过各种社会事件、大路小道新闻、网络媒体,甚至你的人生经历,几乎无时无刻地就发生在你的面前,响在你的耳边,刺激着你的神经。只是要写出其中的来龙去脉、历史缘由、现实成因、情感的深处、心灵的内在、生命的肌质等,就不是那么容易的了。但也唯其如此,才能滋润当今心灵沟通荒芜的心田,满足现代情感共鸣的迫切。

其二,虽然中国现当代文学曾经一度成为演绎先验理念的、形象的社会历史教科书,但这绝不会因此而遮蔽了文学概括、揭示社会形态演化、历史变迁的功能。作为大国文学的中国文学,要通过对各种人生形态的描写,让读者看到中国社会结构在千古变革时的时代风貌、历史性过程,看到社会矛盾、冲突的错综复杂,给读者以认识外部世界和认识历史的价值。

其三,如前所述,中西方历时性演化过程中所体现的价值形态、精神形态在当今中国,以共时性、平面性得以全面呈现。诸如政治说教的无力、欲望的张扬与泛滥、对理想社会道德人格的追求、对社会不公进行批判的呼喊、放弃精神只要养生的文化潮流等。作为大国文学的中国文学,应该对此给以生动的揭示与展现。如此,方能构成大国文学的精神分量和精神含量。

其四,大国文学气象。大国文学可以对人生百态给予高度概括,对社会历史变迁给以深刻揭示,对精神形态演化给以全面描述,但所有这些,固然可以给后人条分缕析的可能,但其自身,却不是如此自我展示的,而是作为一种气象流淌于字里行间。读俄罗斯文学,无论是写苦难,还是写幸福,你都能感受到其中博大的人文情怀;读盛唐诗,无论是写人生穷途,还是写希望之旅,你都能感受到那其中的大气、健康,谓之盛唐之音。当今中国文学,若成为大国文学,亦应该自有大国气象生成于其间。

其五,亦如前所述,由于中西方种种社会结构形态、价值形态、精神形态在中国的在场性使中国在应对中所发出的中国声音在全球话语场中具有了对话性。中国文学作为大国文学在全球话语场中,不是孔子学院的变种,不是中国传统文化的化身,也不是西方文化的代言人,由于历史的际遇,中国的肉身上,烙下了中西方各种创伤的印痕,它所发出的痛苦呻吟、生命呐喊,就有可能获得他国国人的关注与共鸣。

当今的中国文学,做好了回应对自身成为大国文学的历史性呼唤的准备了吗?

当今中国文学的生产力,从价值形态来说,主要由三种力量构成:一种是20世纪30年代出生的人,一种是20世纪50年代出生的人,一种是20世纪80年代出生的人。

20世纪30年代的作家、学者,如王蒙、钱理群等人,他们的文学创作在当今中国文学格局中,不再发生重大影响,但他们的思想资源,却在实际中仍然影响着中国当今的文学创作。他们的优势与局限在于,无论是怀念还是反思,他们与毛泽东时代有着血肉相连的生命性维系,所以,在中国由毛泽东时代向后毛泽东时代做整体性转型中,他们对新时代的提问与对应,有着不可替代的历史丰富性与真切性,他们对自身生命历程的反思程度,直接影响着后几代人对当今时代认识的深刻程度。

20世纪50年代的作家,是中国当今文学界的实际领导者。20世纪60年代的作家,在价值形态上,基本上不出其右,所以,尽管创作甚丰,实力颇强,但也可以归纳于这一代作家的版图之内。这一代作家,生命经历最为丰富,20世纪30年代的作家,曾经作为他们的父兄辈引领他们,但与五四一代作家的对接、与西方现代作家的对接及他们自身的生命成长,终于使他们成为独立的一支,且较20世纪30年代的作家有了更为宽广的价值视野与更为丰富的人生经验,少了些生命经验性束缚所带来的价值性束缚。莫言、李锐、王安忆、贾平凹、张炜、阎连科、刘震云等,他们是当今中国最具实力、最有希望的一代作家。但在当今历史的断裂处,较之五四一代作家,他们没有西方的实际的人生经验;较之20世纪80年代的作家,他们对新的社会形态、人生形态,少了亲缘性,多了历史因袭的沉重。

20世纪80年代的作家,是中国当今文学创作界最为活跃的一代人。他们的生命经验、人生历程、价值观念等,与中国的市场经济同步生成,他们最容易生成中国文学的新气象。但在当今历史的断裂处,较之五四一代,他们没有历史的纵深感,他们也没有20世纪50年代作家的丰富性,这不由得使人疑虑他们创作的厚重性、深刻性。

司马迁的《史记》一向被视为历史书、文学书,也因其中蕴含人生哲学,被视为哲学书。20世纪90年代以来,中国文坛出现了一批对应当下现实价值缺失的现实意义极强的字里行间充溢着深刻思想性的以回忆、记写一度被遮蔽遗忘的历史中的人事的散文作品,因其远追《史记》品格,我们可以姑且将之称为史记散文。此类史记散文,近些年成为了中国文学领域里的一个标高。或许,它们是回应中国文学成为大国文学历史呼唤的尖兵部队?鲁迅曾云,五四时期的文学,小品文的成功是在小说、诗歌之上的。但五四文学的辉煌,毕竟是由小说、诗歌、小品文共同完成的,作为大国文学的中国文学,也将是这样。

(本文原载《文学自由谈》2013年第6期,主要部分刊发于2013年8月27日《人民日报》)

"十七年文学"中的个体生命碎片摭谈

中华人民共和国的建立,标志着中国社会从战争状态转入到了建设时期;从农村进入城市,标志着中国从传统到现代的现代化进程进入到了一个新的阶段。不论这一阶段在这之后还要走过怎样曲折的道路,但在它的起步阶段,转型时期的各种基因已经潜在地形成着、萌生着,虽然这些基因要到新时期之后,才会成长、外显、尖锐化为各种社会形态而为人所注目。正因如此,当我们回首新中国成立初期这一新的历史起点时,我们不得不深深地佩服作家萧也牧对新时代感应的敏感与深刻,不得不一次次地对《我们夫妇之间》刮目相看。

这个短篇小说在发表之时所受到的批判与今天对该作品的重新肯定已为人们所熟知,之所以仍要在此给以细读,实在是因为这个短篇小说因其内蕴的丰富而给了我们可以不断阐发的意义空间,并在这不断阐发中,日益彰显了其经典的位置。

这个短篇小说通过一对夫妻之间日常生活中的冲突,表现了工农与知识分子、农村与城市、传统与现代之间矛盾中的张力,给个体生命在其中的人生选择与价值定位带来了困惑与反思,诸如乡村文明与城市文明、传统美德与现代品格、个人利益的正当性与为群体牺牲的应然性、节俭朴素与物质

享受等。就个体幸福而言,二者之间的关系有着某种二律背反性质:它们在个体幸福的获得过程中,都有着其存在的合理性,但这存在的合理性,又是以否定对方为前提的。当李克随妻子张同志去吃"斤半棒子面饼子,两碗馄饨……一碟子熏肉"时,他就只能放弃在饭铺的享受。面对在饭铺"一顿饭吃好几斤小米,顶农民一家子吃两天"的现状,你不能不承认农村出身的张同志的选择是对的;但面对"机关……每天给每人发一百块钱,到外边去买来吃"的现状,你也不能不承认城市出身的李克在饭铺吃饭的选择也是无可非议的。当"给孩子做小褂还没布"时,你不能不承认作为女性、作为母亲的张同志对李克"身边就留不住一个隔宿的钱……一支连一支地"抽烟的批评是对的;但当李克从农村进了城市,从战争的残酷转入了经济建设的生活时,你还让他如张同志对他要求的那样"在山里,向房东要一把烂烟,合上大芝麻叶抽",就有些不近情理了。确实,李克那时就是这样如张同志所说:"不也是过了?"但难道我们在经济建设年代也还是要过艰苦的战争生活吗?如果是这样,战争的胜利及这胜利所带来的经济建设的生活还有什么意义呢?同理,李克用自己的稿费"买一双皮鞋,买一条纸烟,还可以看一次电影,吃一次'冰淇淋'",是完全应该的;但张同志用这笔钱接济遭了水灾的在农村的家人,也是应该的。特别是他们之所以能进入城市,是与农村革命的支持分不开的。还有,有的事情抽象地看,似乎不存在这种二律背反现象,但放在一定的历史情境中,从现实必然性与历史必然性辩证运动的关系来考察,却仍然如此。确实,"同样是灰布的'列宁装'",城市的女性"八角帽往后脑瓜上一盖,额前露出蓬松的散发,腰带一束,走起路来,两脚成一条直线,就显得那么洒脱而自然",而张同志"怕帽子被风吹掉似的,戴得毕恭毕正,帽檐直挨眉边,走在柏油马路上,还是像她早先爬山下坡的样子,两腿向里微弯,迈着八字步,一摇一摆,土气十足"。但如果你想到没有张同志在农村的革命,就没有今天的城市生活,想到张同志的风姿是一种历史的既定,你还能不承认张同志风姿存在的合理吗?不是在作者以第一人称叙写时,时时通过议论而表达的自我批判中所显示的对张同志的价值倾斜,恰恰是通过这些具体而生动的描述,把这种二律背反及在这二律背反中价值权衡的不定把握表现得淋漓尽致。这样的一种淋漓尽致的表达,还有下列三点是应该给以指出的:第一,作者不是将之放在个体比较重大的社会行为上,如其时许多的作品那样,把自己所要表达的主题通过社会事件给以表现,而是在夫妻之间的日常生活中给以充分地展现,而日常生活是与每一个个体生存关系最为密切的,如列斐伏尔所说"日常生活是每个人的事"①。如此,作者就将这样的一种二律背反置于每一个个体生命面前,成为每一个个体生命都要面对的实际问题。第二,马克思指出:"历史上依次更替的一切社会制度都只是人类社会由低级到高级无穷发展过程中的一些暂时的阶段。每一个阶段都是必然的,因此,对它所由发生的时代和条件说来,都有它存在的理由;但是,对它自己内部逐渐发展起来的新的更高的阶段说来,它就成为过时的和没有存在理由的了,它不得不让位于更高的阶段,而这更高的阶段也同样是要走向衰落和灭亡的。"②他还说过:"当旧制度还是有史以来就存在的世界权力,自由反而是个别人偶然产生的思想的时候,换句话说,当旧制度本身还相信而且也应当相信自己的合理性的时候,它的历史是悲剧性的。"③李泽厚在论述历史进步时也曾指出过:"历史向来是在历史的进步与道德的付出的悲剧性的二律背反中行进的。"④如是,没有张同志在农村的革命,也就不会有新的城市生活,但随着革命进程"内部逐渐发展起来的"新的城市生活出现时,张同志在农村所形成的各种人生准则也就势必要让位于这新的生活了。萧也牧在揭示了这种二律背反现象的同时,又通过夫妻关系及这夫妻关系在作品结束时的和好如初,回避了在这种二律背反中所不可避免的悲剧性现象,表达了对这样的一种二律背反现象给以调和并认为其可以美好统一的良好的主观愿望,虽然这一主观愿望因其对悲剧性的回避而显得天真。第三,但是,这样一种良好的天真的主观愿望的出现又是极为合理的,又是有其深刻之处的。传统与现代、乡村与城市,二者之间有着不可分割的互为对象、互为依存的亲缘关系,萧也牧是通过夫妻关系来对此给以喻示的。在这样的亲缘关系中,传统、乡村的人生价值准则作为对现代、城市的一种制衡补充力量,将在一个更高的层次上,在新的历史阶段中显示出其积极的意义,这正是萧也牧在作品中所表达的良好的主观愿望得以存在的价值依据。这样的一种二律背反现象,在任何社会转型期都会出现。在新时期文坛上,在《人生》中的高加林、刘巧珍身上,在《鲁班的子孙》中的老木匠、小木匠身上,在《老井》中的旺泉、巧英身上等,都有着再次的体现。只是随着现代化进程的深入,随着在这深入过程中矛盾的展开,路遥、王润滋、郑义都不约而同地通过作品主人公的分手,让萧也牧在作品中所体现的将二者调和令其美好统一的梦破灭了。但萧也牧式的天真,在现代、城市日益显示出了其弊端的时候,不更是令人分外怀念的吗?

但是,萧也牧敏感、深刻地对这种二律背反现象的揭示及其在揭示中所表达的价值困惑、美好愿望,并没有在"十七年小说"中得以延续,由于传统惯力的强大,由于现代社会结构构建的缓慢,在"十七年小说"中,更多的是对传统、农村文明及文化的讴歌,对现代、城市文明及文化的批判,但也有个别的偶然的例外。张弦的《上海姑娘》(又名《甲方代表》)⑤就是其中一例。

这篇小说中的男主人公黄野及其所生活的环境,可以被视为是传统文化的代表。传统文化由于其源远流长,所以,沉浸在传统文化中的人,总是对其深有感情,倍加看重,并由此形成了某种封闭性、排他性,黄野也正是这样:"不论什么样的人,男的或者女的,漂亮的或者不漂亮的,也不论在什么地方,饭厅或者公共汽车上,俱乐部或者百货公司里,只要我听到在说本地的坏话,我总会突然地生起气来,总会对这些人讨厌起来,甚至想上去和他们辩论一通,吵上一架。""对于上海人,我总有一种不好的成见。"传统文化惯力的强大与可怕还在于,黄野并"不是本地人",而且还是一个受过现代教育的技术员;对于异质文化,尽管说不出有什么不好,但就是排斥与不接受:"一谈起来,'上海姑娘'就是这样的,这就是'上海姑娘'!——结论就是如此。到底怎么样?是好,是坏?谁也不去分析,总之语气之间就是'看不惯'的意思。"

这篇小说的女主人公白玫是一个"上海姑娘",是一个上海来的技术人员,在小说中,她是作为一个如同《在医院中》的陆萍、《组织部来了个年轻人》中的林震式的"疏离者"与"外来者"的形象⑥出现的。

　　小说的冲突围绕着在工程质量验收中,白玫与王技师、黄野的矛盾来展开。先是王技师,后是黄野,在工程实施中,都强调的是节约:"照说用旧管子关系也不大";是进度:"这一星期,我们已经完成了预定的十六天的任务";都强调的是人际关系的重要,强调的是人际关系的艺术:"'人熟为宝',这话真不假啊!无论什么事,人熟,就是好办得多……""刚见面的三分钟内,他就和你一见如故……总之是知己到无话不谈的程度。"而白玫强调的则是工程质量,是用科学的标准作为衡量工程的最高尺度,是用公开的制度作为工作的准则,所以,她会不签字,会公开地向领导反映自己对工程质量的看法。中国的传统社会,是一个建立在血缘关系基础上的以群体伦理为本位的社会,所以,人际关系、人际关系的艺术,被强调到了至高无上的地步,而且,这种人际关系的艺术,又常常是作为只可意会而不可言传,公开是一套,实际上又是一套的潜规则存在的,因此,是否能够纯熟地掌握、运用这种人际关系的艺术,就成为衡量一个人是否成熟、懂事的尺度。在《上海姑娘》中,黄野因为自己"还不至于在这些'扯皮专家'面前,制造出这种僵局来",所以,对自己的评价就是"比较'懂事'"。王技师则对这套作为潜规则的人际关系的艺术,谙熟得炉火纯青:"他在吵架一得胜之后,不像别的人,会仗着胜利者的威风,说几句风凉话,相反他不,他会马上安慰对方,检讨自己修养不够,容易得罪人等等,更妙的是反过来替对方辩护,重复并且肯定对方的理由。"王技师正因为如此而被工地的人所折服,"还是王技师有办法",还因此而"拿着一面奖旗,一大堆奖金",成为大家学习、羡慕的榜样。白玫因为以科学的标准作为衡量工程质量的最高标准,执行公开的制度而不信奉潜规则,所以,就被大家评价为:"太年轻,不懂事。"又因为中国的传统社会一向处于严酷的生存环境之中,所以,节约高于科学。《上海姑娘》正是在这些方面,通过白玫与黄野、白技师的冲突,表现了在经济建设时期现代文化与传统文化的冲突,并在这种冲突中体现了两种不同的人生形态。

应该说,这篇小说最后通过白玫的胜利,通过黄野对白玫情感的爱慕及双方爱情关系的建立,对现代文化与传统文化的冲突,做了理想化、简单化的解决,相比之下,在这方面,就不及《在医院中》的丰富,不及《组织部来了个年轻人》的深刻[7],但它毕竟是延续着这一价值命脉而来的,成为这一价值命脉的微弱承传,且仍是有其独特的可以称道之处。

在传统与现代、乡村与城市的矛盾冲突中,表现不同的人生形态与相应的价值指向的,韦君宜的《月夜清歌》也是一篇不容忽视的重要之作。

《月夜清歌》所讲述的故事并不复杂,几个从大城市下放到农村的文艺干部,在下放的村子里发现了一个很有歌唱天赋的女孩子秀秀,就竭力动员并创造条件让她去大城市的艺术学校学习。秀秀去大城市学习歌唱的前景是很看好的:"将来在北京街上再遇上陈秀秀,咱们就要不认得她啦……那时候哇,你看她从歌舞剧院走出来,穿上一件紧腰小袖羊毛衫,一条素罗长裙子,背后再低低地打上一条单辫子,那可就不是今天的陈秀秀哇。"但尽管如此,秀秀的母亲、未婚夫却都不同意秀秀去,秀秀自己也终于从最初的并不坚定地想去到最后坚决地不去了。作者一方面通过下放干部老李对秀秀是否能离开乡村去城里学习艺术说:"在这里面,包含着一个新旧变革的重要问题哩。真实意义恐怕很深远……""人的思想要解放,的确不那么容易啊"。一方面又处处浓墨重彩地渲染秀秀在乡村生活的美好、生命的自由:"她干这活儿真是毫不费力似的轻便夭矫。一看马上就叫人感觉到:只有她干活的姿态和这片明丽的果园才相配呢。""她……唱得很活泼,很轻快,声音简直像是在跳着的,像是在这园里的绿树顶上跳,从这片叶子跳到那片叶子。"作者对下放干部动员秀秀去城里的努力与秀秀最终的拒绝,都采取了赞赏的态度,但最终的价值指向仍然倾向于后者:"秀秀当时就是走了,也不会没有前途,不过,我总觉得值得高兴的是秀秀终于留下来没有走。"

从作者对双方的具体描写及作者自己所做的直接论说看,作者对双方,或者说对城市文明、乡村文明、现代文明、传统文明都是持赞赏态度的,但在这赞赏的后面,还有着更为深刻的东西,这是这篇小说与《我们夫妇之间》的不同之处。作者在小说结尾说:"我一下子思前想后联想起好多好多事情来。想到秀秀当时如果离开小黄和玉泉村走了,如今会怎么样?甚至还联想到许多与秀秀、与音乐……完全没有关系的事情。黑地里自己想得惘然若失了。可是这些就不必多说了罢。"这才是作者写这篇小说的真正意图之所在。那么,作者的真正意图是什么呢?二十多年过去了,在20世纪80年代后期韦君宜所写的对自己经历的历史直言不讳的《思痛录》中,作者对此仍然语焉不详,只是说写这篇小说时"是很含蓄的,非常小心"。倒是茅盾先生在他当时所写的读书杂记中,对这篇小说有着十分深刻的见解,说这篇小说的"优点就在于'横看成岭侧成峰',很耐人寻味"。⑧当我们站在今天的语境中重读这篇小说时,我们确实会读出许多新的东西,这些或许是作者在写作当时也不是很清楚的。

第一,现代文明、城市文明、传统文明、乡村文明,从社会形态、文化形态上来说,都各有其优长之处,但这些优长之处,首先是对于人来说,才能构成一种真正意义上的存在。而人,又是由一个个不能相互取代的独特的个体构成的,所以,这些文明形态对于每一个个体来说,意义是不同的。马克思讲:"非对象的存在物是一个非存在物","只要我有一个对象,这个对象就以我作为它的对象。但是非对象的存在物是非现实的非感性的,只不过思想上的即只是虚构出来的存在物,是抽象的东西。"⑨这样的一种对于个体生命的尊重,与马克思在《共产党宣言》中对未来理想社会的表述是相一致的。⑩所以,再好的文明形态,只有对于这一个个体来说具有意义,它对于这一个个体来说,才是最好的文明形态,否则,对于这一个个体而言,其再好的优长也是不存在的。在这里,是以个体生命为本位来判断意义的存在与否。城市文明确实很好,但对于秀秀来说,传统文明、乡村文明,才更有意义:秀秀的歌"不是别的歌,是果树的歌、月夜的歌、田野的歌啊!……假如这是在大戏院舞台上听见她这支歌,再加上伴奏,真的还会有这么好听吗?未必未必!甚至肯定不会!"在这里,不是来判断两种文明形态的孰优孰劣,而是说,是不是以个体生命作为存在的本位,是不是尊重个体生命对于自己存在形态的选择。

第二,就每一个个体生命而言,其价值可以分为社会价值与个体价值,二者有一致之处,但也有各自独立之处。就秀秀而言,在城市当一名歌唱家,其社会价值肯定会高于她在村子里当一名农民。但就其个体生命而言,如上所言,其个体生命形态更适宜于在乡村存在,如此,从生命的个体价值、个体幸福而言,秀秀在乡村做一名农民肯定会高于她在城市做一名歌唱家。作者通过秀秀最后的选择,表达了个体价值重于、高于社会价值的价值倾向。

第三,秀秀之所以适合乡村的生存形态,其中的一个重要原因在于,这里有与她生命血肉相连的亲人、亲情,这就是小说中所多次强调的她的母亲、她的未婚夫不同意她离开乡村去城市及其对她产生的决定性的影响。秀秀的母亲、未婚夫,只有对秀秀来说,才构成亲人、亲情的意义,秀秀只有在他们的身上,才因为是否有着亲人、亲情的存在,从而形成自己生命中的喜怒哀乐。这种喜怒哀乐,完全是个体性的,是其他所不能取代的,而这些,也正是个体生命存在的重要组成部分。韦君宜在《思痛录》中说:"《月夜清歌》写一个歌喉极好的女孩子舍不得家和爱人,谢绝进城当演员的邀请,活得倒挺愉快的。"⑪所以,作者在自觉不自觉中,对此是给予了特别强调的,对日常的、凡人的、个体性的存在形态,是给予了充分的意义肯定。

如是,《月夜清歌》就成为"十七年小说"中让个体得以美好存在的空谷足音,成为"十七年小说"中绝少的对个体生命的优美赞歌。二十多年后,当韦君宜以对历史的直面写出了轰动一时的《思痛录》时⑫,许多人仅仅看到了她对历史的反思,却没有看到她并不是在指责历史,而是写出了个体生命在历史运行中不可避免的累累创伤,并因而构成对历史的反思。这种对个体生命的尊重,正是新的时代的历史呼唤,《思痛录》回应了这种呼唤,因此,才爆响于时代,爆响于文坛,而这种对个体生命的尊重,正是从二十多年前的《月夜清歌》中走来,是从历史走到现在,只是无论当时,还是现在,人们对此还一直没有发现与认识,这不能不让人感到回望历史的粗疏。

这种粗疏,这种从今天打量历史而对历史的新发现,也体现在对从维熙的《并不愉快的故事》⑬的评价中。

这篇小说的大致情节是：为农业生产合作社经营果园的齐东海老头的老伴儿得了重病，齐东海老头想找合作社主任白长禄借钱为老伴儿看病，但白长禄将合作社所有的钱都用于发展、扩大再生产上，对社员的生活、疾苦却舍不得用一点点钱，引起了社员们的极大不满，齐东海的老伴儿也因此耽搁了救治的时间，失去了生命。齐东海因无钱安葬老伴儿，不得不向富农赵福印低头并忍受他经济上的盘剥，所有这些终于激怒了社员们，大家纷纷要求退社……

相对于前述的三篇小说，《并不愉快的故事》在艺术上要显得粗糙一些，将官僚主义的帽子生硬地扣在农业生产合作社主任白长禄的头上，并通过作者的议论对之给以简单化的批判，设置了富农赵福印这样一个人物，并以此来表现官僚主义给被推翻的敌对阶级以可乘之机，都是这部作品的不足之处，甚至于是败笔，但这仍然不能完全遮蔽这篇小说于自觉不自觉中，通过具体的情节、形象所展示的在两种现代性对抗的紧张状态中的个体命运及其这种展示的深刻性。

自1840年鸦片战争后，中国以一种屈辱的形式开始了自己的现代化进程，落后挨打的半殖民地半封建的社会境况，使新的强大的现代民族国家的建立，成为全民族的企望与梦幻，国家利益在现代性的民族国家主体性神话中，成为至高无上的存在，没有谁再去追问这新的现代民族国家的国家利益与个人利益是否还有着其不能统一的矛盾之处，在建设新中国的凯歌声中，似乎国家的发展就必然会带来个人的发展；似乎国家的强大，就必然地会带来个体的幸福，在这样的现代性的民族国家主体性神话中，个人利益统一于国家利益是天经地义的合理存在，个人无条件地投身于国家建设之中，也是一种毋庸置疑的应然。如果说，两种现代性①理论的提出，是看到了现代性或者说现代化进程中的内在矛盾、对抗与紧张的话，那么，现代民族国家的国家利益与个人利益之间的矛盾、对抗与紧张也是其中之一。在《并不愉快的故事》中，作品就形象地体现了这一点：在作品中我们看到，白长禄的着眼点是牺牲个人利益来增强集体利益："'社长一个子儿都捏出汗来'，一个妇女

尖声嚷着,'我家前三天就没盐吃啦!想借俩钱,他跟我说:'克服克服么!建设社会主义该忍着点,社里钱不多……'"但用另一个社员的话说就是"社里钱有的是,没钱能叫咱们出勤来盖石板仓库?"正因此,"社员没钱买油,妇女没钱买针线,社里却又盖大马棚,又盖大仓库"。白长禄的工作办法就是:"我常用这几句话来教育社员们:'建设社会主义么!困难就是多,克服克服么!'磨来磨去,他们磨不出钱来也就忍下去了。把这些钱用来扩大社里的公积金、公益金,买来十头大牲口……修马棚、盖仓库。"确实,在白长禄这样的领导下,农业生产合作社的实力确实大大增强了:"几十户的农林牧社,公积金、公益金就上了万元","买来十头大牲口","盖马棚、盖仓库,还要扩建办公室,买新农具。"但在合作社实力增强的同时,社员作为一个个的个体,其生活水准却日益贫困了,没钱买油、买盐、看病……需要补充指出的一点是,在作品中白长禄所竭力增强的集体利益,相对于个人利益来说,是与国家利益相一致的,都是作为整体形象出现的,也因之,从国家利益的角度考虑,国家才会将白长禄视为模范,给他那么多的表彰。还需要补充指出的一点是,白长禄牺牲个人利益增强集体利益,又是通过降低个人消费提高集体生产的方式来实现的:"有个县百货公司的售货员告诉他:'在野花岭月月完不成销售计划。'"白长禄剥夺社员个体利益有两个冠冕堂皇的理由,一个是个人为了集体,一个是眼前服从长远:"您想想,社员有好几十户,将来都要过好日子,就拿您来说吧!将来还得养老,享几天清闲福,前边的山景那么好,您别只看您自个的脚丫子。"这两个理由,也正是那个时代剥夺个人利益的两个最主要的理由。《并不愉快的故事》则以齐东海老人的不幸,轰毁了这两个理由的虚妄性,轰毁了现代民族国家的神话,揭示了个体生命在两种现代性对抗的紧张状态中的被消损性。

在1949年至1966年的中国现代化进程中,国家与个人的矛盾已然成为时代的一个主要矛盾,牺牲个人利益来增强国家实力,只强调为国家生产而不提倡增强个人消费,也曾经是那一个时代的时代风气[15],只是这一主要矛盾、这一时代风气,在"十七年小说"甚至新时期小说的叙事中,一直是处于缺席状态⑯,成为一个巨大的黑洞与盲区,从而使得个体生命在"十七年小说"中,因之成为另一种被"遮蔽"的"不在"形态。在这一缺席状态与巨大的黑洞、盲区中,《并不愉快的故事》以自己并不成熟的艺术表现形式成为"十七年小说"中一个珍贵的存在。

注释

① 蓝爱国.解构十七年[M].上海:华东师范大学出版社,2003:9.

② 马克思,恩格斯.马克思恩格斯选集(第四卷)[M].北京:人民出版社,1995:212-213.

③ 马克思,恩格斯.马克思恩格斯选集(第一卷)[M].北京:人民出版社,1995:5.

④ 李泽厚.中国古代思想史论[M].北京:人民出版社,1986:14-15.

⑤ 原载《人民文学》1956年第11期。

⑥ 关于作为"疏离者"、"外来者"陆萍、林震的形象,请参阅洪子诚.中国当代文学史[M].北京:北京大学出版社,1999.

⑦ 在白玫的形象中,是有着《拖拉机站站长与总农艺师》中娜斯佳的影子的,而在《组织部来了个年轻人》中,王蒙对娜斯佳式的理想化是给以否定的。

⑧⑪ 韦君宜.思痛录[M].北京:北京十月文艺出版社,1998:93,94.

⑨ 马克思,恩格斯.马克思恩格斯全集(第四十二卷)[M].北京:人民出版社,1972:169.

⑩ 马克思在《共产党宣言》中认为,未来的理想社会是:每个人的自由发展是一切人的自由发展的前提和条件。

⑫ 在邢小群编的大众文艺出版社2001年出版的《回应韦君宜》一书中,我们可以看到《思痛录》在其时引起轰动之一角。

⑬ 原载《长春》1957年第7期。

⑭两种现代性是指在西方随着西方现代社会内在矛盾、危机的发生,西方思想界对西方现代社会所做出的一种反思。这种反思随着中国现代化进程的加速,也极大地影响着中国的思想界。两种现代性的称谓不一,如文化现代性与启蒙现代性、审美现代性与启蒙现代性、世俗现代性与审美现代性等。但政治、经济、科学技术、社会结构的现代性与个体对自由自在的人生境遇的追求、个体的精神世界的构建之间的矛盾,则是其主要的论域。

⑮如果我们的视野更开阔些,我们会发现,在苏联的农业集体化时代,这一矛盾、这一风气也同样存在。

⑯譬如在类似《乔厂长上任记》这类的改革文学中,都是在鼓吹、允诺国家的现代化建设会给每一个个体生命带来幸福。这一现代神话直到现实主义冲击波的小说中才被拆解。

(本文原载《文艺争鸣》2013年第5期)

浅述政治时代小说世界里的情爱描写

如果我们将五四时期视为一个思想启蒙时代，将20世纪20年代至共和国建立视为一个战争时代，将新时期视为一个经济建设时代，那么，我们可以将共和国建立至新时期视为一个政治时代。考察一下在这一政治时代小说世界中，作为个体生命体现个体性最强的，最为本质、丰富、深刻、微妙的情爱存在形态，对于我们深入历史中的个人这一思想隧道，无疑会提供具体的帮助。

我们先来考察在这一时代占据主导位置的三部长篇小说中的三位男主人公的情爱形态。这就是《创业史》《三里湾》《山乡巨变》中的梁生宝、王玉生、刘雨生，作者是把他们作为理想人物，作为农村的新人形象、农村的未来而进行塑造的。有意思的是，三位那一时代的代表性作家，在他们所各自试图表现自己创作特点、创作风格的作品中，却不约而同地将他们笔下的青年农民形象的情爱形态写成了一个模式：那就是都曾因为忙于集体工作而放弃了个人情爱。《创业史》中的梁生宝与改霞谈对象归于失败，《三里湾》中的王玉生、《山乡巨变》中的刘雨生，都与他们的妻子离了婚。他们的情爱之所以失败的另一个原因，则是因为女方对他们情爱的个体性：改霞对梁生宝的情感，更多地属于一种萌芽期的现代情爱形态，因之不能完全融于传统文化

色彩浓厚的合作化运动主潮中;王玉生、刘雨生的妻子则在他们为合作化运动分不开身的时候,要求他们满足自己穿衣吃饭等个人性的日常物质生活及与此相伴的家庭生活的需求。三位男主人公后来又都在合作化运动中,与同样为之而劳动与斗争的女性相爱,建立了自己新的情爱世界。在这一新的情爱世界里,集体的利益是联系二人的根本性纽带,个体性的情感是完全融合在集体利益之中的。在此,透过在那一时代占据主导位置的小说中主人公的情爱故事,我们可以看到,牺牲个体性的物欲、情欲,将个体生命完全融合于集体之中,是那一时代占主导性的价值指向。

我们再来考察一下体现在占据主导位置的小说中的另一类情爱形态,这类情爱形态是由与作品中男主人公命运息息相关的两位女性形象来体现的,这就是作为革命史诗的《红旗谱》中的春兰与作为农村史诗的《创业史》中的改霞。春兰曾因受心上人运涛的影响,将"革命"二字绣在衣襟上,在农村集市上宣传革命而风光无限,但却最终因与运涛的情爱体现了更多的个性自由,不能融于那时以整体利益为上的革命主潮,运涛被迫远走广东,春兰则昙花一现,虽然鲜丽无比,但却迅速地凋谢了。与春兰命运颇为相似的是《创业史》中的改霞,只是远走他乡的换成了改霞本人。透过这类情爱形态,让我们看到了社会前沿性变化的敏感触角,总是通过个体生命个体性的情爱形态来体现,并以此体现了社会前沿性变化与社会主体性变化、个体与集体的某种紧张关系。

赫尔巴特认为:"为了使一个观念上升到意识,它必须和现存于意识中的其他观念适合和一致,那些不一致的观念不能在意识中同时存在。"这样,当政治时代排斥个体性的物欲、情欲时,在政治时代的小说世界中,对个体性的物欲、情欲的张扬,就往往是以作者理性、意识与感情、无意识的矛盾形态来展示的。在孙犁的小说《铁木前传》中,虽然作者对寻求物质享受生命快乐,但却不爱集体的女主人公小满儿在整体情节上持批判态度,但一进入细节描写,就让人处处感到了小满儿的可爱。在宗璞的《红豆》中,作者在整体情节上对男女主人公的情爱关系持一种批判态度,但通过具体描写,却又因其缠绵而让读者备感同情。邓友梅的《悬崖上》也是如此,作者本意是对女主人公加丽亚给以批判的,但晶莹白雪中身着艳丽服装的加丽亚又是让人感到多么的鲜活、漂亮、可爱啊。之所以出现这种矛盾,正是因为情节、整体设计往往体现着作者的理性、意识层面,细节、具体描写往往体现着作者的感情、无意识层面,而感情、无意识依弗洛伊德的观点,是更本质、更具根本性的。由此,我们看到了对个体性物欲、情欲在个体情爱世界中给以张扬的不能泯灭的顽强。

　　陈思和的民间隐形结构说,揭开了在政治时代那些体现僵硬政治理念的小说之所以有长久艺术生命力的秘密,也为我们揭示政治时代小说世界的情爱形态打开了一条新的通道,具有某种方法论意义,譬如《青春之歌》。如果我们从小说的政治意义分析,可以说这篇小说写了知识分子投身革命的历程,或者如近些年人们所说的,这是一部成长小说,将人的成长过程与知识分子投身革命的历程融为一体。但如果我们从个体生命的角度揭示这部小说的隐形结构,我们会进一步发现,这部小说写了作为个体生命的女性的情爱历程:林道静最初反叛家庭投身于骑士兼诗人的余永泽,正是个人主体独立意识最初形成时少女时期与社会的对抗及浪漫、幻想的情怀;其后对学运领袖卢嘉川的追求与仰慕,体现的是青年女性所特有的对激情、理想、超俗的向往,再往后与务实的党的领导人江华的结合,则是历经沧桑深昧人世成熟女性的选择。作品是将这样的一种历程通过知识分子投身革命的历程来表现的。因此,我们就看到了政治时代小说世界中的又一类型的情爱形态。

　　政治时代人的情爱世界在小说中的呈现形态,是通过小说作者这一叙述者的叙述、修辞来完成的,这一情爱世界哪些部分可以进入、哪些部分没有进入小说作者这一叙述者的叙述、修辞范围,可以进入及没有进入的原因各是什么,这也是考察政治时代小说世界中情爱形态呈现的一个重要的方面,只是笔者笔力不及,只能在此提出以待今后了。

"人的文学"：赵树理的文学创作之魂

新的定位

　　一说到赵树理，人们的脑海中常常浮出的评价总是：毛泽东《在延安文艺座谈会上的讲话》的旗帜，工农兵文学运动的方向，文学创作民族化、通俗化、大众化的成功实践者，文学为政治服务的代表，叙写中国农村生活的"铁笔圣手"，中国农民的文化代言人，农民、共产党的农村干部，知识分子的结晶体，"山药蛋派"的领军人物，等等。如果说赵树理的文学创作之魂是五四时期"人的文学"精神在一个全新时代的历史性延续，许多人一定会觉得笔者这是为了吸引眼球，为了学术创新，故意在标新立异，耸人听闻。有些人也会站在一定的学术立场上认为：赵树理是延安文学的代表，延安文学是五四文学的否定之否定螺旋上升阶段中的否定阶段，或者是五四"人的文学"在中国现代文学中高—低—高发展过程中低的部分，从而认为笔者说赵树理的文学创作之魂是五四时期"人的文学"精神，在学术上属于缺乏常识了。

　　笔者不这样认为。笔者这样说，自然有笔者在了解了赵树理研究现状之后，提出这样一个观点的道理所在，并认为笔者的这一见解，可能会对我们深化对赵树理的认识有所裨益。

"个体""日常生存"

五四时期的文学旗帜是"人的文学"。周作人在其《人的文学》一文中,对此旗帜有着鲜明的表述:"乃是一种个人主义的人间本位主义……人为了所爱的人,或所信仰的主义,能够有献身的行为。若是割肉饲鹰,投身给饿虎吃,那是超人间的道德,不是人所能为的了。"这"人的文学"中"分量最多,也最重要"的,是"写人的平常生活,或非人的生活"①。几千年传统的老中国,是群体伦理为价值本位,是君君臣臣、父父子子,个人并无独立存在的价值属性,或为臣,或为父,或为夫,或为友等,只是群体伦理网络中的一个"符码",而其人生价值的实现,则体现在群体对其的认可程度上,所谓修身齐家治国平天下是也。"割肉饲鹰,投身给饿虎吃"的程度越高,其被社会认可的程度就越高。所以,周作人会说,其所提倡的"个人主义的人间本位主义"是"辟人荒";所以,他的哥哥鲁迅用小说的形式发出两千年的老中国是一个以"仁义道德""吃人"的历史的"呐喊"。这里根本的分野在于,是以"个人"做价值本位,还是以"群体"做价值本位;"个人"是以"人的平常生活"为价值本位,还是以对"群体""非凡的献身"为价值本位。五四时期之后,由于阶级斗争成为国内社会冲突的主要形式,"阶级"成为新的"群体"标识。在革命文学及部分左翼文学中,"个人"成为"阶级"的"符码"、典型,茅盾的《子夜》是其滥觞及代表作,吴荪甫、赵伯韬在对《子夜》的阐释系统中,一度成为民族资本与买办资本的典型人物。延安时期,伴随民族化口号的提出,传统文化中的群体伦理至上与革命文化中的阶级伦理至上,合二为一,用阶级观念赋予作品中的人物以意义成为风尚。于是,赵树理小说中的人物、主题,其所大声疾呼的问题,都在其时占据主导位置的对其作品的阐释系统中被赋予了"阶级"、"整体"的含义,成为"方向",却遮蔽了赵树理作品中继承、延续五四"人的文学"、"个人主义的人间本位主义"的更为根本的一面:如果我们不是从既定的观念出发,而是回到赵树理作品本身,那么,在赵树理的作品中,给我们印象最深的,是他笔下人物的言谈举止、行为动作,无不与其当时的个人生存、

个人利益密切相关,小二黑、小芹的反抗,三仙姑的风流,二诸葛的占卜是如此,李有才的"板话"是如此,"小腿疼"的"腿疼"、"吃不饱"的"吃不饱"是如此,甚至最具浪漫色彩的爱情也是如此——这就是被人称之为"没有爱情的爱情描写"的《三里湾》中三对男女的爱情婚姻。赵树理对他们的或褒或贬,都是站在维护"个体"、"日常生存"、"平常生活"的价值立场上做出的,而不是站在牺牲"个体"、"日常生存"、"平常生活"献身"阶级"、"割肉饲鹰,投身给饿虎吃"的价值立场上做出的。读赵树理的小说,你会时时地吃惊于,一向以白描著称反对静止刻画风景、人物心理的赵树理,一旦关涉到其笔下人物的个人利益时,会不厌其烦地大段大段地把账一笔一笔罗列得清清楚楚,较之他反对的西方大段大段的静止的心理刻画、风景描写有过之而无不及:譬如马多寿计划入社时的算账,孟祥英的先进事迹,《实干家潘永福》则通篇几乎就是由细致的算账构成的。譬如"潘永福同志看了之后一合计,觉得这样是个傻事:高线上每筐只能装一百斤,峡谷里每人也只能担一百斤。每筐装一次只算五分钟,卸下来倾倒一次只算一分钟,每筐或每担装卸一次共是六分钟,每吨每段就得两个钟头,三段共是六个钟头。需用六个钟头才能把一吨矿石送到土铁路上的车子上,若用胶皮大车运输,走下坡路只架一个辕骡每次也能拉一吨,十八里路往返一次也不过用四个钟头。这套运法且不用说运,光装筐也比胶皮大车慢了"②。这种计算的文字多了,难免给一些读者以阅读沉闷之感,但赵树理却恰恰是津津乐道于此,他在文末说,潘永福的所作所为"看来好像也平常,不过是个实利主义,其实经营生产最基本的目的就是为了'实'利,最要不得的作风是只摆花样让人看而不顾'实'利"③。学界公认赵树理笔下中间人物塑造得最为成功,而英雄人物、正面人物则总是"高大"不起来,这其中最重要的原因就是,"写人的平常生活"的"个人主义的人间本位主义"在那个时代的中间人物身上体现得最为突出,而其时的英雄人物大多是"割肉饲鹰,投身给饿虎吃"。譬如柳青笔下的梁生宝,时时处处都在为了大家的利益着想,其行为的动机丝毫与个人切身利益无关,甚至在春情荡漾的春天里,当面对自己倾心的年轻姑娘改霞等待着他将其搂在自己怀里时,他也会因为想到"一大群组员等着开会哩"④而放弃,这样的英雄人物,自然是赵树理笔下的正面人物、英雄人物所不可企及的了。赵树理常常说自己的小说是"问题小说",学界也认为赵树理小说最为突出的一个特征就是"问题小说",但我们常常没有仔细地辨析一下,赵树理所说的问题,是农民在"个体""日常生存"、"平常生活"中所遇到的问题,学界所说的赵树理"问题小说"中的问题,却是"阶级"作为"整体"贯彻自身意志中所遇到的问题,二者有时是一致的,有时则是不一致的,但二者的价值立场却是不能混淆的。

解构国家、阶级、"整体"神话

正是因为坚守着"个人主义的人间本位主义",所以,赵树理的作品有着以"个体""日常生存"来解构国家、民族、阶级、集体这一类"整体"神话的特点,这也是为学界所常常忽视的,从而成为赵树理作品研究中的一个盲区。赵树理作品的这一特点,有三个方面令人印象深刻:其一,在个人与集体的关系中,马克思认为:"以对人的个性和独立性的是否认可和成全为价值标准,'集体'被相机判为'真实的集体'与'虚构的集体',这两种'集体'分别配称于以之为存在对象的两种'个人',即所谓'有个性的个人'与'偶然的个人'。"⑤赵树理虽然未必知道马克思的这一教导,但他凭着他艺术家的良知与直觉,"直达事物的本质",在他的作品中对此做了最好的艺术体现。在他的作品中,不管是怎样流行的政治导向:婚姻解放、土地改革、合作化运动、大跃进运动、"四清"与社会主义教育运动等,赵树理都要将其落实在具体的普通农民个人的利益上。譬如《三里湾》中合作化运动的带头人王金生小本子中的"高大好剥拆,公畜欠配合"十个字中,哪个字不是对当时某一类具体的实际物质状况的概括呢?如果这些流行的政治导向,不能实际地体现于具体的农民个人的利益上,赵树理就要用"悬搁"的方式,对其表示拒绝。譬如在政治空话、大话的"左"风盛行之际,赵树理就会只写《套不住的手》《实干家潘永福》这样远离其时政治主题的作品,并以此对当时的政治导向做一种默默的抗拒与批判。因此,赵树理的小说在20世纪40年代,当其时的"整体"

与农民的"个体"利益相一致时,赵树理就被誉为其时的"方向"、"旗帜";20世纪50年代之后,当其时的"整体"与农民的"个体"利益相矛盾时,赵树理就被其时主流文坛日渐疏远并最终被剔除于主流文坛之外。其二,读他的小说,虽然总是大团圆的结局,且导致这大团圆结局的,总是由于更高一层权力者的介入,但这更高一层权力者的面目总是虚虚的,让人留不下任何印象,能够让人留下深刻印象的,总是作者所着力揭示的,那直接、具体地损害农民"个人""日常生存"的混入政权中的坏人。从他的成名作《小二黑结婚》中的金旺、兴旺兄弟,到他最后一部作品《十里店》中的"党内走资派"莫不如此。这种坏人形象,体现了赵树理对国家、民族、阶级、"集体"神话的高度警惕。其三,面对各种"集体"神话叙述的现实与自己眼中现实的巨大落差,赵树理更相信的是自己眼睛所看到的真实,甚至在20世纪50年代末20世纪60年代初中国作协对他的批判这样的集体话语中,他也仍然没有放弃自己的观点。这种五四式的"我是我自己的"对"个人"的坚守、对"集体"神话的拒绝,在其时可谓是凤毛麟角。在一个相当长的历史时期,有多少优秀、杰出的人物,党的高层干部,学识渊博的知识分子,都在各种各样"集体"的名义下放弃了自己,放弃了"个人",并且为了放弃"个人"的不彻底,反复做了认真的、严肃的批判与自我批判。这是那一时代最为典型的悲剧形态,而赵树理却是那一时代少有的没有堕入这一形态的人。

两种乡村文学

赵树理出身农家,又执着、成功地以农民喜闻乐见的语言、风格状写农民的生活,因此,我们常常将赵树理称之为乡村作家、农村作家,或将其称之为乡村文化的代言人或者农民文化的代言人,这自然是有其道理的。但五四时期"辟人荒"之后的乡村文学、农村文学与"人的文学"的关系是什么,却是我们未能予以认真研究的。或者说在五四时期之后,是否存在着一种继承了五四时期"人的文学"精神的乡村文学、农村文学,也存在着其他的疏离了五四时期"人的文学"精神的乡村文学、农村文学?我们对二者是否缺少必要的辨析与区分,并在这种缺失中,将继承了五四时期"人的文学"精神的赵树理与那些疏离了"人的文学"精神的乡村作家、农村作家大而化之地笼统地绑缚在了一起,混淆在了一起? 在做这种辨析与区分的工作中,周作人在《平民文学》中对平民文学的划分、认定方法,对我们可能不无启示意义。

周作人在《平民文学》一文中说:"我们说贵族的平民的,并非说这种文学为是专做给贵族,或平民看,专讲贵族或平民的生活,或是贵族或平民自己做的。"⑥就是说,是否是平民自己写的,是否是写平民的,是否是为平民写的,这些都不是认定平民文学的根本标准,而我们常常仅仅因为作者出身农家,在作品中专讲农民的生活,其作品用农民喜闻乐见的形式专做给农民看,就将这些作家作品视为是同一类型、性质、形态的乡村文学、农民文学的作家作品。

那么,怎样区分这其中的区别呢? 周作人认为,区别在于"文学的精神的区别,指他普遍与否,真挚与否的区别"⑦。所谓"普遍与否"在周作人看来,就是"以普通的文体,记普遍的思想与事情。我们不必记英雄豪杰的事业、才子佳人的幸福,只应记载世间普通男女的悲欢成败。因为英雄豪杰、才子佳人,是世上不常见的人,普通男女则是大多数人,我们也是其中的一人,所以其事更为普遍,也更为切己"⑧。这与周作人在《人的文学》中所说"个人主义的人间本位主义"的思想是极其一致的。而如前所说,在赵树理的笔下,特别是在他所着重描写的中间人物中,我们看到的正是"普遍的思想与事情",是"世间普通男女的悲欢成败"。在"十七年文学"中,我们常常看到,在许多出身农家、专讲农民的生活、专做给农民看的作品中,其塑造的主人公,常常是那些"世上不常见的人",他们有着脱离了具体的个人利益的为着一个远大目标的大公无私的高大行为、英雄壮举、不凡行动,是"割肉饲鹰,投身给饿虎吃"。这些作品中的农民,是意识形态化了的农民;这些作品中的乡村生活、农村生活,是意识形态化了的乡村生活、农村生活。因此,虽然他们的作品中,也运用了农民所喜闻乐见的语言、故事形式;虽然在他们的作品中,也有着许多鲜活的乡村生活的细节,但他们的作品与赵树理的作品有着本质的区别,如柳青的《创业史》。有时,他们的作品在外表上与赵树理的作品有许多相似之处,或者说在"整体"与农民"个体"相一致时,他们的作品与赵树理的作品有颇多一致之处,但一旦"整体"与农民"个体"利益不一致时,他们的作品就与赵树理的作品"形"似而"神"不似了。最为典型的代表作家就是马烽。恰如周作人所说:"譬如古铜铸的钟鼎,现在久已不适实用……我们日用的器具要用磁的盘碗了。但……倘如将可以做碗的磁,烧成了二三尺高的五彩花瓶,或做了一座纯白的观世音,那时,我们也只能将他同钟鼎一样珍重收藏,却不能同盘碗一样适用。"⑨可以说,赵树理的作品是"磁的盘碗",而如柳青、马烽等人的许多作品,则是磁做的"五彩花瓶"、"纯白的观世音"。

血肉　骨骼　魂

赵树理的作品,确实体现了以周作人为代表的五四时期"人的文学"的思想,这一点,前人少有论及;赵树理的作品,也确实体现了其时农民的利益、情感、思想、愿望、呼声,这一点,学界多有论述且意见统一,在此不再赘述;赵树理的作品,特别是在20世纪40年代之后的近三十年的历史时期中,与其时的政治,或配合,或疏离,血肉相连,这一点,学界虽然在政治与作者立场与其时农民利益之间的关系上、在政治与艺术之间的关系上,多有争论,但赵树理的作品与政治关系的血肉相连,却似乎是一个不争的事实。那么,以上三点在赵树理的创作中是如何统一在一起的呢?笔者以为,如果用一个形象的比喻,将赵树理的创作比喻为一个人,那么,农民的生活、利益、情感、思想、情趣等,就是赵树理作品中的血肉;一个时代的政治形态和作者立场与农民的关系,就是赵树理作品中的骨骼,而五四时期"人的文学"的精神,则是赵树理作品中的魂。五四时期之后,政治革命风起云涌,阶级斗争、民族斗争成为时代主潮,"整体"的"话语"压倒了"个人"的"诉说","个人"在投身"整体"的斗争中,既获得了自身的解放,也使自身受到了局限与消损,这其中复杂的张力关系,构成了一个历史时期最具魅力的历史景观。在知识分子写作中,这种张力关系得到了学界相当程度的重视,但在农村题材的写作中,学界似乎认为"个人"和乡村与农村无缘,学界仅仅把"个人"局限在了知识分子纯粹精神层面的"个性"解放上,而没有把农民建筑在个人切身物质利益上的"个人"立场、"个人"诉求,也置入到"个性"解放、"个人"立场的范畴中。在如此漠视的视野盲区中,赵树理对五四时期"人的文学"精神的继承,并将这种继承融化于一个历史时期的政治革命、阶级斗争的时代大潮中,融化于中国最为广阔的农村天地中的巨大历史功绩,也就未能得到有力的彰显。现在应该是提出这一问题的时候了。

不是结论

赵树理在"文化大革命"中被批斗时曾说过一段话:"广大人民不了解内情,从某一段社会关系上把我和一些人摆也摆在一处,扫也扫到一处……我以为这过程可能与打扑克有点相像。在起牌的时候,搭子上插错牌也是常有的事,但是打过几圈下来也就都倒正了。我愿意等到最后洗牌的时候,再被检点。"[⑩]赵树理的本意是说,自己本是一个革命者,在激烈动荡的运动中,却被插入反革命的行列。陈为人在其《插错"搭子"的一张牌——重新解读赵树理》中引用了赵树理的这段话,并借此作为自己全书的立论依据。笔者以为他借用这段话的意思是说,赵树理这张"牌",总是被我们插错在《延安文艺座谈会上的讲话》精神的体现者、"山药蛋派"的领军人物、农民文化的代言人、大众文学的大师、民间艺人等"搭子"上,抑或是说,赵树理本人,也把自己这张"牌"插错了"搭子"。笔者想说的则是,打扑克每起一次牌,那"搭子"都是不一样的,如,同一张牌,在不同次的起牌过程所形成的不同"搭子"中,自会有与不同"搭子"的组合。打牌是这样,在社会、历史、时代变幻莫测的风云及奔涌不息的长河中,个人的思想与命运也是如此,尤其是承载着更多的社会、历史、时代与个人关系内蕴的标志性人物更是如此。现在,笔者把赵树理这张牌又插在了一个新的"搭子"上,不论对错,每打一次牌,就是一次新的求索。

注释

①⑥⑦⑧⑨王运熙主编.中国文论选(上)[M].南京:江苏文艺出版社,1996:107-108,117,117,118,117.

②③山西人民出版社编.赵树理小说选[M].太原:山西人民出版社,1979:461,462.

④柳青.创业史[M].北京:中国青年出版社,1960:550.

⑤黄克剑.人韵——一种对马克思的读解[M].北京:东方出版社,1996:296.

⑩陈为人.山西文坛十张脸谱[M].太原:山西人民出版社,2012:43-44.

(本文原载《文艺争鸣》2013年第9期)

一代女学人的心路历程与文学批评之路
——刘思谦教授学术人生述评

20世纪30年代出生的中国大陆文人,无论是在中国文艺创作界,还是在中国思想界、学界,对于我们审视20世纪的中国,都是最为厚重、丰富的一代人。1929年全球性的资本经济危机,引发了20世纪30年代全球性的红色革命浪潮,资本经济如何在这一冲突与对抗中,汲取红色革命资源,调整自身内在矛盾,并使自身得以进一步发展;红色革命如何在这一冲突与对抗中,日益偏离自己的预设目标,并在自身内在矛盾规律性的冲突中,调整自身的发展方向,这些都是极富言说意味的话题。这些非常深刻、复杂的历史的时代内涵,在这一代文人身上,有着非常鲜明、具体、凝练的体现,与这一代文人的生命历程,有着剪不断理还乱的血缘关系。自20世纪70年代中期之后,他们则对中国的思想、人文、文艺的发展流向产生了决定性的影响,也留下了需要几代人认真探讨、反复回味的沉重话题。刘思谦教授就是这一群体中的一个代表,并以其女学人所独具的鲜明的思想锋芒与学术风貌,以文学批评、文学研究为载体,让我们看到了这一代人思想、精神景观中的另一风姿。

边缘之思

一

刘思谦教授学术生涯的一个显著特征是,她是以自己生命的体温,触摸着时代的脉搏,以"人"为言说视角,以文学为言说对象,站在中国思想界的前沿,切入参与了中国文学、思想的发展历程。

当我们时隔三十多年,回望20世纪80年代这一中国文学的又一个黄金时代时,我们可能会对那一时代有着更为清晰、准确的整体性判断:无论是"重回五四起跑线"的呼声,还是对"新启蒙时代"的命名,抑或是对"人的三次发现"的梳理,"主体性"理论、"向内转"理论的提出,还是围绕着文学与政治关系、文学与人性、马克思主义与异化关系的一次次激烈的争论,究其实,其争论的核心的核心,都是围绕着如何看待"人"而发生,围绕着是将"人"视为目的还是工具而发生,是继五四时期"辟人荒"之后的又一次对"人"的重新解读。刘思谦教授则以其直击历史与现实问题要害的艺术直觉与理论洞察力,通过对其时活跃在文学前沿的刘心武、张一弓、蒋子龙、乔典运等人创作的评析,通过对中篇小说、知青文学、西部文学、意识流小说等文学现象的评说,对此做了及时的回应。以她的被视为"奠定刘思谦作为一个评论家的第一篇重要文章"的《向"人学"攀登——读刘心武小说创作》而言,在这篇文章中,刘思谦教授认为《班主任》还基本上停留在"问题小说"的层面上,还没有明确意识到作为"人学"的文学应该从"人"出发,以"人"为中心。到了《我爱每一片绿叶》,作者提出了"给个性落实政策"的主张,在问题与人的个性的结合上比《班主任》前进了一步。而《如意》《立体交叉桥》则从人的命运、人的心灵这个角度开掘题材,提炼主题,把写人(具体的个人)和反映现实生活的关系这个学理性问题提了出来,指出:"人,不是说明问题的例证而是从人的活动、人的内心看出了问题。看来,问题和人之间,人是根本,抓住了人,才算抓住了文学创作的奥秘。"从而通过对刘心武这四部小说的具体评析,去除了文学反映社会现实矛盾与历史发展规律等盘踞中国文坛长达半个世纪的认识论、反映论对中国文坛的遮蔽,梳理出了一条新时期文学渐次向着

"人学"攀登的学理性道路。在这篇文章的结尾,刘思谦教授鲜明地提出"现实主义和人道主义,是通向'人学'高峰的双翼"。评论家谢望新在《中年女性评论家论》中,非常准确地对此总结说:"在刘思谦的所有理论概括中,这是最引人注目的。"之所以"最引人注目",正是因为刘思谦教授抓住了"人学"这一自延安时期至20世纪80年代红色革命文化在发展过程中,如何调整自身内在矛盾的关键性问题,并且准确地将"现实主义和人道主义"作为这一历史时期"人学"最为主要的两个表现形态。

在对"人学"的学理性论述中,刘思谦教授还试图对"人学"做出学理性的探源。在《"文学是人学"漫谈》中,刘思谦教授通过考证,终于认定"文学是人学"的首创权的确属于高尔基,又是通过苏联文学理论家季摩菲耶夫的《文学原理》传入我国的,而钱谷融先生发表于1957年的《论"文学是人学"》则是"文学是人学"在我国被否定、被批判的一个标志性事件。

即使是对中篇小说艺术形式的纯艺术性的分析,我们也可以从中看到,刘思谦教授是把是否能够更为深入、丰富地揭示人作为艺术手法是否需要更新的价值依据。在对新时期中篇小说的艺术形式所写的两篇长文《作为叙事体文学的中篇小说》《中篇小说情节结构形态的演变》中,刘思谦教授在详尽地分析了新时期中篇小说的艺术形式后指出:"现代小说技巧及心理结构小说的出现,无非找到了一条再现现实生活的新途径,适应于现代人把内心世界也作为审美对象的审美需要。"方法论是为价值论服务的,这一点在刘思谦教授其"人学"意识更为成熟的21世纪,有着更为清楚、鲜明的体现与实践。

20世纪90年代之后,面对新的时代矛盾,汲取何种思想资源,如何评价"十七年"成为中国思想界的一个焦点问题,在文学界的突出话题则是如何评价红色经典,如何评价"十七年文学"中的农村题材长篇小说。刘思谦教授的长文《"十七年"革命历史长篇小说的经典化与非经典化》则是这一争论中的重要成果之一。在这篇长文中,刘思谦教授在整体性地概括了双方的观点后,批评当代文学研究界一些学者将"十七年"革命历史长篇小说"红色经典

化",将其中所表现的"革命",尤其是20世纪50年代至20世纪60年代的合作化运动经典化的主要失误在于:"全盘地、原封不动地沿用'十七年'到'文革'期间已经失去了文本的现实阐释力的全套政治概念与文学概念,作为解读'红色经典'的核心词汇,顶多再搬过来一些半生不熟的生搬硬套的西方后现代词汇,从而暴露了其思想资源的陈旧、贫乏和混乱。"刘思谦教授进一步指出,从争论的双方"可以看出隐含在二者背后的两种不同的文学研究价值判断标准。分别命名这两种事实上存在的不同的价值标准,是当代文学研究乃至整个二十世纪中国文学史研究实践向我们提出来的一个迫切的理论问题"。刘思谦教授"主张用'启蒙'和'革命'这两个关键词来标志现当代文学研究中两种不同的价值观",指出"清理'启蒙'与'革命'这两个关键词的相互关系及其历史演变,在真正意义上以人为本的世界性价值平台上实现新的整合,是文学研究乃至20—21世纪中国思想史、学术史上一个有关人的生存和命运的重大命题"。

面对20世纪90年代之后中国出现的新的时代矛盾、价值危机,中国文学界的优秀作品对之给予了及时的揭示与批判,刘思谦教授通过对这些作品的解读,肯定了这些作品的意义所在,并以此彰显了被传统体制与经济浪潮所弱化了的现代知识分子的立场与声音。在《"村委直选"与乡土中国》一文中,当中国学界一些人面对中国社会都市化潮流所带来的问题,从而再度试图在回归传统、回归乡土中重构精神家园时,刘思谦教授肯定了作者李洱在创作这篇小说中的选择:他"把作为一种传统的中国现当代乡土文学人在城市却心寄农村的怀恋、美化乡土中国的所谓'精神还乡',看成一种需要打破的'幻想',这是一种具有惊世骇俗意义的独立见解"。在详尽地分析了这篇小说之后,刘思谦教授称赞李洱的这篇小说写出了"中国乡土社会的新变化……潮水般涌入农村的西方后现代先进科技物质文明电脑、手机、小轿车等等,与前现代农业宗法制的政治体制、家族亲朋'七大姑八大姨'的人际关系网共存于同一个时空平面上,形成一种无以命名的光怪陆离的社会现象……我把它概括为权力与金钱对乡土社会人际关系的控制与侵袭"。当中国知识分子在传统体制之权力与经济浪潮之金钱及二者作用下的欲望浪潮的冲击下，出现群体性崩溃的危机时，刘思谦教授在《当"学术"遭遇权力、金钱与性》一文中，通过解读阎连科的长篇小说《风雅颂》中主人公杨科的形象，论述了"学术"与权力、金钱及性之于杨科这样的知识分子的关系，指出像杨科这样的有一个高学历，"获得过或正在努力地想方设法获得各种级别的专家、学者头衔的知识分子"，在中国的当今社会是越来越多了，但"杨科这样的知识分子距离那种狭义的在我看来也是真正的知识分子，还很远很远。这也正是阎连科《风雅颂》批判激情之源泉和我们大家有待实现的价值目标"。

刘思谦教授的文学批评，与中国文学的发展与中国思想界的进程与中国"人学"的形成，是相互激荡同步行进着的。

二

刘思谦教授学术成就的一个主要方面是女性文学研究。她的女性文学研究大致可以分为这样几个方面：第一，是以《女性文学这个概念》《性别——女性文学研究关键词》《母系制与父权制》等系列论文为代表，对性别理论与女性文学研究理论在学理性上做出准确的界定、辨析，如什么是性别、什么是女性文学、中国女性文学的现代性、性别与人的关系等。第二，是以《中国女性文学的现代性》《女性文学研究学科建设的理论思考》等长文为代表，对中国女性文学的发展历程做出清晰的梳理，如女性文学、妇女文学、女性主义文学、女性写作等。第三，是以《"娜拉"言说——中国现代女作家的心路纪程》《女性生命潮汐》这两本学术专著为代表，对中国现代女性作家及中国女性散文所做出的评析。第四，是将种种文艺学新方法引入了女性文学研究的领域，如她集多年带领其博士生所做的研究成果《文学研究——理论方法与实践》一书。第五，是将女性文学研究引入中国高校教育领域，并着重在研究生教育领域得到体现。正是通过上述五个方面，中国的女性文学研究形成了自己比较成熟的体系，而刘思谦教授也因此成为这一体系的元老级

的代表性人物。

这自然不错,但笔者觉得仅仅做此评价是不够的,这样的评价往往会给人以其上述研究仅仅限于女性文学研究领域的印象,而忽略了这些研究在二十余年来中国思想进程中的作用,并因此忽略了刘思谦教授的这些研究以及其在中国思想进程中的意义,而对中国女性文学研究的提升、拓宽作用,与刘思谦教授个人的学术发展历程的几个阶段之间,也缺乏逻辑递进上的关联性。因此,笔者想依然以"人学"为核心,将刘思谦教授的女性文学研究的主要成就,置于中国历史、社会、思想的发展进程中给以价值定位,而不是将刘思谦教授的女性文学研究如本节开篇那样划分为几个范畴,来论述刘思谦教授女性文学研究的意义所在。

第一,"个人"。中国传统社会与现代社会的一个最为根本的分界线是如何面对"个人",是将"个人"视为被社会所赋予一定"名分"的社会"符码",还是将"个人"视为一个独立的个体生命。中国自20世纪90年代以来,由于市场经济终于取代了自然经济、计划经济,在生产力、经济基础这一社会的最根本处发生了转型,让"利益"与"个人"有着更为直接的关联,从而使"个人"意识更多地依赖于、植根于每个人的实际生存而得以发生,是在整个社会实际生活层面得以体现,因此,较之五四时期"个人"意识主要是在文化思想层面、观念层面,是在一部分文化人、青年身上所发生,就有了更为深层、普遍的社会基础,也随之成为当今时代面临的最为主要的社会问题。但对这一问题的言说,在当今却是十分无力的,其因有三:一是思想资源稀少、薄弱。中国传统文化中一向没有"个人"的价值定位,故五四时期有"辟人荒"之说,但"个人"也只是在五四时期惊鸿一现,随之就因阶级、民族斗争的激烈而退出主流,直至20世纪80年代始得复出。二是"个人"意识与强大的历史惯力的矛盾。这一历史惯力包括两个方面:中国传统文化的文化惯力与政治革命的政治惯力,这两种惯力在20世纪90年代之后,又突出地体现为文化保守主义思潮与新左派思潮。三是20世纪90年代之后,资本经济与物欲浪潮对"个人"的冲击与消损。诚如马克思所说:"资本具有独立性与个性,而活动着的个人却

没有独立性与个性。"所以,刘思谦教授曾深为忧虑地指出:"个人话语的'一线天'又一次遭遇到改头换面的集体话语的窒息和扼杀。"正是在这样重大的时代问题面前,刘思谦教授把女性的解放之路推进到了"个人"的层面,就具有十分重要的时代现实意义。

刘思谦教授认为:中西方女性对自我的探寻过程与解放之路,都大体上经历了"人(和男人一样的)——女人(和男人不一样的)——个人(以独立的提升了具体的千差万别的个人将做人与做女人统一起来)这样一个曲折艰难的过程"。所谓做"和男人一样"的女人,就是要在经济、政治、社会地位上,在人的社会层面上,争取男女的平等;所谓做"和男人不一样"的女人,就是在人的社会层面平等实现的基础上,强调男女之间生命形态的差异性与独立性;所谓"个人"这一被过多地遮蔽与诬指的概念,刘思谦教授说:"有了清醒的个人意识,人是什么,女人是什么,男人是什么这类形而上的从类出发的追问才能具体化为'我是谁'和'我想成为什么样的人','人'这个斯芬克斯之谜的未知数答案才能掌握在千百万一代又一代觉悟了的男人和女人手里。"她依据马克思关于"真实的集体"与"虚幻的集体"的理论,依据西方文化人类学"圣杯与剑"的理论,指出:"历史无可更改地走过了一条以类之间的拼杀争斗的路……这是人类的未成年时代……这样的时代人与人的关系是……统治关系模式,而在这之前的史前母系社会是伙伴关系。人类历史目前正处于向高层次高形态的伙伴关系的转型之中,也就是马克思早年所向往的以个人的独立为前提的各种形式的'个人联合体'。"刘思谦教授通过对中西方女性对自我的探寻过程与解放之路的揭示,站在中国思想的最前沿,为中国今天所面临的被现代自由主义思潮、新左派思潮、文化保守主义思潮、后现代殖民主义思潮争论不休的"个人"问题,提供了切实的思想资源。

第二,"个人"与集体、革命、历史的关系。这是刘思谦教授在做女性文学研究时,以性别为载体,将个人话语置于中国具体的历史语境中对"个人"展开性的深入论说,也是五四以来,中国思想界所反复争论的一个充满了悖论与吊诡性的话题。刘思谦教授在回忆自己之所以开始女性文学研究时曾说

过,20世纪90年代初,她曾一度因为中国的政治改革进程受阻而一时不知所措。其实,这也正是因为将历史进程与个人解放完全等同之后,因历史进程受挫而带来的必然。而之所以从此进入女性文学研究领域,也实在是因为在历史进程与个人解放的断裂处,猛然进一步发现了"个人"的独特之所在。所以刘思谦教授在20世纪90年代初转入女性文学研究,绝不是从20世纪80年代到20世纪90年代研究领域的平行转移,而是其研究合乎逻辑的进一步深入。

刘思谦教授认为,个人的解放是离不开集体的解放,离不开历史的进步。譬如她是将女性"做一个和男人一样的人"置于"做一个和男人不一样的人"的前提条件或必经阶段、先决阶段,譬如她认为女性解放也是历史合力作用下的结果,对女性这个概念,既应该有现代性,也应该有历史性。如是,她将延安时期、"十七年"时期的妇女及妇女文学,也归入中国女性、女性文学螺旋形上升中的题中应有之义。但刘思谦教授更多的是论述"个人"与集体、革命、历史的不一致之处,更多的是论述个人话语是如何被各种集体、革命、历史话语所吞噬。刘思谦教授的这一言说,是对五四时期以来"人"之发展道路所走歧路、迷途的深刻总结,也是为当今中国"个人"再度浮出历史地表的语境所迫切急需的。刘思谦教授在这方面的言说,突出地体现在这样几个方面:一是女性解放与社会解放与革命进程的不一致性。这种不一致性刘思谦教授或者是通过对描写女性命运作品的重新解读来完成,如对丁玲《三八节有感》《我在霞村的时候》的重新解读;或者是通过揭示男性作家对女性命运的性别遮蔽而完成,如对鲁迅小说《伤逝》的重新解读;或者是通过女性作家在革命过程中的性别迷失、个人迷失而完成,如她在长文《丁玲与左翼文学》中对丁玲命运轨迹的勾勒与解读。在这篇长文中,刘思谦教授指出,在中国现当代的女作家中,"唯有丁玲一人经历了左翼文学的各个阶段……她几乎在每一个阶段都有代表性作品出现";她与左翼文学的双向关系,"已经超出了女性文学与左翼文学,超出了中国现当代文学史的意义,而具有了20世纪知识分子思想史的意义"。刘思谦教授在通读了丁玲的作品后,将丁玲的全部作品分为两组:"A组核心词或潜在核心词——灵与肉、隐忍、女性、自我","B组核心词或潜在核心词——革命、恋爱、阶级斗争、大众政治、消融。"刘思谦教授认为这两组作品在丁玲的小说创作历程中交替出现。之所以如此的原因是:一方面,丁玲自觉地积极地认同左翼文学的政治化、体制化对其"强制规定的革命身份、政治身份";另一方面,"作为她文学生命原初的精神血脉的五四个性主义的启蒙话语也深植于她的血肉里……于是才有了丁玲创作中的两组作品,也就是启蒙话语与革命话语、人性的性别的话语与政治的功利的话语此消彼长、此长彼消的转换,出现了女性主体身份批判立场的生长——消融——再生长——再消融的20世纪人的文学也是女性文学创作的奇观"。刘思谦教授认为上述丁玲现象的形成,离不开丁玲所处"特定语境,也就是丁玲文本背后的'巨型文本'"的制约,但刘思谦教授同时强调了在大致相同的语境中,"个人"选择的重要性。刘思谦教授以鲁迅与萧红为例,认为鲁迅虽然在20世纪30年代加盟左联并被推举为"盟主",但"鲁迅始终在思想上与一些左翼革命文人保持着应有的距离"。萧红未去延安,"以承受孤独的选择承担了她独立女性的自由创作","以生命为代价穷尽了历史给女性留下的最后一份可能性"。如是,刘思谦教授就在更高的、更为丰富的层面上,对女性与革命的关系,开拓出了更宽阔的思考空间。

二是个人与历史的关系。刘思谦教授曾组织自己的博士生,围绕着新历史小说、围绕着中国新历史小说的经典性之作《花腔》,对个人与历史的关系做了充分而又深入的研讨:"在新历史小说之前,书写历史的基本单位是国家、民族、阶级等集团的人,其人的价值观以集团为本位。这里尽管也活动着有名有姓、有男有女的各色人物,可是这些人物在某一历史活动中不过是某一集团(国家、民族、阶级等)的符号、筹码,一一对应着某种既定的意识形态结论,所写的历史实乃服务于意识形态下的国家史、民族史、阶级史,其中的人物作为个体生命的存在不是被扭曲便是被遮蔽。"在《历史风云与个人命运》这篇长文中,刘思谦教授认为:"遮蔽和抹杀了作为人的实体的个人,也就是遮蔽和抹杀了具体的一个一个的个人进入历史的权利,这正是种种没

有'个人'的冠冕堂皇的所谓民族、国家、政治党派阶级历史观的虚幻性与欺骗性所在。严歌苓《第九个寡妇》的思想前沿性,正是建立在个体本位的历史观而对那种虚假的也是荒谬的历史观的反叛上,并由此获得了当代文学难得的思想批判锋芒。"在这篇长文中,刘思谦教授结合对严歌苓《第九个寡妇》的分析,对"个体本位的历史观"做了具体的说明。譬如王葡萄作为九个史屯媳妇中的一个,按日本兵的要求从被抓获的男人中认领自己的丈夫时,把自己的丈夫认领了回来,其他八个媳妇却在她之前各自认了一个"老八"做丈夫,而她们的丈夫则被日军作为"八路"杀害了。这之后"英雄寡妇"在新政权建立后"享受到种种特殊权利",非英雄寡妇的王葡萄则备受歧视。刘思谦教授评述说,这其中"内涵了尖锐的历史与现实问题,其背后是一个庞大而坚硬的一直沿袭至今的人物生命价值等级制的观念和体制……这难道不是意味着她们的'真丈夫'的生命价值低于'老八'们'假丈夫'的生命价值,是理应被作为他们的妻子们取得'英雄寡妇'称号的祭奠式'牺牲'的低贱的生命?"而王葡萄"在侵略者的刺刀和潜在的政治荣誉面前,能够不亦步亦趋,别人怎么做她也怎么做,终于成为'大历史'中一个并不渺小和雷同的'个人'"。

第三,个人日常生活。中国自20世纪90年代以来,由于市场经济作为根本动力的推动,普通人日常生活给个人的解放提供了一个新的广阔空间,也是个人得以存在的立足点,并成为一个时代的重要特征。学界"日常生活审美化"等命题的提出,就是敏感到这一问题而试图在理论上做出的努力。但也有相当一部分人认为,这是崇高理想消失的结果,他们并且想以过去那种远离生活大地的辉煌的理想来对抗今日他们所视为的"平庸"。刘思谦教授则在《带伤的黎明》《都市女性的话语狂欢》等长文及专著《女性生命潮汐》中,重点通过对20世纪50年代出生的女性作家的散文及"小女人散文"的评析,对此做了旗帜鲜明的学理回应,对个人日常生活在价值论上给予了充分的肯定。

刘思谦教授认为,20世纪50年代出生的女性作家的散文,是基于自己的人生经验，清算了过去时代灌输给她们的空洞的理想、激情之后，从而找到了个人日常生活的意义所在。这是一个从旧时代向新时代的实质性跨进，所以，刘思谦教授将之形象地命名为"带伤的黎明"。当同代的男性作家如张承志、梁晓声等人，还沉浸在自我欺瞒的红卫兵情结和永不忏悔的矫饰之中，出现了以亟待清理的过去的思想资源来试图面对今天新的精神现象的迷误，并在今天产生强大的影响，成为从昨天进入今天走向明天的过程中，一种非常危险的倾向时，刘思谦教授通过对20世纪50年代出生的女性作家的散文创作研究，无疑对此提供了一剂极好的解毒剂。

如果说，学界对20世纪50年代出生的女性作家的散文创作是不应有的忽视，那么，对"小女人散文"则做了极大的歪曲。生活日常化、历史个人化、城市女性化作为时代的特征，在"小女人散文"中都得以充分地体现。刘思谦教授结合对"小女人散文"的创作实际，引述周作人的散文理论来为"小女人散文"正名："按照周作人的看法，文学的个人化是文学的灵魂，散文是文学中最为个人化的文体，而小品文则又是散文中最为个人化的文体，所以叫作'个人的文学之尖端'。"它出现在"王纲解纽的时代"，是"近代文学的潮头"，从而对"小女人散文"的时代前沿性给予了充分的肯定。刘思谦教授认为：题材大小只有体积的区别而无价值的高下，而且，对题材之大小的含义也需要给以重新的界定。在对严歌苓小说的论述中，她对此有着更为明确、清楚的解释："长期以来主流意识形态一直把'个人'在价值论上与一些类概念如'国家''民族''阶级''党派'二元对立起来，后者等于'神圣''伟大'而前者等于'微不足道''渺小'，并作为一种统治性的'绝对理念'而主导着社会舆论。"

对个人日常生活在价值论上的肯定，在刘思谦教授的各种文章中随处可见，且以其鲜明性令人难忘。如她说："把女人关于一日三餐的'意识流'接起来，比黄河、长江还长；把女人往返于菜场、粮店、厨房的'小短趟'接起来，大约总能绕地球一周。""日常生活是任何历史风云所赖以存在的基础，任何历史风云都无法割断与日常生活的联系。它是活动于其间的帝王将相、平民

百姓、男人和女人们得以生存的前提,是人类生活的底子与芯子,也是人性得以保存和成长的河床。"虽然早在五四时期,周作人就在他的作为五四文学理论宣言的《人的文学》中,明确说明:"我所谓的人的文学,乃是个人主义的人间本位主义。"虽然在抗战最为艰苦的年代,梁实秋谈个人日常生活的《雅舍》散文系列,也曾在重庆风靡一时,洛阳纸贵,但个人日常生活,在中国现代文学史上,始终没有得到应有的肯定与研究,刘思谦教授对文学作品中个人日常生活的重视,可谓是现当代文学研究上的空谷足音。

第四,虽然刘思谦教授在女性文学研究中以"人学"为核心的人文主义的价值立场及其研究思路,有助于将中国女性文学研究的成果引入中国的思想界、学界,从而打破中国女性文学研究中女性"自说自话"的封闭格局,提升并拓宽中国女性文学的研究格局,但刘思谦教授认为当今的女性研究在社会、在学界,仍然都是处于边缘位置,并因此构成了对主流的挑战与对话价值。她认为,女性研究只有甘于这样的边缘位置,才能免受主流的污染。刘思谦教授的这一判断是符合现实实际的。所以,刘思谦教授的学术研究,在中国学界并不占据主流位置;但笔者想要补充的则是,在今天,个人的解放还更多地为政治、经济、文化等各种社会要素所限,而在这些要素中,男性还占据着支配位置;或者说在今天,对传统社会结构的变革,还是首要的任务,还是重中之重,而在这一变革中,男性还占据着主力位置。但政治、经济、文化等各种社会要素,都是因为有了人的存在才具有了意义;或者说它们的历史变化的价值,是为着人的进步而被赋予的。那么,从历史发展的事实形态看,女性研究是处于边缘位置的,但从历史发展的性质、价值、逻辑上看,女性研究却是作为历史主潮的前沿部分而存在着。刘思谦教授的学术研究也是如此。这与现代自由主义思潮在中国思想进程中的命运是颇为一致的。

三

刘思谦教授在自己的学术道路上,形成了自己鲜明的学术风貌,这就是:第一,将自己的学术研究视为自己的生命所在。她常常讲的一句话就是,女性研究是她的"志业"而不是仅仅作为一种职业。西方女性主义认为,在女性"无语"、"无历史"的现状面前,女性只有通过表达自己的话语才能得到自身生命的实现。女性是用自己生命的血肉在完成着自己的言说。刘思谦教授正是这样。在今天这样一个缺少生命血肉温度的技术化、科技化时代,许多人文学者不再是从自己的生命体验、生命需求进行研究,而是用冷冰冰的概念、逻辑的手术刀,职业性地解剖着充满血肉温度的生命之躯。钱理群教授所批评的左右逢源、朝秦暮楚却永远可以适应现实而为自己谋取最大个人利益的学者、学术研究,在中国今天的学术领域、思想领域中不乏其人。刘思谦教授在学术研究上的"志业"精神、真诚态度,对今天中国的学术研究现状,具有批判意义和现实意义。

第二,刘思谦教授的文学批评,是从文本出发,而不是从先验的理念出发。刘思谦教授在总结自己的学术研究时说:"我的主要经验是:文学研究的激情必须建立在对大量文学文本的细读和对相关资料的翔实占有上。"为了写作两篇谈新时期中篇小说艺术性的论文,刘思谦教授说:"其作品阅读的涵盖量几乎就是新时期中篇小说的全部……论述中还需要在某一方面和短篇小说相比,自然还要选一些短篇小说来读。""以现代女作家论为编排体例的《'娜拉'言说》便建立在对冯沅君、冰心、凌叔华等12位女作家的大量文本一本本、一篇篇的文本细读上。后来的上一世纪90年代女性散文研究专著《女性生命潮汐》的阅读量,更是大得惊人。因为上一世纪90年代是女性散文创作的黄金时代,已出版的女性散文集达400多部,我不敢说读了这400部的全部而说读了其中的大部分,是符合实际的。"20世纪90年代以来,学界浮华之风日盛,借助一种理念、一个视角,甚至仅仅是拼贴之术,将现有材料重新编排一下的所谓专著层出不穷,但却了无新意。刘纳教授曾说过:"我们见过了'新理论'、'新观念'、'新方法'、'新课题'一潮一潮地热起来,也见过了一个个研究框架的倒塌。"对具体作家作品的评论状况也不容乐观,一目十行之后就对作品信口开河却又离题万里者比比皆是。相比之下,刘思谦教授的治学风范堪为矫治文学评论界时弊之必需、之急需。

第三,将价值论引入方法论。陈骏涛先生将刘思谦教授归入中国女性研究中的第一代学人,他认为这一代学人所持的研究方法主要是社会学的研究方法,但刘思谦教授在这一代学人中却是个例外。她一直十分注重将新的研究方法整合进女性研究之中,将价值论引入方法论。《文学研究——理论方法与实践》一书,就是刘思谦教授在这方面带领其博士生完成成果的集中体现。这本书涉及叙事学、解释学、原型批评、结构和解构批评、女性批评、新历史主义等,其方式包括对理论的梳理、理论与当前批评实践的结合。说到方法论,马上会让人想到20世纪80年代中期的方法论热。细究下来,那是中国现代化进程中,对人的解读的一个关口。新时期之后,历经人道主义、人性大讨论、"异化"之争、对人的重新解读等,左冲右突,寻找新的解读武器已成燃眉之急,方法论热正是因此而形成。方法论看似在手段、技术、工具、形式层面,其实乃是通过不同的途径,对人之存在的真义以新的探究与揭示。要而言之,方法论已然隐含了价值论于其中,正是因为价值论的烛照,方法论才得以成为意义的存在。诚如海德格尔所认为的,理解本身即是此在的在世方式。因此,重视方法论,将价值论引入方法论,是刘思谦教授在女性研究中,坚持"个人在场"、"价值论在场"在研究方法上的具体实现方式。

第四,问题意识与学理研讨。刘思谦教授的学术研究,不是经院化的、静止性的,而是与时代的境遇、现实的问题紧密相关的。诸如如何看取、面对"个人","个人"与时代、历史、革命、集体的关系,个人日常生活,女性的生存境遇,如何面对今天的物欲浪潮,如何面对刚刚过去的历史等,都是当今社会所面临的急迫性的需要予以解释的时代性问题。面对这些问题,刘思谦教授主要汲取西方女性主义的思想资源,汲取德国思想界对德国极权主义进行反思、批判的思想资源,汲取"人学"思想,汲取中国现代自由主义的思想,汲取中国思想界最新的研究成果,试图对这些问题做出学理性的回答。她的思想,是有学术的思想;她的学术,是有思想的学术。这在中国今天的学界是十分难得的。

笔者注意到,随着年事渐高,刘思谦教授正在把自己的写作中心转移到对自己及自己上一代人生命经历的记写之中,诸如记写"文化大革命"中的"斗死尸",记写自己初恋的"背影"等,在笔者听来,都是惊心动魄的。笔者前面说过,刘思谦教授这一代人的生命经历,有着特殊的丰富与深刻之处。如果说反思历史不宜迟,那么记写自己的生命经历,对这一代人来说也是不宜迟。这是以此来体现自己"个人"的声音,让抽象的历史具有具体的"个人"的生命温度,并以此来抵抗"集体"对"记忆"的强迫性遗忘。女学者在这方面似乎成果还不太多,笔者期盼着刘思谦教授率先在中国学界开出这样灿烂的思想之花。

(本文原载《中国现代文化与文学》第13辑)

官员古体诗词写作的意义

近些年来,各级党政干部写作古体诗词蔚然成风,从向高校老师讨教古典诗词格律知识,到逢年过节感怀一首而又通过手机群发致意于同僚,进而相互唱和、相互切磋,更有研讨的盛举开始接二连三地出现。由于职业的原因,笔者常常会读到一些党政干部写的古体诗词,也间或会去参加一些为这些诗词举办的研讨会。常常是这样的情形:研讨会上,许多人表面恭维,私下里却又不以为然——讥之以水平不高,附庸风雅耳。还有些学界同行认为,古典诗词乃过去时代之文化产物,放之于今天,以古典诗词的写作水平,标示自己文化修养之高深,实一倒退现象耳。

笔者不这样看。笔者承认,目下党政干部的古体诗词写作,距离古典诗词的水准相距甚远——虽然他们试图以古典诗词的标准来写作。因此,笔者将他们的这种写作称之为古体诗词写作。笔者觉得,党政干部或曰官员的古体诗词写作,作为一种重要的社会现象、文化现象、精神现象、文学现象,实在是值得我们给以相当的重视,现在却忽视有余而重视不足,回避有余而研究不足。

中国传统社会的文人、官员、诗歌这三者间有着天然的血缘关系。中国传统社会的文人,其最大理想是做帝王师,是封官拜相,顶不济也要去做一做官员的幕僚门客，所谓"学而优则仕"是也，所谓"了却君王天下事，赢得生前身后名"是也。而中国传统社会的官员也大多是从文人士子中产生，即使不是官员的文人士子吧，也是官员的一支后备队伍，其心态，其所抒之情、所言之志，也俨然以官员自居，俨然与官员无异。诗歌呢？则由于传统中国是一个强调人际关系的以社会伦理为价值本位的国度，所以无论是文人士子还是各级官员，虽然多不重视也不擅长自然科学各科，却都极为看重诗歌的抒情言志功能且都擅长写作诗文辞赋。以官员而论，历代都不乏既是官员又是杰出诗（词）人者，如屈原、杜甫、白居易、王安石、苏轼、柳宗元、刘禹锡、欧阳修、范仲淹等，这是一串长得不能再长的名单，也因之造就了中国传统社会官员诗词写作的辉煌。

中国现代社会的官员、知识分子、诗歌三者之间的关系，较之前述，既有相同的一面，也有不同的一面。

由于官员投身于社会政治的中心，对时代、社会的矛盾往往有着比常人更深刻、更阔大的感受与体悟；由于官员"当差不由人"，服从社会现实法则，服从政治规则与人之天性自由奔放的矛盾、社会与个体的冲突，在他们身上较之常人也往往体现得更为集中、突出、明显，因此，官员的诗作有着一种特殊的带有某种典型性的文化含量、精神含量和情感含量。这是古今官员诗歌写作相同的一面。

中国现代社会的官员是在现代教育中，汲取着与现代知识分子大致相同的文化乳汁成长起来的，这构成了二者之间的亲缘关系。但随着知识分子在现代社会中独立意识的觉醒、独立角色的形成，现代社会中的官员与知识分子，无论其角色意识还是其心态结构，都有所不同：要而言之，官员更看重价值的现实可行性，知识分子则更侧重价值的纯粹性。这样的角色意识、心态结构，表现在其各自诗作中，也就有所不同。当李白高吟"仰天大笑出门去，我辈岂是蓬蒿人"时，他并不明白官员的实质是什么，所以，他为"入局"而亢奋，又极快地"出了局"，接着就是因为"出了局"而带来"行路难"的感叹和"但愿长醉不愿醒"的愤激。反观他的"入局"和"出了局"，你不能不感到他

大笑之声的幼稚,虽然在表面上很豪放;你也不能不感到他的感叹与愤激的苍白,虽然在表面上很动听。现代社会的官员则要成熟得多,他们已经洞察到了其中的区别与复杂,因此也就有了更清醒的承担沉重的勇气,由此也就有了当今官员诗作的不同于纯粹诗人的更为独立的意义。

现代社会的官员古体诗词写作的意义,不仅仅存在于其文本所体现的情感形态、价值形态的独特性上,也体现于其写作行为所带来的社会意义上。这一层意义要而言之有二:其一,无论现代社会官员在写作古体诗词的过程中,如何为自己的政治身份所限而考虑到现实空间对其个人思想、情感的容纳度,诗词写作毕竟更多了一层私人性,毕竟更多的是一种私人性行为,因此,现代社会官员在自己的古体诗词写作中,可以较多地流露其自身的私人性情感和私人性认识。这样的一种私人性情感、认识的自由度,是中国健全政治文化生态的标尺之一,也是健全中国政治文化生态自发性的不自觉的群体性努力之一。

其二,在当今中国的社会结构形态下,现代社会官员的古体诗词写作之风,对形成、倡导时风大有裨益。"楚王好细腰,宫中多饿死",如果去除其中之讥贬之意,而从时风如何形成角度来考察,确实不无道理。现在通过手机而广泛流传的各种段子,虽然不乏商业因素导致的写手作用,但作为一种新的"国风"形态,确实不容小觑;而现代社会官员的古体诗词写作,作为一种官员的个人性写作,其将来可能发生的影响,同样值得我们给以相应的重视。

至于说到古典诗词这样一种文体,笔者倒是觉得,我们对诗词的要求,只应有好坏之别,而不应有新旧之分。说古典诗词不宜于今日,有我们在长期的历史进步中,以新为好以旧为劣、以新淘汰旧的惯性认识;有现代文化决绝于传统文化的惯性认识,也有对古典诗词形式不易的认识误区。这些都有待于在今后的古典诗词写作中给以实践并在实践中给以新的认知。现在需要一辩的倒是,现代社会官员确有以古体诗词写作而附庸风雅者,但我们却不能以此而因噎废食,却不能以此而在"倒脏水时将孩子一起倒掉"。笔者觉得,古典诗词写作中的格律限制,对当今的浮躁时风、对官员的浮躁心态,反而有着积极的沉淀作用和收敛作用。

如前所述,为传统社会及其价值结构所限,诗文辞赋写作曾成为传统社会官员知识结构的中心部分,但现代社会官员,文学在其知识结构中多有让位于社会科学、自然科学者,相形之下,现代社会官员的诗文辞赋写作的光辉,较之传统社会官员,就要黯淡许多。这是历史的进步,但这并不意味着现代社会官员古体诗词写作意义的失去。笔者愿意再强调一下,古体诗词写作给了现代社会官员在精神上超越现实存在的一种人生表达方式和实现方式。当这样的一种方式被社会、被公众并被社会政治法则所认可后,现代社会官员作为社会的一支重要支柱,其通过古体诗词写作而体现出来的精神风范、精神自由的力量,对构成整个社会精神生态的作用,就是不容忽视的了。我们对此现在还缺乏足够的实践与研究,但也说明我们提出研究官员诗词写作意义这一命题的必要与急迫。

(本文原载《文学自由谈》2012年第5期)

永远还非常远

虽然中国的社会政治革命早已把中国女性推上了社会大舞台，虽然中国女性批评也已经热热闹闹地开展了近二十年，但女性意识的觉醒与对女性的真正认识却还是一个非常远的永远。女作家铁凝的中篇小说《永远有多远》及男作家东西借此改编的同名电视剧，通过两位女主人公的形象、两位不同性别的作者各自体现的性别意识，为我们提供了一个对此高度浓缩与典型体现的文本，并因此给了我们一个广阔的意义阐释空间。

作品中的女主人公白大省无疑是中国传统男人心目中的好女人形象，这种好女人形象在中国传统的妻妾文化中常常以妻子的形象出现并占据着传统女性的中心位置，其特征大致有三：第一，母性十足，像母亲一样事事照顾男性，为男性排忧解难。中国传统社会中上层阶层的男性不就往往娶比自己大几岁的女性为妻以照顾自己吗？白大省不也是不断地给自己生命历程中的男性提供帮助使他们得以解脱困境吗？对这样一种女性的渴盼与依赖，说明了中国男性永远是长不大的，还没有可能成为一个成熟的男人。第二，这样的妻子形象是绝对地符合社会理性规范的。我们试着闭目想一下，中国传统戏曲中的佳人、娘子形象，哪一个不是知书达理之人？所谓的书、理，无非是社会理性规范的外化形式罢了。而无论小说还是电视剧，对白大省着意凸显的不也是仁义之类吗？第三，女性性特征不强，因此，也就绝少男女之欲的展现。中国传统文学中对男女之欲的展现，就从来不曾在有正统名分的夫妻之间展开，而无论是小说还是电视剧，白大省是没有男女肌肤之亲的冲动的。如此，这种好女人并不是真正实质意义上的妻子，作品中写白大省最终无人来娶，正体现了作者对传统妻子身份的解构，这样的一种解构犹如一柄双刃剑，一面刺向传统男性的不成熟，一面刺向传统女性的性蒙昧。

应该说，中国传统女性或白大省也并不是生来就是如此的。白大省在年幼的时候，心目中最向往的不就是生命力恣肆的西单小六吗？那正是鲜活生命的自然滋长，而之所以成为白大省，正如波伏娃所说，是在人类文化之整体的作用下形成的，那就是所谓做一个"好人"的社会要求。在这样的一种形成过程中，传统女性或白大省也不是没有反抗过，白大省不也曾执意要购买不适合自己的新潮服饰以试图改变自己的原有形象吗？在电视剧中，她甚至奇装异服地出入于非法娱乐场所，在她无意识的内心深处，她是不愿意做这"居间于男性与无性中的所谓女性"的，是不愿意成为这种"好人"的。但种种反抗的最终结果恰如波伏娃所说："女人只是象征性地造成一个骚动就算了事，并没有再尽更多的力量。她们所获得的只是男人愿意去给予她们的东西：她们没有自主地争取到任何权力，她们只是去接受被给予的权力。"所以，男人——郭宏即使跪着也会对白大省说："你以为你还能变成另外一种人吗？你不可能，你永远也不可能。"而白大省也最终没有完成这种可能。其实，岂止白大省的微弱、盲目的反抗是如此，西单小六的疯狂、盲目的反抗不也是如此吗？西单小六最终得到的，不也仅仅是男人所给予她的一点点钱和那个酒店吗？如此，难怪白大省要一再绝望地质问："什么叫永远？永远到底有多远？"

如果说，在小说中，铁凝通过对白大省形象的塑造，表现出女性作者对女性主体性缺失的认识及女性对自身传统形象的反省，那么，同名电视剧则是对这种反省的粗暴改写与颠覆，并因此加剧了女性主体性的缺失，也流露出了男性无意识深处陈腐的女性观。

大凡看过电视剧的人都对白大省充满了同情并在这种同情中消散了对白大省的批判与否定,其原因在于,电视剧通过大量的细节与场面描写,以赞赏的姿态突出了白大省上述的母性善良,而细节与场面是最能感染人的,电视剧的瞬间性特征又强化了这种功能。于是,就出现了这样的矛盾,电视剧从情节上如同小说一样是解构白大省的,但在细节、场面描写中,又肯定了白大省。出现这种矛盾的原因在于,东西作为男作家,受时代的现代女性观念的影响,他在意识、理性层面——这往往体现在情节设计上,是认可对白大省的批判、否定的,但由于陈腐女性观历史的悠久所形成的强大惯力,在无意识、感情层面——这往往体现在细节、场面的描写上,却对白大省又有着不由自主的由衷地喜爱,而无意识、感情的改变才是最根本的改变。

东西无意识深处陈腐的女性观更多地体现在对西单小六的改写上。

西单小六在中国传统男人心目中是妖女、狐狸精、青楼女子、妾的形象,这四种形象在传统女性中都是非正宗的、边缘的,这种妖女形象的特点也有三个:第一,总是充满了生命的情欲,因此,给男性以挣不脱的诱惑:你看西单小六"天生一副媚入骨髓的形态,天生一股招引男人的风情"。第二,因为生命情欲的恣肆与社会的冲突,所以,总是不合乎社会理性规范,但也因此构成了对社会理性规范的冲击。"她经常光脚穿着拖鞋,脚趾甲用凤仙花汁染成恶俗的杏黄——那时候,全胡同、全北京又有谁敢染指甲呢,唯有西单小六。"恰如西苏所说:"假如她不是一个他,就没有她的位置。假如她是她的她,那就是为了粉碎一切,为了击碎惯例的框架,为了炸碎法律,为了用笑声打破那'真理'。"第三,最终又总是给以社会为生命第一要义的男子带来诱惑并因之带来伤害。中国传统男子对这样的女性总是又爱又怕。与中国传统社会以社会伦理为本位、存天理灭人欲的价值观相对应,中国传统男子总是把没有生命情欲的好女人作为被社会认可的名分上的妻子,而把妖女形象作为情欲的对象,却绝不会将她们作为妻子,这就是西单小六虽然身边追求者如云,但却最终无人娶她的原因所在。

对这样的女子形象,铁凝在小说中,是作为对既定女性规范的挑战力量出现的,但在东西笔下,一方面,西单小六成了男性为了满足自己肉欲而竞相追逐的对象;另一方面,却又完全成了一个为了掠取男人金钱而以色相诱惑男人肉欲的邪恶者,从而在转嫁罪责中使男性得以清白地解脱。正如波伏娃所说:"这种循环论法,在所有类似的环境中都会产生;某一边把对方逼到一个低劣的境地,然后就控诉他们天生就是在那个境地中长大。"东西不幸就站在了这样的一个价值立场上。

当女性还只能以白大省、西单小六的形象出现在读者面前时,当中国的男性虽然在理性上想对女性给以现代性的评价,但却于无意识中流露出骨子里的陈腐时,笔者认为,任何人怕都不得不在内心深处发出深深的叹息:女性意识的觉醒与对女性的真正认识还是一个永远,永远还非常远。

祈盼与呼吁

——写在《中国传统文化与未成年人精神成长丛书》出版之际

之所以编辑这套丛书,实在是来自于时时涌上心头且挥之不去的对中国社会现实的一种危机感。

这种危机感是深感当今中国未成年人精神成长的缺失。我们随便放眼看看,当今未成年人的生理成长、知识成长,甚至心理成长都已经得到了社会及家长的普遍重视,唯独未成年人的精神成长却至今未能引起大家的关注。不是吗?即使是出生、成长于中国下层民众家庭的孩子,他的物质生活条件,也还是能够满足他生命发育成长过程中的需求,至于出生、成长于城市中家境较好家庭中的孩子,甚至营养过剩而身体偏于肥胖的也不在少数。大致说来,基于营养的健全,这一代未成年人较之他们的父母一代,其身体发育普遍提前、普遍超标应该是一个不争的事实吧。说到知识成长,我们只要看看这一代未成年人那沉甸甸的书包,看看双休日这一代未成年人频频出入于各种补习班的身影,听听"现在最辛苦的就是中小学学生了"那无奈的感叹,我们也就大致可以知晓,现在对未成年人在知识灌输上是如何的慌不择路、饥不择食了。至于未成年人一代的心理成长,伴随着他们心理问题的频频发作,他们的心理健康问题总算是被大家认识到了,虽然那补救的措施依旧不够得力,但总算在媒体上时时出镜;总算在家长的口头上也时时被提及了吧;那心理咨询室,虽然常常是徒有虚名,但也总算是在一些城市的重点中学挂了个牌子吧。然时至今日,我们还很少听到关于这一代未成年人精神成长的话题。精神成长,在许多人的心目中,还是一个玄虚的话题,还是一个模糊的甚至是不知所以的话题,而究其实,精神成长已然成为当今一代未成年人成长的时代性危机:生理上的提前成人,使他们精力充沛却不知将精力用于何处,甚至如纽曼所说:"如果他们话多,必乱说无疑。"笔者想仿效性地补充一句:"如果让他们率意行动,则必乱动乃至累及无辜。"——当今青少年一代伤害行为的频频发生,就是明证。知识上的强力灌输,使他们在这样一个技术至上的时代,越益将知识作为换取世俗功利的手段,甚至在极端情况下,会不择手段,职场上的弱肉强食、运用高科技手段进行犯罪,都是这方面的显例。心理的成长,虽然使他们在自我与外部失衡的情况下,可以有效地做自我心理上的调节,但却离心智的成长相去甚远,郁闷虽然可以通过宣泄得以缓解,但那宣泄的内容与方式,却有着高低优劣之别。明乎此,我们才会明白,精神成长是灵魂的健全,是人格的生成,是公民意识的培育,是对人的生命自由实现的自觉意识的形成。

精神成长不是凭空地进行,需要汲取各种精神资源,但这些精神资源,不是那种换取世俗功名的"实用知识",而是着意于"自由人"得以成长、形成的"自由知识"。概而言之,中国的传统文化、现代文化、西方文化,都是新的一代未成年人基于自身精神成长价值生成点的需要,所应该充满兴味地去有所涉猎的吧。而现在,这些方面,目下的一代未成年人,对此却缺乏清醒的认识和应有的了解吧。网络的平面化、共时化,正在消解中国传统文化、现代文化、西方文化对当今一代未成年人精神上的深度滋养。我们常常看到,当今一代未成年人,在时尚的潮流中,话语滔滔,似乎无所不知、无所不晓,但一旦进入人类精神的深处,即眼神茫然,顿然失语。于是,我们也因此看到,

文化贩子、学术掮客在当今大行其道,真正的学术研究者,却又深居象牙之塔,自得其乐,因此,当今一代未成年人精神成长过程中急需的、健康的精神营养品,在文化市场中难觅其踪。

上述的时代危机,与哲社人文研究界重研究轻应用的时弊密切相关。

哲社人文研究队伍人数众多,成果累累,研究的深入程度、进度,令人刮目相看。但这些成果又有多少转化为对公众精神需求的满足呢?当今哲社人文界的许多评价体系,套用自然科技界的办法,弊端多多,是这个时代自然科技吞噬哲社人文的显著标志。但是,也不完全如此。科技研究界市场意识较强,特别注重将其成果、发明、专利转化为市场效益。相比之下,哲社人文研究界却缺乏这种市场意识。或许是中国传统的哲社人文研究书上作书的历史太过悠久,抑或许是其依附权力、体制的历史惯力过强,笔者在这里不做深入研讨,总之是,一篇文章、一本专著,刊发、出版即为完结。至于其在何种程度上影响了中国文化、思想、精神的构建,则不再过问。科技界常常是将研发与营销作为两个互有关联的部门予以衔接,哲社人文界却无此意识,鲜有此说,更无实际的运行与操作。这种重研究轻应用,还表现在哲社人文界生产力分配的不平衡:现在全国哲社人文类的学术、文化期刊,包括各级高校的学报,数量众多,每天在这些期刊上刊发的文章,说不计其数或许不切实际,但如果说难计其数,或许并不为过。然这些文章中,如果不是绝大多数,起码有许多是没有创见性的低水平的重复拼贴之作吧。许多的研究者,宁肯耗尽自己的有限精力,写几篇上述类型的文字,而绝不肯把精力用于对新的学界成果做普及转化的工作。于是,我们看到,一方面,是学术垃圾、文字垃圾比比皆是;另一方面,在前述一代未成年人精神成长危机面前,适合他们的精神读物却又少之又少。

令人沮丧的还远远不止如此。就是在这少之又少的提供给一代未成年人的精神读物中,文字模式化、格式化、干瘪无味的也不在少数。人的精神世界原本是鲜活的、充满生机的,满足人的精神成长需求的文字,也应该是如此吧。但打开各种标榜有文化内涵、精神内涵的书刊,却又时时看到两类不堪卒读的文字：一类是没有精神深度的平庸不堪的时尚文字，一类是貌似深刻的"经院化"的"八股文字"。之所以如此，笔者想，也是因为当今社会精神世界的萎缩、干瘪、枯瘦所致吧。用这样的文字，又怎么能够在一代未成年人的精神成长的需求中，给他们以新鲜、充盈的精神滋养呢？

一代未成年人精神成长的时代性危机，与中国普通教育界教育的日益程式化、技术化、模式化的时弊密切相关。我们生活在一个整齐划一、批量生产的工业时代，一个科学、技术至上的时代，一个工程师的时代。冰冷、坚硬的钢铁制品，早已代替了鲜活、温软的血肉之躯，无形的无所不至的网络，早已代替了有形的有切肤之感的生命。偶在的个体生命下场，复制的赝品赫然于舞台的中央。鲜活的个体生命正在离去，面目相同的社会"符码"成批出现。功利成为心脏搏动的动力，计算成为大脑的唯一功能。甚至喜怒哀乐也可以设计，甚至悲欢离合也可以制作，就连以活生生的人为直接对象的文学、教育的发展也时时为这工程那工程这样的工程术语所概括，而在这种概括的背后，我们分明看到了科技对人文的吞噬。受如此时代、如此时风的影响，虽然普教界素质教育的呼声甚高，但终于是空中流云而与大地无涉。我们只要翻翻中学生的书包，就知道那沉甸甸的背与背不动的书包里，除了课本还是课本，除了应试资料还是应试资料。从一早睁开眼到夜晚终于可以闭眼入眠的分分秒秒，学生几乎全在应试性的讲课与训练中度过。在这样逼仄的人生时空中，我们又怎么能指望我们下一代的精神成长能有一个广阔的世界呢？中学教师中多有才智杰出者，但这些杰出者，正在被引导、被鼓励与应试教育的能工巧匠画等号，并在继续向着"大匠"的目标迈进。在"匠人化"的流水线上，学生日益成为批量生产出的精密的"零部件"，差异只在这"零部件"的精密程度，却越益远离生命筋骨的强健、血肉的丰满。在如此的教育时弊中，我们又怎么能指望一代未成年人日益"机器人化"的躯体中，有着灵魂的飞扬呢？

一代未成年人精神成长的时代性危机，与目下处于社会转型期的中国社会"人的迷失"的时弊也不无关系。

目下中国社会"人的迷失"的表现形态是多种多样的。与未成年人精神成长危机相关的"人的迷失",突出地表现在整个社会及未成年人家长的成才观、幸福观的迷狂。据说在咱们国家,孩子从幼儿园就开始进入了成才竞争的起跑线。这成才的含义,就是北大、清华、哈佛……然后是官员、老板、高级白领等,而成才的程度,也就等同于幸福的程度。考之实际,此说不虚。于是,未成年人的精神成长,就这样被定向定点地扭曲疯长。人的生命是个体性的,这个体性的生命,又是千差万别、千姿百态的,又是一次性不能重复的。人的生命的个体生命价值与社会价值相关联却不能等同。人的生命的社会价值可以有大小,但人的个体生命的价值却是没有高低之别的,一个老板与一个员工作为一个个人,他们是平等的,是没有贵贱之分的;人的生命的社会价值可以有大小,但人的个体生命的幸福程度却是不能与之画等号的。适合从事个体性艺术创造的人,在"规矩"严格的官员生活中,未必有个体自由的幸福可言;适合过小人物"平庸"生活的人,在社会高端也会有"高处不胜寒"的不适。马克思说过:"你们赞美大自然悦人心目的千变万化和无穷无尽的丰富宝藏,你们并不要求玫瑰花和紫罗兰发出同样的芳香,但你们为什么却要求世界上最丰富的东西——精神只能有一种存在形式呢?"精神是这样,人的生命形态也是这样。未成年人精神成长的苍白、单一,与当今中国把人的生命形态单一化、苍白化的时弊有着深层的有机关联。

正是基于上述种种时时萦绕于心的切肤的危机感,于是,心中时时萌生着一种神往:神往于20世纪30年代开明书店出版的由叶圣陶编写的《开明国语课本》以及由朱自清等著名学者编写的一系列青少年读物;神往于朱光潜所写的《谈美——给青少年的第十三封信》;神往于20世纪60年代的《十万个为什么》;神往于大学者能有献身的精神,用大手笔为青少年读者写出的小文章;神往于那种深入浅出、生动活泼的哲社人文类文章;神往于能通过这样的读物还一代未成年人以生命、精神成长的自由、广阔、鲜活、灵动,并以此去对抗、改变前述哲社人文界、普通教育界、社会"人的迷失"的三种时弊。

于是,在神往中,有了千里之行始于足下的冲动,于是,有了这套丛书的出版。编写这套丛书,一个最基本的指导思想是:在内容上,把价值论引入未成年人的精神成长教育,是从未成年人精神成长的价值生成需求,从若干个价值生长点,来向未成年人介绍中国的传统文化,而不是从知识论出发,向未成年人做中国传统文化的普及。在形式上,则力求与内容相应的文字生动、活泼、灵动等。相较于编写、出版这套丛书的上述初衷,可以说,离预期目标相去甚远。但无论如何,总算是有了引玉之砖了吧。我们祈盼着有新的开明书店及其出版的青少年读本,有新的《谈美——给青少年的第十三封信》,有新的《十万个为什么》,更希望有对上述这些祈盼的超越。

让我们继续努力,让我们充满期待,让我们切切实实地"救救孩子"。

(《中国传统文化与未成年人精神成长丛书》由山西希望出版社2012年出版。本文原载《人民教育》2013年第5期)

何为文学名作

何为文学名作,似乎是个文学常识,不是问题,但细究起来,却不尽然,而是涉及今日国人精神生态的一个现实问题。

广西师范大学出版社曾经在网上搞了个"死活读不下去排行榜",在对近三千名读者的意见进行统计之后,得出结论:《红楼梦》高居该榜榜首,而且中国古典四大名著尽数在列,此外还有《百年孤独》《追忆似水年华》《尤利西斯》《瓦尔登湖》等世界名著,跻身前十名。其实,关于什么是文学名作,坊间早就有个经典性说法:文学名作就是要摆在书架上但却从来不读的作品。对国人特别是一代青少年如此的文学阅读现状,学者普遍地表示着种种的忧虑:或曰如今是读图时代、网络时代、平庸时代、商业时代,或曰是应试教育使之然,或曰是急功近利、价值迷乱导致的浮躁心态使然,等等。但从何为文学名作这一角度提出问题者却鲜见,而笔者以为,在何为文学名作这个前提都没有搞清楚的情况下,讨论国人阅读文学名作的状况,只是使讨论牛头不对马嘴,使问题与结论大相径庭。

文学名作是一个时代、一个民族精神成果的结晶体,又是一个时代、一个民族在应对现实问题所造成的精神危机的精神资源之一,二者缺一,便不成其为名作,而后者,更是决定性的。古今中外文学作品,汗牛充栋,浩如烟海，但只有能够成为当今时代应对现实问题所造成的精神危机的精神资源，才能够具备名作的品质，成为流动中的人类精神文明长河中的一部分，否则，则只能成为人类精神文明长河中某一河段中的化石。决定何以阅读文学名作的深层原因，关键问题、核心之处，在于不应囿于知识论、认识论，更应明确价值论，是将价值论寄寓于知识论、认识论之中，即引发读者阅读文学名作的根本动因，除专业研习者外，主要不是为了了解、知道中国或国外的文学状况，不是为了了解或知道中国或国外的文学作品讲了一个什么样的"他者"的人生故事，而是为了从中国或国外的文学作品所讲的"他人"的人生故事中，看到了自己的人生形态，对确认自己、解决自己的人生困惑，实现自己的情感需求有所启示、有所满足。譬如读郁达夫的《沉沦》、读鲁迅的《孔乙己》、读丁玲的《莎菲女士日记》都不仅仅是为了了解、知道过去一时代弱国子民在异国，在新旧、中西文化冲突中的痛苦，或一时代人生境况的世态炎凉，或一时代女性最初觉醒时的痛苦与迷茫，而是因为种种这些，却也正在以某种新的形态就存在于我们的身边。我们可以说，一切历史的故事之所以在今天被我们所乐于阅读，都是因为这些历史的故事就是今天的故事。明乎此，我们即可明了，何以古今中外的文学名作会在今天远离我们广大读者的深层原因之所在了。那就是，读者主体性的根本性缺失导致了文学名作在今天的缺失，那就是，诚如马克思所说："一个无对象的本质是个非本质。"套用马克思的这句话，我们可以说，一个无阅读者的文学名作是个非名作，或者说一个无对象性实现的文学名作是个非名作。不考虑文学名作"对象性形态、特征"，不考虑文学名作"对象性的存在"，是今天文学名作远离读者的主要原因，其突出"症候"笔者列举以下几项：首先，一个时代有一个时代所面临的特定的精神缺失、精神需求、精神困惑，其所从古今中外文学名作中所需要汲取的精神资源也自会有所侧重。譬如五四时期，在文化思想界，鲁迅、胡适、周作人等先贤，就都认为除《红楼梦》等作品外，其他中国古代文学作品，就大多为糟粕，是"吃人"的文学，而西方文学作品是其时国人给予重视、阅读的文学名作。也确实如此，比如易卜生的《玩偶之家》在其时，就为广大

文学青年所热读,名重一时,广布于社会。再如20世纪80年代之后,面对激烈的政治斗争给国人身心造成的伤害、疲惫,面对新的经济建设时代对国人日常生活的价值召唤,一度淡出于国人阅读视野之外的梁实秋、林语堂、徐志摩等人的散文,未经有意倡导,却也于悄然中成为受到国人欢迎的热读之作。要而言之,文学名作不是凝固的静止的存在,一时代有一时代阅读视野内的文学名作。在红色的20世纪30年代,在新中国成立后的十七年,高尔基的《母亲》是那一时代的文学名作,而在对红色革命进行反思的21世纪,其《不合时宜的思想》则成为高尔基的文学名作,其《母亲》相较《克里姆·萨姆金的一生》作为文学名作,则远逊一筹,反之亦然。为鲜明扼要起见,我们甚或可以近乎武断地说,文学名作是在阅读视野中生成的,阅读视野为一时代的思想、精神、情感的"先结构"所决定。于是乎,甲时代的文学名作,在乙时代或从文学名作中退出,反之亦然。所以,用静止的凝固的放之任何时代而皆准的一般性的文学名作做标准,来判断流动的、发展的、特定的一时代对文学名作的接受状况,实乃本末倒置,因果颠倒。我们应该追问、深究的,倒应该是,哪些文学作品应该成为我们今天这个时代的文学名作。我们不能鲜明地、准确地提出什么是我们今天这个时代的文学名作,当今时代文学名作,文学名作阅读的缺失、模糊、混乱,恰恰是当今国人思想、精神、情感迷茫、不知所措的一种具体反映,也是当今中国学界的一种缺失、一种失职:那就是无力判定我们今天这个时代国人的思想、精神、情感的缺失是什么,因此,也就不能指出何为今天这个时代的文学名作,不能为今天国人的精神缺失,从古今中外的文学作品中,提供相应的滋养,解决今天国人精神贫困、危机的精神资源。

其次,除了特例,一个人在其生命过程中,其儿童、少年、青年、中年、老年时期所面临的精神缺失、精神需求、精神困扰应该有所不同。对于儿童来说,作为文学名作,格林童话可能胜于《红楼梦》;对于中国普通的青少年来说,路遥的《平凡的世界》可能胜于普鲁斯特的《追忆似水年华》,所以,不同时代中的不同年龄段的读者阅读视野中的文学名作也应该是不同的。"老不读《三国》,少不读《水浒》"、"少不读鲁迅,老不读胡适"类似种种,其定论均可商榷,但其对读者不同人生成长阶段中,其"文学名作"构成应该有所不同的警醒、重视、自觉意识,却是毋容置疑值得给以特别肯定的。这一问题,在今天中国从小学到大学的学校文学教育中,尤为突出:将教师甚或思想界前沿性的研究成果,作为对文学名作的选择、理解,强行移植到未成年人的精神、情感系统中,并以此来阐明文学名作的深刻,并以此来体现、深化课堂的教学深度,这在从小学到大学的语文教学中,屡见不鲜,甚或成为时尚和发展趋势。中学语文教材中所选名家篇目,频频更换,也是这一"症候"的突出体现。但终于因为这种选择、理解,与一时代从小学到大学学生们的人生成长、精神成长脱节,也就难怪、也就不能责备一代青少年不读文学名作厌读文学名作了,也就无怪乎对韩寒、郭敬明等拥有众多青少年粉丝的现状而无语相对了。这其中最主要的症结有三:一是不了解"这一时代"一代青少年的精神需求,不了解这一时代"一代青少年"的精神需求,不了解文学名作这一对象性群体的存在形态及存在特征。二是过多地侧重于知识论、认识论,未能立足于价值论并将价值论寓于知识论、认识论之中。三是因此不能准确地判定类如韩寒、郭敬明等人作品的价值,并到位地指出其长短优劣。

再次,教育程度不同,也会导致其不同文化视野下名作的不同。鲁迅的母亲不喜读鲁迅的作品而酷爱张恨水的小说,你不能因此责备鲁迅的母亲,也不能试图将鲁迅的母亲培养、提升到喜爱鲁迅作品的程度。以此类推,一味地指责大众是下里巴人,一味地指责大众不读文学名作,一味地指责大众文化缺失思想、精神含量,指责时代大潮为大众文化所裹挟,苛刻地说,是底层关怀的缺失。学界不能为底层民众设定、确立其特有的文学名作,并指明其作为文学名作的原因,指明其作为文学名作的精神内涵之所在,也是当今学界的一大缺失吧。

第四,人的性情不同,哪些作品对其构成名作也自然会有所不同。某著名作家就说过,她从来读不进去《红楼梦》,诸如孙犁却又将《红楼梦》视为经典的经典。尊重并且鼓励读者作为独立个体认可自己心目中的文学名作,小

而言之,有助于对文学名作的建构与丰富;大而言之,有助于培养个体独立意识的觉醒,有助于解构大一统的整体对个体的遮蔽与泯灭,有助于个体在各种时尚潮流中,不至于迷失自身,也有助于培育个体与个体之间相互尊重的现代主体间性关系。这对长期浸淫于悠久大一统意识传统中的国人,这在各种时尚潮流吞噬、淹没鲜活个体的当下中国,尤具现实意义。

上述四种文学名作缺失的"症候"之所以形成的深层原因,是在长期的大一统格局下所形成的从先验概念出发的思维弊端所造成的,习惯于从一个先验概念出发来阐释、评价千姿百态变动不居的现实,习惯于将千姿百态变动不居的现实削足适履地适应于某个先验概念,而不是实事求是,从现实问题出发,去构建、丰富、深化概念,并以此解决现实问题。

大众阅读、国民阅读是当今的一个时代话题。笔者以为,何为文学名作,对这一话题也会是一个丰富与深化吧。

关于"母亲"的批判与反思

李南央的长篇忆念散文《我有这样一个母亲》在1999年第3期的《书屋》杂志刊发了其节选部分后,读者一时为之震惊。其后各大网站,周实、王平选编的《天火——〈书屋〉佳作精选》(岳麓书社,2000年版),牧歌主编的《城市牛哞》(太白文艺出版社,2001年版),刘思谦主编的《女性生命潮汐——20世纪90年代女性散文选读》(河南大学出版社,2005年版)等,或对其全文,或节选,对此文多有刊载。这倒并不是因为李南央的父亲李锐是中共高级干部,曾担任过毛泽东、陈云、高岗等人的秘书,在1980年后的中国,以疾呼改革开放,以纪实文字《庐山会议纪实》及在秦城监狱八年,用棉签蘸紫药水在《资本论》空边处写下的百余首言情、寄志的诗词《龙胆紫》等名世;也不是因为此文得以让国人一窥高层干部的家庭生活私人生活的某一方面;而是因为在国人心目中,在国人文字的记载中,在国人的口头流传中,母亲永远是被歌颂的对象,我们也因此常常把歌颂的对象比喻为母亲。如作者所言:"所有写母亲的文艺作品,如高尔基的《母亲》;所有写母亲的纪实文章,如朱德的《母亲》,无不是歌颂性的。"但是,李南央的这篇长文,却是一个亲生女儿对自己亲生母亲的批判并在这批判中,充满了深刻的令人回味不尽的反思,且

在这种批判与反思中,充满了撕不开扯不断的血肉之情。在这种批判与反思中,让我们看到了那曾经被长期遮蔽的母亲的另一形象,让我们看到了那曾经被长期遮蔽的女儿出自母胎的母女生命血肉关联的另一方面。如果我们承认我们是时代之子,是历史之子,那么,我们或许更可以从中深省到,我们与时代与历史这一"母亲"关系的方方面面。让我们之所以看到、深省到这一切,与李南央不回避"惨淡"、"鲜血"、"直面"母亲的巨大勇气是分不开的,这一勇气,是对长期的旧有伦理、政治、思想理念框架束缚的冲破,也是对自身作为个体的真实、鲜活的人生经验、理性思考的守护,在这一冲破与守护的"生成形态"中,让我们感受到了"去蔽"之后"觉醒"的快意与情感的共鸣,也留给了我们广阔的思考、体味与言说的空间。

读过这篇长文的人,第一感觉就是感到触目惊心,"左"的政治理念对人性的极度扭曲:没有爱,只有仇恨。李锐母子因为李锐参加革命,二人之间,多年音讯全无。革命成功,二人一旦相见,李锐对母亲下跪以表歉疚之情,然而,李锐妻子"听说此事勃然大怒,回去就吵。认为我爸身为共产党的干部,却给地主母亲下跪,是严重地丧失了阶级立场",且终于因此而"可叹奶奶一生住一住儿子家的愿望终未能实现"。当女儿在政治运动中备受屈辱之时,在母亲处非但没有得到安慰,得到的感觉反而是"我那时还不到16岁,看着妈妈那狠毒的近乎狰狞的面孔,只觉得自己向一个大冰窟窿里沉下去,从里到外地冻僵了"。当母女多年未见,女儿从美国回来看望她时,只因为中美文化的差异,因为传统观念中对美国的敌视,"老太太歇斯底里发作了。她扯着我往门厅拽……疯狂地吼着:'我打死你!我打死你!'她的两只眼睛使我感到很恐怖,那里射出一种饿狼扑到猎物身上时要把对方即刻撕成碎片的疯狂,手则像狼爪,向我的脸遮挡不住的部位扑抓过来"。这样的仇恨,屡屡、频频地发生在李南央的母亲与丈夫、与女儿、与外孙女、与亲朋好友之间,举不胜举。譬如为了要让人知道自己的丈夫李锐其人"品性恶劣","把我爸发配北大荒,大别山,及至秦城8年都没能解她心头之恨。一定要让他分文不获,不能过一天好日子方才为快。这种狠,这种毒,让人胆战心惊"。在这样的仇恨氛围里,"我的记忆中,妈妈没有高兴的时候,也不允许家里有欢乐的气氛……我们这个家是没有欢乐的……(只要)一进家门,那久违了的黑沉,抑郁,死寂的感觉就一股股地压了过来"。

面对这样的仇恨,作者不止一次地发出质询:"人怎么会活得只有恨,而且这么刻骨地恨?"作者认为这是因为自己的母亲"特爱讲大道理",已经成为"完全抛却了儿女亲情的母亲,已经不是自然意义上的人了。'亲不亲阶级分',已溶于她的血液",所以,她会带领自己两个年轻的妹妹去批判自己的大弟弟,为了"表示革命干部不能包庇亲人,我妈一状告到舅舅的单位,单位来人抄了家,还给舅舅连降两级"。"我的小舅50年代在北京大学读政治经济学专业,学校领导本准备送他去苏联留学。因为我妈既是小舅的监护人,又是老革命,就征求她的意见。结果我妈一句好话也没说,反说我舅舅思想比较落后,小资产阶级意识较浓,不适于出国学习。断送了舅舅出国深造的机会。"当将人与人的所有关系都视为钢铁般坚硬的政治性的存在时,柔软的血肉丰满的亲情、人性,自然会被作为理所应当的被抛弃的批判对象了:"妈妈发脾气,讥讽我:'你小小年纪,还母爱、母爱的,满脑子令人作呕的资产阶级思想。'"

但是,李南央的母亲原本并不是这样的呵,所有读过这篇长文的读者,大概都会对她曾经有过的风采留下深刻的印象:"母亲在延安时,是有名的四大美女之一,还有四大美男子。三个美男都找了丑女,只有李锐和范元甄,大家公认,才华、相貌不相上下,是天作地合的一对儿。我爸多次对我说:'你妈比我有才华。'好多认识我妈的老干部都对我提起过当年延安关于宪政的演讲比赛,我妈代表马列学院扮演国民党代表,结果把抗大的共产党代表给辩论倒了。事后,大家笑传了很久。""79年我调到北京高能物理研究所工作后,工厂里有从232厂调来的工人和工程师。他们都记得我妈,说我妈极有风度,特别能干。""都说我妈很有才干。我读过我妈公开发表的唯一一篇作品,

是收集在58年全国优秀文学作品选集中的《一个搪瓷茶缸》。我90年去苏联,见到50年代水电部的老苏联专家。他的夫人不断说,'你妈妈真漂亮,非常漂亮'。"延安时期,毛泽东、周恩来对她的分外好感,也可以作为其风采的一个佐证吧。即使是在后来是非颠倒的残酷的政治斗争中,李南央的母亲也曾经有过与她的丈夫相似的政治观点,"很同情被斗争的右派学生","对报纸上放卫星的报道提出了质疑"。也曾经有过与她的丈夫相似的生存处境:"她在作了胆囊切除手术后,立即被要求返回干校下水田劳动。干不动时,只能双膝跪在田里往前爬。"对自己的女儿,她也曾有过正常的母女之爱:"一次,外边下着大雨,我又犯病了。妈妈骑着自行车,打着伞去六铺炕商场给我买药。去商场的路是煤渣铺的,坑洼不平,妈妈一手打伞,一手扶把。再加天黑,雨大,没看见前面的一个凹坑,一下从车上摔了下来。看着一身泥水,满脸是血的妈妈拿着药进了家门,我和阿姨都吓坏了。阿姨狠狠地对我说:'你要是长大了不孝顺你妈,就叫狗吃了!'"那么,是什么使这样一个曾经充满生命活力的人见人爱的女孩子,变成了"这样一个母亲"?是因为长期的政治说教?是因为对政治说教的迷信?是自觉的自我改造?是在社会变动中对自身利益的考量?是在残酷的政治斗争中,"她是吓破胆了"?确实值得我们反省、深思,而在笔者看来,作者对自己母亲投身革命原因的回视,也是特别值得我们予以重视的:"一半是因了年轻的热血,一半是逃避已开始没落家庭的窘迫和尴尬而投身了革命。"不满现状的年轻热血的激情,其巨大的变革能量,因为其"年轻"的"不成熟"天性,诚如一位著名学者所说,可以是上帝,也可以是魔鬼。

  作者写自己的母亲,外表上的政治上的"大公无私"与个人实际生活中对个人享受的看重,这种巨大的反差,想来也会让读过这篇长文的人感慨不已:"我最怕的是我妈中午睡午觉,要是在这时弄出了声响,吵了她的瞌睡,你就等着挨几个小时的骂吧……我妈老让我上楼去告诉人家中午不要走动。妈妈是最革命的,我心里想,革命者不是连生命都可以牺牲吗,怎么连楼上走路的声音都不许有呢?""妈妈下放湖北干校,我一个人在北京要给她寄那没完没了的包裹,她的每件东西要在哪家商店买,什么颜色,什么牌子,在来信中都是严格规定的。""妈妈就让阿姨顿顿做好饭,端到那里给她吃。饭菜稍凉了些,就要骂人……(阿姨晚年)落了毛病,不能提我妈,一提就要失声痛哭。她受我妈的气和折磨实在是太多了。我妈这个最'革命'的人,对待阿姨却是绝对的资产阶级,而且是那种最坏的资产阶级大小姐。""这就是典型的我妈,'美国狗'要骂,'美国狗'的东西还是得要。"20世纪90年代,当作者从美国回来后,看到的自己母亲的家是"这四室一厅的(房间里)家具依然是早就认识的,到处积满了灰尘,没有什么像样的东西。屋里唯一值钱的,大概就是那个当桌子腿儿的大金鱼缸架子了。还是50年代,爸爸从琉璃厂买来的……妈妈坐在了那把老藤椅内,我很熟悉它,冬天总是被盖上各种棉垫。屋里没有沙发,剩下的是几把方木凳儿……满屋没有一件使人感到有生气的物件,透着屋子的主人对生活那么的兴趣索然"。

笔者特别欣赏的是,作者此文写出了对自己母亲反思的效果:李南央的"孩子是在爱的温暖里长大的,她常说的一句话:'因为我有一个坏外婆,所以得了个好妈妈。'这话不错。我太知道妈妈是怎么伤了我的,我为什么不喜欢我妈妈。我刻意地避免一切我恨我妈妈的地方。把我小时候希望得到而永远得不到,那份我理想中的爱都给了孩子"。正是因为是在仇恨的环境中长大,品尝够了仇恨的苦果,有了对这一苦果的反思,才有了爱的结晶。笔者想到了一句著名的诗:"黑夜给了我黑色的眼睛,我却用它去寻找光明。"

笔者还特别欣赏作者对生养了自己的母亲的态度:有爱,有批判,有反思,有祝愿。"作为女儿,我恨我妈伤害了很多人,甚至毁了她自己亲人的一生,但有时也深切地同情她,记得她对我的一切好处……这些记忆是不能磨灭的。妈妈在这个世界上的日子不多了,我多么希望她能够回首平生,公允地认识自己给他人带来的伤害,认识到是自己害了自己。我希望她不后悔自己曾在这个世界生活过,不论好坏。"笔者认为,这也是李南央这代人对生养自己的那一时代应该具有的态度。

　　笔者还特别高兴地看到,李南央对自己母亲、对生养自己的那一时代的态度,在她的同龄人中,得到了回应、赞许,这就是著名作家杨沫的儿子老鬼写自己母亲的《母亲与我》,这就是著名作家邢野的女儿邢小群写自己父亲的《我的父亲》,都是很值得一看的好作品。

第二辑

山西文学　山高水长

山西长篇小说引论

启蒙　革命　战争变奏曲
——《山西百年散文1919—1949年卷》导语

单纯与激情的时代叙事
——《山西百年散文1949—1976年卷》导语

山西中短篇小说创作的风向标
——以山西省2012年中短篇小说创作为个例

黄土地上的七色花
——读《黄土地与芬芳——山西女作家走山西·散文选》

山西的厚重　厚重的山西
——读《厚重山西》

山西文学　山高水长

山西被中国文坛视为文学大省,过去是这样,现在也仍然是这样,这是一个不争的事实。之所以被视为文学大省,之所以成为文学大省的成因,其文学形态的独特之处,都是值得我们给以重视并应该予以认真研讨的。

以赵树理为代表,以马烽、西戎、孙谦、胡正、李束为等为主要成员的"山药蛋派",兴起于20世纪40年代,发展于20世纪50年代,在20世纪50年代末达到高潮后开始下滑,20世纪60年代中期终于走向消亡,而在20世纪80年代初一度死而复生回光返照。这一演化轨迹及其文学形态,是这一时期占据文学主潮位置的工农兵文学思潮的某种典型显现,因而让山西文学在这一时期,在中国文坛风光无限。20世纪80年代中期,"晋军"崛起,构成"晋军"主要阵容的,是成一、李锐、柯云路、张石山、周宗奇、王东满、韩石山、张平、蒋韵等人,其小说《新星》《老井》《厚土》系列等,曾经于大江南北风靡一时,让山西文学为全国瞩目。时云:把整个山东文学绑在一起,也不如山西的一口"老井",与其中可见一斑。这一阵容中的成一、李锐、蒋韵等,在近年来仍然时有佳作,如李锐的长篇小说《张马丁的第八天》、成一的长篇小说《茶道青红》、蒋韵的中篇小说《行走的年代》等,让国人刮目相看。

最近几年,山西文学有三个新的特点特别令人瞩目,值得向世人一述:

第一,"衰年变法"。这主要是指陈为人、毕星星、周宗奇、王东满、韩石山、林鹏等人的写作。这些人都是在六十岁之后,人入老年,历尽沧桑,在写作上发生了很大的变化,不再是写当下,不再是虚构,不再是写作技巧的变革,而是更重视中国文史哲不分的传统,将眼光投向历史长河,将文学、历史、对人与社会的哲思融为一体,且创作成就斐然:在文体上,是纪实性、回忆性的非虚构写作;在内容上,以重新打捞人物、事件真相为特色;在思想性上,则时有新识、新见。譬如陈为人自长篇传记《唐达成文坛风雨五十年》之后,一发而不可收,《插错"搭子"的一张牌——重新解读赵树理》《马烽无刺——回眸中国文坛的一个视角》《最是文人不自由——周宗奇叛逆性格写真》《山西文坛十张脸谱》《摆脱不掉的争议——七位诺贝尔文学奖得主的台前幕后》等。每年均有几本书供读者阅读,堪称"写作狂人"。毕星星的《坚锐的往事》《走过带伤的岁月》,周宗奇、王东满、韩石山分别写三位书法老人林鹏、姚奠中、张颔的传记。林鹏的随笔,体现了山西文学写作新的高度,也是中国文坛近年来的一个新的标高。

第二,新锐作家崛起并走向成熟,这既标志着山西文学创作后继有人,实力雄厚,也标志着山西文学写作在国内文坛的持续影响力。这主要是指李骏虎、王保忠、杨遥、陈克海、手指等三四十岁作家的写作。李骏虎的中短篇小说集《前面就是麦季》、长篇小说《母系氏家》,王保忠的中短篇小说集《甘家洼风景》,杨遥的中短篇小说集《二弟的碉堡》等,都体现了不同于前几代人的这一代人的都市体验、乡村风景。用传统的农村题材小说写作、乡土文学、都市文学的标准来衡量他们的小说,时时会给人以以鞋量脚或者刻舟求剑之感。这是新的文学写作,新的文学风景。

第三,女性写作。山西这片广袤而又贫苦的黄土地上,一向只见男性劳作者的身影,听到的是男性粗犷的歌声。在山西文学写作的天空中,石评梅、蒋韵这样的女性写作者,真可谓是寥若晨星。但在近几年,山西的女性小说写作可谓是异军突起,甚至大有占领半壁江山之势。蒋韵、葛水平、陈亚珍、小岸、孙频、李燕蓉等,在山西的黄土地上开出了灿烂而又鲜艳的七色之花。

女性博大的母性情怀、旺盛的生命欲望、执着的神性追求、"她世纪"中的新一代女性叙事,在她们的笔下都有着鲜活的体现。如果我们用社会学意义上的性别意识来衡量她们的写作,那未免就让她们的作品明珠暗投了,在她们的作品中,体现的是生命法则、个体生命、彼岸世界、日常生活向社会法则、群体伦理、此岸世界、非凡人生的挑战,并在这挑战中体现了我们今天这个时代的前沿性探索。

除了这三个新的特点之外,山西文学中还有一个奇异的现象不能遗漏,那就是处于国内科幻文学写作领军位置的刘慈欣的科幻文学写作。我们民族受"子不语怪力乱神"的儒学思想影响,一向是重实用,重实践理性,科幻写作一向是被放逐于文学世界之外的。但在今天这样的一个科技时代,科学与文学的结合,正在成为人思考世界、思考自身的一种新的思考方式,而刘慈欣的科幻文学写作,则体现了这一思考方式在中国文学中的位置与标高。美国学者王德威是从乌托邦、反乌托邦、异托邦三者关系的角度,对刘慈欣的小说在中国现代文学中的位置,做了高度的肯定。在一向被视为封闭、保守的内陆省份的山西,出现刘慈欣这样进行前沿性写作的作家,似乎是一个不可思议的事情,但其实却实在是一个必然,这一点,笔者在后面再略做论说。

如上所述,山西作为文学大省的实绩是不容忽视的,但其作为文学大省的成因何在呢?笔者觉得,这至少与山西的地理位置、文化形态相关。

山西地表山河,一向可以自给自足,但又与历朝历代的政治中心相距不远,如唐之西安、宋之开封、元明清之北京等,从而得以在立足改善自身时,汲取新知,或者汲取新知以改善自身。这样的一种融合与进步结构,与中国社会的融合与进步结构,有着某种同构性,也因此形成了山西文化在中国文化格局中的位置与意义。

时人常常以为山西是封闭、保守的,那是大错特错了。近代以来,晋商、山西大学堂、辛亥举义、铁路修建、民国模范省、抗战根据地、新中国工业建设,乃至"文化大革命"中第一个成立革命委员会,山西何曾落后于时落后于世?山西对新知的汲取是非常及时的,只是对新知的汲取,以对改善自身的

程度为限,而不是对新知的完全接纳。即以上举文学为例,20世纪40年代,八路军的三个主力师均在山西,我党对农村的变革及民众政策,与山西注重自身生存的文化传统一拍即合,从而给"山药蛋派"文学的生长以肥沃的土壤、水分、阳光。与延安的距离,使山西文学即受惠于延安的文学整风,但又与延安文学整风中激烈的文化冲突保持了一定的距离,从而成为延安文学整风后的硕果与"方向"。20世纪50年代,随着我党中心从延安转入北京,山西的这一硕果与"方向"也就得以在全国发生更大的影响。细细辨析下来,"晋军"的崛起、近年来山西文学创作三个特点的形成、刘慈欣的出现,无不与此"结构性"有着相似之处。这样的成因,也与山西文学形态的特征相互影响,相辅相成。

读陕西文学,我们会感受到一种"皇家气象",又是《创业史》又是《白鹿原》,为天地做史的雄心令人感佩;读山东文学,我们会感受到正统的传统文化气象,那种对正统的传统文化的坚守与面对正统的传统文化即将失去的悲凉,只有山东文学写得最酣畅淋漓;读河南文学,我们能感受到中原文化那特有的动荡、离乱及在这其中的顽强的生存意志;读江苏文学,我们能感受到那感官、欲望的诱惑等。这些,在山西文学中,绝不会如此突出与强烈。赵树理最大的愿望与决心,是写一部叫作《户》的长篇小说,他写出来的绝不会是《创业史》,最多是《三里湾》。李锐小说中的"土"再"厚",也是与个人的日常生存相连,却与正统的传统文化无关,他也绝不会在《眼石》中为乡民们交换妻子而在伦理层面上痛心疾首。如此等等,不一而足。要而言之,山西文学最为突出的独特点有三:第一,立足于民间性的"个体""日常生存"。我们读赵树理的作品,会有个很深的体会,一向反对工描的赵树理,却在他的作品中不厌其烦地一而再再而三地开列农民分家或者丰收,或者入社时的物品账单。我们读李锐的《厚土》,他将人所有的生存形态、存在意义,抑或幸福感受、人生感情,都建筑在"个体""日常生存"之中。我们读葛水平的《裸地》,她是将乡村风云、历史变革与民间性的"个体""日常生存"水乳交融在了一起。

第二，对上述立足点的自信与坚守。李锐反复声明的是：地球村中，五十亿村民的五十亿种差别，五十亿种可能性……人和人性……不应当成为一种已有的、先验的、抽象的、理想的，当然就更不应当只成为西方的"专利"。于是，山西作家坚信自己笔下的山西乡民、普通百姓的日常生活，也具有全人类的价值与意义。这样的一种自信，使山西作家能够卓然独立于各种潮流之外，形成自己独具的创作风格。也正是基于这样的自信，确立了对这一立足点的坚守：在赵树理笔下，无论是"庙堂"还是"广场"；在李锐的笔下，无论是西方还是东方，但凡与民间性的"个体""日常生存"相悖，则拒之。正是这种坚守，使得山西作家能够滤除在最初接受新思想、新思潮时，常常出现的"躁气"，能够去除各种各样的"观念"的遮蔽而直观人本身。

第三，坚定地站在上述立足点上，审视历史风云、时代变幻；审视各种思潮、文化形态；审视冲突的发生，追问意义的形成，歌颂与批判、缅怀与抛弃等。于是，我们看到赵树理在20世纪40年代所嘲弄的三仙姑，到了20世纪50年代成了受人同情的小飞蛾；我们看到李锐在《旧址》《银城故事》《张马丁的第八天》中，反复咏叹的个体生命无法走出历史与时代的绝望与悲凉；看到蒋韵笔下女性的神性情爱，只能在现世"隐秘盛开"；看到在孙频笔下，一只微不足道的"耳钉"却成为女性永远摆脱不了的生命的"咒"；即使最空幻的科幻文学，在刘慈欣笔下，外星人来到地球上的遭遇，也是与普通民众的日常生存中的老年生活密切相关。

山西文学发展到今天，陷入了某种困境，且这一困境的形成，与山西文化、文学的特性不无关联。即以文学影响力为例。目下的山西文学，尽管如前所述，阵容整齐，实力雄厚，但其在中国文坛的影响力，从纵的方面考察，不仅远远不能与"山药蛋派"文学相比，即如"晋军"，也早已经不可同日而语；从横的方面考察，则相较上海、山东、河南、江苏、陕西等省市，也相差甚远。我们当然可以说，"山药蛋派"文学，在其时，因其是其时革命文化形态的主要载体，因而一领当时中国文坛风气之先；而"晋军"文学，在根据地及其之后的共和国文学转型时，因为山西历史中形成的原因，使其成为转型形态的

重要体现,因而,成为其时中国文学的主力军之一;而当今的山西文学,则因20世纪90年代之后,山西不再成为一个时代文化形态变革的敏感区域、强势区域,因而使其在中国文坛的影响力大受影响。但不能否认的是,20世纪90年代之后的山西文学,不善于将自己处于弱势区域的文学之声,通过与"中心"、与强势区域的对话,在二者的张力关系中,构成自己全国性的影响。再往深处追究,这与山西文化的特性也不无关系:山西确实善于汲取新知改进自身,但是,这种汲取与改进的落脚点,却也往往局限于自身,而不重视自身与"中心"、他人的对话,并在对话中,以自己的经验提出全国性的话题,让自身对"中心"、对他人构成"意义",并因此影响中国文学格局的变动,影响中国文学的发展态势。

看山西文学,常常会让我们想到山西举目皆是的大山,巍巍然屹立,任云在上面飘,任水在下面流。但如何在云水之间,成就气象万千,山西文学,山正高水正长。

(本文主要部分刊发于2013年5月7日《人民日报》)

山西长篇小说引论

在古代中国,文学的源头是抒情文学,这就是北方的《诗经》与南方的《离骚》。这一抒情文学形态与中国自然经济的形成有着密不可分的血缘关系。这一抒情文学形态伴随着中国自然经济形态达到顶峰及新的商业经济形态的初步兴起而走向了极致,这就是唐诗宋词的辉煌与灿烂。小说,作为叙事文学,则是与商业经济的形成、市民阶层的兴起、印刷技术的发达以及文学创作经验的积累而成长起来的,并在明清之际趋于成熟。其成熟的标志之一,就是长篇小说的出现。第一部成熟的长篇小说《三国演义》则为山西太原人而又有游历江浙经验的罗贯中所作,之所以如此,或许是由于其时山西有着深厚的文化历史底蕴,且在其时商业经济也已经初露端倪;或许是江浙一带商业文明日盛,而罗贯中在那里有着亲身的经历与体验;也或许是这二者的融合造就了罗贯中的这一成就。总之是,历史把这一份殊荣留在了三晋大地,让三晋大地平添一分骄傲。

但凡文学名著,总是因为其在其中凝聚了某一民族的心灵密码、价值结构、社会形态、历史演化等,《三国演义》自然也不例外。

在这部名著中,我们看到了中华民族对中国社会、中国历史的理解,那就是所谓"分久必合,合久必分";看到了中华民族在以群体伦理为社会价值

本位中所形成的价值结构,那就是对忠与义、力与智的推崇;看到了中华民族的人际构成,那就是君臣、父子、朋友、兄弟等;看到了达于极致过分成熟的人际关系的艺术与智慧,那就是桃园三结义、三请诸葛亮、三气周瑜、刘备摔孩子、曹操杀杨修等,以及一系列的计,空城计、苦肉计、连环计、反间计、美人计等。人物形象的鲜明、故事情节的引人、细节的丰富与生动、语言的感染力,都是让这部名著百读不厌流传至今的重要原因。这是中国古代文学小说艺术的一座高峰,也是山西古代文学长篇小说的历史性硕果。

五四时期至20世纪40年代,山西没有出现在中国文学范围内产生巨大影响的作品,值得一提的是李健吾所写的《心病》、高歌所写的《情书四十万字》。前者虽立意新颖,思想、情感的表达均处于时代前沿,读了让人有眼睛为之一亮、心灵为之一震之感,但作为长篇小说,其文体形态毕竟不够成熟;后者虽然在情感表达上汪洋恣肆,让读者得以此看到一代新青年的情感世界、人生形态,但作为叙事艺术,其叙事性过于薄弱。山西的长篇小说在这一时期,就全国范围看,之所以没有大的建树,原因颇值探讨。五四时期,中国文学始行白话文体,其突破口在诗歌、散文、短篇小说,长篇小说由于缺乏积累,一时不能成功,其因不难明了。但至20世纪30年代,当茅盾的《子夜》、巴金的《家》、老舍的《骆驼祥子》、沈从文的《边城》等已经造就了中国现代长篇小说的高峰时,山西的长篇小说何以不能同步发展?是因为山西的现代文化风气不够浓郁、现代意识不够强大、传统文化与现代文化的冲突不够激烈?还是因为山西传统文化形态过于强大、山西生存形态相对稳定?

20世纪40年代至20世纪70年代,山西的长篇小说终于在中国的长篇小说格局中,占有了非常重要的一席之地。这就是赵树理的《李家庄的变迁》《三里湾》,马烽、西戎的《吕梁英雄传》等作品的出现。中国文学在这一历史时期,其占主潮位置的是工农兵文学思潮。这一思潮兴起或者奠基于20世纪40年代,其在创作上的标志性成果是赵树理的《小二黑结婚》,其在理论上的标志是毛泽东的《在延安文艺座谈会上的讲话》,其高潮实现于20世纪50年代,标志性成果是柳青的《创业史》、周立波的《山乡巨变》、赵树理的《三里湾》、梁斌的《红旗谱》、吴强的《红日》、杨沫的《青春之歌》以及马烽、王愿坚等人的短篇小说。其下滑期是20世纪60年代前期,标志性成果是浩然的《艳阳天》、陈登科的《风雷》。其消亡期是20世纪60年代中期至20世纪70年代中期,标志性成果是八个样板戏,是浩然的《金光大道》。这一思潮的美学原则是:文艺的民族化、通俗化、大众化;是文艺为工农兵服务、文艺为政治服务;是写英雄、重歌颂、重文艺的教育作用、功利作用;是强调作家的写作立场、写作身份;是从五四时期的"人的文学"走向"人民文学",从对"人"的揭示走向对社会"本质"、历史"规律"的揭示等。赵树理的小说因为被指认为符合这一美学原则,曾经一度被奉为"旗帜"与"方向"。就长篇小说而言,赵树理的《李家庄的变迁》《三里湾》,马烽、西戎的《吕梁英雄传》,胡正的《汾水长流》等,也因此而备受殊荣。

但是,山西这一历史阶段文学成就的标志性成果是短篇小说。与山西这一历史阶段的短篇小说相比,山西这一历史阶段的长篇小说,无论是其地位,还是其艺术成就,均远远不及、不敌。且不说这一历史阶段,山西出现了一大批以写短篇小说著称的作家,如孙谦、李束为等,即以赵树理、马烽、西戎、胡正而言,其短篇小说的成就,无论就数量,还是就质量,抑或是在文学史上的位置,也要远远高于其长篇小说的写作,如赵树理的《小二黑结婚》《李有才板话》《登记》"锻炼锻炼"》、马烽的《我的第一个上级》《三年早知道》、西戎的《赖大嫂》等。就山西文学在中国这一文学历史阶段中的位置而言,这一特征就更为明显:工农兵文学思潮兴起的标志性成果是赵树理的《小二黑结婚》《李有才板话》,其高潮的标志在山西是马烽等人的短篇小说,其下滑期的标志在山西是对以写中间人物而著称的"山药蛋派"的批判。而在这一历史阶段中,工农兵文学思潮在兴起或者奠基期在长篇小说中的标志性成果是丁玲的《太阳照在桑干河上》、周立波的《暴风骤雨》,而不是赵树理的《李家庄的变迁》,这只要看看当时获斯大林文学奖的是丁玲的《太阳照在桑干河上》、周立波的《暴风骤雨》,而不是赵树理的《李家庄的变迁》即可了然。工农兵文学思潮高潮期在长篇小说中的标志性成果,柳青《创业史》的

位置是明显地高于赵树理的《三里湾》的。

在这一个历史阶段,山西的长篇小说创作成就之所以不及山西的短篇小说创作,其原因是多方面的:或许是山西的短篇小说,从被指认的角度看,比其长篇小说更符合其时的工农兵文学思潮的美学规范;或许是对山西的长篇小说的成就存在着误读,譬如赵树理的《李家庄的变迁》的艺术成就,其实是高于他的《小二黑结婚》《李有才板话》的;也或许是文学史家的批评尺度存在着问题,譬如在农民与国家的"紧张"关系中,赵树理的作品是站在农民一方,而文学史家们的尺度则站在国家一方;还或许是文学作品的历史价值与美学价值的错位使然,譬如赵树理《李家庄的变迁》的美学价值要高于其《小二黑结婚》《李有才板话》,但其历史价值却远远不及后者。山西的文化形态、文化特征也是我们研究这一问题应该给以考虑的一个角度:山西文化偏重于立足于眼前的生存实际,短篇小说可以快捷地反映现实,而长篇小说则需要有一个大的长远的历史眼光、历史视野,这或许也是一个重要原因。

20世纪80年代,山西长篇小说创作的成就仍然不及山西中短篇小说的创作成就,如其时郑义的《老井》《远村》、李锐的《厚土》、张石山的"家族系列小说"、成一的"心态小说"等,风起云涌,在全国产生了极大的影响,这是山西其时的长篇小说所不及的。其原因除了我们上面所猜测的以外,与其时全国中短篇小说的成就普遍地高于长篇小说的成就也不无关系,这可能是因为,在一个新的时代到来之际,长篇小说的普遍成熟,还需要一个积累的过程。

但这一时期,山西的长篇小说创作也仍然是取得了相当的成就,这其中主要的代表作就是柯云路的《新星》《夜与昼》《衰与荣》、焦祖尧的《跋涉者》《总工程师和他的女儿》、成一的《游戏》、冈夫的《草岚风雨》、哲夫的《黑雪》《毒吻》《天猎》等大生态小说。

20世纪80年代,被称之为新启蒙时代,其时代标志是意欲"重回五四起跑线",重新回到"人的文学",并将中国纳入新的现代性进程。因此,这一阶段中国文学有两个发展向度:一个向度是从政治文化角度切入对当时社会形态、社会问题的审视之中,并将对人的审视置入其中。这在其时与中国刚刚从一个政治时代走出来,中国社会、中国民众还更多地受着政治文化的影响,是在政治文化的形态下,要求中国社会的变革,要求中国社会现代化的实现,要求"人"的解放有着十分密切的关系。一个向度是从人性、人的存在角度切入对社会对人的关注,并进一步借助西方现代主义的文学手法。这与其时试图直接回到五四时期"人的文学"并响应改革开放的号召,试图从西方汲取新的价值资源的时代大潮有着十分密切的关系。

柯云路、焦祖尧的长篇小说,是上述第一个向度在山西的代表。《新星》将当时中国农村所面临的改革及改革中所遇到的问题,在当时人们所能够目及的领域内,如干部的品德问题、经济管理的方式问题等做了突出的揭示,其主人公李向南的清官形象、其与女主人公的情感关系,均因切合当时民众在中国社会改革中对清官、对人性的需求,从而在社会中产生了极大的反响。其后的《夜与昼》虽然在人性的揭示上更为深入,但却因为离当时民众的阅读需求有了一定的距离,反而没有受到应有的重视。成一在20世纪80年代,以"心态小说"而名噪一时。其"心态小说"是对人性、人的存在的深层揭示。其《游戏》是从"心态小说"发展而来,是其"心态小说"发展的合乎逻辑的必然结果,只是在《游戏》中,为了深化这种揭示,必然地借助了西方现代主义的表现方式。值得重视的是,成一的这种借助,不是在形式层面上的,不是西方现代主义名作的"副本效应",而是将西方现代主义的文学视为对人的存在形态的呈现方式,并将这种呈现方式用于对中国人存在形态的呈现之中。

相较于柯云路、焦祖尧、成一在这一时期的长篇小说创作,冈夫、哲夫的长篇小说创作,则因与其时的文学主潮有着一定的距离,因而未能受到充分的重视。冈夫的《草岚风雨》以朴素的写实手法,以中共历史上著名的"六十一人集团"的史实为依据,再现了那一代共产党人在国民党监狱中的斗争经历。这部小说,不仅有着一定的文学价值,而且有着相当的史料价值,随着时光的流逝,这种文史兼具的作品,必将受到越来越多的重视。当许多虚构性

的文学作品,在历史的长河中渐渐失去其光彩后,这一文史兼具的作品,却以其真实而将一再地被人所阅读。哲夫的小说,集中于对生态环境的描写。生态环境在20世纪80年代还没有受到社会及公众的高度重视,但随着社会的向前发展,这一问题将越来越不能回避地呈现在社会及公众的面前。哲夫的长篇小说,在这方面是有着一定的超前性的。但也由于冈夫与哲夫,没有有效地将其时文学主潮所提供的新的文学资源,汲取、化入到自己的作品中,从而影响了自己的作品迈向一个更高的高度。

  20世纪90年代,无论就全国的小说创作来说,还是就山西的小说创作来说,都是一个长篇小说的时代。在20世纪80年代曾经雄踞中国文坛中心的中短篇小说风光不再,其他的文学文体也没有呈现强劲的势头,唯独长篇小说不但数量众多,而且堪称一流的作品此起彼伏,连续不断。这或许是因为20世纪90年代是一个商业经济全面形成的时代,一个旧的时代结束了,一个新的时代正在到来,在社会的转型期,对过去时代的回顾、总结,成为一个时代普遍的精神、情感需求;这或许是因为在经过了20世纪80年代各种各样的文学试验、文学努力之后,作家们积累了相对成熟的创作经验,从而为长篇小说的创作在创作能力上做了充分的准备;这还可能是因为伴随着商业经济大潮的涌动,公众精神生活的分流,文学期刊销路不畅,因而影响了中短篇小说的创作,从而使作家把创作的重点转向了长篇小说的创作。总之,20世纪90年代长篇小说何以出现高潮,其原因或许还不甚明了,但作为一种实际存在的历史形态,却是不争的事实。山西也同样是如此,长篇小说成为能够体现山西文学创作成就的主要文体,山西并在这一历史时期举办了恒泰杯长篇小说大赛,参赛作品众多,获奖作品中也颇多优秀之作,单单这一大赛本身,或许也就可以说明长篇小说创作在山西的气势与阵容了。如我们在前面所说,山西的长篇小说创作在20世纪90年代之前,一直不是山西文学创作的主力,但在20世纪90年代,却同全国文坛发展趋势一致,成为山西文坛的主要文体,何以会如此,这其中的原因也尚待研究。

  这一历史时期,能够体现山西长篇小说创作成就的主要作品是:张平的

《抉择》、李锐的《旧址》、成一的《真迹》、蒋韵的《栎树的囚徒》、周宗奇的《文字狱纪实》、钟道新的《特别提款权》以及吕新的《抚摸》、马烽的《玉龙村纪事》、李国涛的《世界正年轻》、林鹏的《咸阳宫》、孙涛的《龙族》、晋原平的《生死门》、田澍中的《五汉街》、王西兰的《送葬》等。虽然学界公认说20世纪90年代是一个"无名"时代,是一个多样化时代,不易从价值指向上对这一时期的文学作品做高度的概括与归类,但就山西的长篇小说创作来看,我们还是大致可以将其归为两大类:一大类是近距离关注社会现实的小说,一大类是在历史的长河中,写个体生命与社会历史相纠结的小说。

张平的《抉择》属于第一大类的小说,且在这一历史时期,是山西文学创作标志性的成果之一。之所以如此,是因为在20世纪80年代,山西文学创作以中短篇小说为主要创作载体,涌现出了一个以成一、李锐、张石山等为代表的被称之为"晋军"的创作群体,并在全国产生了较大的反响。自20世纪90年代之后,这一"晋军"集中的创作高峰成为过去,山西文学界遂以张平的长篇小说《抉择》获茅盾文学奖为契机,提出了自赵树理为代表的"山药蛋派",成一、李锐等为代表的"晋军"之后,山西第三次文学创作高潮正在形成的概念,而张平的《抉择》则是这一创作高潮的显著标志。张平的这部小说,近距离地直面社会问题、社会矛盾,通过主要英雄人物的塑造,体现社会公众的理想,并且强调情节的可读性,以引起社会公众的普遍欢迎。这样的一种文学形态,与山西以赵树理为代表的"山药蛋派"及"晋军"中以柯云路为代表的从政治文化角度切入对当时社会形态、社会问题的审视之中的创作,有着一脉相承的血缘关系;与山西的区域文化形态、特征,有着一脉相承的血缘关系,因此,成为20世纪90年代,面对新的经济、社会形态而形成的新的多元化的文学形态。山西文学界所倡导的文学形态,是自有其内在的历史原因、历史渊源的。这一大类的作品在山西数量颇多,且不乏优秀之作,如孙涛的《龙族》、晋原平的《生死门》等。

可以归入第二大类的长篇小说较多,且各自的表现形态、侧重点又有所不同:李锐的《旧址》是他的第一部长篇小说。李锐在20世纪80年代,以短篇

小说的形式,以他在山西农村的插队生涯为写作资源,以山西农民的生存形态为载体,揭示"人"的生存、存在形态。但《旧址》则体现了李锐的另一个写作向度的创作追求,即以其祖籍四川自贡的家族为写作资源,通过对现代历史的叙写,揭示个体生命与社会、历史的"紧张"关系,揭示个体生命怎样在社会、历史"神圣"的名义下被吞噬的悲剧性命运。这样的一种写作指向创作形态,在蒋韵的《栎树的囚徒》中,也有着深刻的别一风貌的体现。成一的《真迹》也体现了他创作上的大幅度转向。成一在这之前的创作,一直以对人的心灵密码、命运密码的执着解读为重点,且坚持其文字独特的表现形式,不追求可读性、可改编性。但这部长篇小说,从内容上说,放弃执着而重点在于对事物真相的解构与消解,隐喻着作者对一种认识、把握世界、人生本质方式的理解;从表现形式说,这一理解的沉重与繁复,又潜隐于一种通俗的表现形式之中,使作品具有了较强的可读性。

钟道新的长篇小说,如同他的中短篇小说一样,擅长写高智商的知识分子,通过丰富的知识信息量,写在丰裕的物质生活基础上形成的优雅生活、智力优越等,从而在以侧重写底层生活的山西文学格局中独树一帜。

中国社会以群体伦理为社会价值本位,由此,文学在社会生活中的教化功能得以受到特别的重视,也因此,因文获罪的文字狱在中国特别发达。文字狱的实质,是对思想自由的禁锢,是专制集权在文化上的突出表现。周宗奇的《文字狱纪实》以文史兼具的笔法,对此做了翔实的记写,并以其尖锐的思想批判性,在山西长篇小说的格局中占有着特殊重要的位置,为山西的长篇小说图案,增添了新的色谱。

马烽、李国涛、林鹏属于一代人,且均在老年期,在回顾、总结自己的一生经验中著有新作。比较三人的这些新作,我们可以看到那一代人三种不同类型的人生形态、思想形态。马烽的《玉龙村纪事》仍然是以阶级斗争的视角,写土改时期的农村生活,但较之马烽青年、中年时代对农村生活的叙写,却又颇多超越。将这部小说与马烽同时期发表的叙写新中国成立初期的回忆录对照着看,我们可以看到马烽这一代作家思想的丰富性。虽然在反思历史时,马烽小说的批判力度不及胡正的尖锐与深刻,但其作为一代人思想形态的代表性,却是胡正所不可相比的。李国涛原本以写文艺批评为主,但步入老年后,却以长篇小说让众人耳目一新。他的《世界正年轻》以自己的人生经历为写作资源,让我们看到了一代温柔敦厚的读书人所走过的风雨历程。林鹏是"小八路"出身,作为正宗的革命者,在历经各种政治运动后,对自己所走过的人生道路及在这其中的社会变革,有颇多尖锐的批判与反思。这些,在《咸阳宫》中,借古喻今,有所体现。这三部小说,虽然在文学性上,可能在山西长篇小说中影响不是太大,但作为研究那一代人的精神产品,却有着其不可估量的作用。

田澍中的《五汉街》、王西兰的《送葬》,前者写出了乡村百年的沧桑,并突出地体现了山西本土作家的优势与局限,理性弱,感性强,情节理念化,细节生活化,忠实于生活而又符合于某种观念;后者受王汶石以抒情笔调写乡村人心、人情的影响,以强烈浓郁的人性、人情,写出了一曲催人泪下的乡村悲歌。两部作品虽然还不能称之为大作品,但却以其独特的代表性,而不能被忽视。21世纪以来,中国文坛提出了"新世纪文学"的概念,试图以此来概括、把握21世纪文学新的形态、特征。这些新的形态、特征是什么,还有待于进一步研究,但21世纪的长篇小说,无疑是其最具代表性的文体。这一时期,中国文坛的长篇小说创作势头呈进一步高涨之势,山西的长篇小说创作也是如此,其最具代表性的作品是成一的《白银谷》《茶道青红》、李锐的《银城故事》《张马丁的第八天》、张平的《国家干部》、蒋韵的《隐秘盛开》、李骏虎的《母系氏家》、葛水平的《裸地》、陈亚珍的《羊哭了,猪笑了,蚂蚁病了》以及焦祖尧的《飞狐》、钟道新和钟小骏的《巅峰对决》、张不代的《草莽》、晋原平的《权力门》、毛守仁的《天穿》《北腔》、刘维颖的《水旱码头》《血色码头》、韩思中的《死去活来》、张行健的《古塬苍茫》、张雅茜的《此生只为你》等。

这一时期山西的长篇小说创作,较之20世纪90年代,其长篇小说的形态更为成熟,其标志是"史诗"品格的成熟。具体来说,可以体现在这样三个方面:第一,对历史事实的高度概括力。成一的《白银谷》《茶道青红》、陈亚珍的

《羊哭了,猪笑了,蚂蚁病了》等,均以对巨大、丰富的历史内容的真实叙写,高度概括而体现了这一点。

第二,巨大的精神、思想的概括力。如果说,成一、陈亚珍等人的长篇小说,是以对历史的社会生活纪实性的真实叙写而体现了长篇小说的"史诗"品格的话,李锐的长篇小说,则以对一个历史时期的精神形态、精神特征的高度概括、把握、洞察,而体现了长篇小说的"史诗"品格。

第三,对现实生活的典型体现。张平的《国家干部》可以作为这一方面的代表作。作品以国家干部这一社会身份作为社会各种矛盾的聚集点,对现实的社会矛盾做了全面的、突出的揭示与剖析。

长篇小说的"史诗"品格,需要久远丰富的历史内容、博大厚重的文化积淀、深刻复杂的精神意蕴、千姿百态的人生命运以及对此的清晰洞察、真切感受作为支撑。如是,中国今天长篇小说的重镇、代表性作家,往往集中在陕西、山东、河南、山西一带。山西的长篇小说创作,如何在对自身及他人的清醒审视中,使自己更上层楼,步向峰巅,是山西小说作家所应该认真思考并为之付出努力的。相信山西的长篇小说创作会在此基础上,拥有一个更为辉煌的明天。

启蒙　革命　战争变奏曲
——《山西百年散文1919—1949年卷》导语

鸦片战争伊始，老中国超稳定的社会结构系统被西方列强所打破。自洋务运动的器物革命、辛亥革命的政治革命之后，五四运动的文化思想革命顺势而生。在这场革命中，西方的各种文化思潮、中国传统的文化流脉，风云际会，相互激荡，蔚为大观，遂成为中国现代化的起跑线。在这之后，现代资本的社会范式历经盛衰，社会主义范式由弱而强，中间又加以日本入侵所引发的民族革命战争，最终以中华人民共和国的成立标志着现代中国一个历史阶段的结束。这期间的风风雨雨，也形成了三晋大地的气象万千。

五四时期，马克思主义作为一种外来思潮，在中国大地上产生了强大的影响，陈独秀、李大钊等人相继发表文章、组织活动予以张扬，这一影响也波及了山西，高君宇的《山西劳动状况》及《解决时局的我见》即是这一影响下的产物。《山西劳动状况》一文是高君宇应陈独秀之约而作，显示了其时对劳工生存状况的关注及当时山西劳工真实而又具体的生存状况。《解决时局的我见》一文，抨击独裁专制，要求民主公意，可见五四时期呼唤民主、科学之时风："若拿着'为德谟克拉西之安全而战'的这句话，来作解决这回纷纠的骨子，我们自然不会错了，自然不会失败，我愿我全国人民都来作这一句话

的忠勤的仆人。"

但五四时期,更为强大的思潮,乃是"人的觉醒,人的解放"的思潮,是用"个人"来对抗、批判几千年"吃人"的封建集权,从而开拓现代中国之路。这"人的觉醒,人的解放",首先是体现于敏感而又鲜活的个人情爱。石评梅的《我只合独葬荒丘》《墓畔哀歌》之所以一直为后人所重视:一是因为这是她用与高君宇真实的生命经验体现了五四时期的这一主题,二是因为她用女性的声音对这一主题的真切表达,三是因为她与高君宇情爱的失败,成了人的解放离不开社会解放的绝好隐喻,也成了五四时期思想革命最终走向社会政治革命、人的解放最终走向社会的解放的预兆。

段复生的《残灯之下》《在骸骨中》,读来既让人强烈地感到了作者对旧时代的不满与否定,又让人觉得有种令人飘忽不定难以索解的感觉,这恰恰是那个时代最初觉醒的一代人所普遍具有的精神特征。阎宗临的《波动》写了对异域风土人情的深刻感受与喜爱,写了对祖国的思念之情,并在中西对比中,反思中华民族闭关落后的现状与原因,让我们得以再次体会到其时在中西文化冲突中民族的与个人的"波动"。高歌的《人和人开幕了》《加里的情书》、高沐鸿的《狭的囚笼》,则让我们于字里行间细致入微地感受到了那个时代在人的最初觉醒之后的生命的血肉之情与时代性的愤懑、痛苦。

五四时期是一个开放的时代,是一个各种社会思潮相互交汇的时代,也是一个各种声音得以表达的时代。这一时风我们在高长虹、李健吾、常风、王瑶、常乃德等人的文章中有着强烈的体会与感受。高长虹的《给鲁迅先生》《评胡适的中国哲学大纲》,不因其时鲁迅、胡适的威名而盲目顺从,而是自有个人意见的直率表达。其《1926,北京出版界形势指掌图》更让我们看到了其指点江山的思想、精神的自由状态。李健吾对沈从文的批评、常风对老舍的评论、王瑶对文艺论争的意见、常乃德与胡适的商榷,都让我们得以看到其时山西介入中国社会中心、思想中心的力度与大气。

1936年,思想巨人鲁迅逝世,山西省城太原举行了声势浩大的纪念活动,樊希骞(行者)的《追悼我们民族的巨人鲁迅》是这一纪念活动中的代表性作品,却也在某种程度上预示了对一个思想革命时代即将结束的悼念。

在这期间,特别值得给以关注的是赵树理的《太原零拾》。如果说,前面所选之文,都更多地体现了五四时期山西在中外文化相互激荡下,主要是在外来文化思想的刺激下山西的思想精神生态,那么,赵树理的《太原零拾》则更多地立足于山西本土,写了山西本土的生存经验与精神感受。这样的一个立足点,在其后山西的时代发展中,将会越来越显示其深远的影响与坚实的力量。

与全国一样,自辛亥革命之后,山西现代资本经济的社会范式也曾经有过自己的建设期,我们在阎锡山的《对山西省十年建设计划设计委员会讲话》中,可以看到他们的设想与计划;我们在阎锡山的《复兴民族》及《升旗训话》中,也可以看到为实现这一设想与计划,他们所提倡的思想与精神,虽然这预定的设想与计划、提倡的思想和精神与实际的落实有着遥远的距离。历经战乱浩劫,我们在赵戴文的《希望世界和平之遗言》中,仍然可以看到这一民族精神的遗存,甚至在百年之后的今天,我们也仍然可以在当今的内地与台湾,听到这一民族精神遥远的历史回声。

是日本侵略者的铁蹄迫使山西将抵御外侮视为自己的第一要务。在山西的抗日救亡运动中,牺盟会做出了巨大的历史贡献,而且,在全中国的抗日救亡运动中,牺盟会也是一个颇具特色的独一无二的存在。薄一波的《牺盟究竟是怎样一个组织》《纪念抗战一周年检讨牺盟》,让我们得以清楚地了解了牺盟会的性质与情状、工作与贡献:"它是一个斗争的组织,它是一个主张民主的组织,它是最支持统一战线的组织。"牺盟会"第一个成功的地方,是牺盟领导者能够把握住现实的环境,适当地在每一个阶段提出一些具体的办法来,以推进抗战革命事业的前进……第二个成功的地方,是在于建立了一个抗日的相当大的力量……第三个成功的地方,是在抗战的过程中对抗日的统一战线起了一种推动作用"。

山西的抗战,是全民的抗战,国民党军队及阎锡山的地方政府,在抗战过程中,曾经发挥过重要的作用。沙陀的《洪炉朝会——记阎司令长官与赵

主席》《大漠行者:西战场上的阎伯川将军》,让我们得以一睹抗战时期山西地方最高长官的风采。牺牲在忻口战役中的国民党军队的高级将领郝梦龄的《忻口战地日记》对其抗战活动,做了真实而又生动的记载。李健吾的《希伯先生》及《太原成成中学师生参战书》,则让我们看到了山西地方政府治下抗日民众的精神风貌。以成成中学师生为主体成立的抗日武装,曾经是山西抗战时期屡立战功、名震一时的抗日武装。在贾植芳的《距离》《我乡》《从中条山寄到重庆》中,我们一方面看到了山西抗战中民众积极的一面,也让我们看到了山西抗战中民众精神愚昧的一面,从而让我们对山西抗战的复杂性有了更准确而又深刻的认识,也让我们看到了五四思想启蒙运动的延伸与遗响:"敌人之中真正的日本人不及十分之三,大部是山西人,而且就是本县人。敌人的民众工作倒比我们出色……我们对面的敌人不唯士兵大部是中国人,连政治员(宣抚员)之类也成了中国人了。他们也随军工作,如贴标语召开民众大会之类……但在我们自己阵营里,大部人是混着苟安的生活,更有人讲'少管闲事'的'世故'莫名其妙地过着。"

在长达八年的抗日战争中,山西的抗日民族统一战线,有合作,有冲突,也有斗争。续范亭先生可以作为山西抗日民族统一战线的代表人物,在其《七七抗战六周年寄晋西北及同志以自勉》中,我们得以看到其对日抗战到底的决心;在《寄山西土皇帝阎锡山的一封五千言书》及《三年不言之言》中,我们得以看到当时统一战线内部冲突斗争的实际情状,看到对统一战线内部投降、专制、腐败的无情批判及坚决的斗争;在《给杨万选同志的一封信》中,我们也得以看到对抗日根据地内部不良倾向的认真而又尖锐的批评。

在中国八年的抗日战争中,山西是共产党八路军进行抗战并在抗战中发展壮大自己的重镇之一。如果说,在日后成立的中华人民共和国的身上,我们时时可以看到这一重镇的身影,那当不为过。

抗战的胜利、新的社会范型的建立,离不开民众的觉醒,正是在这一点上,中国五四时期的思想启蒙、文学大众化的诉求与抗战时期的革命、战争、救亡有了继承性与延续性,只是五四时期思想启蒙的内容与抗战时期唤醒民众的启蒙内容，由于时代所面临的问题不同而不尽完全一致。

要想唤醒民众，就要采用民众所能接受的宣传形式、传播方式。因此，民族化、通俗化、大众化，在不断的争论中逐渐成为被大家所接受的根据地文化思想的主潮。在吉提的《通俗化引论》、陶伦惠的《通俗化与"拖拉"》、张秀中的《关于"民族形式的主体"》中，我们都可以看到当时的争论与对民族化、通俗化、大众化的大力张扬，并在这种争论与张扬中，对民族化、通俗化、大众化的内涵，实质与形式的渐次明晰。1942年，有五百人参加的晋冀豫区文化人座谈会，是其时关于民族化、通俗化、大众化的一次重要的盛会。《四二年晋冀豫区文化人座谈会纪要》，让我们有了重回现场之感。

一向重视并坚守自己本土经验的赵树理，成为民族化、通俗化、大众化这一根据地文化思想主潮的代表人物。在赵树理的《和贝尔登的谈话》中，我们看到了赵树理的精神风采与文化主张；王春的《赵树理是怎样成为作家的》，让我们看到了时代是怎样玉成了赵树理；力群的《关于陈小元》等三篇对赵树理代表作《李有才板话》的解读，让我们得以明了赵树理作品之所以受到时代欢迎的思想内容上的原因；卢梦的《谈我们写作的主题》，让我们看到了当时的文化思想工作者对上述新的艺术主张的接受与认可；冈夫的《鲁迅逝世十周年祭》，则让我们看到了五四时期的文化思想精神与新的根据地文化思想精神的对接；殷参的《吕梁山的孩子们——介绍吕梁抗敌剧团》，对体现根据地文化思想主潮的新的艺术团体的诞生与成长做了忠实的记录；陈斐琴的《介绍歌剧〈王克勤班〉》，写了民族化、通俗化、大众化在实际工作中所发生的重要作用。当然，在这一文化思想主潮中，也有着某种不和谐音，如莫耶的《丽萍的烦恼》，写了青年女性在个性自由与集体专断之间的苦恼，其实质是五四文化思想与根据地文化思想之间的差异性。叶石的《关于〈丽萍的烦恼〉》对这种差异性简单粗暴的批评，让我们得以看到根据地文化思想主潮的历史局限性。

但根据地文化思想主潮毕竟为我们留下了许多真实的历史面影：马烽的《张初元的故事》，曾获根据地散文大赛二等奖。在这篇长篇散文中，我们

通过张初元的故事,看到了五四文化思想的主题——人的成长与根据地文化思想的主题——阶级的觉醒是如何水乳交融地融为了一体;西戎的《没有用过纺车的地方》《战斗着的农村》,写了根据地农村所发生的从生产方式到人的生活方式、精神面貌的巨大变化;胡正的《王震将军介绍我们到延安学习》,写了根据地文化人的成长过程与革命武装领导人的帮助息息相关。胡正的《明姜五女》,写的是根据地女性的成长过程及她们的非凡业绩;他的《高家村诉苦清算大会速写》,则向我们展示了根据地农村贫苦农民与地主之间进行斗争的生动场面。孙谦、李束为、郑笃、叶石、初文、亚马、葛陵、苗波、陆达等人的文章,或写农民的觉醒过程,或写与敌人斗争的光辉事迹,或写坚强的革命意志,或写残酷斗争中浓浓的人性、人情……都对山西抗战及其后的解放战争时期,从不同的方面做了生动而又形象的再现,兹不一一。唯多说一句的是,李束为的《吕梁小夜曲》那浓厚的抒情意味与诗意,足可解除那认为山西只有质朴拙重而无"小夜曲"精神、情感形态的偏见。陆达的《如何解除农民怕富思想》也可让我们不至于把"穷是社会主义,富是资本主义"的滥调之根,误植于根据地的土壤之上。上述诸多方方面面的展示,合为一体,构成了山西一个历史时期新的社会范型完整的历史画面。至于这一新的社会范型,中华人民共和国成立后在山西丰富的演化形态,我们还是留待后面再做展开吧。

单纯与激情的时代叙事

——《山西百年散文1949—1976年卷》导语

中华人民共和国的成立,标志着一个新的社会形态的初步完成及对新的理想社会追求的起步,这一追求从1949年至1976年,我们可以将之视为一个相对完整的阶段,或曰毛泽东时代。自然,始自江西的中华苏维埃共和国,延至以延安边区为中心、为领军的一系列的共产党领导下的根据地政权,与上述我们称之为毛泽东时代的这一阶段,是有着一脉相承的血肉关联的,但中华人民共和国的成立,毕竟标志着一个新的历史阶段的开始。这是因为,无论是江西的中华苏维埃共和国,还是以延安为代表的共产党领导下的人民政权,是在与国民党政权及日伪政权的对抗中,显示其意义与价值的,而中华人民共和国的成立,则标志着一个新的社会形态的形成与成长,虽然这一社会形态的形成与成长的价值与意义,我们也要放在其时的冷战及资本势力扩张的世界背景下加以考量。这样的一个阶段,随着历史的进程,已然从"现在时"成了"过去时",已然化入历史的长河,成为历史的一部分,具有了"史性"的意义与内容,但作为刚刚过去的"昨天",其毕竟与我们的"今天"有着更多的逻辑关联。回望这一岁月之风云之印痕,常常有让我们不禁感慨万端、思之再三之叹。对我们国家这一阶段的回望是这样,对我们山西这一阶段的回望又何

尝不是这样呢?

一个新政权的建立,离不开千千万万为之而牺牲的烈士,因此,新中国成立之初,对先烈的缅怀、对先烈精神的继承与发扬,就是新旧时代交替时时代叙事的最强音,我们在吴刚的《刘胡兰活在千万人的心里》看到了这一点:刘胡兰的精神是那个时代人们投身新社会并为之奋斗的巨大精神表征。

朝鲜战争是当时世界社会主义、资本主义两大阵营之间一次激烈的较量,山西虽然在其时并不处于与战争密切相关的经济、军事中心,但战争的风云仍然飘荡在三晋的上空,小剑的《不朽的友谊》是对这一风云在山西的忠实记录:"我的血没有白流,我的同志们没有白牺牲。"

但,作为一个新的社会形态,其自身形态的成长却是最为主要与最为重要的,相对于国家在其时的土地改革,相对于国家在其时的工业建设,山西由于成立革命根据地较早,其土地改革的任务早已完成;山西由于历史上工业并不发达,由于工业建设在其时的山西,并没有成为重点与中心,所以,山西在当时,更为关注更为突出的是对农村生产方式、生活方式的新的变革,且这一变革因为新的共和国毕竟是一个有着悠久农耕传统的大国,毕竟是一个农业大国,所以,山西对农村生产方式、生活方式的新的变革,就具有了全国性的"前沿"意义和"中心"意义。

陈大树的《父子三人》,通过父子三人对单干、互助组、农业合作社三种生产方式的不同选择,记录了那个时代对全国性的合作化潮流即将到来的肯定。从个体生产变为集体生产,必然带来的是这样几个方面的变化:胡正《初冬的一天》力图描述的是,农民在这一生产方式变革中,如何将自身的私人性的生产资料转变为集体的生产资料,这一过程与农民的心态是怎样的;王彦、张文锦的《拖拉机在张庆》则试图写出其时人们的希望:新的集体生产方式为农业机械化铺平道路,农业机械化又可以支持农业集体化;彭斐的《农村妇女参加生产的一面旗帜》,意在写出农业集体化是如何解放了女性,女性在农业集体化过程中的积极作用与意义;郁波的《钉锅匠的喜悦》一文,一则是对当时全国性的工商业、手工业的社会主义改造运动在山西的折射,更为重要的则是,它表现了山西这一以农村建设为自身重点的省份,在农村建设中,对融入传统手工业的想象,也表现了叙事者期待合作化运动让卑贱的底层小人物,在集体性场域中获得人的尊严。

伴随着新生的共和国的成长,这一新型社会形态在其萌生、形成过程中,在与国民党政权及日伪政权对抗中所被遮蔽的其自身的内在矛盾冲突,也日益突出、明显起来。对这一矛盾冲突的各种不同的见解、批评,构成了1956、1957年全国性的百花齐放,百家争鸣运动及反右派运动,我们在山西,也看到了这样的"花",也听到了这样的"鸣",而对右派"反"的形式,却也颇具独特色彩:在孙谦的《橡胶树的厄运》《言大必空——就商于文水县委领导同志》中,我们听到的是对官僚主义的尖锐批评;在高沐鸿、青苗的《几个问题之我见》《谈谈目前我们创作中的几个问题》等文章中,我们听到了对文艺创作中的官僚体制、教条主义、公式化、概念化的批评,听到了对鲜活人性的呼唤;在王文光"鸣放"中的"衷曲"中,我们听到了民主党派的"心跳"与"心声";《山西日报》记者所采写的两篇"旁听记",则让我们再次"旁听"到了那个时代山西方方面面的"又一种"声音。不必讳言,山西也有着反右派的激烈言论,在这些激烈言论中,也不乏真诚的情感,或者被迫的扭曲,但更能体现山西反右派特点的,我们觉得倒是马烽、孙谦合写的《写给关心晋西北的人们》。作品更多的不是激烈的批判性言辞,而是通过作者所展现的晋西北风貌,来回答"有些人说晋西北这二年闹坏了,工作搞得乱七八糟"的对社会现实、对农村的批判性言论,而关心现实、关心农村,这也可以视为山西的一种文化传统吧,只是关心的视角不同,结论自然也不同,但马烽、孙谦毕竟是通过关心来构成关心与关心的对话的。

对新的社会形态自身越来越突出、明显的内在矛盾,冲突的有意回避与强力遮蔽,自然导致1958、1959年对这一新的社会形态发展的强烈关注与歌颂,这一强烈关注与歌颂,又是以这一社会形态的十年积累作为基础的,又是与整个时代对这一发展的美好意愿、理想性追求融为一体的,又是与精神的高扬及对精神力量的神化融为一体的,这种高扬与神化,与我们民族重精神轻物质、重伦理轻欲望的文化传统息息相通,于是,单纯与激情互为作用的精神生态以一种别样的形态一度达于巅峰,而对社会现实的另外一种关心与言说则一度缺席。

大跃进、大炼钢铁、人民公社、公共食堂是上述历史时期的"关键词"。苏平的《三槽出钢记》、郑石的《钢铁的巨流》,写了当时大炼钢铁的狂热;健民的《夺煤大战》、冯廷俊的《坑下女尖兵》,突出了山西在工业上的煤炭生产特色;《山西日报》记者的文章,用当时流行的话语方式记写了山西第一个人民公社的诞生过程;杏绵的《敢想敢干的县委书记》,写了当时提倡的干部的精神状态;我们从胡正、李束为、霞裳、青稞、李琳、郑笃的笔下,看到了作者们所讴歌的那些体现了三晋大地大跃进时期剪影及三晋民众的火热激情。但是,在这其中,我们还是可以强烈地体会到山西那源远流长的务实的精神品格:在上述作品中,我们多次地甚至有些厌倦地看到,作者们不怕文笔的平板,不止一次地运用各种枯燥的数字,力求体现山西社会的发展、山西老百姓物质生活水平的提高,即使如人民公社的产生,马烽等人也试图从"瓜熟蒂落"《春到人间花自开》的角度来给以说明。更加难能可贵的是,在那样一个整个民族都被"激情燃烧的岁月",赵树理却因为务实,始终保持着清醒的头脑与非凡的勇气。看看他那一时期写给中共中央某负责同志的信及给中央的上书《公社应该如何领导农业生产之我见》以及《谈文艺卫星》,我们就不得不由衷地感叹:这些文字是堪与彭德怀在庐山会议上的"鼓与呼"相呼应的,而这些相呼应的文字,在山西又绝非是一种孤立的产生,而是有着深厚的历史与现实的土壤——你看,散落在马烽、胡正、李束为、郑笃等人笔下那"燃烧"着"激情"的篇章中的务实性文字,不也可以视之为这样的土壤吗?

于是,在与新的社会形态自身内在的矛盾冲突的斗争、妥协、磨合中,在20世纪60年代前期,山西开始形成一种具有自身特点的存在形态、价值形态、文化形态,这一形态突出地体现在农村,于是,有了大寨的出现(孙谦《大寨英雄谱》),有了对李顺达等一系列农村劳模的推崇(李束为《更上一层楼——李顺达的故事》);在文化形态上,则是民族化、通俗化、大众化的一统天下(马烽《谈短篇小说的新、短、通》),而这些,又无不与在山西占强势位置的革命根据地文化传统相连承(冈夫《太行春早——关于〈在延安文艺座谈会上的讲话〉的一点回忆和感想》)。所有这些,在全国的时代社会生态中,是颇具代表性的,"农业学大寨"口号的提出,就是那个时代对这种代表性的肯定。当然,即便是这样,山西所独具的务实品格,也仍然如气如神,贯通于、作用于在历史变革中山西那千变万化的躯体之内:孙谦的《革命生意经》,可以说,远承山西晋商的务实、重利、诚信,近承山西推翻国民党政权的革命给劳苦大众以物质翻身的实际,在新的社会形态的发展过程中,又试图将个人、集体、国家的实际利益统一在一起——这可以视之为"革命生意经"的隐喻。在山西如此具有自身特点的形态中,山西试图培养出自己的一代新人,韩文洲的《洞房歌声》就表达了这样的一种希望。

  但是,新的社会形态自身内在的矛盾冲突,作为一种规律的存在,并不以对其妥协而消除或缓解,它必然地以其自身的力量向前发展。终于,1967年,山西以全国第一个革命委员会的成立而在全国居于领先位置。今天,重读《庆祝山西省革命委员会成立大会给毛主席的致敬电》及《山西日报》采写的通讯《万物生长靠太阳》,我们仍然能够感受到那个时代的迷狂之情。但是,即使在这样的迷狂年代,山西也仍然要在允许的范围内,顽强地守护着、赞颂着实际的日常生存,王西兰的《灵芝草》就向我们标示着这一点。对那些远离实际生存的革命形态,山西似乎有着一种基于自身日常生存本能般的抵制与不合。赵云龙的《对塑造无产阶级英雄形象问题的一些看法》,与其说是对怎样塑造无产阶级英雄人物发表看法,毋宁说是对远离实际生存的革命形态给以批评,虽然这篇文章未能公开发表,且作者因此而被迫自杀。在赵云龙的自杀与赵树理1959年给中央上书之间,我们是可以看到山西那对务实品格顽强守护的倔强精神。

  我们在《山西日报》记者所采写的《双喜临门、大得人心、大快人心、大振人心》通讯中,看到了山西对粉碎"四人帮"的欢呼之情;在砚田的《交城山中》,看到了山西对新领袖的拥戴之情,一代领袖毕竟是从交城山中走出的,

山西对此有着一种特殊的感情似乎也在情理之中吧。

但一个时代是终于谢幕了,在这样一个时代的舞台上,山西曾经是用单纯与激情来讲述自己的故事吧。福柯说,重要的不是故事讲述的时代,而是讲述故事的时代。山西曾经讲述过哪些自己在那个时代的故事,是怎样讲述的,为什么这样讲述,而又没有讲述哪些故事,为什么没有讲述,所有这些都是值得我们给以思考的,而本卷所选山西在那个时代讲述的故事,则为我们的此种思考提供了翔实而又具体的史料。

山西中短篇小说创作的风向标
——以山西省2012年中短篇小说创作为个例

近年来,就全国的小说创作与接受态势来说,长篇小说无疑处于领军的位置,但就是在这样的小说生态下,曾有着短篇小说创作辉煌历史与强劲传统的山西中短篇小说创作,却仍然呈现出比较旺盛的发展势头,本文以其2012年的中短篇小说创作为个例,对此略做评述。

创作简况

2011年,山西作家在全国各种刊物上刊发中篇小说四十七篇、短篇小说九十二篇;2012年,则上升为中篇小说六十六篇、短篇小说九十四篇。小说创作的成就自然不能以数量来衡量,但数量仍然可以视为创作成就大小的一个考量指标,特别是对一个地域的中短篇小说创作来说,一定的量有助于显示该地域中短篇小说创作氛围的浓淡、积累的多少、土壤的厚薄、影响的大小、队伍人数的多少、实力的强弱,甚至创作传统的形成等。

在一个信息时代、"话语霸权"的时代,生活在某个地域作家的创作,能否得到超地域性的更为广泛的认同,其作品是否被该地域之外重要的文学刊物刊发或者被有影响的选刊所转载,也是衡量该地域作家创作成就大小

的一个考量指标。举一个未必恰当的例子,莫言之所以能获得诺贝尔文学奖,固然与其创作实力有关,但也与其作品能被有效地介绍到西方世界相关。2012年,山西作家在省外的许多重要文学刊物上,如《中国作家》《上海文学》《当代》《北京文学》等刊物上刊发了作品,被重要的选刊如《小说选刊》《中华文学选刊》《小说月报》等转载二十六篇/次,转载的数量也高于2011年的十五篇/次,这无疑扩大了山西中短篇小说创作在全国的影响。

2012年,山西作家蒋韵获第二届郁达夫小说奖,刘慈欣获首届柔石短篇小说奖金奖,王保忠获首届郭澄清农村题材短篇小说奖。诚然,各个奖项有各个奖项颁发的标准,在一个价值形态多样的时代,每一种奖项都代表着一种价值尺度、价值形态,而其奖项影响力的大小,往往与这一价值尺度、价值形态影响力的大小相关。随着价值形态的多样性被公众认可,被各种文学机构颁发的文学奖项也成为衡量一个作家文学影响力的一个重要尺度,这是不言而喻的事实。莫言获诺贝尔文学奖之所以在中国公众中产生重大影响,即是如此。

老一代作家突现名作

山西老一代作家,在近些年的中短篇小说创作中,相对显得沉寂。但2012年,田东照十篇左右的短篇小说系列"葫芦湾传奇"却让人不由得大为惊叹。田东照曾以《黄河在这里转了个弯》《农家》及《跑官》等中短篇小说系列名世。目下的这组小说,以民间传说的手法,记写葫芦湾传统的风土人情,于朴素的乡土真实之中,蕴含着非常丰富的世态人情,加之"绚烂之极而归于平淡"的叙述文字,可读性极强而又耐人回味再三。就以《葫芦》为例吧,作者讲了葫芦这条狗的五个故事:神狗天目救主人于地震之中,狗知船翻救主人于渡河之险,狗扑祛病为主人朋友祛除怪病,狗为濒死于沙漠之中的主人、商人找到葫芦泉及最后的神秘失踪。这些都属于"人类一时解不开的死谜"。作者讲述这些,不是让读者猎奇,更不是迷信,而是传达了一种在饱经沧桑之后沉淀下来的对世界的敬畏感,这种敬畏感是我们今天这个普遍失去底线的社会所最为缺乏的。这种敬畏感也是一个很长的历史时期中所缺失的,且正因为这种缺失,造成了诸多的灾难性后果。我们只要想想在人定胜天的"人"的"自大狂"、"人"的"自我迷失"中,我们曾经做过多少的蠢事,对此就会感同身受,心有同感。这种敬畏感,在人生阅历不断增加的过程中,在饱经沧桑之后,就会越来越多地体会到其的深刻,因此,这样的小说看似平淡无奇,看似没有我们在僵化的文学观念中所形成的时代、历史、社会、本质的深刻,但却在时光的流逝中,常读常新,具有长久的艺术魅力。陈为人在《山西文坛十张脸谱》中,曾记写了田东照"命在右,运在左",在命运的错位中"三朝不遇"的故事,并以此问田东照是什么原因。田东照的回答是颇富哲理的:"这问题你不应该问老田,你应该去问老天。"[①]于此,我们或许会明白,为什么有着这样回答的田东照,会写出《葫芦》这样的小说。从老一代作家创作的角度来研讨这组小说,我们或许可以这样认为:这样的小说,只有步入老年的田东照才能写出,青年、中年时期的田东照是写不出来这样的小说的,这可以视为是田东照在经过了《黄河在这里转了个弯》《农家》《跑官》中短篇小说系列这两个重要的创作阶段之后,在其创作上的一个新的阶段。当然,这样的作品,早慧的生理上的"青年",文化心理上的"老年"的作者也是可以写出的。

女作家迫人刮目相看

21世纪之前,山西女作家的小说创作,在山西的小说创作格局中,处于边缘位置,但近些年来,伴随着山西小说创作队伍的代际转换,山西女作家的中短篇小说创作,在山西的小说创作格局中,不仅所占份额、比重日益增大,而且其为山西小说创作所提供的新的文学观念、文学元素、色彩、特点,尤应引起相应的重视。

蒋韵无疑是山西女作家创作的带头人。2012年,她的中篇小说《行走的年代》获第二届郁达夫小说奖,她的另一个中篇《琉璃》发表于《人民文学》后,又被《北京文学中篇小说月报》《小说月报》转载。《行走的年代》"写主人

公陈香因为受着诗人莽河精神的强大引力,怀了献身的热忱,与诗人创造了一个诗人的后代,她以为诗情从此会常驻心间,诗人的灵魂也会永远陪伴自己,使自己得到生命的升华,然而她所以为'又疼又甜蜜'的幸福并没有天长地久,上帝与她开了一个天大的玩笑,那个和她共同孕育生命的莽河是个冒牌的,就在得知真相的时刻,陈香迷失了心智,她无法忍受突如其来的羞耻、欺骗、伤害,竟然差点用枕头捂死儿子,以消灭令她蒙羞的罪证。从此,陈香生活的轨迹彻底被噩梦笼罩。一方面她无法接受那个冒牌的莽河在她身上留下的信息,一方面又必须承受她想要杀死儿子的罪孽和折磨。陈香的令人震撼之处在于,她在'行走在80年代'众多理想主义者之中最具代表性,诗不仅仅是生活的形式,更是生命的象征,行走的思想资源,但不幸的是,生活不全是美好,诗人之子血统涉嫌造假,诗人自身也弃诗下海,留下追求诗意生存的人念天地之悠悠,独怆然而涕下!"关于《琉璃》,著名评论家何向阳有一段准确的评介:"蒋韵的《琉璃》(《人民文学》第4期)写的是无情时光中的有情人——一位叫作海棠的女子。上世纪70年代,海棠从她的北京表姐丽莎那里知道了还有一种与现实生存不同的生活,她的表姐因坚持这种理想生活割腕而死。海棠活下来的原因,不是认同了庸碌的生活原则,而是在困厄年代里,她和一个叫刘耘生的人有约在先,为了这个'十年之约',海棠考学、工作,从北京到深圳,心中的那个理想形象仍像风帆一样鼓动着她前行。直到有一天,她再次偶遇刘耘生,两人对坐,寥寥数语,她已后悔命运的遇见——这个一直被她在心中爱着的人已不复往初,更可悲的是,这个人正是丽莎用生命教会海棠去唾弃的那一种没有了理想的'小市民'。海棠梦醒,小说结尾,她扶在爱人的墓碑上流下了泪水,不只是为爱的相失,也为她心中理想的找回。"②蒋韵的小说创作,从一开始,即既汲取中国新时期以来各个文学发展阶段文学主流的创作资源,但又有别于这些文学发展阶段的文学主流或文学潮流而有着自己鲜明、独特的创作追求。但这无疑也影响了习惯以归纳、概括、提炼为己任的文学批评界对她的研究,"蒋韵创作实绩的丰厚与评论界对她研究的单薄是一件怪怪的事儿",对蒋韵小说的研究,尚有待于进一步地深入与展开。

　　小岸近年以《水仙花开》《温城之恋》等一系列以女性为描写对象的小说而名世。她的小说,站在女性与神性互为一体的立场上,给残缺的现实及有缺陷的人生给以世俗的生存法则,以呵护、温情、理解、生存合法性的认可,并在价值形态上而非现实形态上以超越。2012年,她的创作势头仍然在上升之中且其创作特点越益鲜明,譬如她的中篇小说《海棠影》。这篇小说写一个名叫海棠的女子,在残酷的社会生存竞争中,动用自己女性的美好身体、聪明才智、心机智慧、人际艺术,伤害自己的闺密,欺骗自己的丈夫,牺牲自己的性情,为自己及丈夫赢得了社会地位、声名、财富、世俗价值标准的认可等。但最终却发现,自己原来自认为的高明是多么愚蠢;自己原以为对丈夫高明的欺骗,其实早已经被视为木讷的丈夫识破,且自认为聪明的自己,其实是一直生活在被视为木讷的丈夫对自己的欺骗之中;曾经以为自己拥有了一切,但自己其实原来一无所有。小说对生活、认可社会世俗功利生存法则中女性的心机才情、情感形态的描写,对男女之间力量悬殊的描写,入木三分,甚至会让人想到《红楼梦》中的王熙凤、探春的形象,想到王熙凤与贾琏关系中所体现的男女力量悬殊及由此引发的在对比中对男女生存、存在形态的思考等。但最为让人称道的,是作者在其中所体现出的对女性自身的思考:什么是女性真正的自身。正是在这里,小岸再一次显示出了自己超出许多作家的可贵之处。在作品中,作者写了海棠在欺骗丈夫、马诚中的心机才情,但也写了她曾经有过的在相濡以沫的日子里对丈夫的真情:"海棠的眼睛湿了,谁说她不曾爱过崔民才?她爱过的。她清晰地记得自己当时的心疼,她的心疼得拧成一团。她为他心疼过,她为一个男人心疼过。如果这不是爱,还有什么是爱?"最为有力的一句则是:"就算不是纯粹的爱,也是爱的一部分,爱的一种。"在作品中,作者写了社会地位、声名、财富、世俗认可最终在海棠人生中的虚无,但与之相对比的,作者也写了海棠闺密水仙在失去了这些之后在贫困之中的人生不幸——这就是农妇不慎烧钱的故事。所有这些,都构成了海棠人生形态意蕴上的丰富性。更为重要的则是,整个故事的

结构形式及叙述形态,使海棠作为女性的美好身体、心机才情,都成了一种无意义的生命破碎形态,并在对此的揭示中,让读者发出了女性之美何以被扭曲、被毁灭的质询。小说的标题颇富象征色彩,并将作品的意义予以凸显:海棠是美好的,但海棠却把海棠的影子当成了海棠自身,由此造成了海棠的悲剧。

蒋韵创作中所体现的在现代社会中所固守的古典情怀,小岸创作中的神性与女性互为一体的价值立场,其共同之处在于,在具体的社会现实生活中,以个体生命的血肉温情来对抗社会历史法则的坚硬无比。这样的一种价值立场、价值姿态,在其他山西女作家的创作中也时时可以看到,譬如曹向荣的《结婚照》、陈春澜的《月光牡丹》等。

《结婚照》的故事很简单:刘勇、阿秀虽然结婚二十年,却没有正式的结婚证书,为补结婚证书而照结婚照,从而在补叙中写了二人的夫妻感情。小说以写阿秀的感觉为主,通过写阿秀的感觉,写出了现代社会所久违了的简单而又淳朴、清新、健康的男女之间的爱情。譬如这种情感中,是不夹杂着任何物质因素的:阿秀在与刘勇谈朋友时,就想不到应该买什么样的贵重物品以显示自己在刘勇及大家心目中的位置;譬如这种情感中,是不夹杂着任何互相不信任的因素,阿秀对刘勇的所作所为、对刘勇的经济收入,从来是完全信任的;譬如这种情感,是女性对男性的崇敬与依赖,作品通过阿秀坐刘勇装载车时,对装载车高大感觉的描写,尽情地展示了这一点,如此等等。小说全文散文化的抒情笔调,又强化了这种现代社会久违了的简单、淳朴、清新、健康的男女之情:"阿秀想不到要问刘勇的事业。刘勇每天不着家。阿秀问刘勇每天都在做什么啊。刘勇说赚钱给你花啊……这是一句半真半假的话,有点开玩笑。阿秀听了不知道说什么好。晚上,刘勇或早或晚回来。阿秀听到大门哐啷的响声,然后听到熟悉的脚步声,那是刘勇回来了。刘勇从炎炎的烈日下回来了,从秋天的雨地里回来了,从大冬天的雪地里回来了,一样带给阿秀温暖和惊喜。"如果说,曹向荣这种在叙述中的抒情笔调对作品意义的呈现是"龙",那么,结婚照在作品中对结婚、对男女情感真义揭示的象征意义,确有画龙点睛之妙:那就是什么才是结婚的证书,什么才是结婚的影照,是被社会所认可——结婚证书、结婚照就是这种认可的证明与呈示——还是两个人的实际生活。

西谚云:"嘴唇在不能亲吻时,才去歌唱爱情。"越是现实世界中所缺乏的,读者就越是要在文学世界中去寻求的,这正是曹向荣作品的魅力所在。在今天这样的现实语境中,更使曹向荣作品这一"语词"由于读者在阅读中自身现实情感的参与,所以,具备了更多、更丰富的语义,也使作品具有了大大超过作品内容本身的现实意义。

陈春澜的中篇小说《月光牡丹》则将温情、博爱的情怀直接引入到了现实的平民世俗生活之中,并因之给读者以深深的感动。小说写了一位盼子成功的失去丈夫的独身母亲的悲凉命运与情感世界。罗青是一位医院的护士长。年轻时,因为种种原因,她没有如同她的妹妹或者医院中的大夫那样,读大学之后找到一份受社会尊重的体面工作,这成了她的一块心病。她把自己未能实现的愿望,全部放在了儿子身上。丈夫的去世、护士长职务的失去,更强化了她的这种愿望,但儿子却连续三年未能考上她理想中的大学。为此,她送儿子出国读书,并为之不辞劳苦,在本职工作之外,又兼课,又兼营刺绣,以赚取更多的费用以支付儿子的出国费用,但最终却由于儿子不争气有负于她的愿望而服了安眠药以寻求解脱于烦世。我们可以说罗青的愿望是卑微的、庸俗的,但作者却给了这样有缺陷的小人物以满腔的理解与同情。很长的一个历史时期以来,我们过多地受法德俄思想体系的影响,受我国传统伦理道德修身、圣人思想的影响,追求理想人格、完美人格,追求生命价值的无限,并将之设为大家应该追求的做人目标,并将之作为对有缺陷的现实人生做现实超越的思想武器。在价值论上,我们不承认生命有限性的合法性存在,不承认有缺陷的普通人生日常生活价值性的存在。我们的爱是一种"有等差"之爱,而不是一种博爱。之所以如此,是因为受我们思想资源、价值资源的影响,我们没有重视甚至没有认识到:凡人与超凡的人,将自己的价值目标定在自己个人日常世俗的生存的人,与将自己的价值目标定在为了

一个宏大理想而献身的人,他们作为个体生命社会价值的大小可以有所不同,但作为一次性的、不可相互取代相互通约的个体生命,在个体生命自身的存在价值上,他们是平等的,他们都有各自生存、存在的合理性和合法性。读老舍的作品,我们可以强烈地感觉到,老舍是将他的满腔同情与理解,都给了那些生命形态有缺陷的普通人,并因此给了我们以深深的感动,并因此温暖了、柔软了我们在残酷的现实社会生存竞争中渐渐变得像钢铁一样坚硬的心灵。陈春澜的《月光牡丹》其意义也正在这里。如果说,老舍曾经因此而备受诺贝尔文学奖的垂青,那么,这样的一条价值脉系,是通向人类之爱的我们不曾熟悉但却是我们应该熟悉的一条康庄大道,也是我们在被普遍认为生活失去了诗意的今天,在生活的散文中,让生活具有诗意的家园所在。

孙频近几年来创作甚丰,她的《合欢》《鱼吻》《耳钉的咒》等,以"她世纪"下的新一代女性叙事而为文坛所称道。2012年,她的创作势头更健,发表了十一部中短篇小说,且有六篇为各种选刊或小说年选所选载。在写作的价值立场、价值姿态上,孙频与上述几位女作家的写作基点大体一致,在表现形态上却有着较大的不同,具有更为丰富、鲜明的新一代女性所独具的时代新质与特征,给我们以更多的言说空间与解读的难度。譬如《隐形的女人》,写一位纯情的出身贫寒的艺术系的女大学生郑小茉,在与城市里的艺术家兼老师的情爱生活中,受到了现代都市利益与欲望对纯情的致命伤害,从而变身为娼妓,在娼妓生活中,对抗都市现实情爱生活中的虚伪与冷酷。作者又将这样一个人物,嵌入到一位三十多岁未能找到情爱生活的女博士向琳与一位三十多岁的男医生李湛云庸常的恋爱生活中,而又让女博士向琳在与男医生李湛云的恋爱交往中,在未与郑小茉相见时,即无时无刻地感受到了隐形中郑小茉的存在。小说结尾三个人的青海之行、郑小茉的死去、向琳与李湛云二人关系的远去,则将对现代人情爱形态、情爱观念的拷问推向了极致。孙频的小说,越来越偏重于喜欢设置矛盾冲突超常的背景、情境,并在此背景、情境下,写奇异的超常的男女之情的"烈度",使小说极富张力,从而构成对繁复的社会现实与人生的深层揭示与价值质询。

与孙频的小说在女性价值立场、价值姿态的表现形态上有异曲同工之妙的是李燕蓉。譬如她的《春暖花开》,通过李军、张小娟、刘舒三位女性与艺术家王湘的情感纠葛,主要是通过李军与王湘的婚恋,写作为对现实生活超越的艺术对现实日常生活的诱惑与冲突。在这其中,艺术对超越现实生活的浪漫性与女性的生命形态、追求是相一致的,但又因其对社会现实的超越性、浪漫性而与现实人生发生冲突,这正是这部小说所写内容多情而不滥情的原因之所在,这也正是这部小说能够体现女性作者通过写男女情爱生活而又不仅仅止于情爱,而是以此揭示人生本体构成之复杂性之所在。作者通过李军对王湘的倾慕、斗争、包容,将女性面对这种复杂性、面对此种无奈的情怀,揭示得纤毫毕现,篇幅不大但艺术含量十分丰富。

相较小岸、曹向荣、陈春澜们,孙频、李燕蓉们更愿意用尖利的锋刃,划破社会现实、人生的表层,面对鲜血淋漓的真相,显示女性的温情与博爱的情怀。

山西女作家的中短篇小说创作,以其实绩,迫人不得不予以正视,刮目相看,同时,还有一个"刮目"即以什么样的"目"去看,以什么样的标准去衡量的问题。

实力派作家正欲更上层楼

本文的实力派作家,主要是指山西近年来已经取得相当成就且有可观发展前景的一批男作家,如刘慈欣、李骏虎、王保忠、杨遥、陈克海、闫文盛、手指、杨凤喜、韩思中、李来兵、燕霄飞等人。吕新、王祥夫、彭图、毛守仁、张行健、韩振远等人,或出道、成名较早,或从散文而转向小说写作,虽在中短篇小说创作中也颇多建树,但在山西中短篇小说创作构架中,不具备结构性意义,因此,暂不在本文中予以评述。

刘慈欣的小说创作,在山西是个"异数",颇应给以足够的重视与研究。2012年,刘慈欣在《人民文学》刊发了短篇小说《赡养上帝》,并因此而获首届

柔石短篇小说奖金奖。这篇小说写被称为"上帝"的外星球的老态龙钟的老人来到中国的乡村,为中国乡村的家庭所赡养的故事。最初,因为有金钱的补贴、有新鲜的感觉,这些"上帝"颇受欢迎,但随着赡养老人的麻烦,而为乡民们所厌烦,直至这些"上帝"要离开地球时,乡民们才真正由此领悟到宇宙的浩渺、人生的真谛。这篇短篇小说同刘慈欣的科幻长篇小说一样,宏伟大气,想象绚丽,成功地将极端的空灵和厚重的现实结合起来,同时注重表现科学的内涵和美感,兼具人文的思考与关怀,创造出了一种具有中国特色的科幻文学样式。美国学者王德威更是从乌托邦、反乌托邦、异托邦三者关系的角度,对他的小说在中国现代文学中的位置,做了高度的肯定。王德威认为,在现实世界里所不能实践的憧憬或是梦想,在乌托邦里有了实践的可能。反乌托邦就像乌托邦一样,也是文学创作者介入现实、干预历史的一种手段。只是在反乌托邦那里,所有的情境似乎都更等而下之。异托邦指的是我们在现实社会各种机制的规划下,或者是在现实社会成员的思想和想象的触动之下,所形成的一种想象性社会。这可能和乌托邦有一些关联。但乌托邦是一个理想的、遥远的、虚构的空间,而异托邦却有社会实践的、此时此地的、人我交互的可能。在王德威看来,刘慈欣作品的价值就在于,它以无限的科幻想象力,不断地在乌托邦和恶托邦之间,创作各种各样的异托邦。王德威认为,这是刘慈欣的作品之所以必然存在、必须存在的绝对意义[③]。在中国久远的历史长河中,一向是特别注重现实生存、现实感极强,而缺乏超越现实的空灵想象,"子不语怪力乱神"也。在山西尤其如此。所以,刘慈欣科幻文学在山西的出现,是一个令人费解的奇迹。

  2012年,在李骏虎所发表的中短篇小说中,最重要的自然是中篇小说《弃城》了。《弃城》以真实的史实为写作基础,写阎锡山部下的一个旅长,带领自己的部队,在自己的家乡——隋唐时期所建的极为险要的军事要塞打击日本侵略者的故事。史料的引入、地理景观的如实再现、事件的构成,都显示出作者力求给读者以历史真实感的努力。小说的内容是坚实的,故事引人入胜,人物性格的塑造也是生动的。但作品对于李骏虎创作的真正价值不在这里，也不在于将一度被遮蔽的国民党实力派在抗战中的真相予以敞亮——这样的作品在国内已然大量出现，且写作成功者也为数不少，《弃城》在这方面并没有大的突破。这部作品之于李骏虎的意义在于，李骏虎在对现代都市中青年一代人的现代生活及中国乡村生活做了大量相对成功的描写之后，试图从《弃城》入手，走进历史的深处，洞悉历史的真相，从而在观察今天多样、浮躁、平面的社会现实时，以具有历史纵深感的眼光作为支撑，因为只有具有历史的纵深感，才能对现实做出更准确、更有力的判断。中国一向有文史哲不分的传统，文学是对一个历史时期真相的揭示与洞悉，且在这种揭示与洞悉中，蕴含了社会、人生的哲理。对历史的关注，正体现了李骏虎打通文史哲、打通古今，并借此以用文学更深入地进入、理解今天现实的努力。李骏虎的小说创作，从写现代都市一代青年人的生活，到写中国乡村的人与事，再到写中国的政治历史，从不同的写作向度、内容，来训练、提升自己用文学来对社会现实、人生进行发言的话语能力，这对许多将眼光拘执于某一地域而又自以为是学习福克纳、莫言的山西作家来说，具有启示意义。

王保忠以写现实的乡村生活及底层人物而著称。仅在2012年，他就发表了十三篇中短篇小说，且保持了自己的写作水准，又获了全国首届郭澄清农村题材短篇小说奖，可以算作是一个创作丰年了。他的《何康的最后一条新闻》，写一个小公务员为着现实的生存，在工作中兢兢业业，忍辱负重；在人际关系中，谨小慎微、费尽心思，备受煎熬；又通过他对文学的喜爱，写他为庸常生活所折磨的痛苦。他的短篇小说《忍冬果》，写乡村贫穷女子夏冬果，丈夫在外打工，本人为乡间暴发户奸污怀孕，却又投诉无门，无路可走、可去的酸辛遭遇。一中一短，或县城，或乡村，写的都是底层小人物的酸辛生活，现实感极为真切，现实性十分强烈，很能引发读者的共鸣，与山西重现实生存、重民生关怀、重凡人俗事的写作传统一脉相承，很能体现王保忠的写作特色，王保忠也正是因此特色而颇得文坛好评。但似乎有几年了，王保忠的小说创作似乎一直在一个水准线上滑动，似乎是处于一个瓶颈上，等待着阿里巴巴的敲门声，等待着化蛹成蝶。

王保忠的小说创作在山西是颇具代表性的。即以2012年的山西中短篇小说创作来说,房光的《龙咀》、常捍江的《申柏岩的树》、燕霄飞的《活化石》、韩思中的《挣挣扎扎》、杨凤喜的《在阳光下奔跑》等,在创作范型上,就都与此相似。譬如房光的《龙咀》,这篇小说写了当下的乡村,虽然丰收在望,风景依旧,但乡民们却弃乡而去,只留下了孤寡老人。作品通过两位孤独的乡下老人,写出了美好乡村正在被经济高速发展的现代社会所遗弃。小说通过对成熟庄禾的描写,通过对乡下老人对乡村的依恋、对自己生命过程的依恋、对自己生命在岁月中流逝的感触,通过两位老人的孤独感,通过对两头牛的描写,对这种被遗弃的悲凉做了尽情的展示。不仅在创作范型上,就是在创作历程所面对的问题上,王保忠的小说创作在这批作家中,也是颇具代表性的,譬如常捍江、房光等人,小说笔力依旧,但与作者近二十年前对乡村的把握与感受,似乎没有新的突破。我们当然不能要求作家的创作一部比一部好、一年比一年好,作家的创作有一个自身的积累、转换、量变到质变的过程与规律,但长期地在一个水准线上滑动,恐怕还是要对此有所审视与反思。

杨遥的小说在山西小说界,似乎有其自己的独特之处:写的是底层人的生存状况,却时时用了西方现代派的手法,并因了这一手法的运用,深化、丰富了其小说的内蕴,且使其小说的意义有了超越现实具象的抽象的形而上的意味。他的小说集《二弟的碉堡》的一大特色就在这里。近年来他的小说的这一特色似乎更为鲜明,譬如他的短篇小说《白马记》,作品塑造了一个神奇的流浪汉的形象。在一个恶得以横行的社会,大众怕无赖、怕暴力、怕丑恶,于是,无赖、暴力、丑恶成了社会流行的"时尚",成了"美容"的"标志",而善良、忍让却成了无赖、暴力、丑恶得以横行的"温床",这就是对王二、孙三、赵七、白牡丹形象的塑造。流浪汉"以恶制恶",把善良、怯懦的赵七"美容"成了"一个满脸横肉的人,额头上还有一道闪亮的刀疤……虎口上多了一个吐着信子的蛇头,捋起袖子,一条青色的大蛇盘在他胳膊上……鼻子歪了,耳朵少了半截,眼睛里闪着凶光",于是,凶神恶煞一贯欺负赵七的白牡丹的丈夫、把凶神恶煞的孙三吓住的王二等恶人,纷纷下跪于赵七面前。但作者让流浪汉"以恶制恶"并非是让恶横行,而是以此为手段,让善良、美好去掉怯懦,在一个更高的层面上得以实现,这就是白牡丹由"白"而"黑",再由"黑"而"白"的脱胎换骨的过程:"像变魔术似的……她(白牡丹)身上的黑色消失得干干净净,连脖子上的那块黑痣也没有了,白得像鲜藕,嫩得像水豆腐,皮肤婴儿一样。她的美照亮了大家,人们发现自己都变丑了。"人们为什么发现自己都变丑了?那是因为人们都没有经历过赵七、白牡丹这样的"脱胎换骨"的过程。特别值得称赞的是小说的结尾,当新的现实到来之时、当大家去寻找流浪汉时,"流浪汉像他的白马一样,无影无踪"。那就是说,虽然流浪汉在"以恶制恶"的过程中,赋予了恶以存在的、手段的合理性,但当善良、美好的目的达到后,亲手创造了这一新的现实的创造者,却没有了存在的合法性。这篇小说让人想到了鲁迅的"能杀才能生,能憎才能爱",而将杀、憎置于生、爱前面的人生哲学。想到了鲁迅的让曾经"被吃"也"吃过人"的狂人,发出的"将来的社会,容不得吃人的人存在"的"呐喊";在这"呐喊"声中,也体现了埋葬了"吃人社会"却在这一埋葬完成时,在新的"不吃人社会"中没有了自己存在合法性、自己存在位置的狂人的牺牲和奉献精神。想到了我们在革命的过程中,曾经怎样因为认识不到这一点,因而将革命过程的"手段"在"目的"实现后,仍然却让"手段"合法化,从而带来的灾难性后果。想到了因为这一灾难性后果,从而在"目的"实现后,对"手段"合法性给以否认的幼稚。杨遥的这篇小说,结构紧凑,语言干净,象征手法与作品意蕴的深刻、丰富水乳交融,很有些经典的意味。

陈克海、手指的小说,更多地体现了现代都市一代青年人,不再如同他们的前辈那样在大时代中成长,成就了宽广深邃的胸怀和透彻的智慧,而是在无法自己做主人的多元变动世界,体会断裂和碎片式的人生。他们的小说,具有更多的与山西文学传统不一样的创作新质,值得我们给以充分的关注。譬如陈克海的中篇小说《都是因为我们穷》,南帆教授曾对这部小说有着十分精到的评述:"年轻一代什么时候与历史中断了联系?这或许是一个大型的社会之谜。《都是因为我们穷》可以充当另一个例证。乔飞、朱丽、王玉瑶几个年轻的房客相聚在一幢破旧的出租房里,分别对付自己的烦恼。与二十世纪三四十年代那些亭子间穷困而又满怀憧憬的文人不同,他们丧失了任何雄心壮志而仅仅存有若干琐碎的欲望:小小的虚荣,短暂的情欲,彼此关怀与彼此窥视的混合,轻微的挫折和失望——乔飞试图摆脱失恋,朱丽试图与一个有妇之夫成婚,王玉瑶试图找个人嫁出去。他们之间如此熟稔同时又不感兴趣的理由是,这些平庸的小人物无力改变自己和对方的命运,哪怕仅仅是从破旧的出租房移居到一个稍微宽敞的寓所。除了嫁入一个富庶的人家,看不出还有什么别的方法。乔飞的研究生学业也是一个无奈的过渡——学历对于他的求职、购房以及如何设计未来没有太多的帮助,所谓的学术知识无法修正他的生活,使之汇入一个历史目标的伟大轨迹。""(小说主人公的)爱情遭遇背后不存在历史大事件。历史仿佛在某一个高度铿锵运行,无足轻重的凡夫俗子没有资格参与——他们只能瑟缩于边缘地带,咀嚼一己的小小悲欢。""这是对年轻一代的不满和非议吗?不,我仅仅在陈述他们的历史境遇。年轻一代早就听说过各种励志警句、格言包装的哲理和前辈的成功经验,但是,这一切无法插入他们的生活,非凡的奇遇都是别人的故事。"手指的《小县城》,写出了小县城的世俗百态,却又在对这世俗百态的观照、描叙中,体现了一种现代人的生命观,让我们看到了山西新一代作家不同于传统山西作家新的价值观、新的写作姿态。

山西实力派作家的创作,成果斐然,正欲更上层楼。

新作者亟须培养发现

中短篇小说创作在山西有着非常丰厚的土壤,因此,时常会让我们看到一些新作者、新面孔,譬如近两年所出现的绛云、邓学义、邓瑞芳、刘宁、李金桃、曾强、柳敏、郑非凡等。这里所说的新作者,主要是从创作经历及创作成就而言,与作者年龄无关。

新作者的创作更多地受到了山西文学传统的影响,从现实生存实际出发、贴近、描摹现实生活，强烈关注社会现实问题，较少意蕴与形式新异的独创，因此，近两年山西新作者的写作，没有一鸣惊人之作，但却不乏可圈可点之处。譬如邓学义的《东庄里点灯西庄里明》，写当下备受大家关注的农村基层选举问题。作者对农村基层中的选举问题、矛盾，在选举中所体现出来的乡民们的心态，有着深入的体察、了解，并在作品中做了非常细致、生动的描写。故事也写得有声有色，波澜起伏。特别值得称道的是小说的结尾：在选举中各方力量的竞争、制衡下，乡民们的利益终于得以逐步地实现，并因了这种实现，强化了乡民们自我利益的保护意识、乡民们的民主意识、乡民们对民主权利的重视意识等。中国乡村的民主化进程，大概就是这样在曲折中、在芜杂中，得以慢慢推进的吧。绛云的《哑炮》，写政府与民众关系的错位与紧张，这也是当今非常突出的社会问题。民众更多地为自身的利益、欲望所左右，譬如小说中的老梁，其男性生殖器因年轻女性的抚摸而反应剧烈；其对木炭、硝胺的购买，是因了生计的需要；其与城管的冲突，是因了自家生意被强行管制等，但政府却从对国家治安维稳的角度考虑问题。因此，在错位与误解中，导致了政府与民众关系的恶化与紧张。这一关系的恶化与紧张，不是一开始就形成的，而是在利益分配的冲突中逐步形成的。小说对作为国家形象代表的刘处长与作为民众形象代表的老梁的关系设置，就非常鲜明地体现了这一点。二人在利益相同时，在历史上原本是密友，但后来由于社会地位的差异导致利益的不同，二人在现实中的关系就越来越远了，甚至在表面的亲密一致下，是实质性的对立关系：刘处长就是以亲密的形式，对老梁进行监视。小说对现实的批判性不可谓不深刻，但由于作品在错位中的喜剧效果，由于作为监视老梁的政府代表形象刘处长与老梁多年密友关系的设置，又使这种强烈的批判性充满了善意。邓学义的另一篇小说《回家过年》也写得不错。作品写在外打工的民工回家过年的感受：在外打工的经历，让他们对家乡的打量具有了一种不同的眼光，却也因为在外打工的经历，让他们对家乡平添了一份不曾有过的归宿般的亲情，但最后，回家过年的民工，仍然还是告别家乡，再次走向外出打工之路。社会生态环境的变化及这一变

化给人生形态、情感的变化,流淌在作品的字里行间。更为重要的则是,百余年来,中华民族在文化形态上,总是在不断地外出及不断地回家的历史旅途之中,于是,这种情感形态的感染性,就使这部小说具有了超出现实层面,让作品具有一种历史纵深感的可能,只是这种纵深感,作者似乎并没有意识到,因此,也就笔力不到,少有描叙。这种"平面性"的缺陷,是近距离关注社会问题的小说中所普遍存在的,即如前述《东庄里点灯西庄里明》《哑炮》中,也程度不同地存在着。这种近距离关注社会问题的小说,虽然因其对社会问题的近距离关注,容易在短时间内引起读者比较强烈的普遍关注,但时过境迁,作品的生命力就受到了影响。因此,这类作品常常在艺术表现力上受到批评。这是写作这类作品的作者不能不对此给以重视的。

作家不是培养出来的,但通过氛围的营造、写作的指导、条件的创造等,有助于作家的形成与成长。山西固有的中短篇小说创作传统是否能够比较强劲地持续地承传下去,离不开一大批新作者的形成与成长,反过来说,中短篇小说的创作,也有利于新作者的形成与成长。山西一向有培养文学新人的传统,这在中短篇小说创作中更为明显。还想重复补充一点的是,文学新人与年龄无关,时闻海外有七十岁老翁获文学新人奖的新闻,日本退休老人从事文学写作几成常事,惜乎这一风气尚未东来。山西文化老人写回忆录者有之,但步入老年从事小说创作者,鲜有闻及。

问题与思考

第一,女作家的创作定位问题。在中外文学史上,有一类小说是以各种现实与非现实的手法,以再现社会历史事实的博大、厚重、丰富见长,并在其中体现了人生形态的气象万千。还有一类作品,以揭示人类精神、思想、感情的深刻、丰富、博大取胜,这后者又以揭示人类的某种生存、存在形态或以私人性日常生活作为其载体与依据。遗憾的是,许多论者常常以前者的标准作为衡量后者的依据,从而得出后一类小说较之前一类小说,眼界不够阔大、内容不够厚重、文风不够大气。如是,写作后一类小说的作者,就只能成为优秀作家而不能成为大作家。对女性小说创作价值轻视的根源之一,也正在这里。更有甚者,会强调女作家走出自我,去反映更广阔的社会历史现实内容等,以提高自己的作品分量。如是,女作家明确自己创作价值的定位,从而坚定自己的创作立场、创作信心,就不是一件无关轻重的事了。

  如果设置一架天平,在曹雪芹《红楼梦》那里,左边是女孩子晶莹的清泪,右边是大清的社稷江山;在张爱玲《倾城之恋》那里,左边是一个城市的毁灭,右边是一对世俗男女并不理想的婚恋;在孙犁《荷花淀》那里,左边是女性的情态心态,右边是战争的进程;在茹志鹃《百合花》那里,左边是琐细得不能再琐细的日常关怀,右边是战火硝烟;在王安忆《长恨歌》那里,左边是一个普通女人的一生,右边是上海的百年,如此等等。作者们的侧重点都在天平的左边,这是因为,他们要通过左边"拼命求告那被中国历史判为不可能的然而却是神圣的东西,要拼命与'人间正道是沧桑'的历史法则抗争,拒不承认它的绝对力量的精神意向"④。正因此,这些作品在全面拒绝社会现实法则及历史运行对个体生命的消损中所体现出来的力度及作品因之而体现的深刻、厚重,是那些单单再现、模仿广阔厚重的社会历史现实的作品,是那些单单以揭示社会本质历史规律为己任的作品,所无法比肩的。不是说,女作家就一定要写作前述的后一类作品,写前述前一类作品且写得好的女作家也大有人在;只是说,明了了这一点,有助于山西女作家更为明确地认识到自己文学创作的分量之所在,有助于增强她们创作的自信心,有助于她们更鲜明地形成自己的特色,并因此给山西的黄土地带来新鲜夺目的色彩。

  第二,多元共生与混合话语。我们生活在一个全球一体化的信息时代,多元共生、相互生成是我们的生存形态和存在形态,表现在精神产品方面,则是混合话语的生成。尽管信息高速公路在山西也四通八达,但由于传统的强大惯性力量、由于现实实际生存中形态的相对单一,山西的中短篇小说创作中的话语形态,也未免有些单一。这种单一性,表现在这样几个方面:首先,是描述的内容有些单一。许多新出现的社会人生现象没有出现在我们小

说家的笔下。中国当今的社会转型期,在许多方面与市场资本经济进入中国的20世纪30年代有颇多相似处,但我们只要看看20世纪30年代中国文学内容与形式的丰富性,就可以感觉到山西中短篇小说写作在这方面还是有些单一了。其次,作品所写人、事的价值向度也有些单一,或是乡村形态,或是底层形态,或是都市青年一代漂泊者,或是失落文明的体现者,文化符号的标识成分有些明显。人、事之所以如此的原因,往往是社会某一种"力"或某几种"力"作用的结果,而不是不可解说的"合力"下的产物⑤。有些"席勒化"而不够"莎士比亚化",单一有余,混合不足。再次,作品所写人、事价值向度的单一,与作者价值观念的单一密不可分;作者价值观念的单一,又与作者生态的单一、作者文化视野的不够广阔密不可分。

第三,对山西实力派小说家、女性小说家研讨不够。一方面,就对山西文学的研究而言,山西学界、文学评论界似乎更愿意对那些已经非常著名的作家投入更多的研究精力,而对前述山西实力派小说家、女性小说家则研讨力度不够。但对前者来说,对其的研究更多的是锦上添花,而对后者来说,则是雪中送炭。另一方面,受山西"关门过好自家日子"文化传统的影响,山西虽然地处弱势文化区域,但却不大重视自身与"中心"与强势文化区域的张力关系的研究,不大重视如何使自身比较有力地构成与"中心"与强势文化区域的对话关系,所以,这也影响到了山西中短篇小说的创作实绩不能得到中国文坛的充分认可。

就我们对中国中短篇小说创作的整体审视而言,山西中短篇小说的创作也为我们提供了一个具有典型意味的言说对象呵。

①陈为人.山西文坛十张脸谱[M].太原:山西人民出版社,2012:183.

②何向阳.2012年中篇小说:从今潮上君须上,更看银山二十回[N].文艺报,2013-02-22.

③王德威.乌托邦,恶托邦,异托邦——从鲁迅到刘慈欣[N].文艺报,2011-06-03.

④刘小枫.拯救与逍遥[M].上海:上海人民出版社,1988:526.

⑤马克思,恩格斯.马克思恩格斯选集(第四卷)[M].北京:人民出版社,1995:697.

(本文收录于《山西文学年度报告》三晋出版社2013年版)

黄土地上的七色花

——读《黄土地与芬芳——山西女作家走山西·散文选》

山西女作家协会组织山西女作家走山西。古城寺庙、山川景物、人物民俗，层层叠叠，千姿百态，映入女作家们的生命之河中，于是，波光潋滟，有了这些纸短情长的文字。

笔者读这些文字，一方面，先含了胆怯之心，因为对女性世界，总觉得有些隔膜，一不留神，就让人感受到了意料不到的喜笑歌哭，所以，和她们在一起，笔者总喜欢当一个旁观者；另一方面，却又按捺不住好奇心，总想看看她们眼中、心中的山西风光，与我们男性有什么不同，与省外的女性有什么不同。她们在何种程度上，说着她们自己的话；她们又在何种程度上，不自觉地说着男性规定给她们的话。作为一个与书相伴的人，笔者还得时时提醒自己，自己面对的是一个个生动的生命、一颗颗鲜活的心灵，可千万别把书上的概念，硬安在她们的身上。

一

郁达夫在《中国新文学大系散文二集导言》中，对中国现代散文的最大特征，有一个最鲜明的概括："现代的散文之最大的特征，是每一个作家的每一篇散文里所表现的个性,比从前的任何散文都来得强……现代的散文,是更带些自传性色彩了。"总觉得女性较之男性更自恋些,对个人化、私己化的人生内容更侧重些。这使得她们的散文,与中国现代散文的"最大的特征",有着一种天然的亲和性。在走山西女作家的笔下,笔者就看到了这一点。譬如张雅茜的《我的道观》,作者写的是山西著名的道观永乐宫,但这却是张雅茜眼中、人生中所独有的永乐宫,她可以说是与永乐宫相依为命,不仅是生存上的,更是精神上的。于是,山西人文风物与山西女性人生形态的关系,血肉丰满、栩栩如生地跃然纸上。譬如史枫的《穿越城市的河流》,作者写的是省城太原,但这却是史枫生命感受中的太原。在史枫的笔下,江南之美,太原之河,与女性水一样的人生渴望、与历史的足行,水色天光,相互生辉,如此等等。让我们在山西那坦陈于世人千年的山林水域中,看到了山西女性独特的身姿穿行于其中,或者说让我们看到了山西女性眼中、生命中的独特山西,这很是让人高兴。

五四文学旗帜上赫然标着的四个大字是"人的文学"。周作人在《人的文学》中,对此曾经有个很经典的解释:"我所说的人道主义,并非世间所谓'悲天悯人'或'博施济众'的慈善主义,乃是一种个人主义的人间本位主义。"对这一五四精神精髓的长期遮蔽,使我们常常让理想远离大地,而将其悬置空中,徒然仰望而不可近。但是,不知是为什么,女性对此遮蔽却有着一种天然的"免疫力",却对这一五四精神的精髓有着一种天然的亲和力。我们读葛平的《生活散记》,普通人日常生活的诗意荡漾在行文的字里行间,清香四溢。还有那种对这种诗意存在的自信与大气,潜隐于对日常生活活力四射的喜爱之中。一直觉得,山西人在保守的表象下,其实是有着大山一样坚定地维护自己日常利益的自信与大气,并以此轻视、拒绝各种观念形态对此的侵袭。这种品格,也融入到了山西女性对普通人日常生活诗意的喜爱之中。只是在葛平的散文中,我们还能感受到,她对现代社会中这种诗意的渐渐流失,有着一种温柔的惆怅,让我们于其中,体会到一种女性水出之于山的柔情。

姐妹情谊是西方女性主义的重要概念之一。西方女性主义试图用姐妹情谊来构成女性的一种自我体认,并由此来抗拒男性对女性的书写,来抚慰在与男性沟通失望之后备感孤独的女性心灵。因此,西方女性主义的姐妹情谊,就更多了一层性别对抗的色彩。但是,西方女性主义的姐妹情谊,在中国的体现形式,却更多了一层温和的色彩,少了一些对抗性的尖锐,更多体现的是对女性自我的重新认知与发现。譬如郭剑卿所写的《邂逅》。作者说她阅读蒋韵小说的感觉是:"被一种异样的感觉所笼罩,那近乎枯涩、空冥的言说背后,仿佛隐藏着神秘的什么诱人寻觅。我在那本有着薄脆黄纸的小书里写写划划,走近一个个过去的故事,沉醉在神秘和空白中不能自拔。"这与其说是作者阅读蒋韵小说的感受,毋宁说是女性之间相互体认过程中对自我的重新发现及在这发现过程中的喜悦。

德国温德尔在其《女性主义神学景观》中认为,女性的原始家园是那片"流淌着奶和蜜的土地",它"既供养物质生命,也供养精神生命",它是上帝所在的处所。而当人"走向通往统治与权力的道路"时,就逐渐远离了上帝,就"不用天然供品乳汁和蜂蜜,而用人生产的产品,用油和面粉以及酒神节适合于男人的葡萄酒"。如是,女性,也包括笔者前述的女性那日常生活中的诗意,往往与神性同构,或者与神性相近。笔者有时想想,女性那不合社会常规的"痴",那不顾社会常规的"疯",可能都与这神性有关。还是拿张雅茜的《我的道观》来说,作者对人世之情的"痴"及对写作的"痴",都让人感到神性的存在。作者说"这依偎着古魏遗址迁徙而至的道观,七百多年的建筑群——永乐宫,让我始终充满敬畏……是我的上帝,我的神",而果然,"在日后赐予我无尽的灵感与激情,让文字点亮我生命的每一个夜晚"。再如,唐雅亭之所以《想念崇福寺》,是因为她认为自己的家乡:"只有懂她的人才能明白,她的内里是有着战争过后大义凛然的宁静,我热爱着她,不嫌弃她小,不发达,不够有气质,我恋着她,更因为这里生长我的亲人朋友,还有,她骨骼里的安宁与灵魂里的素静,都与我的性格特质有不宣的契合。"而"崇福寺,应是朔州这片土地上历史与人文结合最完美的代表吧"。当然,笔者在这里借用写道观与寺庙的文章，只是因为这些外显的物化的神性的象征，更便于直接来说明女性之于神性的体现，却绝不是说，女性的神性只体现在这个方面。其实，反倒是时时地体现于我们大家身边的现实日常生活之中呢。读蒋韵的《生长传说的大地》，读蒋姝的《再寻骆驼道》，我们就能感受到，前者女主人公执着于"奶和蜜"的"坚韧"与"牺牲"，后者女作者对失去"奶和蜜"的"情殇"，并在这种感受中，唤起我们如温德尔所说的，对失去的"流淌着奶和蜜的土地"的"重新认出的惊恐"，并因此而产生"对于另外一种未来的种种想象"。

山西的古城寺庙、山川景物、人物民俗，是千百年来的客观存在，他们的各种动人之处，确实让山西女作家们心动、情动、思动，山西女作家们也从各个角度对此做了绘声绘色的逼真描写，并因此也让我们心动、情动、思动，但这只是这些散文的一个方面。另一个更为重要的方面则是，这些散文是上述外在景观与山西女作家心灵、情感遇合的结果。作者的人生、情感长河，犹如显影液，使这些相同的外在景观，在不同的显影液中，呈现出不同的风貌、风情。作者人生、情感长河的形态和力度，决定了这些散文的形态、力度与不同的风姿。我们只要想想，眼前的景观在我们面前可以瞬间显现，而这显影液的形成，却需要着个体生命的沧桑，可能也就会明白，散文为什么易写而难工。笔者在读山西女作家走山西的散文时，一方面，有着与另一颗心相碰撞的悸动；另一方面，也不无惋惜地看到，有一些散文还是过多地把自己埋没在对客观景观的描写及对客观史料的呈示之中了，女性的主体性在物化的过程中失去不少。

二

不是说，女性作者一定要在散文中通过对自己的言说，或者言说自己，从而对自己做有形的体现。诚如王国维所说，不仅"以我观物，物皆着我之色彩"，即使"以物观物"吧，也"不知何者为我，何者为物"。在现实生活中，女性即使什么也不说、什么事情也不做，但她也会通过衣服、饰物、发型等的变

换,来展现自己的生命形态。女性其实是最具个人化的,她只关心她眼前的所见,且以对自己眼中所见的执着,拒绝了各种各样观念对自己眼中所见的遮蔽。她写的是自己眼中的所见,却也通过这所见让你被她那顾盼生辉的眼波所倾倒。

山西女作家走山西的散文,也是如此。

自然景色是山西女作家外化自己的最直接、最常见的方式,是自然形态,却也是山西女作家的生命形态,或者是她们所向往的生命形态。譬如王灵仙的《带回芦芽一片绿》中写宁武的万年冰洞:"我登过太行山大峡谷的紫团洞,游览过桂林的'人间仙境'芦笛岩,这些岩洞借助美妙的音乐、五彩的灯光,将洞内装扮得如梦里幻境,却不免留有人工的痕迹,不若此冰洞保持了自然美感。洞内灯光清一色是照明灯,视线之内无一处不显晶莹剔透的冰玉本性。冰洞,犹如一位姿容秀美的脱俗女子,清水出芙蓉,天然去雕饰,让人感受到了纯净之美。"譬如刘锁爱写《故乡丹峡的姿色》:"故乡的丹峡,是露着峥嵘的。新构筑的长长的栈道随崖依势、曲径通幽,不用费神,她就会把你引向大峡谷的奇险俊秀,让你到深处去感受大自然的鬼斧神工。当你走近她时,她着实就像一个隐藏在深山峡谷中并修炼了亿万年的'妖精',一年四季风情万种,变幻着神秘,变幻着美丽,足够风韵,足够婀娜多姿。"还有,陈亚珍写那房前地角不被人注意的梨花,一旦万亩盛开,却足以让人心荡神摇。传统中国,把自然景色人格化;政治中国,把自然景色政治化,如此一来,都未免把自然景色过于逼仄了。但以西方格式塔心理学的异质同构学说来说,那自然景色的形态与人的生命形态的相通,却是不虚的。

地上文物看山西。走山西,人文景观是必不可少的内容,而古人的眼神,隔着千年,却也融入到了山西女作家的眼波中。司马光的"磊落与坦诚"(刘小云《涑水河畔温公祠》),中流砥柱般的魏征、黄庭坚、柳公权、熊兰(刘月凤《中流一砥柱》),都似"大唐回声"(边云芳《大唐回声》)般地回响在山西女作家的耳边。即使是那似乎无生命的唐砖明瓦,一经山西女作家的慧眼注视,活泼泼的生命、幽幽的魂灵,却也就从其中飘然而出,讲述着那山西女作家在今天,因为现实中的缺失而想听的种种故事:"间间老屋依稀显示着旧日的富有与热闹,古老的窑洞经不起岁月的剥蚀,已经变了颜色,有的房屋已经长时间没人住了,他们陪着过去一代一代的人隐忍着生活的负重,而今却默默地守在清冷的孤独里。"(李怡萍《感受碛口》)

还有民俗礼仪:

鞭炮还在连天地响。

炮花满地都是,红通通的,像落红,像喜泪。

各个店铺里都有人在守望,看到关老爷,还有他身后长长的队伍过来了,立刻便点燃了早已备好的鞭炮。

那是迎神的炮,响得震耳欲聋。响着连成一片。

晋南人过年时才放接神的鞭炮,结婚时才放鞭炮,重大的节庆才放鞭炮。那种急切的、喜悦的声音,震得你心里也兴奋。

走到哪里,炮声便响到哪里,似乎只有结婚的那一天才有那种待遇。

出门上马时要放炮,过桥过路时要放炮,下马时要放炮,进门时要放炮。

一辈子只有一次,你在连天响的炮声中走进人生的舞台。拉开人生的大幕,欢悦的,或者惆怅的,轻松的,或者沉重的。

婚礼中的炮是人生中的唯一。跟着关老爷巡城,也是生命中的唯一。

——一苇《跟关帝巡城》

还有秉承着山西风韵的身边的人,譬如申纪兰:身居高位时,不以高官自居;面对金钱时,不为金钱所恋;在一片对她的赞扬声中,不为高调所动;在自己有权力与当今许多人那样可以为自己的子女谋利益时,不为时风所染。不制造光环,不创造口号,不制作形象,朴实、本分、老实。看似不高大、不

辉煌、不动人心魄、不触目惊心,但却在这朴实之中,体现了对生命本色的坚守,对各种政治时尚的拒绝,对各种观念形态将自身本色涂色、遮蔽的拒绝。一辈子情系西沟村,一辈子无微不至地细心地体贴、守护着西沟村,这正是女儿的属性、女儿的情怀(珍尔《平顺掠影》)。

不论是"以我观物"还是"以物观物"山西的古城寺庙、山川景物、人物民俗,在走山西的山西女作家笔下,常常有着山西女作家心灵的跳动、身体的温度、面容的呈现。似乎是只可意会却难以言传,反正是让你觉得,不似南方水乡女性的娟秀,也不似北方平原女性的俊朗,似乎是山为骨,水为魂;或者借用陈威散文的标题来做概括也很形象传神:"朔风吹,眼儿媚。"

三

笔者一直觉得,在文学的各种文体中,散文对语言的要求是最难实现的。难就难在散文的语言要大巧若拙。我们一向倡导散文的语言应该明白如话。但这话,却并非是日常话语本身,而是经过了文字雕琢之后的明白如话,是经过了"看山不是山,看水不是水"之后的"还是山,还是水"。这样的明白如话,才是高于日常生活的散文语言。所以,五四时期的散文大家们,都说过类似只有学好古文才能写好白话文这样的意思,都说过散文语言不能太顺畅,要"涩"一点,让人读的时候,有停留、回味的感觉。

笔者注意到,走山西的山西女作家们,大都有着写诗的经历,或者是边写诗边写散文。这在无形中,使她们走过了类似"学好古文"的阶段。所以,她们散文中的明白如话,变得有了弹性、有了质感。笔者引述两段,卢静《云寺清凉忆旧游》:"月华如飞万千雪霰,山间小旅馆的素壁上,印出一幅浅淡的水墨画。我醒来时,海棠枝正在画里疏摇,微风拂处,一窗清涨的水墨缓缓浸润。庭院里,旅客的絮谈声渐次低了下去。推开窗,峰峦石树,明覆薄霜,一轮白璧,飘然悬榻。遥远起伏的松涛,山谷朦胧的回鸣,还有莫可名状的声音,谐奏着夜静寂下来后,越来越滚玉般清亮的涧水声。"刘锁爱《故乡丹峡的姿色》:"大河在身边静静地流淌,小溪在谷里悄悄地歌唱,船儿在水上小憩,风儿在岸上飘摇,抬头望,那高高的瀑布,就像一条哈达遥挂前川,那凝固的美恰似我们的心境,给丹峡以深深的祝福。"

海德格尔说:"语言是存在的处所。"这处所,可以是"家园",也可以是"囚牢",可以帮助对个体的表达,也可以因为用公共的语言,造成对个体的遮蔽。山西女作家们走山西的散文语言,常常如可身可己的衣裳,因之让自己光彩照人,但有时也会如穿了一身借来的制服,减了自己的风姿。如是,岂可对此不精心而又精心乎?

读西方的女性文论,常常碰到的语词是:只有通过写作,女性才能找回自己的位置;读走山西的山西女作家的散文,笔者常常看到的字眼是:热爱写作。读西方的女性文论,常常碰到的语词是:女性是用生命写作,是蘸着自己的血肉而不是蘸着墨水写作;读走山西的山西女作家的散文,笔者常常感到字里行间流动着的,是她们身上的大小血脉,是她们的生命之河。读西方的女性文论,常常碰到的语词是"阴茎之笔"与"空白之页";读走山西的山西女作家的散文,笔者感到的是山西的黄土地是沃土,在这片黄土地上,可以开出艳丽的七色之花。西苏说:"飞翔是女性的姿势——用语言飞翔也让语言飞翔。"笔者把这句话送给走山西的山西女作家们,作为对她们的真挚祝愿。

(本文收录于《黄土地与芬芳——山西女作家走山西·散文选》北岳文艺出版社2013年版)

山西的厚重　厚重的山西

——读《厚重山西》

笔者在山西生活、工作大半生了,结识了山西的许多人,知道了山西的许多事,看到了山西的许多景观,读了不少关于山西的书。最初,自以为是了解这片热土的,但及至年长,却越来越觉得自己对山西知之甚少:这是一方初初一看貌不惊人但却越看越耐看、越看越有味道的水土。你越是深入这块土地,你的人生就越是丰富与成熟;你的人生越是丰富与成熟,你就越是觉得这方水土是那么的丰饶与神秘。现在,北岳文艺出版社编选了这本由国内不同时期文学名家撰写山西的锦绣文章组成的《厚重山西》,力图从山水、历史、人物、民俗、风物等方面,全面地反映山西的风貌,增进国人对山西的了解,笔者以为这实在是一件可以庆贺的事情。不能说,读了这本书,我们就了解了山西的厚重,但起码可以说,读了这本书,我们对厚重的山西会有所感受、有所体悟,增加了我们对山西的兴趣与感情,引发了我们对山西特别是对我们自身的诸多思考,这,也就足够了。

一

人说,地下文物看陕西,地上文物看山西。人又说,五千年文明看山西。

此言不虚也。

乔忠延在《高悬在太阳上的铭记——尧王传奇》一文中，通过方言考证，明白了他的曾作为尧都的晋南乡亲们，之所以把太阳称之为"耀窝"是因为在其晋南方言中，"耀窝"就是"尧王"。作者在考证了孔夫子、司马迁关于尧与太阳的论述后，感慨道："尧王就是乡亲们的太阳，太阳就是众生对尧王的礼赞！这便是尧都人们对先祖的最好铭记。而至圣老孔不过是倒卖乡亲们专利的二道贩子，至于史圣司马迁，那更是易手转卖的三道，或者四道贩子。"读了这样的文字，有谁能不为山西文化的深厚、历史的悠久而折服呢？

于是，在如此的历史长河中，我们得以听到许多岁月的回响，而在这其中，最动人心魄的，是走西口的歌声，是晋商的驼铃。

鲁顺民在《三百年趟出一条活命路》中，对走西口有着生动、准确而又深刻的记写：走西口是清初的一次浩大的移民运动，走西口与闯关东不同，走西口是政府主动开边开禁，这里头可以玩味的东西很多。走西口的历史，基本上靠口头文学代代相传，于是，这其中，就有了许多文化心理的因素，有了许多情感超越现实的因素：放不下口外的收获，丢不下家里的老小，一路的艰辛，还有土匪，还有恶霸，这样的社会环境下，个人生活质量又会是什么样子？一来二去，苦，便成了永恒的主题。但是，西口外面是好收成，是真的。山西省河曲县的人总是念叨着这句话。于是，西口外是"财富"、"富裕"、"机会"、"冒险"的代名词，是看得见的诱惑与召唤，于是，"西口外"这三个字，就给了人以破空而来的激动。

成一则在《漫话晋商之大而久》中，让我们对晋商刮目相看：当时俄国恰逢"俄罗斯之父"彼得一世登上王位，而大清的康熙皇帝是一位与之相比毫不逊色的君主。俄国与大清，可谓强势对强势。中俄相互贸易之地恰克图被称为"西伯利亚的汉堡"、"沙漠中的威尼斯"。如此庞大的经济体，其流动的经济血液，却处于严重的梗阻状态。晋商能将自身做得大而久，就在于能有识天下大势、经济大势的大眼光，有敢于大付出的大气魄，有制度创新用制度保证的大智慧。现今常将晋商的兴盛，只简单归功于"诚信"二字，实在是

一种愧对先人的简约。

历史从来是人的历史。于是,在如此的历史长河中,我们就得以看到了灿若星辰的英姿健影:《千古一人关云长》《说不完的杨家将》《传奇女皇武则天》《剑胆琴心——傅青主》《我们村里的白求恩》《盛唐并州三诗杰——边塞诗人王昌龄、王之涣、王翰》,还有贺龙、徐向前、赵树理、申纪兰等。每一个人都让我们在肃然起敬中低首深思:那是历史浪花无法淘尽的英雄。

当然,较之这些英姿健影,更为伟大的是那些没有名姓的百姓。只是他们更多的是把自己的生命形态融入于那些民俗风情之中:《社戏》《永恒的山西民歌》《醋都》《汾酒的风格》;融入于那些文物之中:《大美难言——应县木塔》《千古雄关——娘子关》《蒙山大佛断想》《万亿化身,罗刻满山——云冈石窟映像》《记五台山佛光寺的建筑》,而山光水色更是他们生命形态的见证:《晋祠》《难老泉》《太原古树认前朝》《三晋古树记》《黄河远上接天宇》《陶醉壶口》等。有形的文字记载下来的却是无形的人化的自然和自然的人化。

五千年的文明呵,动人心魄。

二

是的,这本书记写了山西的山水、历史、人物、民俗、风物等,但我们不要忘记,这些是记写者眼中的山西风貌,于是,在这本书中,我们也看到了山西与观看山西者之间的关系,而这些观看山西不同的眼睛,是由人、历史、社会、文化等要素生成的。于是,所谓山西厚重,厚重的山西之"厚重",就有了更为丰富的内涵。

冰心的《大同日记》是一位饱含爱心且具有洞穿了社会、历史大眼光的外地人对山西的印象,我们单单看这几句,就不是常人所能写出的:"向西走入一处土城,为云冈上堡,系明代屯兵之所,今已夷为田圃。再向西走为云冈山顶,有玉皇阁,门窗破损,阒然无人。看钟上款识,为明崇祯末年所铸,钟声初鸣,国柞已改了。"

李健吾的《梦里家乡》是远行的漂泊者对家乡的思念。这个家乡是模糊的:"我连爸爸干什么也不知道,坐牢也不知道,他叫什么也不知道,妈的名字也叫不出来,只记得姐姐叫香草,还有一个叫香菊的,另一位尚爷爷的女儿是谁呢?"但这个家乡又是根深蒂固的:"反正我长大了以后,都把她们写进话剧了……不用的就是她们的名字。难道我那《梁允达》《村长之家》的背景不都是我记忆中的长巷子?"模糊而又根深蒂固的家乡,正是梦里的家乡,它是现实的,又是非现实的。

李敖的《在太原的童年经历》是作者成年后对童年太原生活时的回忆,那都是些不愉快的印象:病人为治病喝尿、鸦片烟、女招待、怪胎牛、骷髅、印象奇劣的日本人……不知是作者成年后对社会批判的"毒"眼光影响了他的记忆,还是他童年的经历形成了他成年后对社会批判的"毒"眼光。

梁思成的《记五台山佛光寺的建筑》让我们看到了一个建筑学家对珍贵建筑由衷的喜爱之情,看到了一个科学家诸事认真的品格,以至于他写几寸厚的积存的尘土,写千百成群聚挤在一起的蝙蝠,写千千万万的臭虫,都只让我们感受其"真"而无其"恶"。

汪曾祺的《赵树理同志二三事》真正写出了山西人的性情、品格、特点,但也只有汪曾祺这样的"世事洞明"、"人情练达"的江苏人才写得出来。

余秋雨的《抱愧山西》写出了一个时代外界对山西的了解过程。这种代表性,也只有余秋雨这样的文化学者最为合适。其实,直至今天,笔者觉得,用"抱愧山西"这个词组,也还是能体现我们对山西的态度。

李锐的《底家河春秋》是一个北京知青生命与山西拥抱的结果:"因为结结实实地当过六年农民,因为曾经和那些世世代代的山民们一起'汗滴禾下土',一起尝过当'劳动人民'的滋味,我对所有'赞美'劳动、'赞美'劳动人民的言辞有种本能的反感。我对所谓的'田园之美'有种切肤的鄙视。"而在改革开放给底家河带来了天翻地覆的变化之后,李锐看到的山西现实是:"赤裸裸的事实告诉底家河的村民们,当天翻地覆的改变来临的时候,当渴望变成现实的时候,事实早就冷酷地把渴望撕扯得七零八落。"这是山西的"春秋",这也是走进了山西的北京知青的"春秋"。

边缘之思

　　张石山的《醋都》字里行间流淌着的是地地道道的山西味,是浓烈的山西情。这种山西味、山西情,也只有张石山这样的从小生长在山西,却又在成年后走过大江南北,最终又回归山西的人才能写得出来。

　　有心的读者,如果将本书中的作者,以十年为一代,按代分列;或者按山西本地人、在山西定居的外地人、来过山西的外地人分列,看看他们笔下的山西有何区别、看看他们对山西的情感有何区别,这种区别的深层原因又是什么,笔者敢打个赌,你一定获益匪浅。如果你再深入一步,想想在记写山西的文字中,缺少哪些内容,或者缺少哪些山西人、来过山西、久居山西的人的文字,那就更好了。

　　拉拉杂杂地谈了一点自己阅读完本书后的感受,无论是对自己所阅读的对象,还是就自己的阅读感受来说,都是挂一漏万的。但笔者愿意向读者诸君推荐这本厚重的《厚重山西》,希望你走进山西,热爱山西。

第三辑

林鹏思想随笔摭谈

旷世的绝望　个体的悲凉
——读《张马丁的第八天》

新世纪中国女性长篇小说写作的新进展

对一代人精神历程的评析
——读《羊哭了，猪笑了，蚂蚁病了》

修复现代人的人生感受
——论李骏虎的小说创作

当代文学家身影的价值
——读李燕蓉的《有风从湖面掠过》

让古代圣贤与现代民间个体生命直接相遇
——以《山西文坛十张脸谱》为例

对中国乡村的「小历史」叙事
——读《被误读的〈论语〉》

对远去歌魂形神兼备的呈现
——读《坚锐的往事》

论研究区域民俗文化的意义
——评《夕阳下的歌手》

林鹏思想随笔摭谈

林鹏先生思想随笔《遐思录》《读书记》虽篇幅不大,但思想含量甚巨,其特别值得言说者,是对专制集权、激进思潮、暴力革命的反思。这种反思主要集中在这样三个方面:其一,对近代英美思想体系的重视。自五四以来,从历史形态来说,法德俄思想体系在中国位居主流,为国人所熟知,英美思想体系由于相对于中国传统文化更具异质性,所以始终处于边缘位置,为国人所陌生。但就中国现代社会构建、就价值形态来说,英美思想体系却是应该居于主流位置的。林鹏先生在这两本随笔中,对此有着敏锐而又清醒的认知。譬如作者言及1688年英国光荣革命时,惊诧于大学历史系毕业生却对此皆不知晓,从而认为这种缺失,使"中国人长时间看不清世界历史,长时间只看到世界历史的一面之词,也就是只看到了非常片面的非常简陋一个面"(《中国人长期看不清世界历史》)。他还说:"我们以往只知道法国大革命,巴黎公社,十月革命,罗伯斯庇尔的恐怖政策,斯大林的肃反和大屠杀,至于英国的不流血的光荣革命,我们是一无所知。"(《阿克顿的告诫》)

对英美思想体系的重新认知,势必带来对法德俄思想体系的反思。林鹏先生在《拿破仑由革命的利剑变为暴君》一文中说:"由革命的利剑,变成暴君,这是非常耐人寻味的。其实这就可以看作是一个规律,一个铁定的规律。

这才是真正的法国大革命的胜利果实……法国大革命的领袖罗伯斯庇尔……发明了断头台,制造了恐怖时期。他把大批忠诚的革命战士和民族精英送上断头台。断头台那咔嚓咔嚓斩杀生灵的声音,在罗伯斯庇尔听来是说不出的悦耳。他所听到的最后的断头台的悦耳声音,是在他的人头滚落进台前竹筐的时候。"在《阿克顿的告诫》中,林鹏先生引用伯克在《论法国革命》的话说:"借尸还魂,魔鬼附体,全盘接受被自己消灭的阶级的思想,打倒皇帝做皇帝,打倒什么,自己就变成什么……他的说法是'精神轮回'。"何以会"精神轮回"?何以身处"黑暗"者,会在与"黑暗"作斗争中,自己也因之在自身"复制"了黑暗?何以"被吃者"在与"吃人者"做斗争时,自己也必然地具有了"吃人者"的素质,从而在埋葬了"吃人"的世界,建造了一个不"吃人"的世界后,在一个"容不得吃人的人存在的社会"中失去了自己的存身之所?何以"革命会吃掉自己的孩子"?何以会如马克思所说的,一切伟大的历史人物,都会以两次命运的形式出现,第一次是悲剧,第二次是喜剧,这就是"历史的讽刺",而又为什么难逃这种"历史的讽刺"?

林鹏先生说:"正是英国的光荣革命创造了议会制度,这个制度深刻地影响了世界历史。没有英国的光荣革命,就不可能有美国革命和法国大革命,也就不可能有世界近代史。"(《中国人长期看不清世界历史》)"然而正是英国人,提出了任何人不得以任何理由,逃脱历史学家对其不义行为的永恒审判。"(《阿克顿的告诫》)类似这些,都足以引发我们对此给予进一步的深思与研讨。需要补充一句的是,林鹏先生素以国学研究著称,但笔者以为,这与他广阔的西学视野是分不开的。我们只要看看他在这两本随笔集中所涉及数量众多的西方理论名著即可了然,且这些西方名著多是位居当今西方思想界前沿之作,如哈耶克的《通往奴役之路》、伯克的《法国革命论》等。辜鸿铭、吴宓等均以文化保守主义著称,但他们均是精通西方语言、西方文化之人。这对今天有志于传承、张扬中国传统文化的人,恐怕应该是有所启发的吧。

其二,对中国传统文化的重新认知。譬如一向为学界、为众人所众说纷纭的"仁",林鹏先生就有着令人耳目一新的解释:"仁者,二人也;二人者,夫妇也;夫妇者,异姓亲戚也;异姓亲戚者,天下也。也可以说,仁者天下也,或说天下者,仁也。"(《仁者二人也,二人者,天下也》)又如,林鹏先生说"仁者无敌的真正意义,是仁者根本就没有敌人",而这是一个"被遗失的真理"(《仁者根本没有敌人》)。

在中国历史行进的每一个大的节点上,学界总是结合新的时代矛盾,试图回到孔孟学说的源头,通过对孔孟原典的新的阐释,颠覆既有的对孔孟学说的定见,赋予其以新的意义。也因此使之可以构成一时代的思想资源,参与时代的对话,参与对一时代新的价值大厦的构筑。这是孔孟学说对内在矛盾的自我调节,是孔孟学说得以绵延不绝、永远充满活力的魅力所在。今天对孔孟原典正本清源的努力也是如此。在这其中,需要我们给以注意的是:孔孟的儒家原典与在历史长河中被阐释生成的儒家理论是不完全一致的,甚至是非常不同的。我们不能把对前者的赞扬用在后者上,我们也不能把对后者的批判用在前者上。这其中恐怕有一个需要仔细辨析之处,否则,就会成为京剧中的《三岔口》,乱打一气。虽然看似针锋相对,振振有词,但实际上却是各执一词,说的不是同一个事。

林鹏先生在《〈蒙斋读书记〉自序》中说,他们这一代人"客观上,一辈子受蒙蔽,没法子。主观上,最糟糕,常常喜欢自我蒙蔽。这种自我蒙蔽,着实严重,着实普遍,实在没法说"。他又说:"后来读《易经》才知道有个蒙卦。蒙卦是蒙生、蒙发、启蒙的意思。这个意思倒也不错。"如是,蒙斋是启蒙之斋。启蒙,我们一直从西学角度对此给以解释,现在,我们知道了,对中国传统文化的重新认识,也是一种启蒙。我们这个时代,需要这一启蒙。

其三,注重从经济生产、经济基础这一根本之处,对专制集权做出反思与批判。

譬如林鹏先生在《蒙斋遐思录(四十二)》中高度概括地说:"春秋战国的士人,都有五亩之宅,他们便成了最古老的自耕农。与此同时便出现了不臣天子、不友诸侯的隐士。农业的个体性,确立了个人的独立和尊严。这就是仁

的基础。"

譬如林鹏先生在《彻法论稿》中,对先秦田税制度中的"彻法",在详尽考证的基础上,做了简明扼要的概括:"是把产品全部拿走,然后陆续发放口粮;或者留下必要的口粮,其余全部拿走。"笔者对先秦田税制度变迁及其中的"彻法"极为陌生,但对林鹏先生所论述的"彻法"的做法却极为熟悉。笔者20世纪70年代在农村插队的时候,国家对农民粮食生产的征收工作即是如此。林鹏先生在《彻法论稿》中说:"全部拿走然后陆续发放口粮的做法比较原始,留下规定的口粮其余全部拿走的做法则比较省事,比较利索。但是,(留下的)口粮是多少呢?这里大有文章可做。谁能扣得紧,卡得严,谁就是贤能,就是忠良。"笔者在乡下插队的时候,许许多多的公社干部就是这样的"贤能"、"忠良",而瞒产与反瞒产的斗争,则是"贤能"、"忠良"与农民进行斗争最常见到的方式。林鹏先生认为,"彻法"是同战争紧密联系着的。战争是治理社会的非常规手段。就是说,在用非常规手段治理社会时,"彻法"是最适宜的。新中国成立后,之所以用类似"彻法"的方式治理乡村,则是因为用政治手段发展工业的需要。其实,这样的方式也不仅仅用于治理乡村,计划经济时代,治理工业也是如此。

林鹏先生在《彻法论稿》中认为,刑徒等是保证"彻法"的重要力量之一。

林鹏先生在《彻法论稿》中写道:"只有彻法才能够给战争迅速提供充分的物质保证……秦国正是在这种理论指导下强盛起来。""彻法"确实有在短期内迅速见效的功用,人们往往被这种迅速见效所诱惑,因而忘记了其根本性的危害一面。

生产力决定生产关系,生产关系决定上层建筑,这是马克思主义的一条基本定理。当新的经济生产方式、新的经济形态在今天中国出现之后,将会出现新的文化思想空间,出现新的人的生存、存在空间,面对这些新的空间,由于没有充分的思想资源对其给以合理的言说,混乱与惶惑应时而生,但怀恋"彻法"以为救治之方,则是不可取的。

当今中国,对五四时期现代知识分子思想的研究固然是十分重要的,对

20世纪30年代以来的红色革命传统的研究固然也是十分重要的,但同样重要的,是对20世纪二三十年代一批"思想开明者"的研究,譬如对李锐、李慎之、王元化、何方、韦君宜等人的研究。他们在青年时期,在中国资本经济的危机中,怀抱着对新的社会理想的信仰,学习、接受"北方吹来十月之风"的理论,投身革命实践。历经数十年的反复、坎坷与波折,在人生渐入老境时,反省自己与中国革命历程相伴而来的人生与走过的道路,反省自己的思路、心路历程,他们对中国的社会有了更为实际与更具历史深度的理解。这不是在思想体系之外的对思想体系矛盾的反思与审视,而是在思想体系之内的矛盾演化过程中的对思想体系的反思与审视,因此,更切合实际,更切合历史,更具备力度。因为我们是在体制内长大,所以他们的意见更值得我们重视,与我们也更具亲和性。他们的思想文字,不是在学院书斋研究室中产生,而是用与中国历史、中国社会剪不断理还乱的生命血肉凝练而成。林鹏先生是这批人中的杰出一员,他的思想随笔在这一思想宝库中熠熠生辉,值得三读。

(《退思录》《读书记》由商务印书馆2013年出版)

旷世的绝望　个体的悲凉

——读《张马丁的第八天》

在中国新时期的文学格局中,李锐以其对"鲁迅风"的鲜明继承而为学界、文坛、社会公众所重视。笔者这里的"鲁迅风"指的是思想批判的深刻性、彻底性,精神指向上的绝望性、反抗性,情感世界的丰富性、博大性以及相应的小说文体形式。李锐的文学写作,以20世纪80年代中期的系列小说《厚土》名世,并基本上奠定了其写作的格调。迄今为止,李锐的小说写作大致可以分为两大板块:其一是以其插队之地山西吕梁山生活为写作内容的,如系列短篇小说《厚土》《农具》、长篇小说《万里无云》《无风之树》等,其重点在于通过中国内陆山村的乡民生活,写出人之生存、存在的某种境况;其二是以其祖籍之地四川自贡的历史沧桑为写作内容的,如长篇小说《旧址》《银城故事》等,其重点在于通过历史沧桑写出个体生命与社会、历史境遇的张力关系及在这关系中对个体生命存在意义的质询。在这一划分中,其长篇小说《张马丁的第八天》似可大致归入其第二个板块的写作中,只是又有了新的拓展,并有望在这一新的拓展中,再开辟出一片新的更为广阔的写作时空。

一

在历史沧桑的社会既定格局中，由于精神家园的失去、终极价值的迷失、个体生命对信念的执着，并为之而牺牲而献身就都成了一种无意义的存在，并构成了对自身追求的反讽，构成了生命的破碎感、荒谬感，构成了个体生命存在意义、价值的虚无，并因了这种虚无，使社会、历史的形态，成了一种毫无理性的荒诞存在，这是李锐小说的常见主题，这一主题在《张马丁的第八天》的人物形象塑造中，得到了更为鲜明、更为彻底的体现。

小说的主人公之一，是西方传教士莱高维诺主教，他对天主教有着虔诚的信奉，为传播天主教教旨而充满了牺牲、奉献的精神。这种信奉与牺牲精神，小说是通过莱高维诺主教与其他天主教徒的互文关系及莱高维诺主教的自身言行来体现的。先说互文关系：小说写他将张马丁收为自己的孩子，之所以如此，是因为张马丁"脸上那种像羊羔一样率真无辜的神情"，是因为张马丁多年来一直坚持要"赤脚站着抄写经文，所以冬天常常会冻伤"——"正在消退的冻疮在肿胀的脚上留下累累疤痕，紫红的脚后跟瘀满了血，好像马上就要破裂开，马上就会有鲜血从里面流出来"。这是在写张马丁对天主教义的虔诚，但这又何尝不是在写莱高维诺主教最初入教时的昨天呢？小说中另外一个西方修女玛丽亚的种种善行，也同样可以视为是莱高维诺主教品格的外化与延伸。再说莱高维诺主教的自身言行：莱高维诺主教是带着为自己打做的棺材，抱着有去无归的牺牲精神不远万里漂洋过海来到中国传播教义的，后来也果然死于对天主教义的捍卫之中。我们从莱高维诺主教在义和团攻打教堂时，不顾个人安危，拒不放弃对躲避在教堂中教民的庇护中，也不难看到他举善为义的壮举。至于他把在中国历来不被视为人的女性视为人的存在，用同情心、家庭救济、医药治疗赢得她们的拥戴，在大灾之年赈济灾民，也可见出他初衷的诚恳与实施的善行。还有他那为了实施教义而历尽坎坷，艰辛备尝，也无不令人感动：那险逢狼群，只是这坎坷与艰辛的精彩一幕而已，如此等等，不一而足。但他对教义的虔诚信奉及为着实施这种

信奉而体现出来的牺牲、奉献精神,而体现出来的能力、才干、品格,却因了其所信奉的教义的虚妄而走向了自己的反面,成了一种对自身的反讽、否定、嘲弄,且让人感到了荒诞的存在。之所以说莱高维诺主教所信奉的教义是"虚妄"的,并不是从当今世界的已然形态做论,而是从小说中所欲追问的人的精神归宿、价值皈依出发:第一,当他把自己所信奉的教义视为唯一的存在并因此而否认他人信仰追求的合法性时,这一教义就成了剥夺、压制他人自由的专制主义,这就是小说中所反复描写的莱高维诺主教对天石村村民民间信仰的摧毁性、灭绝性打击。第二,当为着实施这一教义而不择手段并赋予这些手段以合法性时,这一专制主义就演化为了暴政行为。在小说中,就是莱高维诺主教隐瞒张马丁未死的事实,采用瞒天过海借刀杀人的伎俩。第三,这一专制与暴政只能给不服从其教义者带来灾难与损害,从而使这一教义充满了血腥的气味。这就是莱高维诺主教借用孙知县的力量,杀害了张天赐,并在其后用血腥手段镇压了天石村村民的反抗。对教义"虚妄性"的揭示,还来自小说中的一个让人感到意味深长之处的描写,那就是莱高维诺主教与张马丁遇到狼群时对《圣经》的焚烧。狼群之所以不敢接近二人,是因为焚烧《圣经》的火光所致。在这里,《圣经》的作用,只是作为"纸"的物质性存在,并因为其所产生的火光让狼群不敢靠近二人。但在莱高维诺主教对此的解释及众人的接受中,此时的《圣经》,却是作为"神"的体现而存在。由之,观念遮蔽了物质,教义的"虚妄性"也因此暴露无遗。

与莱高维诺主教极为类似的是张天赐,只是具体的表现形态有所不同而已:在张天赐这里,其所信奉的是女娲娘娘,只是这女娲娘娘并不能保佑其子民的温饱生计,而是听凭大饥饿没顶而来,将其子民推向死亡的深渊。因此,同莱高维诺主教几乎一模一样,张天赐对女娲娘娘虔诚信奉,为护卫女娲娘娘而付出的牺牲精神、奉献精神,其勇气、其能力、其品格、其"恶祈"的悲壮、其对莱高维诺主教所代表的天主教义的敌对,就都统统失去了意义,而成了一种无以言说的荒诞所在。

如此的双方、如此的双方所构成的敌对与冲突,就构成了社会、历史的一种荒诞性的存在形态。譬如这样的一种来自双方的敌对与冲突,其最突出最激烈的表现形态,就是武力的冲突,就是暴力的冲突,这就是对张天赐的杀戮,这就是天主教堂门前的暴力冲突,这就是对天主教堂的武力攻打。这种武力冲突、暴力冲突的最高形式,就是战争状态。小说中对此有着精彩的描写,这就是西方的西摩将军与中国的聂提督在交战时在望远镜前的威严对视,这就是聂提督在炮弹横飞时连换四匹战马岿然不动最后战死沙场的惨烈。这样的描写,如果说,在其他作家的笔下,往往让读者看到的是正义与非正义下的悲壮及这悲壮下的感动。那么,在李锐的笔下,由于西摩将军与聂提督的惨烈战争,是在莱高维诺主教与张天赐冲突的背景下而发生,所以,让读者感受到的,就只能是无意义破碎下的悲凉。

在如此的荒诞性冲突中,一向被视为先进的科学技术、典章规范,其被引进也就只能让读者感到哭笑不得的莫名,这就是小说中天保形象的塑造。天保虽然从聂提督所引进的西方的军事科技中,有了先进的武器,学到了先进的军事技术,且以此而在攻打教堂时,一举打败了其所师从的军事经验丰富的西方军人,但当这种攻打本身是一种荒诞性冲突时,其所凭依的先进科技又有什么意义呢?"道"之不存,"器"又何为?而天保所受到的那些先进的典章规范的训练,其现代军人素质的养成,在这样的荒诞性冲突中,也就荡然无存。这就是小说中所写到的,天保作为现代军人,在聂提督的西式军人训练中,在聂提督痛打其屁股的惩戒下,不再随意自己的屎尿行为。但在其攻打进教堂后,却又如同那些敌视西化的义和团弟兄们一样:"解开自己的缅裆裤,掏出黑乎乎的阳具,对着院子里残缺不全的尸体,哗啦啦地射出尿液。"虽然在这种行为中,天保也会"觉得自己的屁股一阵疼得钻心",但西式的军事教育,在天保的身上只留下了如此"痕迹",我们又能对百年来中国对西方典章规范、科学技术的引进说什么好呢?

在如此的个人的生存、存在的价值虚无中,在如此的社会、历史的荒诞性的存在形态中,人间的瞬间的美好形态也就变得非常偶然、非常可疑、非常脆弱,这就是小说中葫芦、莲儿的故事。葫芦本来已经被官府作为暴民即将处决,只是因为"偶然"遇到了身在官府的大表舅陈五六,从而化凶为吉,在人吃人的大灾之年,得以衣食无忧,并几乎得以成为陈五六的女婿。小说对葫芦所处的瞬间的美好形态,做了非常生动的描写:那在如诗如画的田园景色中,青年男女之间的亲昵调笑,宛如人间仙境一般。但最终在义和团的暴力面前,莲儿惨遭轮奸,葫芦抱着莲儿双双跳井而亡。类似葫芦与莲儿瞬间美好情境的描写,在小说中还有一处,就是张马丁与修女玛丽亚类似母子的情谊,譬如张马丁在去找孙知县说明真相之前,张马丁与玛丽亚的晚餐情景,温馨而又迷人,但最终也只能如昙花一现般美丽,张马丁最终只能孤孤单单一人独自行走在那寒风刺骨的旷野之中。

小说中还写了作为政府形象的孙知县的圆滑、软弱与无能,写了作为孩子的柱儿对血腥暴力的羡慕与向往,写了有着良好的职业素养的儒勒上尉与马修医生,其良好的职业素养在暴力冲突中走向了自己的反面等。

如是,小说就对中西方的信仰、价值体系、人的生存形态、存在方式、品格追求、种种努力,对社会、历史中的战争行为、知识形态、现代科技与文化的发明与引进,对中西方孰优孰劣、族裔之争等,做了全面的批判与价值拒绝。这种全面的批判与价值拒绝,集中地体现在张马丁对上帝给人间的既定形态——"七天"的否定上,而执意要让自己从第八天重新开始。从第八天开始,就意味着对以往的既定的全面否定,意味着如王德威所说的,要开始一个人的创世纪。在这里,我们分明听到了周作人"辟人荒"的呼声,听到了鲁迅用"吃人"二字概括以往历史的"呐喊"。

在小说中我们看到,张马丁在走出了自己曾经信奉并曾经立誓为之献身的教堂之后,得到的是教徒与非教徒所有人的唾骂与抛弃,在他濒临死亡之时,他被失去理性而近于疯癫的张王氏误将他作为转世的丈夫所收留,而张王氏是因他而被砍头的张天赐的妻子。于是,我们看到,张马丁在试图以一己之力对抗整个世界时,在其告别旧的世界走向一个新的世界之时,这新的世界是并不存在的,他只有在旧的世界系统对他的接纳中,才能够得以存活。但旧的世界系统对他的接纳,却是一种错位的接纳——是将他作为张天赐而接纳的。于是,在这种错位的接纳中,我们看到的是真正的"鸡与鸭讲"式的错位交流与错位沟通,是双方的错位式存在。

在这种错位式存在中,真正的实质性存在,是物质的存在,是生命的延续,这就是小说中所写到的张马丁与张王氏的肉体交流及其后张马丁与类似张王氏的另外女子的肉体交流,交流的结果则是五个中西混血的婴儿。在这里,我们得以再一次地看到,物质、生命再次地去除了种种观念的遮蔽而彰显了自身,只是当我们面对这样的物质存在、生命延续时,我们无言以对。

于是,我们看到了张马丁、张王氏在绝望中对绝望的抗争:张马丁的墓志铭这样写道:"你们的世界留在七天之内,我的世界是从第八天开始的。"张王氏则坐着木盆沿着河水漂向不知何处的远方。这就是鲁迅式的李锐:在对整个世界价值虚无的彻底批判之后,在对绝望的反抗中,书写"个人"生命的"悲凉"。

二

有什么样的内容,就会有什么样相应的表现形式。内容即形式,形式即内容。李锐小说独特的内容意蕴,形成了李锐小说的独特体式,《张马丁的第八天》在这方面,也颇具代表性。

第一,"瘦硬"。李锐的短篇小说,都很简短,三五千字而已。他的长篇小说,一般也都在十五六万字左右,不超过二十万字。但在这样有限的篇幅内,却包含着丰富、饱满、深刻的思想、精神、情感含量。这与鲁迅的小说相似。

李锐的小说,不以再现社会历史事实的博大、厚重、丰富见长,而以揭示人类精神、思想的深刻、丰富、博大取胜,这后者又以揭示人类的某种生存、存在形态作为其载体与依据。所以,如果用前一个标准来衡量李锐的小说,你或者会觉得他小说,确实很深刻,但却不够厚重、不够大气,似乎有些单薄——譬如相对于贾平凹、陈忠实、莫言等人而言。但我们如果明了了他的小说的长处并不在这里,而在后者,那么,我们不得不佩服他的小说是大作品而不能以优秀作品称之。一方面,有一类作品,是以各种现实与非现实的

手法,揭示一个历史时期的社会形态、人生命运的丰富多彩;另一方面,还有一类作品,是以人类的多种生存、存在形态做载体,揭示人类思想、精神的气象万千。遗憾的是,许多论者常常以前者的标准作为衡量后者的依据。譬如在评价李锐的小说时,笔者就看到,一些论者说,李锐的《银城故事》如何如何的反映了辛亥革命,而《张马丁的第八天》又是如何如何的进一步地前伸到了对义和团运动的批判。如是,如果用对辛亥革命、义和团时期这些历史事件、历史时段的反映来衡量李锐的《银城故事》《张马丁的第八天》,我们自然会觉得其作品还欠厚重,但如果知道李锐的小说,是因为这些历史事件、历史时段的特征,有助于其对人类的某种思想、精神形态的揭示,有助于其对人类的某种生存、存在形态的揭示,因而以其为载体,我们就会由衷地称道他的小说气象的辽阔、立意的高远。

这是李锐小说文体"瘦硬"的根本所在。

"瘦"是因为他的小说,不对事件、环境、民俗、人物的行动、故事的展开等做充分的描写,情节性地展开,而只撷取其对揭示人类某种思想、精神、生存、存在形态最具代表性的片段来给以展示。譬如在《张马丁的第八天》中,对张马丁如何被教徒与非教徒所抛弃、攻击、敌视,对张马丁与作品中众人物的交往、对天石村村民的生活、对葫芦与莲儿的情感交流形态等,都不做充分的描写与展开,而只用典型片段能够体现就足矣。这是李锐小说篇幅短小亦即文体之"瘦"的原因所在。

"硬"是因为其小说在上述短小的篇幅之内,蕴含了巨大的思想、精神含量,让我们得以看到人类的某种生存、存在形态。譬如对既有的中西方价值体系的全面批判与拒绝;譬如"个人"在"觉醒"之后的孤独、绝望及无望的反抗的悲凉;譬如人与人命定的不能沟通的错位;譬如无意牺牲所导致人的生命的破碎性、悲剧性;譬如美的存在的脆弱性、虚幻性等。

正是因为重在精神、思想的深刻,且读者的情感激动、感动,是因为这种精神、思想的深刻,让读者得以对自身生存、存在形态的洞穿而发生,所以,李锐的小说,是以理入情,而不是以情入理。他的小说,达到的不是如《三国演义》那样的"闻刘皇叔胜则喜,闻刘皇叔败则悲"的情感效应,而是如同读鲁迅小说《狂人日记》《孤独者》那样的因思想受到震动而情感久久不能平静。

第二,"诗"的特质。如果我们对李锐小说文体"瘦硬"的特点有真正的实质性理解,那么,我们就会进一步地看到,李锐的小说,虽然是作为叙事艺术而存在,但却有着"诗"的特质。譬如他的小说的细节及场面描写,更多地不是具备叙事性,而是具备情感性、思想性。笔者对此列举两个例子:第一个,柱儿所看到的攻打教堂的场面,与其说是对战斗场景的客观描写,毋宁说是柱儿对血腥、暴力的向往与盲视的揭示。第二个,莱高维诺主教与张马丁遇到狼群时,一页一页点燃《圣经》以吓唬狼群的描写,与其说是描写一个客观场景,不如说是一个更多地具有喻义的片段。类似这样的例子,在李锐的小说中,可谓比比皆是。这样的一种"诗"的特质,还时时地表现在李锐小说中文字的抒情性上。譬如作者写张马丁与玛丽亚修女的温情:"一面说着,张马丁把哭泣的玛丽亚修女拥抱在自己的怀中。就在那一刻,晚祷的钟声舒缓地响起来,当当作响的钟声从高高的钟楼上传出来,沉稳地向着炊烟升起的村庄和空旷的田野散去,持续舒缓的钟声,把人的身心整个包裹在微微的震荡之中,包裹在温暖的劝说中。"如果是叙事写实,那么,作者就应该去写拥抱时双方的感受之类,但在这里,李锐着重的却是"爱"与"温情"这些情感性在乡间的传达。再譬如作者写葫芦在莲儿家看到的美景:"后院里满眼的翠绿,金黄的黄瓜花,猩红的辣椒,酱紫的茄子花,从肥厚的绿叶底下闪出来,有两只雪白的粉蝶在黄瓜架的须蔓之间忽升忽降。一棵垂柳把青石井台抱在绿荫之中,井台上的辘轳架下边倒着一只湿漉漉的柳斗。"这是葫芦在莲儿家看到的美景,这更是葫芦命运中"美"的瞬间形态的"诗"性展现。类似这样的"诗"性的文字,可以说,流淌于李锐小说中的字里行间。这样的写法,我们在鲁迅的小说中,也时时看到。

第三,散点透视。诚如李锐在与傅小平的对话中双方所谈到的,《张马丁的第八天》中几乎没有一个特别中心的人物,李锐的笔墨,几乎洒落在小说

中的每一个人物上。李锐在与傅小平的谈话中说:"散点透视本来就是中国人把握世界的一种方式。"笔者要补充的则是,作者的这种写法,与鲁迅小说中多视角叙述所构成的复调写法有着异曲同工之妙。鲁迅的小说,在讲说每个事件时,总是用多视角的叙述,构成小说主题的复调性。譬如《祝福》中的"我"与祥林嫂,《孔乙己》中的小伙计与孔乙己,《在酒楼上》中的"我"与吕纬甫等。在这种复调性中,构成了对各方存在意义的消解。李锐的《张马丁的第八天》则通过散点透视,在对人物的透视及人物之间的张力关系中,构成对各自存在意义的消解。譬如不仅仅如莱高维诺主教与张天赐、西摩将军与聂提督、张马丁与张王氏这一组组人物及这一组组人物之间,即如葫芦与莲儿这一组似乎有些游离于小说主要故事之外的人物,也是由于上述几组人物的存在,在与上述几组人物的张力关系中,才可以更加突出其"美"的瞬间性与脆弱性,并从另外的侧面,共同体现了对现存秩序全面拒绝的主题。

《张马丁的第八天》值得言说之处还有许多,不再一一。自从莫言获诺贝尔文学奖之后,上下左右,一片欢呼。莫言确是中国最具实力的小说家之一,但在他获奖之前,许多人对其小说并不熟悉,及至获奖后,作品脱销,众口称颂,如此的巨大反差,却也颇有值得我们深思之处。其中有一点就是,诚如19世纪西方艺术哲学家泰纳所说,从文学史发展实际考量,一个大作家的出现,并不是一个偶然的现象,其必有相应的土壤,其周围必定有相应的旗鼓相当的作家群的出现。莫言的获奖,标志着中国作家整体的写作水准达到了一个相当的高度,而李锐就是其中最为优秀的代表之一。我们不必总是要到西方对我们的作家给以肯定之后,才有底气肯定我们的作家,我们应该对自己的作家有及时的、充分的肯定与科学的研究。

(本文原载《文艺争鸣》2013年第1期)

新世纪中国女性长篇小说写作的新进展
——读《羊哭了,猪笑了,蚂蚁病了》

在21世纪的中国女性长篇小说中,北京燕山出版社2011年12月出版的陈亚珍五十万字的《羊哭了,猪笑了,蚂蚁病了》,无疑占有重要的一席之地。这部小说,在新时期文学中张洁的《无字》、徐小斌的《羽蛇》、项小米的《英雄无语》等中国女性长篇小说的阶段性成果之后,以从个体生命私己性、私己空间的角度,对女性自身特点进行了深入探究与新的开掘;将对女性自身特点的深入探究、新的开掘,与对中国革命、政治、传统文化、转型期的现代文化的新的认识,做了有机的深层的逻辑关联,而对女性与社会、历史关系的拓展与丰富,以及对女性自身存在形态、意义的追问,则体现了21世纪中国女性长篇小说写作的新进展。

一

对女性自身特点的深入探究与新的开掘,是这部小说能够成为21世纪中国女性长篇小说写作新进展的标志之一。这种深入探究与新的开掘,突出地体现在对女性欲望及其与恶的关系的揭示上,而在这其中,"个体生命私己性"、"私己空间",是关键词、主题词。

俗语云:"恶毒莫过妇人心。"但人们却很少再去进一步地探究,为什么体现这恶毒极端的是妇人心而不是女儿心,也不是男人心,而这种妇人心其实又是通过女性而对人性邪恶一面的典型的极致的体现。这部小说通过久妮婶的形象塑造,对此做了酣畅淋漓的揭示,可以说,久妮婶正因此成了中国文学典型画廊中一个不可多得的人物。

妇人的这种恶毒,首先来自于自身欲望在有缺陷的现实世界中的不能满足及适应现实缺陷而导致的对自身的扭曲。或者说当人性被非人性所吞噬时,被吞噬一方,接受、复制了吞噬一方的价值形态与行为原则,且接受、复制的程度与被吞噬的程度成正比。如此,久妮婶原本是个应该被人同情的苦命女子:五岁父母双亡,寄人篱下于哥嫂家,一天只能吃半碗饭。及至七岁时成了童养媳,又因为"鼻涕拉猴,鞋跋拉袜片,满头虱子,又笨又丑"被丈夫嫌弃。残缺的环境,造成了她残缺的心性与性格;被恨与恶所欺压,导致了她心性中有恨有恶而无爱无善。反抗、对立的结果,反而是对对立的欺压自己一方的价值形态、行为原则的接受与复制。恶劣的生存环境,不仅伤害着人的生活形态,更重要的是伤害着人的心性与性格。在这其中,反抗者反抗的勇气及其反抗,却恰恰是对被反抗一方的归顺,且反抗越是决绝,归顺越是彻底。我们看到,环境用残酷的手段压制着失去丈夫的久妮婶的正常欲望:"外村来了个戗刀磨剪的匠人从久妮面前喊着路过,久妮停下手中的活,一直目送着远去,三娘从茅厕里出来,发现此情此景,一巴掌就扇得久妮鼻孔流血,并把久妮关在柴房里饿了三天。"面对这一残酷的压制,久妮婶是用更酷烈的行为来进行反抗:自己用针扎瞎了自己的一只眼,"表示为死去的丈夫终身守节,永不嫁人……她对人说,一只瞎眼为丈夫守节,一只好眼为婆婆养老送终"。久妮婶的反抗不可谓不酷烈,但由于新的价值导向的缺失,久妮婶却只能用这种酷烈的行为,表示自己对压制自己贞节的誓死忠诚。

正是因为自身欲望不能实现的缺失及压制这欲望实现手段的酷烈,就导致了对他人欲望正常实现的仇恨,就导致了在这仇恨支配下的压制他人欲望实现手段的残酷。譬如久妮婶在土改斗争中,用杀羊刀残忍地切下了俊美的地主小老婆姣姣的奶头。那不是所谓的政治性的阶级仇恨，而是因为姣姣女性的俊美，而这俊美，又正是瞎眼久妮婶自身在潜意识中所心神向往却又是在现实中所最为缺失的。譬如久妮婶对在战争中失去丈夫的村中女性，之所以反复告诫失去丈夫的女性要"坚强"，并不是所谓的革命意志的体现，恰恰是因为看到了其他女性因为失去丈夫成为与自己一样是没有丈夫的人，心中的一种心理平衡、心理补偿。再譬如久妮婶之所以对惠儿娘、银宝婶等一切有某种婚外情爱可能的女性，有着一种近乎变态的仇恨，那不是因为对传统道德的信奉与维护，而是因为惠儿娘、银宝婶等人婚外情爱的可能，正是久妮婶在自己潜意识中所朝思暮想却又是在现实中所不可能实现的。

这种由于人性不能正常实现的缺失所导致的生命能量的不能正常实现，就往往形成了生命能量扭曲的、恶性的、攻击性的释放，套用弗洛伊德学说，就是用一种象征的方式，来实现那原本应该正常释放的生命能量。所以，久妮婶在力倡男女同工同酬的集体生产中，其劳动强度之所以不弱于男性，不是因为她要用自己的努力证明"时代不同了，男女都一样"，而是因为这是她自身"力比多"的一种象征方式。久妮婶在大跃进中的虚报产量，在以束缚人的自由为主要方式的农村集体化生产管理中的强硬，在以人与人斗争为主要方式的政治运动中灭绝人性的坚定等，都不能用路线错误、"左"的影响、信仰迷误等政治概念来说明，那其实只是邪恶人性的一种释放，而这种邪恶人性正来自于前述残缺环境下导致的人性的残缺。

欲望力量的强大，不仅仅体现在欲望在象征方式中对他人、对自身的压制与折磨，还体现在这欲望本身终归是要用某种扭曲的方式给以直接的实现。这就是作品所写的久妮婶与拐英全"完全不管不顾"了的疯狂，这就是伴久妮婶漫长寂寞时光的被久妮婶用得溜光的木制男性生殖器模型，只是这些，是只能在不为人知的情况下实现。于是，外在的对欲望压制的"神圣"与内在欲望的扭曲实现，二者之间构成了一种绝妙的讽刺，既尖锐地嘲弄了"神圣"的虚妄，又反证了扭曲的龌龊。

在小说中，我们可以看到，玉米其实是久妮婶下一代的接班人，梨花庄

女人们轻重不同相互残害或者自我残害的各种恶行,如对弱者的欺凌、对贞节的迷信、对他人悲剧的幸灾乐祸或者落井下石等,其实就是久妮婶影子在她们身上浓淡不等的分布。过去描写女性在社会、历史长河中命运的长篇小说中,作者们往往把女性作为某种政治或者文化的载体,是某种政治力量或者文化形态导致了女性的命运,女性的言行如同男性一样,是一种基于政治或者文化的整体性行为,因此,也就无法体现出妇人为何恶毒于男性,为何恶毒于女儿。但在陈亚珍的笔下,作者更多地强调了久妮婶基于个体生命的私己性、欲望性因素,更多地强调了这些因素在不能实现时,在个体生命私己空间、欲望空间对他人的伤害。这正是妇人较之男性的不同之处。妇人欲望的充沛、鲜活,其进入社会空间之后与复杂社会的纠葛,那种个体生命与社会法则的尖锐冲突及冲突之后个体生命在社会法则下的扭曲、恶毒性宣泄,又是女儿阶段尚没有形成的。由是,陈亚珍对女性负性特点做了更深一步的开掘,并因了这种开掘,使作为人的"社会"、人的"历史"具有了更为丰满的血肉,或者说使"社会"、"历史"成了人的"社会"、人的"历史"。

小说对久妮婶结局的描写也是很有见地的。久妮婶实际的失势、失败是因了新时代的到来,但从表面上看,久妮婶却是直接死于其养女豆花对她视为生命全部依托的贞节牌坊的摧毁,死于其养女豆花对其贞节真相的揭露与嘲弄,而其养女豆花却是一个公开淫荡的娼妓。"贞节"养育了"娼妓","娼妓"埋葬了"贞节",看似截然相反的两端,其实质却是一体两极,而喧嚣闹剧表象遮掩下的,却是历史前行的坚实脚步。每每读到这里,都会让笔者联想到,这真是一个对从政治时代禁欲到经济时代纵欲的绝妙隐喻。

二

对女性自身特点的深入探究与新的开掘,还体现在对女性情感与爱的关系的揭示上,并因之使作品中的惠儿娘成了中国文学人物画廊中的一个典型,虽然与久妮婶形象的塑造相比要略逊一筹,但也毕竟提供给了我们许多新的认知经验。

女性是爱的动物,无论是西方基督神学将女性视为"奶与蜜的源泉",还是西方考古学中所证实的"圣杯与剑",都在反复地诉说着这样的一个似乎是不证自明的定理。那么,惠儿娘在爱的方面,又为我们提供了什么样的新的认知经验呢?笔者觉得,就是这种爱,是在个体生命的私己空间完成的,并因此而构成了对种种用整体性来吞噬个体生命私己性的价值拒绝。

惠儿娘对惠儿父亲的爱并不是因为惠儿父亲仇二狗是抗战英雄、开国功臣,是新政权的县长,而是基于一个女性对自己最初与自己有了情爱关系的初婚男性的爱,是对自己初次情爱萌动的执着。惠儿娘对九斤的爱是基于在个人性的生存危境、困境中,九斤对她的雪中送炭;惠儿娘与九斤的爱,是男女之情与个人性生存结合的产物。惠儿娘对惠儿的爱,既是母亲对女儿的爱,也是惠儿娘对惠儿父亲爱的延长。惠儿娘对喜鹊、腊月等几个在饥饿线上濒临死亡的孤儿的爱,是基于对自己女儿同伴的母爱天性,也是因为这些孩子的父亲是跟随惠儿父亲征战而牺牲的,把她们从饥饿的死亡线上拯救出来,也是为惠儿父亲尽了一份责任。所有的这些爱,一方面,是建筑在惠儿娘个体生命的私己性空间的;另一方面,也体现在对一个一个具体的个体生命上。这或许是因为女性更多地生活在个体生命的私己性空间中,而男性则是将自己的生命实现付诸社会法则对其认可的程度上。

这种爱,对对方又是无条件信任的。譬如惠儿娘对惠儿父亲的苦苦期待,甚至在惠儿父亲从前线回来已经与她离婚、与他人新组家庭之后,也仍然对惠儿父亲充满了信任;譬如惠儿娘在个人危难时,对九斤无条件的依赖与信赖,甚至在自己与九斤的孩子被自己家人弄死之后,也毫不怀疑地相信九斤一定会对处于危难中的她援之以手。这种爱,又是无条件付出不求取任何回报的。惠儿娘对惠儿父亲、对九斤、对惠儿、对喜鹊和腊月等几个孤儿的爱之所以每每令读者感动,令读者备感她的"痴"、她的"傻",原因即在于此。

这种爱,又是具体的、感性的、有温度的、能够具体触摸到的。譬如惠儿娘给惠儿父亲所做的舒适可脚的鞋,给九斤日常生活中的诸如吃穿上的关怀,给孤儿们的食物等。

正是因为上面所说的三个原因,所以,惠儿娘能够去除种种"神圣"观念的遮蔽,坚定地固守基于自己个体生命上的感受。譬如不顾及贞节文化的强大压力,与九斤相好;譬如在土改、大跃进、"文化大革命"中,能够不被各种"神圣"观念所动,坚守着她在私己性空间中对他人的爱。这种坚定不移地建筑在个体生命私己性空间的爱是朴素的,但在这朴素中,却散发着神性的光芒,却能够如西方现象学所说,去除一切观念的遮蔽,直达事物的本质。

在这部小说中,我们时时可以看到,梨花庄的女性们如银宝婶、天胜娘,甚至九斤、银孩等男性,他们在私己性空间中对身边乡亲、亲人的各种关护,其实就是惠儿娘影子在他们身上浓淡不等的分布。女性是爱的化身,而这种爱,又往往是以一种感性的具体形式,体现于一个个具体的个人私己性空间。陈亚珍通过对惠儿娘及与惠儿娘类似人物形象的塑造,让女性的这一自身特点,非常鲜明、强烈地呈现在了我们面前。

三

对女性与社会、历史关系的拓展与丰富,是这部小说能够成为21世纪中国女性长篇小说写作新进展的又一个标志。这种拓展与丰富,不仅仅体现在将女性的命运置于抗日战争、解放战争、土改、公社化、三年困难时期、"文化大革命"、经济改革时代所构成的历史长河中,从而使作品具有了广阔的社会、历史空间,具有了厚重的社会、历史内容。虽然在这方面,作品的叙写是十分成功的,可以言说之处多多,但这些,在其他的长篇小说中,毕竟程度不同地也都有所体现。陈亚珍的这部作品,在对女性与社会、历史关系的拓展与丰富上,给我们提供的新的认知经验是:作者将对女性自身特点的深入探究和新的开掘,与对中国革命、政治、传统文化、转型期的现代文化的新的认识,做了有机的深层的逻辑关联。具体体现在以下几个方面:第一,革命的公共性与个体生命的私己性之间的关系。仇二狗带领着家乡的三十五个乡亲投身革命,为革命立下了赫赫战功,但用惠儿娘的话说:"你把全村三十五个男人带走,回来的只有你一人。我眼睁睁看着那些死者的女人,跳井、上吊、寻死觅活,她们孤苦无助。是你把她们的依靠带走的。"作者没有正面去写这三十五位战士的英雄事迹,却用主要的笔墨写了这三十五个失去丈夫的女人的悲苦命运,由此强调了一向被我们所忽视的革命的公共性下被牺牲的个体生命的私己性。这种被忽视,或者是有意地被忽视,还体现在仇二狗对女儿惠儿的冷漠上,用惠儿的话来说就是:"爱国家爱人民光荣,难道爱你的女儿就可耻吗?"正是因为这种被忽视及对这一被忽视的合理化、神圣化,使仇二狗尽管自己也饿得吃土坷垃块吃得胃大出血,但他所领导的县,"别说一县人,就说梨花庄死了多少人?"正是在这一点上,我们看到了惠儿娘建筑在个体生命私己性空间的私己性,对用整体名义吞噬一个个个体的整体的虚无性的颠覆与解构。仇二狗的大哥对此一针见血地指责仇二狗:"在这一点上,你连惠儿娘都不如。"

第二,革命与妇人心的关系。革命就是要破坏一个旧世界,建设一个新世界。但对旧世界的破坏,往往与前述妇人心的宣泄能够形成一致。所以,我们在小说中看到,在历次的政治运动中,无论是土改,还是大跃进,抑或是"文化大革命",久妮婶永远都站在前列,并且成为运动的骨干分子。其后继者玉米又何尝不是如此呢?在她那貌似狂热革命的内心深处,难道不是她那急欲实现、宣泄的妇人心吗?当这种革命又是以虚无的整体名义来吞噬个体生命时,当这种革命又鼓励、刺激、培养了久妮婶及她们的接班人时,久妮婶们的飞黄腾达、飞扬跋扈与惠儿娘们永无出头之日的苦难就都是不可避免的了。赵树理、孙犁都曾站在农民或者人道的立场上,多次强调并写出了在各种运动中,在农村总是一些流氓无产者率先站在运动的前列,由此造成了农村基层干部队伍的严重不纯。陈亚珍则进一步超出了阶级分析的范畴,从妇人心与历史变革的关系这一角度,写出了何以如此更为深层的原因。如果说,中国的历史是一部苦难的历史,那么,陈亚珍在描写了苦难的形态、沿革时,进一步地揭示出了中国苦难历史的"苦源"何在,或者说揭示出了"苦源"之一种吧。

第三,事情还远远不止于此。在分析久妮婶形象时,笔者曾经指出过,久

妮婶最初也是作为受害者的,但在对施害者的复制中,久妮婶因此获得了"神圣"的光环,并因了这"神圣"的光环,一方面使自己占据了"制高点"的位置;另一方面在内在与深层中,掩藏了自己的卑劣与龌龊。说内在,譬如与拐英全的偷情,譬如那散发着历史与性欲气息的男性生殖器模型;说深层,譬如那对压抑许久的情欲的变态的象征式宣泄。这一复制与光环的过程,久而久之,就成了一种传统,成了一种文化,成了一种符号,成了一种隐喻。在这一传统、文化、符号、隐喻面前,既有久妮婶这样的人,如小说中的县委书记莫应丰,也有在贞节牌坊面前自尽以显示自己"贞节"的人,如小说中所写的在大跃进中的县长仇二狗。对久妮婶、莫应丰们的批判是必需的,对在贞节牌坊面前自尽的人,对仇二狗们的反省也是应该的,但更重要的或许是对传统、文化、符号、隐喻的重新审视。

第四,如果说在革命战争年代、政治运动年代,妇人心是假借革命、政治名义以横行,那么,在商品经济时代,由于商品经济是直接作用、刺激人的物质欲望的,所以,妇人心就得以脱去革命、政治的外衣,直接横行于世。这就是小说所写到的玉米形象及玉米所代表的豆花、汞矿老板、贩卖人体器官者等恶欲泛滥的邪恶势力。小说对此的揭示有两点是特别值得给以关注、研究的:一是玉米是战争年代、政治运动年代久妮婶形象的合理延伸,或者说在文化血缘上是一脉相承的。如是,就给读者指出了:商品经济时代的各种负面性,并不是对革命年代、政治运动年代背叛的结果,而是革命年代、政治运动年代负面性的合乎逻辑的延伸、扩大、发展。二是用战争年代、政治运动年代所持有的价值形态、批判武器,面对商品经济时代所出现的各种倒行逆施,就会束手无策、空唤奈何、徒作愤激,这就是小说中所写的作为律师的大妹与作为文学家的二妹在新时代的精神状态,而这样的一种精神状态,可以说,是今天这个时代的普遍存在。

四

基于前述两点而对女性自身存在形态、意义的追问,也体现了这部小说在21世纪女性长篇小说写作中的新进展,这一追问,可以小说主人公的形象及其对自己身份的追问为代表。

这部五十万字的小说,是以女主人公作为鬼魂向人间追问自己的身份为线索来贯穿几十年历史沧桑、风云变幻中女性命运与存在形态的。作为鬼魂向人间的追问,既表现了鬼魂对人间的依恋,也体现了鬼魂的不能为人间所容纳,而之所以如此的原因,是因为女主人公是个"没祖鬼"。"没祖",也就意味着不知道自己/女性来自何方;意味着不知道自己/女性是谁;意味着在现实社会中没有自己/女性的身份、位置。

女主人公对女性自身存在、社会身份的追问,不是在真空中进行的,而是通过社会、历史与女性命运的血缘关系来体现的:在小说中,女主人公是一条给人间趋吉避凶的小花蛇转世,这或许象征着冥冥之中对女性本体意义的先验设定。这一本体意义在现实社会中的消失,是与社会、历史的构成形态密切相关的:如果说,在战争阶段,由于战争的残酷性,对女性的扭曲——三十五个失去丈夫的女性的悲苦命运,还有一定的不可避免性、一定的合理因素的话,那么,由于将这一缺失合理化、合法化,且将之神圣化,在政治运动中,对女性的扭曲就日益变本加厉,日益将缺失变成了埋葬女性的陷阱。当女性的这种被扭曲走向极端时,对女性的扭曲就以另外的一种形式出现,这就是小说中所写到的商品经济大潮中,以玉米为代表的女性之恶欲的狂热泛滥。小说中的这"三问",揭示了在社会、历史演化进程中,对女性的扭曲与损害,且这种扭曲与损害,又是在这三个阶段中,一步一步,非常合乎逻辑地发展着、进行着的。在这样的一种对社会、历史与女性存在形态关系的追问中,作品揭示了女性存在形态的生成性,并以此构成了对社会、历史形态的批判,且在这一批判中体现了女性存在的价值与意义。相比较面对商品经济大潮所构成的价值动荡中,当今社会中不绝于耳对传统的美化、对过去的留恋之声,女性在对自身存在形态、意义的追问中,所体现的对人、对社会、对历史的追问深度与力度,是足以让许多人感到汗颜的。

在对女性自身存在、社会身份的追问中,以惠儿娘为代表的女性是一个

最为重要的存在。如前所述,惠儿娘依凭女性个体生命的感性经验,对"整体"用各种名目、面貌吞噬个体生命的历史法则做了坚决的拒绝。但让惠儿/女性对此感到困惑的至少有两点:第一,惠儿娘并没有因此而改变了自己受屈辱、受压迫的地位,也不能因此而使自己所关照的对象受到真正的保护,这从惠儿娘一定要把惠儿送到惠儿父亲处即可得到证实。因此,惠儿/女性对惠儿娘所体现的女性存在形态、意义,并不是完全给以认同的,这从惠儿一直不认在存在形态、意义上与惠儿娘同构的九斤作为自己的父亲也可以得到证实。第二,惠儿娘/女性对惠儿父亲/男性的认可,也是惠儿/女性所心存疑惑的,因为这使女性成为"第二性"变得自觉化、合法化、合理化了。但当男性作为社会、历史法则的形象代言人出现时,在男性的形象系列中,作为个体感性生命的女性,是无法找到自己的"对象化实现"的,这正是惠儿娘对惠儿父亲苦苦期待而最终却不可得的原因所在,这也正是惠儿对父亲的苦苦追寻而最终却不可得终于成为"没祖鬼"的原因所在。

西方女性主义认为,女性可以说自己不是什么,但却说不出自己是什么。这构成了女性对社会、历史、人的存在形态批判的彻底性,但也使女性成为没有自身家园的无可皈依的"孤儿",但女性正因此而使自己的存在成了对此岸世界构成神性召唤的彼岸世界。陈亚珍笔下的惠儿对女性存在形态、意义,"没祖鬼"的追问意义正在于此。

中国的女性写作,在接受了西方女性主义的启迪之后,以日益本土化的成熟呈现出了自己的风姿。陈亚珍的这部长篇,以太行山特有的厚重、质朴、本真、丰富,使这一风姿在愈益令人目不转睛时,更加令人心神不宁,不得不去思考那些令我们熟悉而又陌生的所在。

(本文原载《文艺争鸣》2012年第9期)

对一代人精神历程的评析

——论李骏虎的小说创作

　　李骏虎小说创作的意义、价值是多方面的,但笔者想从他作为一个在中国内陆地区出生的20世纪70年代生人,在面对中国社会历史性的社会转型中,所形成的精神演化形态、精神历程的角度,考察一下他的小说创作的意义与价值,并认为这样的一种考察,可能对我们如何认识与市场经济同时同步成长的一代人的经验形态、精神形态、价值形态;对我们如何认识自鸦片战争以来,中国现代文学的精神形态、价值形态的演化历程,有着一定的典型性的参考意义。

一

　　能够体现李骏虎第一个阶段小说创作代表性的成果,笔者认为应该是写一代青年人在都市生活的长篇小说《奋斗期的爱情》《公司春秋》《婚姻之痒》以及《解决》《七年》《牛郎》等若干部短篇。在这些小说中,我们看到了一个从乡村来到都市的青年人,由最初充满希望雄心勃勃的奋斗,到对复杂都市生活的深层品尝,再到一种在近乎无奈、绝望之后的对自我在都市的放逐与反思。现代都市与一代从乡村步入都市的青年人的相遇形态,在这些小说

中得到了非常深刻的血肉丰满的揭示。

《奋斗期的爱情》讲的是一个乡村青年"初次"与都市相遇的故事。笔者之所以强调"初次",一是因为作品主人公对都市的感受是"初次"的,一是因为作品所写的主人公感受的都市生活形态,也是都市生活的表层形态。作品的主人公叫李乐,在都市郊区的一家报社做编辑工作,是一个想依靠自己的写作实力在都市立足的乡村青年人。作者做这样的安排,与笔者前面所说的"初次"形态是非常吻合的:正是都市郊区而非都市中心,才可以把都市的表层形态得以更恰当的体现;正是报社而非商业机构,才使得都市披上了一层精神的外衣,而想依靠自己的写作实力而非物质性力量在都市立足,正体现了主人公比较单纯的生命向往与精神追求。在这样的背景设置下,作者从以下几个方面给我们讲了这个青年人与都市的相遇形态:第一,是作者反复所写的,主人公在喜爱他的女性面前,来自于身体的自卑感。作品写主人公李乐是一个身体矮小、瘦弱,男性特征不强且心态时时处于被动的男性,而喜爱他的都市女性,或者他所面对的都市女性,却无一例外地,都身体丰腴、健康且性格主动。如是,主人公李乐在面对都市女性时,第一个直接的感觉总是来自于身体的自卑感:"我始终坐在椅子上……我不能站起来,是因为看到张亮太高了,保守的估计也在一米七五以上——我从不把高个子男人放在眼里,但女人就不同了,尤其是高个子漂亮女人,总是让我自惭形秽。""这家伙足有张亮那么高,于是我就躺着没动,不愿在陌生的漂亮姑娘面前暴露出自己的缺点来。"这种自卑感,从实质上说,其实是传统文化、乡村文化在如何对待身体,根植于身体的欲望,享受在面对现代文化、都市文化的自卑感,其焦点是中国社会价值形态从传统的重社会伦理规范到重个体感性生命的社会转型中,不知如何面对、安置个体感性生命,或者说不知如何面对、安置"身体"的迷茫与困惑、焦虑,如刘小枫所说的"沉重的肉身"。这样的一种来自于"身体"的自卑感,在这种自卑感中所暗藏的对都市女性身体的向往,中华民族在自身传统崩溃而面对现代社会现代文化的现代化进程中,可谓是屡见不鲜,只是表现形态各异。最典型的莫过于在清末民初时,中国赴日留学生笔下对中国男性与日本女性"身体形态"的文化身份的设定：中国男性的身体总是病态的、瘦弱的,性格是内向的,而日本女性的身体则总是丰腴的、健康的,性格则是主动的外向的。郁达夫的小说《沉沦》是这方面最为典型的代表作,其中对中国男性留学生眼中的日本女性身体的描写,也因此成为这一文化症候的经典片段："他起初以为看一看就可以走的,然而到了一看之后,他竟同被钉子钉住的一样,动也不能动了。那一双雪样的乳峰。那一双肥白的大腿。这全身的曲线。呼气也不呼,仔仔细细地看了一会,他面上的筋肉,都发起痉挛来了。"这样的文化症候,在市场经济大潮促使中国社会形态在20世纪90年代全面转型时,显得特别突出,成为一个"时代症候"：无时不在、无处不在而又不知如何面对,安置的"沉重的肉身",几乎成了一个时代的流行语。李骏虎的《奋斗期的爱情》在这一点上,也因此具有了时代的沉重感与历史的纵深感。

第二,是作者反复所写的,主人公在喜爱他的女性面前物质上的贫穷感："那个阶段我正穷困潦倒,好长时间没来一笔像样的稿费了,幸亏经常光顾的那家小饭店肯赊账,否则我真要把嘴吊起来了。""可是在这种情况下,怎么好意思和别人借钱？况且这是多么煞风景的事呀。我心头狂跳不已,装作随便地从裤兜里摸了皮夹子,打开来——却看见里面除了那次给郭芙复印的那张黑色一百元压岁钱,竟然一个钢镚儿也没有了。我赶紧合上皮夹子,头上冷森森,胸中空荡荡,往日的自信和高傲荡然无存。"这种贫穷感,与笔者前述的身体上的自卑感,在性质上如出一辙,或者说是笔者前述的身体上的自卑感更为深层的原因所在：正是因为物质上的贫穷,才使得根植于身体的欲望、享受,失去了得以实现的前提与保障。这样的一种贫穷感,来自于对传统乡村经济与现代都市经济相遇时真实境况的真实体验,也是传统乡村经济在最初与现代都市经济相遇时境况的真实体现。

第三,是作者反复所写的,主人公为了改变自身生存境况征服外在环境的奋斗精神："我每天晚上都至少要看三十页书,写两千字的文章……勒紧裤带玩命写作我已习以为常。"这样的一种征服精神、奋斗精神,我们似乎并

不陌生,在那些描写乡下人进入都市的中外作品中,我们似乎时时看到的就是这一点,并因之使这样的一种征服精神、奋斗精神被赋予了现代都市精神的含义。但李骏虎的《奋斗期的爱情》乃至李骏虎所有的写都市生活的小说,与我们所熟悉的那些描写乡下人进入都市并征服了都市的中外作品有一个很大的不同,那就是,他作品中的主人公,其征服精神、奋斗精神,不是体现在物质终于富有、都市生活形态的实现、都市身份的认可、都市文明的习得等,而是体现在一种超越都市、乡村之上精神的实现上,这就是作者对主人公对文学写作实现追求的设计。不是以对都市的占有来证明自己对都市的征服、对自己奋斗的肯定,也不是以乡村生活战胜都市生活来证明自己对都市的征服、对自己奋斗的肯定,而是以一种超越于都市、乡村之上精神的实现来体现自己奋斗的价值。如是,作者写了几位都市女性对作品主人公的追求,但却没有如同我们所熟悉的那些描写乡下人进入都市的中外作品那样,以进入都市的乡下人实现了与都市女性的结合来证实自己对都市的进入、征服与自己奋斗的实现。在李骏虎的笔下,作品的主人公虽然得到了几位不同都市女性的青睐,但作品的主人公却并不因此而感到满足,或者说并不能在这几位现代都市女性对他的认可中,体现自身价值的实现。如此的写作设计,既体现了作者对现存价值形态的拒绝,使作品具有了超越现存实然世界的价值诉求,具有了超越诸如现代性、都市形态等"确指的经验性目标"的价值诉求,而成为一种类似"生命的自由自律的生存动姿"①,使作品具有了与中国现代文学中的精神漂泊主题一脉相承的意义与深度,但在其主人公与几位现代都市女性的缠绵中,又不能不让我们有着某种深深的担心:主人公毕竟年轻,不可能具有如鲁迅在《过客》中所写的"过客"的对"小女孩"温情、对"老人"经验丰富"衷告"的拒绝。这样的"青年"姿态,是中国最初从乡村走向都市的一种必然的价值形态、生命形态,只是这样的一种形态,当他深入到了喧嚣复杂的现代都市的深处,他的境遇又会如何呢?他又能走多远呢?这就是李骏虎在接下来所写的长篇小说《公司春秋》及《七年》《逆流而上》《牛郎》《解决》等短篇小说中所要告诉我们的。

在《奋斗期的爱情》的结尾,李骏虎所设计的主人公,终于如愿以偿地进入了现代都市的中心,但是,他在自己心向往之的都市中心的境遇如何呢?李骏虎在《公司春秋》中,对此做了进一步的叙写。小说的主人公邵儿与年长于他的女同事阮姐情感相近,这本来无可厚非:孤独的男性青少年在其生命成长的过程中,往往视年长于他的女性为他生命成长的引路人,传统中国中的妻子往往在生理、心理上长于丈夫;西方文化中,孤独的男性青少年在其成长过程中的情人,也往往年长于他。邵儿与年长于他的女同事情感相近,其最为深层的原因是:邵儿这来自于乡村的生命,在都市的土壤中无法扎根,以及由此带来的初入陌生都市所产生的情感无可皈依。正是这些,使他总是对年长于他的都市女性情有独钟,譬如他与上司妻子的关系是如此,与在出租屋相遇成熟少妇的关系是如此,即使是与其在都市的恋人李美吧,我们也可以时时处处看到,在他们二人的关系中,李美总是处于主导位置,以至于连主人公自己也免不了发出感叹:"我怎么总是与那些有夫之妇会发生情感上的纠葛呢?"

让我们再回到主人公邵儿初入都市时与阮姐的相遇:二人的关系本来是纯净的,或者说这是一个现代都市与传统乡村关系的隐喻,传统乡村男性的生命向往与现代都市女性感性生命对其的引诱,在这一隐喻中,有着极好的丰富的体现。但邵儿与阮姐的这一关系,却在单位闹得沸沸扬扬,二人最后终于把流言变成了现实,以至于伤痕累累无法收场。这或许可以算是邵儿进入现代都市的一个预兆、征兆,即上述二者所体现的传统乡村男性与现代都市女性的关系,因了其存在环境的扭曲,最终却只能以一种扭曲的形式出现。邵儿与其后上司妻子的关系、与出租屋成熟少妇的关系、与李美的关系均可以作如是观。

明了了这一含义,我们对小说所写的邵儿与各种少女关系的描写,也就有了比较准确的把握。譬如他对妓女文静的感受:文静曾经是个两次因情而割腕自杀的多情女子,但最后却沦落成为人尽可夫的风尘女子。她外出时常常所做的让人无法认出的极为怪异的化妆,正是其外在与内在完全割裂及

人们对她根本无法认知的绝妙显现。如果说,邵儿与文静的关系,是男女之间截然割裂的极端性体现,那么,邵儿与刘小姗则是在正常的日常生活中,注定不能沟通的典型。刘小姗曾经是邵儿的一个梦想,但在她成为一个实际存在时,却因了种种利益的限制、算计等,成了一个永远不能走近的存在。

以个人性的男女之间情感作为载体的精神追求、向往,让邵儿备感失望、备受伤害。作为社会性的人与人之间的关系,更让邵儿真切地感受到了世间人与人之间关系的残酷:大丁坑害"哥们",携款潜逃;副总们算计老总,把老总在桑拿间抓了个正着;同事设套给副总,用针孔摄像机取证;原本是老板手中玩物的李美,最终却成功地将老板玩弄于股掌之中;老总的夫妻关系,徒有虚名等。平安夜化妆晚会上,邵儿看到"四个人,总共只有五只胳膊六条腿"的幻象,其实正是现代都市人在利益、欲望面前被异化,被扭曲的真实形象。小说中有一个颇有象征意味的道具流氓兔——被别人尽情地玩弄也尽情地玩弄别人,那正是现代都市人生存心态的形象写照。

生活在这样的生存环境中,是会让人极端厌倦的。主人公邵儿在小说结尾部分,不断地感到困倦,充满了睡意,时时在最热闹的时分,会突然睡过去,就表明了这样的一种厌倦感。在如此厌倦了曾经非常向往、非常想进入,也已经深深地进入了的充满了刺激、动荡、诱惑的现代都市生活之后,作者的精神追求、心灵港湾又会在哪里呢?

不要外面的风雨,也不要外面的彩虹,平淡、正常的普通人的家庭生活,或许可以安放这疲倦的心灵?这是一个从外在追求退回内在世界的合乎逻辑的非常自然的选择。但这样的一个选择又如何呢?李骏虎接着写了《婚姻之痒》。

《婚姻之痒》中的主人公马小波与妻子庄丽原本互相关爱且也满足于温饱型的日常生活,妻子耍耍小性子,丈夫哄一哄,本来也使家庭生活别有一番情趣,但没有精神滋养的日常生活,终于磨损了夫妻之间的感情。马小波在苦闷之中偶尔的艳遇,不仅没能缓解自己的苦闷,反而导致了夫妻的分居,增添了自己更大的苦恼。与崇拜自己的刘阿朵同居,也并不能够解决日常生活中夫妻之间的情感问题。马小波最终选择了重新回到庄丽身边,但长期的精神、情感的抑郁,终于引发了庄丽内分泌失调,最终导致脏器衰竭而死亡,马小波则沉浸在终生的痛悔之中。如果对个人来说,连最基本的普通平常的家庭生活都不再是自己能够立足之地的话,那么,现代都市生活还有什么是可以让人留恋的呢?

从向往现代都市生活,到深入地进入到现代都市生活,再到现代都市生活中连最后的立足之地都不存在,这就是李骏虎给我们讲述的乡村青年与现代都市的关系。可想而知,回望乡村,成了面对现代都市失望之后的必然选择。于是,我们看到了李骏虎在这之后回望乡村生活的小说创作。

二

由于原本就是从乡村出发,由于在现代都市伤痕累累,所以,在回望乡村时,必然是充满了怀念之情:"每次回乡,一踩上乡村的土地,就感觉到非常踏实。从村口步行回家,走在村巷里与晒太阳的老汉、抱娃娃的妇女简单打个招呼,就能给我一种力量,心中特别温暖。"②在如此情感形态对乡村的回望中,其眼中的乡村,必然是温馨的、多情的,所以,李骏虎的乡村小说,写的不是乡村贫穷、落后、残酷的一面,而是与现代都市情感缺失、价值危机构成互补的文化形态的乡村。李骏虎的这一类小说,给他赢得了巨大的声誉,文坛所称道的他的小说,譬如他所获得的鲁迅文学奖、赵树理文学奖的小说,也是这类小说。这类小说中,最具代表性的是长篇小说《母系氏家》、中篇小说《前面就是麦季》、短篇小说《用镰刀割草的男孩》《还乡》等。

《母系氏家》中写得最为成功的是兰英、秀娟、红芳这三个女性的形象,并因此构成了一个女性谱系。如果我们将这三个形象与我们所读过的李骏虎写现代都市生活的小说来做比较,就会更清楚地看到作者的乡村情怀。

兰英本是一个如花似玉、身健体美、心灵手巧的女子,因为出身不好,受政治上血统论的影响,不得不嫁给了一个缺乏男子特征的矮子七星。但她却不甘心于完全被命运所左右,而是为了通过下一代来改变自己的命运,或纯

然是利用,或不禁情动于中地与"一文一武"——一个公社秘书,一个"土匪长盛",发生了性关系。与李骏虎写现代都市小说中,男女人物在性关系上,或者是利益关系,或者是欲望横流,或者是虚伪作态相比,兰英即使是与公社秘书纯然利用的性关系,也仍然包含着对自身命运不公的反叛因素。兰英身上所体现的"恶",她的近其一生对她身边的人的攻击性言行,是其旺盛的生命欲望不能正常实现、充沛的生命能量的不能正常释放、强劲的生命力量的不能得到正常的对象化体现与肯定的结果,于其中,让我们感到愤怒与惋惜的是病态社会对兰英健康生命的扭曲与吞噬,而不是兰英本身。

秀娟是一个"地母"式的女性。四十多岁了,仍然未婚,独自一人,但却安之若素,且在与他人相处中忍辱负重,与世无争,善济他人,慈悲为怀。她虽然自己的生活并不富裕,却尽自己之力在财力上周济他人;虽然自己并无多余住房,却将自家所居住的磨坊院出让给乡村企业家以给乡人就业机会;在与乡人、家人相处中,总是不取他人,却只求有助于人。最能体现其"地母"品格的,是其在家人孩子过满月的酒席上喝多了,被受副村长之托的两个年轻人送回她独居的屋子,但这两个年轻人却趁其酒醉,偷了她辛辛苦苦积攒下来的七千元逃跑了,且给她带来了被这两个年轻人强暴的恶名。但秀娟对此却不加申辩,也不戳穿两个年轻人盗取她钱财却并没有强暴她之举的真相,面对众人的风言风语,她淡然处之,安稳地过自己的日子。直至事情水落石出后,秀娟也无意追究两个年轻人的责任,显示了其内心世界的强大,显示了其宽厚而博大的心胸。这与李骏虎现代都市小说中人物的精于锱铢必较,相互利用、损害、剥夺,恰恰相反。

红芳是一个身心比较健康的乡村青年女性。她对生活没有太多的要求,每天只是为着自己的小家庭忙忙碌碌;她对他人也没有太多的希冀,少心没肺的,不计较言语之间的冲突,也不太忌恨别人。因此,她更多地生活在一种简单的快乐之中。与李骏虎现代都市小说中人物的追求功名,残酷竞争,被外在于人的各种利益形态所强力制作、强力塑造的人生相比,这是一种人人都能够达到的平常人在最为普通的日常生活中的单纯、快乐、朴素的人生,是与大自然一样自然的人生形态。

正是这样的一种乡村情怀,使《母系氏家》中的邪恶女子,也透着一种本质上的大气与美好。譬如彩霞,对自己所从事的变相卖淫,毫无羞赧之意,且夫妻二人关系却也亲近融洽。通读作者对彩霞的描述,并不让人感到其淫荡、猥琐、鄙陋,却给人以温静、坦荡之印象。其原因,盖出于其存在于作者的乡村情怀之中。

这样的一种乡村情怀,不仅使李骏虎乡村小说中的人物形象塑造充满着温馨、亲切的人情味,也使他笔下的自然景色、情景描写,使他字里行间所流溢着的情趣充满着一种人性、人情的暖意,《用镰刀割草的男孩》《还乡》等作品中,那些比比皆是举不胜举的出色的情景、景物描写及叙述文字,就是这方面成功的例证。诚如李骏虎本人所说,乡村"是有容颜和记忆能量、有年轮和光阴故事的,它需要视觉凭证,需要岁月依据,需要细节支撑,哪怕蛛丝马迹,哪怕一井一石一树",都是"有根、有物象、有丰富内涵的信息体",承载着"记忆与情感,承载着人生活动和岁月内容",并构成了"抒情的可能和心灵的基础"[3]。

如前所述,李骏虎记写乡村生活的小说每每为读者、为文坛所称道,他自己也是属意于此的,并因之在相比较之下,对自己在此前所写的青年人在现代都市生活的小说,有所看轻,他说过这样的话:"我之所以要写农村,是因为我意识到作品要有思想力量和精神向度。这要求我必须回到大地,才能仰望天空。不能老写中国这种不成形都市的人的情感困惑,因为它是上不着天下不着地,是空中的东西。只有回到农村,脚踩大地,才能找到精神向度和思想力量。"[4]笔者以前也是认可这一点的,也是把李骏虎写乡村的小说看得高于其写青年人在现代都市生活的小说,也是读其写乡村生活的小说,觉得更具有一种亲切感。但是,在通读了李骏虎的小说后,笔者的感觉与想法却发生了根本性的变化。几千年乡土中国的传统,使我们一直对城市对现代都市有着一种对立感、敌视感。我们一方面羡慕都市的物质生活,另一方面又在精神上将现代都市视为精神上罪恶的渊薮。面对今天现代都市的竞争、刺

激、动荡、新鲜、残酷、享受等,我们原有的心理图式、情感图式,受到了极大的冲击,有着一种非常难以适应的惶恐。在这种惶恐面前,我们会轻车熟路地很容易地退回到我们习以为常的原有的生活形态之中,或者在对原有生活形态美化的幻想中,置放自己不知何处安置、如何安置的情感和心灵。这正是我们读到李骏虎乡村小说备感亲切的主要原因。只是笔者原来以为,或者笔者原本有着一种期待,就是李骏虎这代人,他们的生命形态、经验形态、情感形态,是伴随着中国市场经济同步生成的,是与中国现代都市形态同步形成、同步成长的,他们可能会在经过了与现代都市的一系列生死冲突、血肉搏斗后,把自己生命的根扎在现代都市的沃土中,把自己的生命之花开在现代都市的土壤上,会让现代都市成为一片新的可以让诗意栖居的大地,会给我们提供一种全新的生命形态、经验形态、情感形态,并因此而对我们习惯的乡土经验、形态,有着又一种全然不同的再观照。笔者没有想到,李骏虎会这样快地就撤退到了我们所习惯了的乡土家园之中,并成功地为这一家园增添了新的亮丽景色。面对作者自己对打造这一亮丽景色的努力、付出的执着,面对我们在这一亮丽景色中,由于心灵、情感得以安妥而带来的欣慰,总之,面对李骏虎乡土小说的成功及对此的一片赞扬之声,笔者不得不感叹于乡土悠久历史的伟力、魅力,不得不感叹于现代都市形态在古老中国的脆弱。但是,在这一感叹中,笔者仍然在心底里有着一种挥之不去的隐隐的期待,期待着李骏虎这一代作家,在经历了对现代都市的渴望、进入、批判、绝望之后,在经历了重回传统乡土的精神洗礼之后,能够为我们提供出几千年来古老中国所没有的、超越了现代都市与传统乡土两相对立的新的现代社会的经验形态。这或许可以算作是对李骏虎今后创作的广阔空间、灿烂明天的美好期待吧。但这一广阔空间驰骋、这一灿烂明天的实际到来,可能需要时间积累,需要新的价值资源的引入与借鉴,而在这其中,对历史的重新回顾与反思、清醒的创作意识,或许是必经的途径。在李骏虎近年对历史题材小说的创作追求中,在李骏虎日益清醒的对现实主义创作精神的认识与执着中,笔者就分明地看到了这一点。

三

在长篇小说《母系氏家》及中短篇小说集《前面就是麦季》之后,李骏虎乡村小说创作的高潮暂时告一段落,虽然仍有一些写乡村生活或者直面现实生活的作品问世,但他把主要的创作精力用于对历史题材的小说创作之中,试图在对历史的重新审视中,寻求新的价值路向。这一创作努力的结果是初步完成了一部反映山西抗战史实的长篇小说,但却由于种种原因,暂时搁置起来,但我们从其发表的个别章节,仍然可以看到他努力的意图。这就是发表于《作品与争鸣》2012年第2期的中篇小说《弃城》。

《弃城》以真实的史实为写作基础,写阎锡山部下的一个旅长,带领自己的部队在自己的家乡——隋唐时期所建的极为险要的军事要塞,打击日本侵略者的故事。史料的引入、地理景观的如实再现、事件的构成,都显示出作者力求给读者以历史真实感的努力。小说内容坚实,故事引人入胜,人物性格塑造生动。但作品对于李骏虎创作的真正价值不在这里,也不在于将一度被遮蔽的国民党实力派在抗战中的真相予以敞亮——这样的作品在国内已然大量出现,且写作成功者也为数不少,《弃城》在这方面并没有大的突破。这部作品之于李骏虎的意义在于,李骏虎试图以此走进历史的深处,洞悉历史的真相,从而在观察今天多样、浮躁、平面的社会现实时,具有历史纵深感的眼光作为支撑,因为只有具有历史的纵深感,才能对现实做出更准确、更有力的判断。中国一向有文史哲不分的传统,文学是对一个历史时期真相的揭示与洞悉,且在这种揭示与洞悉中,蕴含了社会、人生的哲理。对于历史的关注,正体现了李骏虎打通文史哲、打通古今,并借此以用文学更深入地进入、理解今天现实的努力。

对文学与人、社会、历史关系的这一理解,必然决定了李骏虎对现实主义创作精神、方法的推崇。如果说,在他创作之始,他对此还没有非常清醒、鲜明的认识,但却由于自己的艺术直觉而在自觉不自觉中予以追求、实现,特别是在他的乡村小说创作中,更是如此。譬如在我们前述的《母系氏家》

中,在对三位女性形象的塑造中,我们即通过其性格的复杂性,能够真切地感受到这一点。只是在今天,在经过了长期的创作积累与实践探索后,他的这种意识是更为鲜明、更为自觉了。他多次在不同的场合,表述过这样的观点:现实主义方法是最为先锋的创作方法。在笔者看来,李骏虎的这一判断是非常深刻的,是极富现实意义的,且具有历史的纵深感:中国的传统小说,受中国天人合一、物我合一的"一个世界观"的影响,受中国抒情艺术诗歌的影响,是"意象造型观"。但伴随着中国传统社会结构的崩溃,这种"意象造型观"的创作范式也就走向了崩溃,其标志是《红楼梦》的出现。如鲁迅所说,一到《红楼梦》传统的写法就全被打破了,"如实描写,并无讳饰"的现实主义精神,在中国文学自身的发展过程中,开始生长出来,并在生长过程中,合乎逻辑地借西方文学之力,开创了五四时期及20世纪30年代中国现代文学的现实主义潮流。这一潮流,是与其时新的资本经济、都市形态、社会结构的生成形成同构的。所以,我们在这个时代的小说中,看到了资本经济对中国传统大家族的冲击,看到了金钱、欲望对生命的激活与损害,看到了都市形态与乡土形态的冲突。20世纪40年代之后,伴随着资本经济的退场,伴随着中国传统文化的回归,从都市走向乡村,成为一个时代的主流,文学创作也从现实主义走向了与"意象造型观"有着某种"异质同构"形态的"社会主义现实主义"及"两结合"。但自20世纪90年代以来,伴随着中国市场经济大潮的再度汹涌,都市形态再次成为中国社会主要的社会形态,诚如西方社会批评学家戈尔德曼所说,一定历史阶段的社会经济结构与其时的文学结构、文学的叙事意识与社会的集体意识,"具有严格的同构性"关系。如是,与今天市场经济、都市形态、社会结构相对应的,现实主义也再次成为中国主要的文学潮流,虽然在面对现代都市这个"魔影"时,各种非理性的现代主义感受也会时时出现在文学的世界中,但正如李骏虎所说,今天的现实主义,是一个包容性极强的创作方式,各种非理性的现代主义感受及其文学的表达方式,可以丰富、深化今天的现实主义。只是在我们经历了面对都市、乡村及传统、现代的困惑之后,我们或许会在对历史的重新审视中、在对现实的直面中,有着新的对自身、对世界的认识与把握吧。正因此,笔者非常重视李骏虎小说创作历程中所提供给我们的精神演化形态、价值演化形态,也正因此,笔者在李骏虎等新一代中国作家身上,看到了中国文学创作的广阔前景,并对他们的创作充满了期待之情。

注释

①王乾坤.鲁迅的生命哲学[M].北京:人民文学出版社,1997:158.

②③④张志刚.专访第五届鲁迅文学奖获得者山西作家李骏虎[N].发展导报,2010-10-28.

修复现代人的人生感受

——读李燕蓉的《有风从湖面掠过》

  现代社会是一个重功利、重结局的社会,产业要产值,教育要人才,科研要成果,如此等等。在这样的一个现代社会中,现代人的生活节奏是紧张的,大脑是精于计算的,心理是焦灼不安的,过程并不重要,结果才是一切。物对人的挤压、功利对审美的挤压、规范对自由的挤压,成为现代人的人生常态。在这样的人生常态中,现代人把羡慕的目光投向成功者那炫目的光环,把对社会法则的顺从视为人生的应然,把血肉丰满的人生感受格式化为社会的串串符码而浑然不觉。但对此的批判与抗争,却成为中国现代文学长河里的静水深流,这就是散文世界里周作人的《乌篷船》、诗歌世界里徐志摩的《再别康桥》、小说世界里萧红的《呼兰河传》等,而在21世纪中国北方的一座小城里,也有一位女子,以自己细腻、敏锐、鲜活、有内在坚实力度的书写,修复着现代人那被现代社会挤压得日益粗陋、僵硬、迟钝的人生感受,并以此汇入到前述的中国现代文学长河里的静水深流之中。这就是在风头正健的山西女作家小说创作中,占有重要位置的李燕蓉的小说创作。

  就以她的《有风从湖面掠过》为例。

  读这篇小说,所有的读者都会觉得,这篇小说没有什么激烈的冲突,虽然有着比较曲折的情节,但通观全篇,小说却不以此为重点,因此,这篇小说也就与我们常常见到的那些以情节的曲折、冲突的激烈及蕴含在这曲折、激烈中的深刻厚重社会意义而见长的作品有着根本的不同,你如果用我们习见的社会理性探测仪细细检视,也会不得要领,不入其门。但你不得不为作者对笔下人物人生感受的准确,传神的把握、描述所折服,作者笔力的重点也正是在这里。

在这篇小说中,作者对女主人公向红心路历程的描写可谓是丝丝入扣:向红婚前与闺密秦默在一起时"说话总爱用'我们'这个词,以此来表明她们确实是一体的。向红结婚后,她(指秦默)发现向红嘴里的'我们'已经在第一时间更换了内容,换成了她老公张军,对她开始用'你'这个称呼"。向红婚后会不停地向秦默诉说自己居家过日子的烦恼,但"总是说归说,过归过,每次和秦默说完了,整件事就算落幕了,似乎并不十分难过"。向红为了丈夫的前程,在丈夫上司的母亲住院后,费尽心机讨好、伺候丈夫上司的母亲的心态及心态的细微、复杂的变化,是作品的重点描写部分,也是其精彩部分。譬如向红在伺候丈夫上司的母亲已经心力交瘁、百味杂陈难以为继之时,丈夫上司的母亲终于去世了,作者写道:"早晨她还发愁以后几星期怎么度过,没想到伺候人的日子一下子就走到了尽头。虽然她早就厌倦了伺候,但老太太去世,还是让她有些缓不过劲来……有一瞬,她是轻松的,人死了,她终于算是解脱了,但那一瞬太短了,随之而来的是一种钝器戳伤的沉重……后来,向红的难过简直变得有些虚无了。本来就是有目的地去伺候,一切结束只有高兴,哪儿来的难过。但她的确是难过的,那种难过甚至已经超过了哭泣。但一切又无从说起。"这样的描写文字,在情节的推进方面、在用情节显示意义方面,没有什么大的作用,换个作者,可能会一笔带过,只以情节来显示人物精于算计的最后结果,并以这一结果来显示作品对人物行为的意义评价,这也正是导致现代人人生感受日益粗陋、僵硬、迟钝的原因所在。李燕蓉小说的意义,恰恰在于在这被现代人所理应认为可以忽视之处,一再地描写、一再地浓笔重墨,从而试图唤醒现代人那被麻木的人生感受。情节展现的是性格

与事物之间的关联,指向的是事情及人物命运的结局,这种关联、这种指向,又是与历史的大进程、与社会的形态变迁息息相关的,这也是被现代人所特别看重的。但仅仅止于这种看重,让现代人失去了对人生境况的品味与体察。而周作人、徐志摩、萧红等人所开创的中国现代文学的静水深流,恰恰是对这一缺失的补救。李燕蓉的小说,做的也是这样的一种努力。

这种人生境况、感受及对这一境况与感受的品味与体察,是用社会理性所难以解读的,所以作者在叙写向红的上述心境中,会说"向红的难过简直变得有些虚无","一切又无从说起"。但正是这一社会理性所无法解读的人生感受及对这一感受的品味与体察,构成了生命、人生的本体性的感性层面,构成了对用社会理性解剖刀粗暴地解剖人生的反抗,构成了对生命、人生的本体性的感性层面的捍卫。有评论者曾经指出,李燕蓉的小说是感性的、多义的,这一判断基本不错,但对其小说感性、多义的原因,意义的指出,也应该是不容忽视的。

对现代人所忽视的人生感受的描写、揭示,需要敏锐、细腻的人生洞察力与艺术感觉,在这方面,李燕蓉似乎有着一种天分,有着很大的发展潜力与发展空间。譬如作者对向红人生感受的描写令人称道。同样令人称道的,还有对作品中其他几位人物的描写,特别是对秦默的描写。作者写向红在婚后,嘴里的"我们"已经更换了内容却不自知且无感觉时,其闺密秦默却因此"有过刺心的难过,但很快就过去了,她们仍旧会在一起洗澡,仍旧比别人要亲密,但秦默心里明白她们之间有些关系,是从向红结婚这天起就画上了句号的"。当向红因为自己的家庭琐事烦恼向秦默诉说,但说完就完了,"似乎并不十分难过"时,秦默却"总需要好几天才可以平复心情"。在如此的对比中,人生境况不同所带来的人生感受的不同得以鲜明,也在这鲜明中,有了丰富的所在。

李燕蓉对秦默与男友李勇及陈志谦交往中感受的描写,也足见李燕蓉人生洞察力与艺术感觉的敏锐与细腻。譬如作者写秦默与李勇分手后"偶尔想起李勇,只有失落没有难过,她认为他们的一切已经彻底过去了。直到再次谈恋爱,被另一个男人拥着,那一瞬,李勇居然一下子从她面前穿心而过,她又绞痛了,身体里再一次浮现出了他的手触摸过的痕迹。她又开始想念那个充满消毒水气息的男人了"。而在帮助向红伺候向红丈夫上司的母亲的过程中,秦默与向红丈夫弟弟陈志谦有了较多的交往,在陈志谦的母亲终于去世后:"陈志谦在秦默怀里哭了许久,秦默一直安静地看着他哭。这中间,她嗅到了熟悉的消毒水的味道,在李勇之外的男人身上,她再一次嗅到了熟悉。在他哭泣的时间里,她甚至故意地想起了李勇,希望找到过去的蛛丝马迹,很奇怪,李勇没有像上次一样穿心而过,有的只是遥远。眼前的男人在她怀里是这样安静,仿佛回到了童年般干净的时间。"当秦默以为她与李勇"一切已经彻底过去"时,她却在与另一个与李勇不一样的男人身上,感到李勇"穿心而过",而在有着熟悉的消毒水味道的陈志谦身上,在故意地要想起李勇的时候,李勇却没有"穿心而过",而成为"遥远"的存在。为什么会如此,读者自会有自己多义的解释,但你不得不佩服作者人生洞察力与艺术感觉的敏锐与细腻。还有那句"身体里再一次浮现出了他的手触摸过的痕迹",真可谓贴切可感。

  无论是向红,还是秦默,都是微不足道的小人物,向红伺候病床上丈夫上司的母亲以讨好丈夫上司的举动,秦默对向红这一举动的出谋划策与帮助,不值得称赞,但也谈不上多么可耻,这是世俗人生、烟火人生中习见的人生情境。作者对此不做任何褒贬,但在对人物人生感受的着重关注与刻写中,却融注着对普通百姓平常人生的温情,显示着一种宽阔博大的人文情怀。这与底层关怀无关,也与道德风尚无涉,这种温情脱尽了敷设在人身上的各种色彩,尽显人的本相,且在这种尽显中,让我们听到了周作人式的五四时代"人的文学"的历史回响。

  小说的结尾写到向红丈夫上司因为收受贿赂被人举报,使向红讨好丈夫上司的努力付之东流,成为一场空。秦默"直到看见向红开始哭泣,她才稍稍放下了心……一切就可以随着眼泪的逝去而逐渐烟消云散……后来,车速慢了下来,车窗外的树、房子,还有人群,一切模糊的景象重新又清晰了起

来。是的,一切还是又变得清晰了"。是的,这就是生活的河流、人生的河流,只是我们过于看重了事物的结局,而忘记了过程的存在,李燕蓉却是要通过对过程中人生感受的一再重墨细描,提醒我们那逝去的曾经存在。

  回到本文的开头,如果我们明白周作人为什么要写那只没有目标的乌篷船,并且着重写那被人忽视的船的构造等;如果我们明白徐志摩为什么要"轻轻的"、"悄悄的",而又最为看重那水中之柳等虚幻之像;如果我们明白萧红为什么要反复地用那层层叠叠的排比句式,突显呼兰河风情,我们或许会对李燕蓉的写作,寄予期望与厚望,在她写作的前面,有着广阔的前景。

当代文学家身影的价值

——以《山西文坛十张脸谱》为例

当一种社会形态已然渐入历史,面对新的社会形态的生成,回望、反思历史以应对社会转型期的价值动荡,就成为一种时代的必然。文学界亦如此。最初有20世纪80年代中期的"重写文学史",重在对文本的重新解读;继20世纪90年代之后,研究的重点不再是"话语讲述的时代",而是"讲述话语的时代",对文学话语的产生、对文学生产机制的研究,渐成风尚;进入21世纪以来,或许是新的理论阐释功力不够,或许是受制于精神资源的匮乏而导致的想象力不达,文学写作或研究"史学化"成为潮流:或者是重在新的史料的呈现,或者是重在"非虚构"的写作,而从作品"文本"研究转入作者"人本"研究,亦是其中一支。在这其中,陈为人以《唐达成文坛风雨五十年》名世,后又以《插错"搭子"的一张牌——重新解读赵树理》《马烽无刺——回眸中国文坛的一个视角》等重在状写作家形神的专著继之,山西人民出版社出版的其《山西文坛十张脸谱》,则又给了我们研读此类文字以一个新的典型实例。

如前所说,研究"话语讲述的时代"是重要的,研究"讲述话语的时代"也是重要的,但在这二者之间,还有一个不应忽视的存在,这就是将二者联结在一起的作为创作主体的"作者"的存在。他们既是"话语讲述的时代"的讲

述者,又是"讲述话语的时代"的体现者。作为一个有着在山西八年插队经历的读者,笔者对山西昔日农村的想象是建立在对赵树理、马烽等人小说阅读的基础之上的,也是建立在自己山西农村八年生命经历的基础之上的,二者之间的异同,让笔者对这些山西农村生活的讲述者,何以要如此讲述山西农村的生活故事充满了好奇,或者说对他们自身的解读,帮助笔者在笔者的文学经验与生活经验之间,构筑了一条新的通道。作为一名对"话语讲述的时代"与"讲述话语的时代"二者关系多少有所了解的读书人,当笔者不再有能力深入探究二者关系的时候,类似《山西文坛十张脸谱》这样的对作家"人本"的解读,则让笔者对前述二者关系有了形象的体悟。笔者相信,对这类对作家"人本"解读文字的兴味,不是个别的,不是仅仅体现在山西作家与读者身上,而是有着某种"典型"意味的。在"话语讲述的时代"开始被读者用疑虑的眼光打量时,当"讲述话语的时代"被读者感到费解、抽象时,读者宁愿用阅读的眼光直接去打量"时代"本身,直接去打量"讲述者"本人,这或许也是今天用文学讲"史"的故事、人物备受欢迎的一个重要原因吧。怀旧并不仅仅是因为一个时代、一代生命的"老"去,更重要的还是基于对新的精神资源的探寻。

《山西文坛十张脸谱》中包括有作为山西老一辈作家集中体现的"山药蛋派"作家赵树理、马烽、胡正、孙谦,也包括著名的山西中年作家周宗奇、韩石山、钟道新、潞潞,有作为二者之间的过渡性人物的田东照,还有作为文人代表的李国涛。笔者想说的是,这十张脸谱有着相当的时代代表性。譬如以赵树理为代表的"山药蛋派"的一代老作家。中国的红色革命,是以农民为主体的革命。革命与农民的关系、革命文化与农民文化的关系、五四新文化与农民文化的关系等,在中国文坛中,是在赵树理等一代"山药蛋派"作家身上有着最为集中、突出、鲜活而又深入的体现。他们的热情、困惑、局限、反思等,足以令人深长思之:赵树理在小说中,让他倾心的主人公小二黑、小芹遭遇斗争会,也让他反感的金旺、兴旺兄弟遭遇斗争会,而他自己却也命丧"文化大革命"中的斗争会;孙谦对家乡一往情深,却最后将自己的骨灰安葬在已无政治色彩而只有个人性感情的虎头山；马烽在"刺刀见红"的政治风浪中，既不伤害同人，又不与运动发生冲突的终身"无刺"；胡正作为"山药蛋派"最后一位主将对"山药蛋派"的反思及反思的限度等，这些生动而又意味深长的细节、身体语言、性格特征、思想特性，在这些脸谱中，可谓比比皆是。譬如周宗奇"生瓜蛋子"的反叛性格，钟道新弃理从文的命运形态，可谓是一代人精神特征、命运形态的传神写照。再如田东照那个人命运与时代发展"命在右，运在左"的错位及这错位所造成的丰富性、悲剧性，我们在他们那一代作家、学人、知识分子身上，不是时时可以看到吗？还有李国涛的文人气质，虽是极细的"线香"却也终于让王瑶、贾植芳等山西一代先贤香火相传，而这一特定时代代际之间的相传形态，在太行山外也是屡见不鲜的。在这里，笔者想稍稍多说一句的是：地方与"中心"的关系。没有一个先验的、抽象的、既定的"中心"。地方以其真实的问题与存在，构成与其他地方的对话，并在各个地方的对话之中，构成了"中心"的生成性与丰富性。如是，十张脸谱来自山西，但其意义却绝不仅仅止于山西。

　　在20世纪80年代"重写文学史"的过程中，施蛰存先生曾提出了一个广有影响的说法：当代事，不成史。这句话，从什么是"史"的意义上说，是成立的。但史的形成，有一个过程，在这个过程中，当代人写当代事有着不可或缺的重要作用，它会让当代人更准确地认识自己，认识自己所处的时代，也可以让后人认识这个时代有所凭依。笔者举个最简单的例子，如果我们认识鲁迅，仅仅是从鲁迅的某派弟子的回忆中认识鲁迅，那么，我们对鲁迅的认识就会流于片面。如果我们读读胡适、周作人、许寿裳、郁达夫等鲁迅同时代人，甚或是梁实秋、施蛰存、萧红、苏雪林等后一辈人对鲁迅的各种印象、论述，我们对鲁迅的认识、对那个时代的认识，就会更全面些。与鲁迅同时代人对鲁迅的平视视角及其所带来的真切感受，是后人所绝不可能再有的了。在这一点上，《山西文坛十张脸谱》的作者所做出的努力是十分值得肯定的：他不是仅仅谈个人对某张脸谱的认识，而是尽可能地把不同身份、位置的人，对同一张脸谱不同的感受、认识编织在一起，从而既让读者对所论对象有个

更为全面的认识,同时,又因论述者身份的丰富性体现了时代的丰富性,或者说脸谱是由脸谱本人及众多的对脸谱的绘制者共同完成的。

在脸谱的呈示中,自由与真实是最为重要的。就目前看,真实是脸谱的价值所在,自由则是真实是否可以实现的前提。至于众多绘制者对脸谱的认识能力、感受深浅倒还是其次的。读鲁迅同时代人对鲁迅的感受文字,笔者觉得,这些感受无论对鲁迅是褒是贬,但都是感受者真实的感受体现。但现在记人的文字,要做到这一点,那是很难的。举一个例子,某位老师去世了,你读读他的弟子们所写悼念文章的集子,可以说,千篇一律。因为这些弟子知道这些文章是让别人看的,既让别人看自己的老师,更是让别人看自己的,所以,他就按照社会流行的弟子对老师的态度的标准来写。至于自己私下心里的看法,你在这些文字中是看不到的。读这样的文字,你最多只能知道这位老师的某一个方面,要想做全面的了解,那就难了。再举个例子,随着一代人的去世,各种回忆文字相继出现。但对时认的贤者,自然是扬善隐恶;对时认的不贤者,自然是隐善扬恶。如是,你又怎么能从这样的文字中读到怀念者与被怀念者的真实情形呢?看似最真实的怀念性文字,其实却是最不真实的。而要做到真实,有两个方面的自由是前提:一个是外在的自由,即社会各界、被言说者及其身边亲近之人,允许记人记事的言说者有言说真实的自由;一个是内在的自由,即记人记事的言说者,不在内心自己先预设下各种框框,诸如考虑自我形象的展示、诸如左顾右盼唯恐他人说长道短、诸如为各种人际关系所羁绊。应该说,在记人记事的文字中,越是与自己关系密切的人、事,才越有记述的价值、信度,但也正因此,对人际关系得失的顾虑也就越多,记写的自由的难度也就越大,而其"史"的价值,真实与作伪的关键之别也在这里。《山西文坛十张脸谱》最为可贵之处在于,作者书写的是自己身边最为熟悉之人,且这些人或这些人的家人、亲近之人,目前也都生活在作者身边,但作者在书写时,却能够做到最大限度地利用外在的自由,最大可能地实现自己内在的自由,从而做到了书写的真实。当然,如果苛求的话,也不是没有让人感到遗憾之处,譬如对十张脸谱中个人性的花絮之事就绝无涉及。读民国文人传记或者回忆性文字,让我们得以知道其许多的个人花絮之事,但这却绝非茶余饭后的谈资佐料。陈平原先生在谈及大学校园文化时说过,一个大学留给后人的深刻印象,往往不是这个大学学者在各自专业领域里的丰功伟绩,而是这个大学学者留给后人的传奇逸事。何也?因为这些传奇逸事所洋溢的,是一种生命、精神、情感的本真形态及自由形态。当然,状写这些,对上述所说的书写此类文字所需要具备的外在与内在的自由的要求程度就更高了,而这些自由程度,目下还是可望而不可及的。

"春江水暖鸭先知。"生命的自由、精神的自由,是文学家、文人的显著特性;语言是存在的处所,记写文学家、文人文字的自由程度和真实程度,也是一个时代风尚的标志呵。

(《山西文坛十张脸谱》由山西人民出版社2012年出版。本文原载《海南师范大学学报》2013年第10期)

让古代圣贤与
现代民间个体生命直接相遇
——读《被误读的〈论语〉》

拿到著名作家张石山写的《被误读的〈论语〉——〈论语〉片解九十九篇》（以下简称《被误读的〈论语〉》）一书，一个强烈的想法即刻涌上心头：张石山在20世纪80年代以小说著称，其小说以对个体感性生命的浓烈张扬，并因此而对其时"左"的文化形态的激烈批判而被传诵一时，且是首届中国短篇小说奖的获得者。20世纪90年代大众文化兴起之后，其影视剧创作势头甚健，对马烽、西戎名著《吕梁英雄传》的改编，堪称对前辈作家的超越。21世纪以来，在《拷问经典》中，对一个时代"左"的"经典"的"拷问"；在《穿越——文坛行走三十年》中，对长期浸淫于体制之中中国文坛的直面回顾，都显示了其一向的批判锋芒与思辨的深刻。这样一位与历史风云一路走来的作家，在年过六旬后，忽然垂青于孔夫子的《论语》，使一向敬重于他的笔者第一感觉是：惊诧与疑惑。自五四以来，似乎青年一代，总是以批判中国传统文化而作为自己的思想特征，但及至中年之后，即纷纷转入对青年时期的反思从而回归传统。当今社会，有因"文化大革命"十年而"减去十岁"之说，所以，当今赞颂中国传统文化反思五四时期者,多为年过六旬之人,且他们在20世纪80年代以"重回五四起跑线"的青春激情,营造了一个"新启蒙时代",及至今日,他们则成了文化保守主义或曰"国学热"的主力军。发生这样的作为规律性转变的原因何在?如果说,当今年过六旬的一代人,因为五四以后现代文化的冲击、新中国成立后"左"的文化形态的冲击,而对中国传统文化经典颇为陌生,遂在今日价值动荡的精神资源危机面前,探流溯源,重新发现了中国传统文化的伟大,那么,何以五四之后,饱淫旧学而在新文化运动中冲锋陷阵的一代人,也会在中年之后,纷纷回归传统,或者在骨子里,迷恋于中国传统文化的魅力?这样的两代人,其对中国传统文化的回归,又有何异同?或许,张石山的《被误读的〈论语〉》会给我们以某种启示。

《论语》言辞过简,微言大义,一向被后人、被多种地解读。譬如古人就有"半部《论语》治天下"之说,遍及全球华人生活领域里的武圣人关公夜读《论语》的画像,也有着极强的象征之义。在这里,《论语》是作为治国之本及作为庙堂立场上的传统文化中的做人之本的"经典"而备受推崇,并且长期居于主导位置。读张石山的《被误读的〈论语〉》,笔者最强烈的感觉是:他是站在民间个体生命的立场上来解读《论语》的。这样的一种解读立场,使他的解读有这样的五个特点:第一个是不"依文解经";第二个是在对《论语》的整体的理解上,来解读《论语》的具体句子;第三个是不"高推圣境";第四个是强烈的现实在场性;第五个是受个体生命的历史局限,在解读前人对《论语》的论述时,常常形成的"误读"与"错位",这种"误读"与"错位"在今天的各种文化思潮的冲突中,也颇具典型意义。

现举这本书中的《被百年诟病的孝道》一节为例。

由于年代的久远,由于孔子其言是在何种具体情境下所说的不可考,由于相同的语词在不同的语境中其语义的不同,由于《论语》是孔子的学生在其后所记且因此而加入了孔子学生的理解,因而未必完全符合孔子的本义,所以,《论语》中的孔子之言,历来颇多歧义。在《被百年诟病的孝道》一节中,张石山明确地说:"离开当初的具体语境,古圣贤的经典话语有时确实难以

尽解。但人心是相通的,我们能够体察到孔子原话的意味,这就够了。"我们以什么来体察孔子原话的意味呢?张石山在本节开篇时说"最普通的老百姓的理解",而不应该是"古往今来的概念定义"。"最普通的老百姓的理解"是什么呢?是民间的个体生命的日常生存:"日出而作,日落而息……帝力于我何有哉?"把"最普通的老百姓的理解"形成的社会风气推广开来,"无疑是为政的重大内容"。这是张石山在本书中解读《论语》的基本立场:这就拆除了由各种意识形态话语、概念所制造的对《论语》的遮蔽,让民间个体生命与作为古代圣贤经典的《论语》直接相遇,从而直观《论语》的本质,从而恢复《论语》的民本立场而颠覆被历来所推崇、所曲解的《论语》的庙堂立场。所以,张石山在本节末尾,在论述了孔子孝的思想后会说,"是千家万户的老百姓,人自为战,艰苦卓绝地捍卫坚守了"《论语》。把"最普通的老百姓的理解"形成的社会风气推广开来"无疑是为政的重大内容",说的也是以民为本,而不是以庙堂为本:"有人问孔子,你为什么不参与政治?孔子引用《尚书》上的话说,孝顺父母,友爱兄弟,使这种风气影响到政治上去。这也就是参与政治。"也正是在这个意义上,张石山在本书中论述了孔子对学生如何为政当官的诸多教导,论述了孔子治理社会的理想。

在这样的对《论语》理解的基本立场上,张石山对《论语》中的具体句子或者具体观点,是将《论语》做整体把握,而不是局限于某一词语的解释。譬如在《被百年诟病的孝道》中,张石山列举了《论语》中《为政篇》中的第五、第六、第七、第八、第二十一章的相关论述,并在其相互逻辑关联中,论述每一部分论述的具体含义。也是在做整体把握这一思路中,张石山可以不局限于上述论述在《论语》中原有的顺序,而将其做重新的排序:"如果我们将阅读次序变化一下,这将是关于孝道的一个由浅入深的理解过程。"也正是基于此,所以,张石山在本书中多次对《论语》在内容上的编排赞不绝口:"《论语》的编纂色彩,充满意在言外的意味;《论语》的无名编辑,有着极高的编辑智慧。"

正是基于"最普通的老百姓的理解",所以,张石山反对在对《论语》的解释中"高推圣境"。在本书中的另一节《执鞭赶车乐融融》中,张石山说:"把孔夫子永远地时时刻刻地绑定在圣人的位置上,老人家受得了受不了呀?我们累不累呀?让他依然生活在他的历史真实中……不好吗?"在解读《论语》中,不"高推圣境",最为根本的,还不是避免神化孔夫子,而是正因此,才可以强调孔夫子的老百姓立场。

张石山对《论语》的解读不是经院式的,而是有着强烈的现实在场性。这种在场性,至少可以鲜明地体现在两个方面:一方面是《论语》中的思想在今天的现实意义,譬如在《被百年诟病的孝道》中,张石山对《论语》中孝的几层解说就是如此。这也说明了《论语》与民间个体生命的一脉相通,无论政治形态、社会形态发生怎样的变化,但民间个体生命的生存、存在却是穿越于历史风云而千年延续的。另一方面是张石山站在现代民间个体生命立场上对《论语》的解读,在今天对《论语》、对孔夫子、对国学、对中国传统文化的重新理解上,有着不容忽视的现实意义。

但民间个体生命,在其形成、生长的过程中,不可避免地会受到一个时代政治经济、文化伦理、价值形态的影响,这是一种生命的历史痕迹。这种生命的历史痕迹,必然地要影响到其对现实的价值判断。张石山也是如此。在鲁迅、胡适与中国传统文化的关系上,也是如此。这是一个不容易说清楚的问题,但有一点还是可以明了的,那就是被一个时代所绑架的鲁迅、胡适与真实的鲁迅、胡适是不同的,这倒不是为伟人讳,也不是为了神化或者拔高鲁迅、胡适。张石山这一代人,在其成长的过程中,不幸很为被政治绑架的鲁迅、胡适所苦所累所折磨,伤痕累累,所以,常常对此不加区分地予以批判与指责。在张石山的这本《被误读的〈论语〉》中,笔者也时时看到这种情形,看到这样做尖锐批判的句子:"鲁迅、胡适等人,在大学当教授,骂孔子的时节,谁个不曾领取过数百大洋的薪俸?不知他们痛快地骂过孔子之后,自己偷偷计算过没有,这些大洋能值多少条干肉?亦不知他们可曾甘愿义务教书、拒绝过那份不菲的束修?"在如何面对儒学思想时,我们常常看到,虽然处于百家争鸣时代的孔夫子、处于大一统时代的董仲舒、处于商业经济冲击原有经济政治文化形态时代的朱熹,他们的思想在其历史时代的思想意义,他们在

后人的再阐释中的含义,有着诸多的不同,但时人却常常将其大而化之,将他们笼统地视为中国儒学而或赞美或批判。在如何面对鲁迅、胡适等现代文化名人时,也常常会出现这种情形。这种"误读"与"错位",是当今各种文化思潮在论战时,时时成为"混战"的重要原因,只是在其中要仔细地辨析清楚,实非易事。

但无论如何,张石山让古代圣贤与现代民间个体生命直接相遇,试图拆除横梗在二者之间的层层壁障,给当今的价值乱局开辟新的价值通道,寻求新的价值资源,此种努力,实为急需,殊堪称赞。

(《被误读的〈论语〉》由山西人民出版社2012年出版)

对中国乡村的"小历史"叙事

——读《坚锐的往事》

毕星星在《尖锐的往事》的《自序》中说:"2001年诺贝尔文学奖得主奈保尔宣布:他要把非虚构文体打磨成一种利器,为人类书写记忆的权利而战。纪实,成了一个全球性的文学现象。2001年,也是'诺奖'设奖百年纪念,瑞典文学院以'见证的文学'为题召开了一个研讨会,各路巨匠提出,希望文学起到为历史见证的作用,作家应该记录历史的真切感受,用自己的语言对抗以意识形态来叙述的历史和政治谎言。"毕星星说他因此"感到前所未有的震撼,暗暗坚定了自己的选择"。

笔者不能判定纪实是否成了一个全球性的文学现象,却分明地能够感觉到20世纪90年代之后,中国的思想标高、精神深度,是通过民间性"小历史"对历史的纪实性、思想性文字来体现的。所谓"小历史"与"大历史",是西方新历史主义的一对概念。西方新历史主义认为,历史化的文本有两种:一种是单数的大写的历史,一种是复数的小写的历史。譬如占统治地位的正史属于"大历史",集中的统一的对历史的阐释属于"大历史",基于某种观念形态下对历史的阐释属于"大历史";各种野史稗说属于"小历史",分散、零碎的对历史的阐释属于"小历史",私人性、经验性的对历史的叙述属于"小历

史"。之所以说20世纪90年代之后,中国的思想标高、精神深度是通过民间性"小历史"对历史的纪实性、思想性文字来体现的,其原因从远里说,是因为中国有着久远的历史、文学不分的传统,如《史记》等;从近里说,是因为面对今天的价值失范,自觉地或不自觉地需要通过忆旧来寻求新的价值资源以支持自己失衡的价值天平,这就是今天忆旧得以盛行的主要原因——无论是红色文化的再度出场,还是对历史真相的重新打捞,抑或是对旧闻旧事的兴趣,抑或是百姓、坊间普遍的怀旧情结等。而民间性"小历史"对历史的纪实性、思想性文字之所以在这其中能够独占鳌头,一是因为时代性的原有价值大厦崩塌之后普遍的不信任、怀疑而导致的重新认知事实真相的冲动、需求;一是因为作为单数的"大历史"对历史的叙述无法满足上述的冲动、需求之时,民间作为复数的"小历史"对历史的叙述就得以顺理成章、水到渠成地"浮出历史地表"。于是,我们看到了种种"非虚构写作"的盛行;于是,我们看到了种种"一个人的历史叙事"备受读者的欢迎。

毕星星的《坚锐的往事》就是这其中的一份努力,就是这其中的一项硕果。它偏重于对中国乡村历史真相的重新打捞,而在这种打捞时,又因为作者亲身体验的真切,又因为作者理性认知的深刻,从而修正、重建着我们的乡村记忆,让我们有了去蔽之后得以澄明的快意。

说起来,像笔者这样的步入花甲之年的一代人,我们对中国乡村的记忆,最初是通过那些写土地革命、土改、合作化运动、农村阶级斗争的小说而得以完成的。我们对这些"文本的历史"曾经深信不疑,而没有看到这些"文本"的书写,是为权力所制约,是"历史的文本"。直到我们下乡插队,面对真实的中国乡村时,我们也还在时时地怀疑自己真实的所见所闻,这样的认知"病症",在原本就在乡间生活的农村青年身上体现得更为突出,他们宁愿相信"文本"而不相信自己亲历的真实。倒是不怎么识字的作为我们上一代的乡间老农,他们只立足于自己私人性的切身的生存利益,从而能够本能地去除"文本"对真相的遮蔽,说出类如《皇帝的新装》中小孩子所说出的真话来,并因此每每让我们这些被"文本"遮蔽了双眼、不相信自己双眼的人,大吃一惊,目瞪口呆。直到多少年后的今天,当我们知道了"悬搁一切价值判断"、"直观事物本身"时;当我们知道了一切历史都是"文本的历史",而"文本"又因为权力的制约而是"历史的文本"时;当我们知道了修改教科书能够修改一代人甚至几代人的历史记忆时,我们才深切地体会到,我们作为有文化的知识青年,我们应该有责任重新回望我们的乡村历程,我们应该有责任重新书写我们的乡村记忆。因此,我们愿意伴随毕星星,重新开始我们对中国乡村的回望与反思。

或许是因为毕星星是文化人的缘故,或许是因为文化是乡村变革最为深刻的标志,总之是,毕星星的《坚锐的往事》,主要是以文化,特别是以文化的直接载体——文化人为主线,写在权力的规训下,写在城乡文化的冲突中,乡村文化的种种表现形态,进而揭示中国乡村的历史真相。

《特级教师南岩之死》被多家选本选入,并曾获冰心散文奖、赵树理文学奖,在毕星星的作品中,最受文坛好评。在几十年的农村政治革命中,原有的自然经济基础上形成的乡村民间文化及文化人最受摧残、蔑视,被伤害、改造的程度最重,即使是在"十七年小说"这种被规训了的"历史的文本"中,我们也时时可以看到这样的印痕:譬如这些小说中的一个主题范型就是,作为新的政治文化载体的青年农民与作为原有的乡村民间文化载体的老一代农民的冲突。但乡村的文化人却在这种劫难、坎坷、磨难中,默默地执着地坚守着自己的位置,从而使乡村文化的长河得以在田野的大地上延伸、流淌。乡村教师是乡村文化人的典型,在新的政治性的教育体制内,乡村教师的社会身份、文化身份最难以归属:一方面他们在名义上是现行体制中人,是现行体制认可的文化形态的承传者;另一方面在实际的生活中,他们又沿袭着传统乡村文化人的社会角色,在实际的教学生涯中又通过自己的生活方式、通过自己的言传身教,在隐形层面上传承着乡村的固有文化。南岩作为特级教师,就是他们的典型、他们的代表。毕星星的这篇文章,写了南岩由于参加革命的父亲与在乡间的母亲离异而得不到父系家族的认可,那其实就是政治文化与乡间文化的断裂而给南岩带来的身份归属的无着,是上述乡村教师

身份归属的隐喻,这种无着使南岩一生饱经困苦、坎坷、屈辱,但南岩却在这样的境遇中,因了自己在语文教育中的突出贡献而成为省级著名的特级教师。作者在讲述南岩的一生时,借助自己与南岩的亲属身份,使全文字里行间充满了浓浓的亲情,充满了感染人、打动人的情感力量,使我们不由得沉浸其中,在对乡村教师的深刻理解时深受感动。

《特级教师南岩之死》确实是一篇不可多得的优秀的纪实文字,但在毕星星的纪实文字中,它却远远不是最好的一篇。在《坚锐的往事》中,比它胜出一筹的文字随手就可以举出几例来。《特级教师南岩之死》之所以被多家选本选入并获散文界、山西文学界大奖,多半是因为这篇纪实文字中情感的动人力量,还因为南岩的教师社会身份——而又是从一般的重视教育这一层面上对教师这一职业的认可。在获取殊荣这一层面上,在某种意义上,我们仍然可以把《特级教师南岩之死》视为是一个"历史的文本",只是导致其成为"历史的文本"的权力来自于文学界的判定能力。于此,我们不能不感叹于文学界判定能力的历史局限性——他们还更多地生存于"大历史"的阴影之中。于是,我们看到了这样的一个奇妙的"错位":文本的"小历史"叙述与对这"小历史"叙述文本的"大历史"的判定。这样的一种奇妙的"错位",或许也是民间性"小历史"对历史的纪实性、思想性写作潮流在其发展中,所应该重视的一个问题吧。

在笔者看来,《最后的乡绅》是一篇要远远高于《特级教师南岩之死》的杰作。诚如作者所说:"在封建时代以至民国,乡绅都是乡村社会一个重要的阶层。'绅为一邑之望,士为四民之首'……乡绅成为基层政权和底层民众联系的中介,决定了它在村落视野里的乡土权威地位。"但"自民国以后,乡绅的社会地位日渐滑落。土改一举将原来的乡村精英请下了历史舞台……由于乡村干部中文盲半文盲居多,对读书人心怀一种天然的文化歧视,乡绅日益成为畸零者和多余人"。然而,"经历了几十年的曲折,我们的乡村终于又开始向自治回归。一旦少了自上而下的权力干预和强制,这些乡村知识分子的作用立刻突显出来了"。可惜的是,历史没有给《最后的乡绅》中的主人公

"师傅"这样的一个机会,他"生不逢时,在乡里制度的承袭变革过程之中错了位",只能成为一个上述的"畸零者和多余人"。读《最后的乡绅》,在主人公"师傅""受尽奚落和嘲笑"的种种可悲、可笑、可叹的言行举止中,我们都时时可以看到鲁迅小说《孔乙己》中孔乙己的面影,他们都是作为某种文明的承载者,却生活在这种文明的没落时代,从而成为一个时代的"畸零者和多余人"。这里有着个体生命在历史长河中偶在的无奈、悲凉,也有着在历史长河中必然的言说不尽的丰富的时代与社会内涵。鲁迅多次说过,《孔乙己》是他写得最为满意的最好的小说,《最后的乡绅》可以说,也是毕星星目前写得最好的纪实性文字。与《最后的乡绅》相类似的,还有毕星星对已然被今天这个影视时代所淹没的乡村戏曲蒲州梆子的叙写,还有对乡村戏曲传人《剧坛怪才墨遗萍》的叙写。

《谁还知道李希文》《毁誉参半说浩然》也是两篇意蕴厚重的纪实文字。

这两篇文字都写了在一个时代权力规训下的乡村文化人及通过他们而体现出的乡村文化的呈现形态。李希文是代表一个时代文化风尚的农民快板诗人,他曾经红极一时,如郭沫若所说:"我是郭老八,陕西有个王老九,你就是李老十。"但诚如作者所说:"李希文其实并不是一个农业从业者……他应该是一个游民无产者。这个成分的因子浸透在血脉里,他的成功失败,和这个职业赠予的心性息息相关。游民的革命性和游移性、投机性潜伏着,气候合适一定要萌发的。山西好多农民领袖,在这一点上都和李希文相似。"其实,并不仅仅是山西,中国的农民领袖也大多是如此。中国的革命文化中也多有这种基因潜伏其中。早在中国革命的农民运动兴起的时候,毛泽东就在其经典的《湖南农民运动考察报告》中,对此以"痞子运动"有着精彩的描写与论说,当然,毛泽东是从"好得很"对此的赞扬来批驳对方对此"糟得很"的指责的。不能否认的是,类似李希文的这种游民性,是一个非常复杂的存在。在革命的初起之时,他们的言行也是代表着被压迫的贫苦农民的真正利益的,因为在革命初起之时,如毕星星所说"道地的农民没有能力代表农民",而类似李希文这样的人身上"有农民式的淳朴,也有游民式的狡黠"。这样的

一种复杂的格局、构成,在孙犁、赵树理的小说中都有着十分深刻与精彩的揭示,孙犁、赵树理的文学创作之所以先后成为文坛主流的代表,又先后退出时代的文学主流,与这种游民性及对其评价的历史浮沉关系甚大,这是一个直到现在也还没有说清的问题。但我们也因此能够感受到毕星星写了李希文这样一个"典型"及这一"典型"被我们今天所遗忘的历史沉重性。李希文退出历史舞台与其成为一个时代的文化明星、作为一个时代话题,有着同样的深刻与沉重,诚如毕星星所说:"一个农民厕身于国家的政治博弈里,该是多么危险的赌局和游戏。"李希文这一代游民的民间性、底层性及其所曾代表的农民利益与政治规训的脱节,是造成他们悲剧的根本原因。

浩然则可以作为李希文之后的一个时代文化的标志性人物,是李希文之后的一代在政治规训下的农民文化的代表性人物。他们身上流淌着李希文的血液,但在这一文化谱系的成长中,已然更多地脱离了民间、底层与农民本身,而更多地符合了规训的标准。但同样不能否认的是,他们也仍然还是被规训的对象而不是规训者本身,对规训迎合的真诚,在被规训时本身所自然带有的民间、底层、农民群体的风貌,都让后人对此一言难尽。如此,我们也就会明白,毕星星为什么会在说浩然时,会"毁誉参半"了。这个斯芬克斯之谜不是毕星星一个人所能破解得了的,它需要时间和更多的人对此付出努力以及新的价值资源的引入。毕星星能够深入地参与、丰富这一论说,已经是非常难能可贵了。笔者对此还非常赞赏的是,毕星星更多的是从历史的角度、层面,对此给以揭示、论说,而不再局限于我们所常见的从人格、道德伦理的角度来臧否人物,这样的一种对历史人物的评价原则、尺度,在我们回望一个历史时代的风云人物时,特别是政治人物时,笔者以为也是非常必要与及时的。

当然,笔者说我们在回望一个历史时代的风云人物时,要更多地从历史的角度、层面而不再局限于我们所常见的从人格、道德伦理的角度来臧否人物,并不意味着我们放弃对人物人格及道德品格的评价。当笔者在批判政治规训给民间文化带来的副作用时,也并不是说对民间文化有着一种完全的肯定。事实上，由于传统的老中国是以群体性的道德伦理作为社会价值本位的，特别是在民间，道德伦理的力量往往是作为统治性的力量存在的，所以，在今天这样一个传统与现代断裂的时代，如果我们不是从一个特定的具有历史内涵的尺度上，而是从一个一般的具有普泛意义的尺度上使用"规训"这个概念，那么，如何评价、用什么去规训传统的乡村民间道德伦理，如何重构新的民间道德伦理，就是一个非常重要、紧迫的时代性的社会问题。正因此，毕星星的《大匠野史》颇值得文坛给以更多的关注与重视。

这篇作品的主人公是一个乡村建筑匠人的领袖，因之，称之为大匠。大匠带领着自己的乡村建筑队征战南北，功绩赫赫，但却引起了自己养母之子即自己堂弟的妒忌之心，而这个堂弟"在村子里就是有名的惹不起，惯以死缠烂打制胜"。于是，他的这个堂弟以莫须有的对自己的母亲不孝为长期攻击大匠的利器，终于使大匠心气郁结，积郁成疾，绝症致死。毕星星说："大匠的死，是一个非常耐人解读的现代人死亡文本。"是什么导致了这个"现代人死亡"的呢？

大匠之死，首先死于"纯粹的恶"。毕星星对此分析说："堂弟谋害大匠，并不希图自己得到什么。他没有利己的动机，纯粹为了害人。与必要的恶相比，这是一种纯粹的恶，恶意的破坏属于没有意义的破坏。他一般针对对象的优势地位，如荣誉、社会地位甚至审美方面的优势评价等。"这样的一种"纯粹的恶"，是社会差别对人性扭曲之后的人性"恶疾"，这种"恶疾"在底层、在民间普遍存在且历史悠久，其破坏性的能量骇人听闻。十年浩劫之所以能够形成，一个重要的原因就是因为这种"纯粹的恶"在起作用。汉娜·阿伦特在论述西方的德国极权主义之所以能够形成的原因时，将"平庸的恶"归结为是其中的一个原因，那么，笔者要说，东方的十年浩劫能够形成的一个原因，则来自于这种"纯粹的恶"。

大匠的死，还死于民众对这种"纯粹的恶"的软弱与无力，还死于民众的缺乏公众意识、公德意识："当初堂弟挑起事端，狂热地攻击大匠的数年，小城一直把它当作一件私事。"说到底，是因为民众没有看到这种"纯粹的恶"

边缘之思

对自己利益所带来的伤害因而袖手旁观。这样的一种作为国民劣根性的冷漠,在鲁迅的笔下,我们可以时时看到。这样的一种冷漠所带来的对"纯粹的恶"的鼓励与放纵,也是十年浩劫能够持续的一个重要原因。可喜的是,当市场经济让民众对个人利益有了自觉的维护意识之后,民众终于"如梦方醒……他们开始失悔,在大战胶着的时候,在大匠遭遇灭顶之灾的时候,小城没有出手助战,小城没有救护自己的功臣"。也许这种"失悔",正是鲁迅笔下的"庸众"在今天开始觉醒并建立自己的现代公众意识、公德意识的开端吧。

大匠的死,还死于如何看待传统的民间道德伦理。事实上"纯粹的恶",往往也是以假传统的民间道德伦理或这种道德伦理的"革命化"外衣而大行其道的。这个问题又可以分为两个方面:一个是如何看待传统的民间道德传统,这在五四之后本已经不成问题,但在今天这样一个以批判五四以弘扬传统为盛事的时期,这一问题的严重性又一次摆在了我们的面前。因此,毕星星在《大匠野史》中所坚守的启蒙立场,就显得尤为难能可贵。问题的另一个方面是,确如毕星星在文中所引著名历史学家黄仁宇所一再主张的:中国人应"从技术的角度看历史"。正因为我们是一个有着悠久的以传统的道德伦理作为社会价值本位的国度,所以,"从技术的角度看历史"对于我们就格外地重要,否则,永远如毕星星所说:"玩'技术'的要不过玩'道德'的。""大匠的惨败惨死,无疑是现代生活中道德又一次战胜技术的可悲的范本。"所以,毕星星会大声疾呼:"社会对人的技能评价和道德评价要区分。"

"大匠当然也要为自己的死负责任。他的愚忠愚孝,使得他仿佛还生活在两百年前。"在大匠身上,我们分明可以看到中国乡村从传统走向现代的重负与曲折。毕星星呼吁:"这种小人的挟嫌进攻还能遇到,巨人们,先放下包袱,轻装上阵才是。"这可以视为是现代之声对传统乡村的呼唤。这种呼唤,在"反思现代性"的时潮中,如果我们立足于中国的现实大地,特别是不要忽视中国的不发达地区的现实实际,我们对这种呼唤,就会备感亲切。

《大匠野史》之所以称为野史,是因为上述大匠之死的真正原因,在对大匠的正史中,只字未提。大匠之死的真正原因"私下议论是可以的,形成一种公开书写,那是断不可行的"。"推测纪念碑的碑文,正面呢,肯定是永垂不朽、鞠躬尽瘁、功高盖世、能工巧匠之类,阴面呢,简略介绍生平,比方全国优秀企业家啦、世界杰出人士啦、荣获鲁班奖啦等等。"毕星星为此悲愤地说:"有人制造了大匠的死,我们又乐于修改大匠的死,大匠便只能这样死去。"这样悲愤的声音,我们在鲁迅的《为了忘却的记念》中曾经听到,在鲁迅悼亡体的《伤逝》中也曾经听到。正是不满足于大匠"这样死去",有了毕星星的这篇《大匠野史》,也让我们由此看到野史高于正史的价值,看到了当今民间性的"小历史"对历史纪实的价值。

　　从传统走向现代、从乡村走向都市,是百余年来中国的民族期待,也是这一群体中每个个体的期待。这种期待、在实现这一期待历程中的坎坷、在刚刚开始实现这一期待之后的对乡村失落的失落感及对乡村的亲情忆念,还有那对现代、对都市的不满与反思等,所有这些都生动地通过毕星星个体性的人生记忆《走出乡村》而得到了生动而又深刻的体现。

　　这种体现是通过毕星星写自己家族,从其爷爷开始共四代人才走出乡村的家族轨迹来完成的。

　　毕星星的家族聚居在山西的晋南地区,也称为河东地区,那里是中国传统文明的发祥地之一。在历史的转折处,传统文明的成熟之地率先走向现代文明,也是历史的必然,如马克思的历史辩证法所认为的,当一种历史形态成熟之后,它就会在自身孕育出一种埋葬自身的对新的历史形态的渴望与期待。如是,我们看到了毕星星的爷爷在科举中成为秀才之后,又顺理成章地循着历史的脚步,成为北京国立法政大学的学生,而毕星星的爷爷不明原因的死亡而导致的毕氏家族在走出乡村历程中的受挫,简直就犹如中国的现代化之所以一波三折的原因众说纷纭不明就里的一个隐喻。毕星星的父亲没有走出乡村,就像毕星星所说,是从乡村走向都市的一个"顿歇"。毕星星的大哥在民国时期,通过读书、参加革命而伴随新的政权进入城市;毕星星的姐姐在"文化大革命"前通过读书进入城市;毕星星本人在"文化大革命"初中断学业,又通过参军提干而走出乡村。毕星星的儿女一代,在新时期

随父母入城读书而进入城市。一个家族走出乡村的历程,犹如我们民族从乡村走向都市的一个缩影。从这样的"小历史"中,或许我们可以借此来窥探"大历史"的某种真实,进而窥探真实的历史本身。

在这其中,我们看到了毕星星的父辈在"整天饿得前心贴后心"的三年困难时期,也仍然不惜拆房来支撑儿女通过读书来走出乡村的苦撑苦熬。这个走出乡村的梦想"是那样诱人,以至于后人累断筋骨,受尽艰难,那个梦想也能够支持他们付出最惨烈的牺牲"。这是一个乡间家族的梦想,从文化形态上来说,这也是我们民族的梦想,以至于我们不惜牺牲乡村成就都市,牺牲农业成就工业。

在这其中,我们也看到了城乡之间的巨大差异。于是,有了中国特色的城乡分治的户籍分隔制度,有了城市户口的优越性、优越感,有了农村户口转入城市户口的"难于上青天"的艰难,有了毕星星在城乡之间像搬运工一样,年年将城市的物品"从大米、挂面、水果糖,到肥皂、火柴、碱面、作业本、圆珠笔"周转、搬运到乡下的家中。

在这其中,我们还通过那诸多的丰富细节,看到了毕星星在从乡村走向都市的途中,对都市近于偏执的敌对情感,对于乡村近于偏执的怀恋。诸如作者在写到自己扣上门锁告别家乡时的感受:"我对准门扣,搭上锁身,按上锁簧。拇指和四指一合。啪嗒……我所在的闹市,日日夜夜铺排着声音的盛宴,混合成震耳欲聋的巨响。他们厚颜无耻地展示着自己的速朽,倒是那一声'啪嗒'成为永恒。每当'啪嗒'一声,我的心就感到刺痛,也感到温甜,它指示我,这才是真正触动灵魂的声音。"毕星星还写道:"由乡村到城市的道路上,数不清的脚印,带着各色的泥土,密密麻麻踩到了城市的水泥地面……这一支迷失了家园的队伍里,也弥漫着我们一家无可奈何的惆怅和苍凉。漂泊,是现代人永远的宿命。乡村,却是我们烙印终生的胎记。"听到毕星星这样的中国现代知识分子也从内心深处发出这样真情的感叹,笔者就不由得要说,我们民族其实从实质上并没有走出乡村,我们民族走出乡村的路还十分漫长,还要经历非常的曲折与坎坷,中国学界当今对现代性的反思,也还是移植的、平面的、肤浅的。或许,我们在对乡村的回望与反思时,还需要重新确立我们的价值立足点。这,或许也是今天民间的"小历史"对历史进行叙述时所应该有所警惕的吧?

其实《坚锐的往事》值得评说之处还有很多,引发的问题也还有很多:诸如那一时代乡间的民谣,那是比那一时代主流诗歌更为真实的对历史的记忆;诸如那一时代乡村婚姻生活与性生活的民间个人性记忆及我们应该如何看待这样的记忆等。总的说来,毕星星这种基于民间的"小历史"对乡村历史的回望与反思,对于唤醒、修正我们对中国乡村的记忆是非常必要、非常及时的,因为诚如作者在本书前言中所说:"数十年间,国人的集体记忆也早已经损毁得不成样子……历史《已经》书写涂改又书写几经轮回。走过的日子,穿越的事件,翻开书,大惊失色,白纸黑字早已不是你经历的记载。"无论对于历史"民间眼光与精英判断"怎样地"竟然如此互相抵牾,互相哂笑",但"一个完整的记录"毕竟"有待各色各样的记录去丰富补充"。《坚锐的往事》就是这样的一个非常及时的现实性极强的丰富与补充。

(《坚锐的往事》由东方出版中心2011年出版。本文原载《海南师范大学学报》2013年第2期)

对远去歌魂形神兼备的呈现

——评《夕阳下的歌手》

  21世纪以来的中国文坛,民间性的"小历史"、"非虚构性写作"成为日益汹涌的时代大潮,诸如在文学创作界,对历史与现实人物、事件的民间性的"小历史"的纪实写作风靡一时,如《往事未付凡尘》《中国在梁庄》《十四家——中国农民生存报告》等的洛阳纸贵;诸如在文学研究界,一向领文学研究新潮流的中国现当代文学研究对史料的偏看与看重。甚至在纪实性的作家、艺术家的传记写作中,也趋向于从重传主文本转而重传主人本;甚至在大众性的文艺领域,也是未被规训的民间的原生态演唱独领风骚,且势头愈烈;甚至在日常性的饮食消费中,也是未经加工的绿色食品、手工制品大行其道,不一而足。这可以视为是"人文",是以人为本,是民间"小历史"对科技、对"意识形态规训"、对庙堂"大历史"的对抗与解构的时代性的美学风尚。在这一时代性的美学风尚中,笔者很高兴地读到了黄风、徐茂斌的长篇纪实文学《夕阳下的歌手》,这是对日益远离了现代生活的传统民歌精魂的形神兼备的呈现与呼唤;是对历史的张望,也是对现实的审视;是生命血肉的鲜活,也是清醒深刻的理性思索。读起来酣畅淋漓,读后又让人回味再三,所谓余音绕梁,三日不绝于耳。

这部作品写了十六位河曲民歌歌手的生平。河曲民歌历史悠久,流布甚广,是为数不多的在民歌独异特色方面足可以与少数民族民歌相并列的汉族民歌。作者的这部作品,不重在对河曲民歌文本内容、历史的评介,而重在对河曲民歌人本的实证性探究,并在这种探究中融入了更为丰富的人、历史、社会、文化"四位一体"的内容,这也是汲取了传记写作从重文本转向重人本创作经验的积极成果。

诚如作者所引述的民歌专家的话:"民歌多生长于苦寒之地,是人与自然环境结合的产物。"河曲民歌也是如此。自然环境是苦寒的:"满世界黄涯涯一片,黄风一起尘土弥漫,把日子瞭得眼枯了,也瞭不见个尽头。"人的生活也是苦寒的,作者所撰写的十六位民歌歌手的人生生涯,少有不是从小生计艰难者:歌王辛礼生小的时候:"晚上睡觉没盖的,早上起来没吃的。一口大锅眼巴巴,不是煮饭而是煮人,煮得一家老小度日如年。有一年天旱绝收,人饿得跟牲畜一样,把树叶都啃光了,吐出的苦汁是绿的,屙下的屎疙瘩是绿的。"这样的一种幼时经历,可以说,在十六位歌手中是有普遍性的,甚至他们的青少年时期也未有根本性的改观。歌手贾德义在20世纪60年代上师范时:"西北风一吼像下刀子,再好的麻领子大衣,再厚的羊毛毡子也无法抵挡……那一年冬天,贾德义就冻得左手无名指开裂,露出了骨头。再就是饥饿……粮食不够就吃树叶子……可是大便下不去。一到上厕所的时候,厕所里人满为患,厕所外就像领救济粮一样排起了长队。直到现在,贾德义一想起那情形就屁股紧张。"正是这种普遍性的极度的苦寒生活,激发了人对生存、对生命欲望实现的极度渴望,并在民歌中有了强烈的体现。

"民歌多生长于苦寒之地",这是具有普遍性的规律。河曲民歌之所以形成却又有着自己的独特之处,这独特之处,笔者以为那就是"流动"。作者对此也有着充分的描写。首先是黄河的"流动":"千百年来,在大河的咆哮声里,苍凉的晋西北,每一条沟壑都流淌着风沙,滚落着泪蛋蛋。"其次是历史的"流动":"沿途有好多古渡,像戏台一样上演着岁月兴衰。河曲西口古渡口便是其一。最辉煌的时候,每天有上百艘船筏停泊。'南来的茶布药材水烟

糖,北来的肉油皮毛食盐粮',曾给河曲带来无比的繁荣。"而后来河曲人"走口外,顶着呼啸的风沙,人无疑跟游魂野鬼一样。我一下子明白了,河曲人叫走口外,为什么叫'刮野鬼'"。这种"流动"更是人生存环境的"流动",作者笔下的十六位歌手,几乎都有着这种"流动"的经历,譬如辛礼生,先是走口外去了内蒙古的五原放羊,感受了五原的繁华与热闹;后来又在内蒙古的农田水利建设中,住在内蒙古的老乡家与蒙古族女孩子相爱,再后来是回到河曲老家当了时髦的赶大车的"车老板",然后是进了河曲的二人台剧团,却又再次回到村里,忙时务农,闲时演出。这样的基于生存的"流动",使他们的生命形态在为各种文化形态所浸染时,却又不再为某种固定的成熟的文化形态所束缚,而更多地具有了基于生命自身的对生命鲜活与自由的渴望。这种渴望正是河曲民歌的精魂,而这些歌手,就是这些精魂的承载者。

这种对生命鲜活与自由的渴望,与被贫困的物质与严酷的生存环境所束缚的现实人生,犹如一体两极,既互为依存却又激烈冲突,尖锐对抗。这样的一种形态,非常突出地形成了河曲民歌男女情爱浓烈的特色,也非常突出地体现在了河曲民歌歌手的情爱生活之中。譬如辛礼生,与他情爱甚浓的"大辫子没抓住,红苹果又跑了,让辛礼生感慨万千"。譬如贾德义,两次婚姻不幸,"不是冤家不成亲呵,找老婆就是找冤家哩",但最终与第三个妻子情爱甚笃且虽至老年却依然情爱浓烈,"这就是我的第三个老婆,年轻时候光光鲜鲜,到老了也还水蜜桃一个"。譬如韩运德,两次婚姻不幸,从二十四岁打光棍直至老年。再譬如菅保憨,"跟第二个妻子好上后,菅保憨爱得风风火火。还未结婚的时候,妻子去内蒙古包头的二道河筛沙子,他就追到二道河,'五百里路途眊妹妹',在河边的树林里相拥而泣,然后又'三百里明沙二百里水'地跑回来……就这样,'娃娃'成了他菅保憨的人"。这样的婚恋情爱形态及这一形态所承载的生命形态在某一种文化形态已然成熟固定的地域,是不大可能的。

这种对生命鲜活与自由的渴望,是基于个人性的生存基石之上的,是未被某种成熟的文化形态所遮蔽与规训的,所以,其更多地体现了生命自身的本然性,也就更多地具有了返璞归真的性质,也就更多地为被成熟的文化所束缚了生命的现代人所向往。作者通过深深的感叹对此做了深刻的揭示:"就在我乘车离开之际,透过那黄土汹涌的贫困,我突然间感到一种莫大的富有,是我生活的都市无法企及的,是高楼林立比不了的,是灯红酒绿比不了的。他们一辈辈守着这山窝子,就有一辈辈守着的理由,不管日子过得多么地老天荒,只要得天独厚的歌喉一展,脚下就是世外桃源。这让我想起了那首古老的歌:日出而作,日落而息,凿井而饮,耕田而食,帝力于我何有哉?"

正是因为河曲民歌是这些民歌手生命自身,是这些民歌手生命自身的外在实现,歌即人,人即歌,所以河曲的民歌手对河曲民歌有着无比的执着与热爱,这是发自生命自身对生命存在的守护。这样的守护,是自然而然的,像人要呼吸一样,即使感觉不到但在实际上却又是须臾不离的。如果我们一定要用现代人的理性对此给以梳理的话,那么,作者在四个方面对此给予了生动的记写:其一,无论经历怎样的艰难困厄,也不会放弃对民歌的热爱。不论是生存的极端困窘,还是妻子的无情离去,抑或是政治的打压,抑或是命运的意外。在"文化大革命"那样的岁月,杜焕荣尽管"非常紧张压抑",但却仍然会在无人时,悄悄唱起了山曲,实在不能唱时,也仍然会"哼哼曲调"。吕桂英尽管"一切变得阴差阳错。昔日围着舞台转,后来围着铅字转,现在又围着酱缸转",但不论命运怎样让人无从把握,吕桂英对民歌的热爱却是永远变不了的。

其二,不计任何得失对民歌的追求。贾德义会"辞掉所有俗务……几年里他自掏腰包,追寻着民歌二人台的踪迹,跑了陕西、内蒙古的许多地方,在陕西绥德的村子里,一待就是两个多月……待到后来,身上的钱花光了,他就像走口外打短工一样,白天帮人家干活混口饭吃,晚上坐在老窑洞里继续听人家唱歌……从陕西绥德兴冲冲地回到家中时,老婆孩子都惊呆了:你敢情是讨吃去来,胡子拉碴的,咋恓惶成个这?"对"失"既然不计较,同样,对世俗观念中的"得"也就不在意。还以贾德义为例,"著名导演谢晋对他十分赏识,认为他'能编会演,会唱会干',地区想调他到地区文工团当团长,后来,

著名导演张绍林来河曲拍电影也相中了他,可是,他都拒绝了……1995年,著名表演艺术家小香玉亲自登门,也想请他出山,当时他已经52岁,机不可失,时不再来,然而他又一次拒绝了"。"凭借他的名气,朋友们都说他早该发了……他干吗放着钱眼不钻呢?对朋友们的劝说,他只是嘻嘻一笑:就这样吧,这样活得挺好。"为什么呢?"贾德义告诉我们,在他眼心中,河曲民歌二人台就是'圣经',就是洪荒到如今的'上古稀音'。从小唱着来,到老唱着去,注定了他这辈子的歌唱,像流淌不息的大河,赤条条来去无牵挂,只牵挂着河曲民歌。"

其三,民歌是他们实现自身、生命外化的方式。再困厄的时候,"笑也罢哭也罢,只要有歌声唱起来,荒寂的四野就会生动起来"。歌声一响,人的生命就会鲜活起来,"唱着唱着,两人的手就牵到了一起。一边唱一边扭,原本已显年迈的双腿,一下子变得欢快无比,像踏着咚咚的鼓点,在大街上扭秧歌一样。仿佛时光倒流,两位老人又回到了从前,儿时的生动活泼,青年时的美好浪漫,一并展现在我们面前"。

其四,民歌使他们有了自尊、有了尊严。所以,他们在北京的大舞台上也挥洒自如;所以,他们在音乐的最高殿堂,面对专家学者,作为"黄河岸边的乡野之人"只要有了民歌,"躺在泥里不怕水,该怎么讲就怎么讲,该怎么唱就怎么唱。特别是嗓子一亮,什么都抛到九霄云外,眼中只剩下了观众,心中只剩下了歌"。这种自尊,是生命本体的自尊;这种尊严,是生命本体的尊严。

作者引用印第安民族的话说:"只有当最后一棵树被刨,最后一条河中毒,最后一条鱼被捕,你们才发现,钱财不能吃。"同样,现代的人争功利,比地位,受不了贫寒的折磨,经不起物欲的诱惑,到头来才发现自己什么都得到了,却失去了生命自身。如是,我们才会对河曲民歌手对民歌也即对生命本身的执着、热爱与坚守充满了敬意。

读《夕阳下的歌手》会让人想到老作家韦君宜写于20世纪60年代的《月夜清歌》,韦君宜曾在20世纪末以直面历史的《思痛录》在中国的文化思想界轰动一时。但人们却没有看到,韦君宜并不是在指责历史,而是写出了个体生命在历史运行中的累累创伤,并因而构成了对历史的反思。这种对个体生命的尊重,正是从其《月夜清歌》中走来。《月夜清歌》写一个乡村女孩子秀秀,极有歌唱天赋,本可以有去都市当一名歌唱家的美好前景,却因了对亲情、乡情、土地及自身生命形态的留恋,终于留在了乡村,把其美好的歌声留在了乡村。作者在文中写到,秀秀的歌"不是别的歌,是果树的歌、月夜的歌、田野的歌啊……假如这是在大戏院舞台上听见她这支歌,再加上伴奏,真的还会有这么好听吗?未必未必!甚至肯定不会!"河曲的民歌也正是这样。黄风所写的河曲民歌手的生命形态也正是这样。那是河曲的歌,那也是一个渐行渐远的历史时代的歌。作者在文中多次写道:"满载煤炭的重型卡车,巨兽似的一辆接一辆。迎面驶过时,一副横行霸道的模样……和山西的好多县一样,河曲这几年也靠煤炭发了。过去穷得叮当响,现在富得响叮当……煤车滚滚……几天来,民歌远离尘嚣的美好,歌手们讲述的生动故事,顷刻间被迎头碾碎。我想这就是现实,进而怀疑:我们的采访是否有意义?在这个经济至上,开山掘地的时代,是否还需要民歌?""然而当我们告别往昔,不再'走来走去穷光蛋'的时候,民歌却遭遇困境,在现实面前或冷落退守,或随着工业文化对农业文化的吞噬,逐渐丢失其乡土特性而趋于'标准化'。被'标准化',就像方言被官话了一样,也就丧失了自身的存在。"作者因此而感叹"那些年迈的民歌手,成了民歌田园的守望者,像一棵棵珍稀的红豆杉"。

　　对旧时代中必然消失的美好发出哀婉之声,是在历史行进的沧桑中,特别是在新旧时代的断裂时期、转型时期,时时出现的历史现象。譬如五四时期周作人的怀旧散文就是一个显例,譬如今天普遍对传统乡村社会的怀旧情结。这不是对新时代的诅咒,而是运用原有的思想资源在批判中对新时代的新的期盼,是对那些消失了的美好事物在一个新的螺旋形上升中得以复活的新的期盼。马克思在论及希腊神话时说过:"一个成人不能再变成儿童,否则就变得稚气了。但是,儿童的天真不使成人感到愉快吗?他自己不该努力在一个更高的阶梯上把儿童的真实再现出来吗?在每一个时代,它固有的性格不是以其纯真性又活跃在儿童的天性中吗?为什么历史上的人类童年

时期,在它发展得最完美的地方,不该作为永不复返的阶段而显示出永久的魅力呢?"在某种意义上,河曲的民歌、河曲民歌手的生命形态也是这样。他们对生命鲜活与自由的渴望与坚守,对现代人来说,具有"永久的魅力",现代人正应该"努力在一个更高的阶梯上"把他们"真实再现出来"。正是在这个意义上,黄风通过对远去歌魂形神兼备的呈现,为我们讲述了一个这样的"河曲民歌神话",无论是其讲述的方式,还是因其讲述而引发的我们对河曲民歌、民歌手生命形态"永久的魅力"的迷恋,都是极具迫切的现实意义的。我们期待着有更多的这样的讲述出现,那或许才是文化大发展实绩的体现吧。

(本文原载《黄河》2012年第2期)

论研究区域民俗文化的意义

薛文礼老师的《大同民俗文化形态研究》这样的学术著作，在当今是有着十分重要的现实意义的，只是这样重要的意义却常常不能被学界所充分地认识到。

按说，在全球化的今天，对民俗的研究，正在成为一门显学，但笔者觉得，对其研究的意义，仍然有着给以着重言说的必要。

笔者之所以看重对民俗的研究，有两点：一是其对政治遮蔽民生的去蔽功能，二是其在全球化的今天，重新确认自我的功能。

先说其对政治遮蔽民生的去蔽功能。"文化大革命"是一个极端政治化的时期，在其高度发狂的时期，甚至人们的日常用语也充满了政治色彩，私密化的个人书信，在开头也要先用流行的政治语言，表示自己在政治上的忠诚。"语录操"、"忠字舞""强塑"着民众的身体、动作，"早请示"、"晚汇报"规训着民众的语言。这样的政治空气，真真如自然界的空气一般，无时不在、无处不在，甚至在笔者插队的穷乡僻壤的生产小队，也是如此。但是，就是在那样疯狂的历史时期，笔者也切身地能够感受到，不仅仅是在乡下，就是在城镇中，民俗也仍然点点滴滴地渗透在民众的日常生活中，日常生活中的政治话语终于败在了民众的口头话语之下。民众是基于本能地，用民俗来抵制政

边缘之思

治对个人日常世俗生活的"强奸"与"改造",用民俗来保卫了自己作为"个人"的日常生活的权利。许多年以后,当笔者从乡下进入高校读书之后,恍然明白了五四时期鲁氏兄弟何以会对搜集民间逸事、乡村野史不遗余力,何以会对民间文学投以极大的热情。民俗体现的是建筑在生存需求基础上的最本然的、最真实的民众的生存形态,民族最稳固、最深隐、最久远的价值形态则潜藏其中。只是在五四时期之后,由于阶级斗争、政治斗争的激烈,我们把目光更多地投向了阶级话语、政治话语框架之中的民众生活,而把民俗冷落到了一边,至多是把民俗视为乡村的一种民间的文化形态。如此延续,一直到了全球化的今天。这就引出了笔者要说的,研究民俗在全球化的今天,重新确认自我的功能。

新时期以来,西方文化不再如同五四时期那样,仅仅更多的是在文化层面上影响中国知识阶层的生活,而是由于在经济这一社会根基上的根本性变革,适应商品经济的西方文化形态,对中国的全体民众,在人际结构、生活形态、价值取向等方面,都发生了广泛的影响。不仅仅是伴随着市场经济成长起来的一代青年人,更多地接受了西方生活方式、价值观念,诸如以个体生命作为自己的价值本位,且以此去支配自己在工作、生活、人际关系、亲情、男女情爱等中的言行,即使始终浸泡在中国传统文化中成长起来的成年人,其生活方式、价值观念也有了较大的变化。如今春节年味越来越淡,分食式的自助餐越来越受到大家的欢迎,传统的酒文化在人际交往中越来越稀薄,对此即是明证。传统民俗在民众,特别是在青年一代人的日常生活中,日趋式微,且越来越让人感到陌生。许多地方性民俗,你如果问问当地入城读书的大学生,他们会很茫然地看着你,无以作答。传统民俗在广大民众生活中的实际失去,或者发生的变化,正在深隐的层面上,说明着中国民众自我身份的日渐模糊。研究民俗,不是将民俗置入博物馆供人参观、怀旧,而是研究我们今天民众真实的生存、存在形态,并在这一研究中重新确认中国民众的自我身份。

正因此,当传统民俗离我们渐行渐远之际,我们首先是要梳理、澄清传

统的民俗形态是什么,知道我们是从哪里来。我们还要因此站在今天,从今天的维度出发,看看这些传统民俗在今天还在我们的实际生活中存活多少、失去多少,何以存活,又何以失去,从而试图说明我们今天的存在形态,并进而来判定我们今后将要向何处去。

因此,笔者很看重本书每一章中前面几节对大同各种传统民俗具体实证性的呈示与说明。或许有些人会觉得这些只是材料的搜集,缺乏学术、思想的深度,笔者的看法恰恰相反,理由有二:第一,在中国现代史、现代文学史研究中,过去由于理论视野,价值标准的单一、狭窄、僵化,造成了许多视觉上的盲区,对许多有价值的史料视而不见,从而影响了我们对中国现代史、现代文学史真相的清醒判断,清晰梳理,造成了对历史的失忆。现在,当有识见的学者将这些史料从零散无序、隐埋深藏中挖掘爬梳出来呈示给大家时,就会让大家耳目一新,眼睛为之一亮,唤起了我们的记忆,去除了过去种种的遮蔽,让思想冲破了牢笼。这些史料是有思想深度的史料,是有着明确价值取向、启示意义的史料。因此,中国现代史、现代文学史学界,对史料的重新发掘工作的高度评价、重视就不足为奇了。与之相类似,在民俗学研究中,由于我们长期以来对民俗的偏见、冷落,种种传统民俗形态早已为我们所失忆,或者被政治意识形态所"强奸"、扭曲改造,失去了其本来面目。如今,将这些传统民俗形态,从历史性的尘封中爬梳、挖掘出来,从被扭曲的形态中还原出来,其功能正与中国现代史、现代文学史对史料的重新发掘有着异曲同工之妙。第二,之所以对这些传统民俗形态的呈示有所轻视,还由于是只看到了这些形态"形"的一面,而未能透过其"形"看到其"神"的存在。其"形"确实只是中国某一区域生活形态的形象呈示,但在其"形"中却潜藏着作为集体无意识民族文化心理结构其"神"的存在。而套用中国古代文论的话来说,是"神似大于形似",只是这"神"是需要我们阅读者在不断地阐释中给以不断的新的发现。这一发现的过程,却也是我们对自己的过去,对我们自身一个不断深入、不断清晰的认知过程。

在笔者插过队的山乡,由于大山的阻隔、道路的不畅,说"十里不同音,

八里不同俗"或许过于夸张,但不同区域有不同的民俗,却是人所共知的。在民俗研究中,对民俗的区域性应该有足够的、充分的重视与尊重,这是笔者对区域民俗文化研究想说的第二个意见。

研究民俗的区域性,有三个方面需要引起研究者的重视:第一,区域性对专制集权文化的解构作用。专制集权文化在中国久远的历史中,一向占据着统治位置,这是人所共知的不争的事实。但民俗的区域性,却在某种程度上对此做了解构。山西有个流行的说法:浑源的女子美如花。笔者曾经以为是那里的水土好,女子貌美如花。但留意观察,却又不然。事后明白,是因为那里在历史上曾经频频发生外民族与汉民族的战乱,血缘相杂固然是一个因素,但更重要的因素则是因为,由于民族之间的战乱,专制集权的统治就难免难以稳固,于是,给了这个地方的女子以更多的生命自由实现的可能,是生命得以自由实现而形成的气质、风度、神韵等,让浑源的女子美丽如花。民谚云:深山出俊鸟。那道理也在于,深山是专制集权难以深入达到的地方,从而给生命的自由实现以更多的可能,让生命以不同于专制集权文化"强塑"下的生命形态的形貌出现。正是民俗的区域性,使不同的生命形态、风貌,有了突破专制集权文化束缚,得以存活的可能,并因而实现了如同美丽的大自然一样的多样性。马克思曾经说过:"你们赞美大自然悦人心目的千变万化和无穷无尽的丰富宝藏,你们并不要求玫瑰花和紫罗兰发出同样的芳香,但你们为什么却要求世界上最丰富的东西——精神只能有一种存在形式呢?"精神是这样,人的生命形态更是这样,而民俗的区域性,则在这个方面提供了正能量。

第二,弱势区域文化与强势区域文化的双重关系。一般来说,经济强势的区域,其文化亦为强势文化,反之亦然。弱势区域文化在面对强势区域文化时,往往以强势区域文化作为自己学习、效法的榜样,从而失去了自身的民俗文化。譬如中国青年一代对西方情人节、平安夜、玫瑰花,对西方衣饰打扮、待人接物、礼仪举止的重视,超过了对中国传统文化在这方面表现的重视,即是一个显例。同类的学习、效法,有时会以完全不同的形式出现,这就是西方后现代所说的东方主义,即东方究竟是东方人的东方,还是西方人眼中的东方。譬如当西方赞美中国传统的风土人情、风物风情,如农家小院、四世同堂、乡间野景、北京胡同等之时,中国民间也就会将此视为难得的美好而倍加重视,如果没有西方人的赞美,则未必然。弱势区域文化与强势区域文化这样的关系,无论是赞成还是批判,或者我们需要放弃赞成或批判的价值判断,而用一种辩证的具体事情具体分析的方法,做具体细致入微的辨析,但不论怎样,在研究区域性民俗时,这种关系都是需要我们给以相当重视、认真研究的。

弱势区域文化与强势区域文化的另外一重关系是,弱势区域文化学习强势区域文化并因此变革自身习俗的必要性。譬如类似聚餐时的分食制、对个人隐私的保护、购物时的AA制、老少之间的平等性等这些西方文化,我们就应该虚心地学习,甚至因此而变革了我们的习俗也是必要的。如果以保护民俗为名,对此类现代文明生活形态予以拒绝,则只能导致在保护民俗名义下的封闭与落后。

第三,用先进的现代理论对区域民俗进行价值观照的必要性。如前所述,区域民俗有着"形"与"神"互为一体的两个方面的存在,由于长期的疏漏,对区域民俗"形"的抢救与发掘成了当务之急,但在这同时,也不应该忘记用先进的现代理论对区域民俗进行价值观照,以解其"神"的"密码",打开其"神"的"黑匣子",这在当前,是研究区域民俗中一个十分薄弱的环节。很多人之所以有认为研究区域民俗只是搜集民间史实、没有学术思想深度的误解,与区域民俗研究中的这一环节过于薄弱有关。笔者很欣喜地看到,本书的作者薛文礼老师在本书各章的最后一节,都试图用相关的现代理论来对自己在前面几节所评述、分析过的民俗现象,在价值层面上做理论性的探讨,且这种探讨有相当的深度。笔者唯一感到不足的是,薛老师在搜集、分析、评述区域民俗时,更多的是借鉴了国内关于大同的各种方志、记载,但在做理论观照时,则更多地借鉴了西方的各种现代理论,如胡塞尔的现象学、赫勒的日常生活理论、海德格尔的存在学说等,对中国的相关理论则少有涉

及。这自然不是薛文礼老师一人的局限,而是当今民俗研究中存在的普遍情形,这或许与我们对中国在这方面的理论成果关注、发掘不够有关。

路要一步一步地走,饭要一口一口地吃。笔者希望有更多的像薛文礼老师这样的人投入到区域民俗的研究中来,希望有更多的研究区域性民俗文化的著作出版,笔者殷切地期待着。

(《大同民俗文化形态研究》由三晋出版社2012年出版。本文为该书序言,主要部分刊发于2013年4月24日《中华读书报》)

第四辑

古典诗词世界中的社会价值流程与生命价值流程

中国现代文学中的漂泊主题

人生的「蝴蝶效应」
——鲁迅、梁实秋青少年时期对其人生成就影响之比较

接受视野中的巴金

古典诗词世界中的
社会价值流程与生命价值流程

当下的人作古典诗词意象有点旧，没有新的社会意象和人生意象，用的都是古典诗词的传统意象，如果没有一个当下的意象符号系统来表现当代人的生命形态的话，很难表达我们今天的情感形态、生命形态和人生形态。笔者以一种价值取向为切入角度，简单谈一下对古典诗词发展过程的理解，希望对于我们怎么理解今天的文学和社会、人生有一些意义。

笔者拟借助两种方法、一个价值支点重新介入古典诗词。

第一种是新历史主义的研究方法。新历史主义是西方后现代主义的方法，认为历史不是很真实、客观的，历史就是今天的人面对历史当中所塑造的历史形态。我们过去一直讲历史唯物主义，认为历史形态肯定有一个客观的形态。新历史主义的观点是，历史是人想象出来的，并不是历史本身。这种观点认为，我们只能通过文字来理解过去的时代，谁也不可能再重新回到汉代和唐代，只能通过汉代、唐代、宋代人对当时时代的记载来理解当时人是怎么生活的、发生过什么事。在这一点上福柯提出了问题，他说这个是不真实的，当时人之所以这么记载是被当时的权威者所认同，如果当时的权威者不认同的话，他是不允许这么记载的，所以当时历史发生的很多事情我们现

在是不知道的。而且能够记载这个事情的人都是一些有文化的人,很多没有文化的人,他们所要表达的一些东西就没有人替他们表达,所以他说知识就是霸权,他讲得确实是有道理的。比如鲁迅就讲过,你说秦始皇坏,你说隋炀帝坏,其实也未必,为什么呢?秦始皇这个时代太短了,秦二世而亡,隋炀帝的时代也太短了。二世而亡之后,新的当政者上来,当他想强调自己当政的合理性的时候,肯定会强调旧的当政者怎么怎么坏,不会说旧的政权怎么怎么好。在这样一种话语理论下,被推翻的政权又没有人替他们讲好话,再过几代的话,后面的人就认为秦始皇是一个暴君,如果秦代不是二世而亡,而是十五世而亡,那他肯定不是一个暴君的形象,因为他的儿子肯定不会说我的父亲怎么坏,孙子也不会说他的爷爷怎么坏,而且越到后面,他越是会说前人是怎么怎么好,而且不断地在叠加这个好,对那些坏的东西就不说了。还有一个问题,随着历史的延长,人们总是对过去的东西有所怀念。新历史主义总是根据当下人的价值危机、价值需求来重新看待历史。

第二种就是马克思、恩格斯经常讲的,文学批评或者做历史研究最好的方法是历史和逻辑相统一的方法,就是说事情的发展是在历史当中生成的,不是人脑子当中想象出来的。但是笔者更多的是借助于逻辑的方法,逻辑的方法甚于历史的方法。

还有一个就是个体生命的价值观点。什么是个体生命的价值观点呢?过去我们每个人的生命价值是把生命的社会价值和生命的个体价值画等号了,而且我们把生命的个体价值依附在了生命的社会价值上,或者说我们认为生命的社会价值越高,生命的个体价值就越高。这个看起来很悬乎,其实不是。我们衡量一个人,比如说中学同学,说他五十岁的时候当了科学院的院士,结果你到五十岁的时候只是一个再普通不过的中学老师,我们认为这个科学院的院士是一个人生的成功者,你是一个很失败的人。但是这个其实是很没有道理的。未必社会价值高的人,他的生活就很幸福,如果他不是一个适合做数学家的人,你非要让他在科学院的数学所工作,那是一个很痛苦的事情。有时候他的社会价值很高,但是他的人生并不是很幸福。所以我们每个人,是个人感觉生活得很幸福价值就高呢,还是他给社会创造的价值越高他的生命价值就越高呢?这个不是一回事。未必社会价值做得很低的人生活就不幸福。从一个宏大的社会和历史的发展过程来说,这个历史、这个社会离开任何人,历史会照常进行,社会照常运转,但是作为个人来说,当你死掉了,这个生命就谁也不能替代了。作为个人来说,怎么在社会当中获得自己的个人幸福感,你是把生命价值寄托在个人的价值上还是要由社会价值来代替?这是一个问题。还有一个问题,如果我们只承认一个人的社会价值越高这个人的生命价值就越高的话,无形当中就给恃强凌弱的人提供了依据,聪明的人、有才干的人就应该受到尊重,但是有的人就不聪明,就没有什么才干,而且相对来说,这个社会特别出众的人毕竟是少数,这就存在一个问题,是不是一个很平凡的人、不聪明的人就不应该获得幸福的生活呢?他有获得幸福的权利呀!智商弱一些、低一点,就不应该得到社会的尊重、就没有权利过幸福的生活吗?如果你的社会价值标准高于个人的生命价值的话,我们对不成功者就丧失了应有的敬重和同情,起码丧失了应有的尊重。所以我们的尊重只给予那些强势群体,本来他们就是成功的人,我们反而给他们更多的尊重;对不成功的人,本来应该给他们更多安慰的时候,反而又给了他们更多的职责。这就是把生命的社会价值看得高于了生命的个体价值了。从现代社会观念来说,从现代社会人的价值学说来说,应该是对每个个体,不管他强弱、不管他是愚笨的还是聪明的,每个人都有获得幸福的权利。马克思在《共产党宣言》当中讲得很清楚,他对共产主义社会的理解,就是他认为一切人的解放,首先是以个体的自在、自由的实现做前提的。马克思讲的这种个人的自在、自由的实现,它是包括每个个人的,不是只包括成功者的,而且这个个人是一个千姿百态的个人。大自然的花朵有各种各样的,凭什么要让人的人生形态只有一种呢?从西方现代人的学说来说,它也认为每个人的个人实现,每个人对对方不一样的生命形态的尊重,是现代人的人生范例。但是在我们经济社会越来越发展的情况下,人的个体的东西会越来越浮出水面,当我们以这种观念来重新看待我们的古典诗词的时候,笔者觉得这

时候可以采取这样的一种新的视角,这就是个体生命的视角、新历史主义的方法,我们可以更看重古典诗词的逻辑发展结构,而不拘泥于它的历史发展结构。

生命有个体价值和社会价值,相对来说,生命中有的情感完全是个体的,有的就是一种社会性情感。从古典诗词的发展流变来说,其实是有这样的两条线索的,这两条线索互相融合、交叉。

从生命的个体价值流程来说,笔者觉得最早的就是《诗经》。《诗经》写得确实很好,如果我们重新回到文化的源头来说,《诗经》就是一个最好的文化源头。但是关于《诗经》怎样理解呢?比如我们经常讲的"关关雎鸠,在河之洲",那就是男女之间的一种天然的求爱形态。比如我们拿《氓》来讲,"氓之蚩蚩,抱布贸丝。匪来贸丝,来即我谋"。它其实讲得很清楚,一个男子和一个女子结婚之后,男子"二三其德",女的对男的却一往情深,所以说"士之耽兮,犹可说也;女之耽兮,不可说也"。女的进入到情感当中她的悲剧形成了,为什么形成了?因为她所看中的对象是"二三其德",这就导致了女性的悲剧命运。男的为什么要抛弃我呢?我为什么得到这样的下场?这大概就是男女之间不同的天性导致的。我们可以说它是一种天性的东西,也可以说它是男女在这个社会结构当中,男女个人性情感、个人性生活的一个本质性差异。从那个时候开始到现在,我们对这种现象还看不到根本性的变化。这可能发生在两个层面:一个就是男性本身,从他的天性来说可能就有一种见异思迁的天性,不涉及什么品质问题;还有一个,可能情感生活对男性来说,不是他唯一的人生追求,因为男性承担着社会责任,对社会功名会很看重,对社会实践也会很看重,个人性的情感不是他唯一的生活内容,所以即使被女方所背弃,他也不会受到致命的伤害,因为那个东西不是他生命的唯一支柱。男性作为社会的主宰者、主要承担者,所以社会的功名在男人的心目当中分量就很重。如果男性把全部的感情放到一个女性身上,反而有时候会被人家看不起。他有很多的社会性的情感,如功名的实现、权力的实现等,在他个人的情感当中占据了很大位置。相对来说,女性在这个社会结构当中,特别是在过去，靠人的体能来占据社会经济中心的时候，女性在社会中就必然地被边缘化了，所以女性把全部的生命和情感寄托都放在了个人性的情感当中，社会性的内容在她的心目和生活当中不占据最主要的重量。这二者之间的差距，导致了在情感的投入当中，女性往往是一个牺牲者，男性往往是一个"负心者"，"痴心女子负心汉"。所以我们看《诗经》，其中的许多篇目、内容，实际是以个体的情感为主的，是以个体的情感占上风的。它是从老百姓个人的生存状态来看的，什么建功立业等的东西，都不要看得很重，个人的东西才是至高无上的。《诗经》当中有很多这样的诗词。从它的价值形态来说，这种民间的最初形态把个人的情感、个人的生命价值看得至高无上。一直到《木兰诗》大家都可以看到，花木兰从军并不是要为国家建功立业，她是替家人来做这件事情的，"从此替爷征"是个人的亲情，为了个人的亲情来从军的。到最后，她的生命幸福感并不是说要当朝坐政，而是要"开我东阁门，坐我西阁床"，这才是她最看重的东西。并不是说我打了一次天下，我要当一个上将军或者少将军，然后功成名就。"木兰不用尚书郎"，她看重的还是女儿身，个人的生命形态是占上风的。所谓"脱我战时袍，著我旧时裳"，就是要去掉社会价值，回归个体价值。从民间的形态来说，从老百姓每个人来说，他们可能没有更自觉的生命的个体价值意识。不管在什么样的天子脚下、不管是在什么样的国家形态下，我想的是我个人应该怎样生活。所谓"国家兴亡，匹夫有责"都是念书人提出来的，并不是老百姓说出来的话，老百姓说的是"三双鞋磨倒一朝天子"。这就是最淳朴的生命意识、最自然的生命形态、最自然的生命情感需求，是以个体生命做价值本位的，不受当政的权力污染。在《诗经》中，到处可以看到这种很淳朴的民歌，对这一点，我们可以看得非常清楚。可是这个源头，我们在后面并没有加以强化，而是在《诗经》出现不久，本来挺好的"关关雎鸠，在河之洲"这样的爱情诗，后人解释是"后妃之德"，把它道德化、官方化了。

　　诗词是在民间，或者说我们应该从民歌当中汲取营养。我们对民歌看得也很重，可是后面写诗的往往是看重民歌的手法、形式上的东西，完全没有

看到民歌的真正底蕴在什么地方。民歌的真正底蕴，就是那种非常鲜活的、淳朴的、以个体做价值本位的生命形态，而不是功名性的东西。

相比较而言，与《诗经》相对的，文人单独的古典诗词，最有影响的就是《离骚》了。北方是《诗经》，南方是《离骚》，文人的生命进入社会形态当中，形成了一个先天性的病灶。《离骚》实际上有一个很糟糕的地方，他不是说我个人怎样争取幸福，他是说我要替国家来效力，结果你还不信任我，然后自己很委屈，发一些牢骚，发得还很不光彩。一开头就说自己，"帝高阳之苗裔兮，朕皇考曰伯庸"，是"根正苗红"的高干子弟，然后把自己打扮成一个娇滴滴的女子，用跟一个男人撒娇的语气来表示自己的委屈心情，"众女嫉余之蛾眉兮，谣诼谓余以善淫"。自然界的万物，本来是一种生命本然形态的东西，是和《诗经》当中纯然的本然形态是非常吻合的，可是经过文人这样一改造，所有自然界美好的东西都被赋予了政治上的含义，"扈江离与辟芷兮，纫秋兰以为佩"。《离骚》就开创了这样一个传统，让我们一代一代继承下来了，有什么好处呢？生命的价值可以放到社会价值形态当中去，这样离人的本然形态就远了。但是如果我们没有一种社会的变革，每个人的生活是不会好的，我们必须投入到社会当中去。我们投入到社会当中去，就会产生喜怒哀乐，这种喜怒哀乐用诗词表现出来天经地义，但是最开始的源头是怎样表现的呢？少了些个人生命独立的品格，多了一种媚态。

比如经常被大家引以为豪的陶渊明，"身居在闹市，而无车马喧。问君何能尔，心远地自偏"，在烦扰的人世当中保持自己心境的平和、生命的自由，但是他这种情感是怎样形成的呢？他是进入不了这样的社会形态当中，用退回来表现自己的一种安慰，他这样的生命归宿和《诗经》的归宿表面上是一样的，但笔者觉得实质上是不一样的。表面上它也是拒绝官场里面的东西，要回归生命的本然形态了，但是陶渊明这样的一种解除苦恼、发生的原因，是他进入到社会当中，与社会法则发生冲突之后所形成的。《诗经》是从自身的意义开始的，官场的东西和我没什么关系，我就是说男女之间，或者是个人和个人之间情感性的东西，或者是生存当中个人性的一些苦恼。

再往后面发展，还有一些诗人值得一提，比如李白、杜甫、白居易等。这些诗人被我们看作是顶尖级的诗人，我们先说杜甫和白居易，大家认为他们是同一类型的诗人，"惟歌生民病，愿得天子知"，"葵藿倾太阳，物性固难夺"，我的本性是什么呢？我是替老百姓着想，让老百姓生活好一点，为当政者提一些建议。笔者承认知识分子有这么一种忧国忧民、替皇帝分忧、替老百姓分忧的传统，但是所有的这种情感都不能把它称为"个体性的情感"，它不是生命的个体性的，都是一种社会性的，都是因为社会性而产生的。大家觉得李白跟这类诗人不太一样，好像表现个人的东西更多一些，笔者觉得其实不是的，李白的所有苦恼、所有的牢骚，主要在这样一条线上，皇帝让他去做个秘书，他就"仰天大笑出门去，我辈岂是蓬蒿人"；后来不得意了，那么贪酒的人，却是"金樽美酒斗十千，玉盘珍馐值万钱。停杯投箸不能食，拔剑四顾心茫然"。剑还是高于酒呵。这样的一条线下来，所有的情感形态和苦恼形态都不是基于个体生命实现的需求，而是生命在社会结构当中的苦恼。笔者承认人不可能单独脱离社会生存，每个人都会进入到社会形态，进去之后都有苦恼性的东西，但是如果我们只是把它放到一个社会性质的层面来分析的话，离人的生命形态就会越来越远。

这样的一种文人写作的重在生命的社会价值、社会情感形态，我们一直把它当成古典诗词的主流形态，杜甫、李白都被认为是顶尖级的诗人，这是因为我们是从社会价值形态的角度来看的。还有一条，《诗经》的传统没有走下来。民歌这种东西，在诗歌史当中，可能有很多口头的东西以后就没有了，因为没有这种话语权，后面的人就不知道了。打个比方，现在我们知道有很多段子，或者有很多民谣，民间流传得很多、很广，但是如果没有话语权，以后怎么可能流传下去呢？

民歌流传到后来就变异了，进入不了社会价值系统之后，放弃进入社会价值系统的文人，他们所写的东西就具有了更多个人情怀的东西，比方说杜牧、李商隐，特别是柳永。杜牧的"十年一觉扬州梦，赢得青楼薄幸名"，每天和歌厅的小姐在一起。最典型的是柳永，写的都是个人的一些东西，"针线闲

拈伴伊坐",他也是以一个女性的口气去写的,他也是替女孩代言的,你不要去建功立业了,我就希望每天和你在一起,但是这种女性的口气和屈原的那种向当政者取悦是不一样的,真正变成了一种人类日常生命的形态。放弃了社会功名的这些文人留下了非常好的词。这两条线上的诗词,宋代有两个人结合得比较好:一个是陆游,陆游的诗表现了一种爱国情怀,"夜阑卧听风雨声,铁马冰河入梦来";陆游的词也写得很好,写个人情怀的那种词写得非常好,"红酥手,黄藤酒,满城春色宫墙柳"。另一个是苏轼,"大江东去"、"明月几时有"、"十年生死两茫茫"完全是个人情怀。他们可以把这两条线结合得非常好。宋代词取代诗,其实就是宋代以个体性情感取代了社会性情感。当然,后面还有豪放派对婉约派的取代,那是新兴的市民阶层商品经济未能强大的缘故,是中国农耕文化传统过于强大的缘故。古典诗词走到宋词,笔者觉得基本上走完了。唐诗宋词,是中国抒情文学的顶峰。唐诗是中国传统社会结构最为成熟、最高峰的精神产物,宋词则是中国在这基础之上,新的社会形态所孕育出来的产物。宋代标志着中国商品经济市民社会开始兴起,而商品经济就是以个体生命作为价值本位的。本来我们完全可以这样发展下来,但是,元和清的时代发生了中断。一直到五四,才又开始了"人的文学"。所谓"人的文学",也就是以个体生命为价值本位的文学。20世纪90年代重新又走到了市场经济,在今天的中国社会当中,什么东西占上风?不是那种传统意义上的宏大叙事,是个体性的东西占上风。怎样来看待个体日常生活、怎样在个体日常生活当中获得幸福、怎样使平凡的个体日常生活具备人生的诗意,成为一个大的时代问题。我们把柳永这些人写的词,看得比杜甫、白居易低一个层次,正是因为我们长期对此的忽视,使我们没有如何对待个体日常生活的思想资源和情感资源,当这个市场经济突然蔓延开来之后,我们不知道怎样来面对个体日常生活,所以现在个体日常生活趋势问题实在是很多:一方面,一些有能力的人、一些在社会上有位置的人,拼命扩张自己的各种消费欲望,导致了很多不健康的东西;另一方面,则是大众精神生活的贫乏,把精神生活完全寄托在物质,特别是身体上。大家都在说身体健康不健康，因为别的东西虽然没有能力得到，但身体还是每个人都有的，而且身体是最关乎个人感觉的，生了病自己最难受，别人谁也代替不了，所以身体健康是最好的、最重要的，起码我的肉体不要感觉不舒服，这才是靠得住的，其他所有的东西都靠不住。从今天的价值需求角度来说，是不是应该更多地把《诗经》、柳永这条线索重新研究一下，或者应该把这条线索上诗人的价值相应抬高？不是说对他们的评价要超过杜甫他们，但是起码应该给予相应的重视。譬如说在我们对下一代人的诗词教育当中，我们选古典诗词的名词、名作的时候，要把这些诗词多选一些，多做一些重新解读的工作，从而缓解我们今天的价值缺失，使古典诗词具备现实意义。这是一个问题。

再一个问题，当前古典诗词写作中，有两种诗词需要我们注意：一个是官员诗歌，一个是女性诗歌。

最近几年，官员作古体诗词的很多。从古典诗词看，我们可以看到很多的诗词名家都是高官，欧阳修、王安石，包括苏轼、白居易等，都是当过官的人。他们的诗词写得那么好和他们位居高官是有关系的。像一些平民，他不一定去作诗词，而且写了它也不一定会留下来。但是高官可以，而且身边有很多幕僚来帮助他，所以他的诗词容易作得成功。但是这些毕竟都是一些外在的方面。官员们做了官，特别是位置越高，他所遇到的个体生命的自由程度与社会法则和现实现状的矛盾、冲突就越尖锐，带来的情感矛盾就越多，如果拿诗词体现，往往能成就出好的诗词，所以说，这就是官员诗词所具备的深刻含义。可是从目下官员所作的古典诗词的现状看，今天很多的官员诗词做不到这一点，他们更多的还是把自己当成了一个社会的价值"符码"，然后来表现相应的情感形态。

现在很多女性喜欢写古典诗词，都写个人性的东西，写得也挺好。但是因为批评界没有一个准确的价值定位，对这种诗词，大家就认为不能和写时代功名的诗词相比。但是在今天，如何体现生命的个体价值形态，恰恰是这些女性诗词所最具备生命力、最具备价值的，而现在整个的文化界、批评界对这点都缺乏足够的认识。和这种女性古典诗词写作可以相对称、相类似的

一个现象就是20世纪90年代整个散文界有"小女人散文",后来叫"女性都市生活散文",这部分散文写得数量最多,可是它们被称为"小女人散文",一棒子就把她们从价值形态当中打入到一个低层次上来。我们得承认,女性本身的写作,不论是古典诗词的写作,还是"小女人散文",不是特别成熟。这其中最为根本的原因,是因为我们对个体生命的生活形态还缺乏积累、缺乏认知,但是作为今天的价值形态需求来说,女性的这部分写作,是最具备价值生长点的,是最应该重视的。

(本文根据2007年6月17日在山西省图书馆的学术讲演稿整理而成,有删节)

中国现代文学中的漂泊主题

中国的社会进展大概可以从鸦片战争划分，鸦片战争之前是中国的传统社会，之后中国进入了现代化进程；鸦片战争之前可以算一个老中国，鸦片战争之后可以说是老中国解体之后进入现代化进程的中国。

一个很明显的史实就是在鸦片战争之前，我们民族从先秦开始，一直是一个价值系统比较稳定的民族，在这样一个漫长的历史时期之内，中华民族从来没有失去过对价值根基的怀疑，对自身的价值根基一直保持着一种自信，不管是大规模的文化进入还是大规模的军事入侵，这样的一种文化自信、价值自信都没有发生过根本性的变化。比如说在魏晋南北朝时期，佛教文化大规模地进入到中原，其实佛教文化和我们的中华文化，或者我们的中原文化是完全不一样的，价值系统完全不一样，我们一直是"天人合一、物我合一"的观念，佛教文化讲的是此岸世界和彼岸世界，所以按道理来说，这是完全不一样的文化，而当时大规模地进入到中原本土，从皇帝到老百姓都开始信奉佛教，但那时候，我们的民族并没有感觉到一种危机感，而且对佛教的接受也充满了自信，佛教很快就变成了我们民族文化的一个有机组成部分，所谓"酒肉穿肠过，佛祖在我心"，一下就把它改造成我们的文化了。到鸦片战争之后，我们民族却始终有一种亡国感，有一种危机感，有一种价值缺

失感,我们对西方文化有一种深深的恐惧。从遥远的海洋的那头漂洋过海来了几只木船之后,中华帝国不堪一击,有一种价值破碎,找不到家园的感觉。这个原因不在于外部的文化和军事力量如何强大,而在于我们民族内部在自身的发展过程中,有一种根本性的缺失。如果从我们民族自身发展内部来检查我们这个原因,我们民族有它特定的经济、社会、文化结构。这样的一套社会、经济、政治、文化、价值结构大概在唐代达到了鼎盛阶段,所以唐代是老中国的顶峰阶段,表现在文学上就是唐诗。我们读唐诗的时候会发现,即使是在诗人非常不得志的时候,也有非常大的情怀和壮怀激烈的气魄,而且唐代的诗歌流派众多,显示了人生景观的丰富多样。但是到了宋代就发生了一些变化,宋代中国自身的经济结构开始有了变化,有了商品经济,而且形成了一定的规模,社会阶层也出现了一个市民阶层,这就一定会在自己的文化、文学方面寻找自己的代言人,这些代言人就要通过自己代表的新经济利益的经济阶层,试图进入到社会的价值系统当中。但是我们知道,原来的价值系统是按照原来的社会结构制定的,所以这些新的文化代言人,注定不能进入到当时的社会价值系统,不能得到当时的认可。这就使宋代当时很多落魄的文人不能科举,也正是这样一些文人,他们进入青楼妓馆寻求安慰,试图获得个人情感的认可,而这种认可无疑是商品经济的根本属性。所以当这批不能获得社会价值认可的文人进入青楼妓馆的时候,他们在寻求个人价值认可、出入这些场所的时候,当时所有的歌曲还是表现当时社会价值的声音,这无疑不符合他们的情感要求,所以他们说我们重新来填一些词,你重新给我唱一些歌,要让我喜欢听,这就是宋词的产生。所以宋词最开始是以艳词进入文学史的,这时候你就能明白,为什么个人性的、情感性的东西在宋代出现之后,我们就再也看不到盛唐的气象了。这之后有两次少数民族的军事入侵带来的落后文化的入侵,使这样一种新的以个人情怀为价值本位的东西始终不能成为一个强大的社会价值主流。盛唐时候中国的经济、政治、文化从根本上来说,最旺盛的活力已经达到顶峰,它是往下走的;宋代的这种活力是往上升,但始终没有成长起来,原因也比较复杂,我们可以归咎到两个落后民族的入侵上，也可以归结到别的原因上，但是不管怎么说，原有的中华传统文化的强大生机和活力是在衰退，一种新的价值观念开始慢慢萌生，但是在社会当中又找不到它生存的土壤，所以老中国发展到晚期的时候，就必然会出现《红楼梦》这样最后的作品，作为传统中国最后的总结性的作品。稍微看一下《红楼梦》，我们会有一个体会，它绝对没有建功立业的豪情壮志，《三国演义》当中金戈铁马的气势，包括《水浒传》中不能被社会认可就与社会捣乱，通过捣乱让他承认的东西，在《红楼梦》当中没有，它认为这个社会价值的系统，已经没有让我们汲取的生机和活力了。所以我们看到，《红楼梦》当中的宝玉，最主要的主人公，他对社会价值系统已经厌恶到了极点，如果让他读一点书的话，他说读那个干什么？而且我们知道，中国的男子从来是以建功立业作为自己的身家性命的，从来都是社会价值的认可高于个人价值的认可，而当一个男子他把这个社会价值厌恶到了这个地步，那么这个社会价值系统已经完全失去生机和活力了，一种新的人生价值出现了。从宋词开始酝酿产生，到《红楼梦》当中表达，达到了一种极致。如果在宋词当中只是表现在青楼妓馆当中个人情感性价值认可的话，那么《红楼梦》当中，宝玉更关心的不是社会的风云激荡，这些在宝玉的心中远远比不上黛玉，或者宝钗的两滴晶莹的泪珠。但这些东西，在中国的社会结构当中又找不到社会的支撑，没有经济、文化、政治的土壤来支撑它，所以像宝玉这样的价值选择是根本不行的，所以他最后的必然宿命就是"白茫茫大地真干净"。这样我们也就会明白，为什么西洋的几只木船过来之后，这个民族就会有这么巨大的价值激荡，直到今天，我们遇到的很大问题还是在全球化过程当中，我们的民族自我价值的认可问题。我们始终感到的一个危机就是，西方强大的文化和生活方式，我们一方面觉得人家很先进，另一方面在这种完全认可当中又会失掉自身，这是鸦片战争到今天始终逃不脱的一个宿命。《红楼梦》是老中国最后的结束，或者叫中国现代化进程的开端，把原有的老中国的价值系统做了一个完全的否认，而把个人性的生活、命运、情感上升到一个主要的成长点上，顺着这种逻辑关系过来之后就是五四"人的文学"。

所谓"人的文学",更多就是个体的、个人的文学,他们把个人的、个体的文学看得高于社会,中国自身就是这样发展过来的。但是当我们民族发展到这个时候,我们开始向西方学习的时候,我们民族却越来越感受到,起码在五四时期就越来越感受到一个问题,就是西方的价值系统它本身不是完美的,它有它价值缺失,有它根本性的价值缺失。如果我们把眼界放得很宽的话,鸦片战争的发生,其实在某种程度上是西方社会发展过程当中,社会结构、经济结构自身发展不下去了,一定要通过外部扩张来缓解自身的矛盾,从它的价值系统、文化价值系统来说也是如此。按照以个人、生命为本位的西方价值系统,从古希腊开始的这个价值系统,发展到鸦片战争的时候,其实它们自身的系统是发展不下去了,它们一定要随着经济的扩张来在文化当中汲取另外一种价值系统,调节它根本性的价值危机。这样我们就知道,西方是以扩张的方式来调整它自身的价值危机,而我们是在接受这种扩张过程当中,用西方的文化来调整我们的价值危机,这就是中西文化的对撞和冲突。对这些,马克思曾经讲过,说在这种冲突、对撞当中,西方的东西肯定是强势,东方处在弱势。在这种冲突、对撞过程中,慢慢地可能会形成一种新的东西,那就是世界文学,或者叫世界文化。我们再把这个话题拿回来的时候,我们的民族在接受西方文化的时候,突然就会觉得对我们自身是怀疑了,自身的东西不能用了,就像贾宝玉说的,这些书还有什么看头啊?肮脏得很,看了以后就讨厌。他说我看到男的就肮脏得很,看到女的就很亲切。因为男的他安身立命的东西在社会价值当中得以实现,而这个社会价值没有任何生机可言,所以他看着就讨厌。为什么看见女孩子就很亲切呢?女孩子本身是个人行为,和社会价值绝缘。我们对自己的价值系统从来没有怀疑过,所以不管是文化还是武力的扩张过来,都没有失去底气,但是在自身价值的认知过程当中,当你认为自己的价值系统没有任何好处的时候,那就要接受西方的另外一种文化,向它学习,可是在学习的过程当中,突然又发现它那个价值系统本身又有很多根本性的价值危机,它们是自己活不下去了,跑到我们这儿来寻求我们的文化,调整它的危机的时候,我们明明已经知道它已经出现了很多问题,这个时候我们还能不能够很有底气地,或者很有信心地去学习它呢?肯定不会的,所以从五四开始,中国的现代化进程,中国人的价值系统就注定形成了漂泊的主题。漂泊的主题是什么?人还得活着,还得一代一代往前走,但是为什么活着,怎么走、往哪儿走呢?这成为我们现代化进程当中挥之不去的一个主题,一直到今天,特别是1990年之后,这样不知道哪儿是自己归宿的价值漂泊现象又变得非常明显:一方面人们开始怀念过去,比如20世纪50年代的时候,人们起码还知道怎么去生活;另一方面又觉得那个时代的生活方式在今天肯定行不通了,但是今天的生活形态,大家又觉得不能完全接受。什么是好的、我们应该倡导的呢?我们又面临这样的问题。从五四到20世纪30年代这一段时间,漂泊的主题非常明确,1990年之后也是;20世纪40年代到20世纪80年代,这个主题相对弱化一点。

中国人在这段历史当中的价值漂泊现象可以选很多,比如社会现象、思想史现象、史学现象,笔者选的是文学史现象。我们通过文学作品、通过那些作家来看一看,他们的作品一定非常高度概括地体现了这个时代人的精神现象、命运现象,我们就找这些大作家看,由此就能知道,这个漂泊主题怎样在中国人当中显现。

从文学来说,我们第一个想到的肯定是鲁迅。鲁迅最经典的作品,在学界来说,其实是他的《野草》,这是他的散文诗集,是他的灵魂密码。《野草》当中最典型的一篇是《过客》,里面那人的样子都是按照他自己的样子写的,又瘦又黑的中年人,疲惫不堪,破衣烂衫,脚已经磨出血了,还在往前走,是在走路的一个中年男人的形象,实在走不动了,口干舌燥,遇到一个老年人、一个小女孩,他们说歇歇再走吧!你要往哪儿走呢?这个过客说我不知道,只知道要往前走。你从哪儿来呢?他说我不知道,从记事起我就在不断地走。他问,前面是什么呢?老人说前面是坟墓,小女孩说前面那是花。他说那花后面是什么呢?他们说不知道,没有人去过,也从来没有人往那儿走过。他说那我还得往前走。老人说那前面没有路啊!他说没有路也得往前走。他们说那就干脆歇一歇吧!不要往前走了,或者你干脆回去算了。他说回是回不去了,没

有任何可以回去的地方,但是歇也不能歇,命中注定是要往前走。然后女孩说你看脚都磨成这样了,给你一块包脚的布,你把它裹好再往前走吧!他说我不能接受,一接受,就等于接受了你的人生观念。这就是大概的意思,鲁迅的精神就是一个过客的精神,不接受社会所有的价值系统当中任何的价值参照,按照生命的要求不断地往前寻找,但是寻找的是什么,不知道。尽管不知道,还要往前去寻找,把鲁迅这种精神特征把握住的话,其实他的所有作品都表现了对现实所有东西的拒绝和怀疑。而到底要寻求的是什么?不知道,还要往前寻求。所以他写了小说《故乡》,"我"不希望像闰土一样的生活,也不希望像"我"这样的生活,"我"向往一种新的生活。新的生活是什么样的呢?不知道。最后说"世界上本来是没有路的,走的人多了,也便成了路"。其实都不是,他对所有的东西都是否定的。他在《祝福》中讲,当大家都在幸福,而且祈祷更大的幸福的时候,他说我在这儿实在待不下去了,必须离开。走到什么地方去呢?小说说得很清楚,不知道,但是必须离开。鲁迅的所有作品大概都是写这样的命运。

鲁迅和弟弟周作人在五四时期被称为是"两座高峰"。周作人因为当过汉奸,所以大家很长时间把他排除于文化视野之外,现在周作人又被捧得很高,有些人又试图洗去他汉奸的污点。无论是把他排除出我们的研究范围,还是把他推到很高的位置上,不管怎样,他都是五四时期周氏兄弟"两座高峰"的一座。鲁迅和弟弟最后反目成仇,但鲁迅对弟弟一直是很佩服的,即使是在与弟弟反目成仇之后,外国记者问他,中国最好的作家是谁,你开个单子。他开的散文作家中,第一个就是周作人。

那么周作人怎么来看待我们讲的这个价值选择呢?他最经典的作品叫作《乌篷船》,一千多字。他说的是什么呢?和他哥哥差不多,但是他的选择不太一样。作品讲的是,他给一个朋友写信,说你要到我的故乡绍兴去,让我给你介绍一下绍兴这个地方有什么好东西、有什么好玩的。他说其实绍兴并不是我的故乡,只不过我在那里住的时间比较长而已。鲁迅他们家就是绍兴的,按道理来说,他的老家就是绍兴的,为什么他又说不是呢?他和鲁迅的意见一样,我们这个价值源头是什么,谁也不知道,我们只是把那些价值积累比较多的地方视为价值的源头,就好像他说的,所谓故乡,只是我在那里住的时间比较长而已。

他接着说,你要是想去什么地方,船和汽车相比,那肯定是汽车快,但是如果你不急着去一个地方的话,汽车和船的价值,判断标准就不一样了。譬如船有它的好处,你既然不着急去那个地方,去到那个地方也没有什么意义,那么,在路途中,你就可以沿途慢慢看,看沿途上的各种景色。他的《乌篷船》就着重写了坐船过程中所看到的各种景色。他讲的是,其实人是没有终极目标的,你们所说的终极目标纯粹是虚设的,人生最后的价值归宿、人到底活着是为什么,这个东西是没有可信服的结论。他与鲁迅一样,同样是价值虚无,是否认确指性的价值目标。既然否定的话,他说人活着无非就是个过程,既然没有目标,你为这个目标所付出的种种努力都是没有价值的。价值在什么地方呢?你在人生过程当中遇到什么,就好好去体会,这就行了。而且你用这种态度,你还会发现许多你每天沉溺于功利之中,那些平日看不到的美的存在。所以,他在这篇散文中,会对乌篷船做细细的描绘。周作人在他的许多散文中,多次写到茶。他说人生其实就是一种苦难,你是挣脱不了的,但是你如果用品茶的这种人生态度去对待苦难的人生,那你的人生就开始有滋味了。他说可惜,这样的一种人生选择大家都不明白。他的《乌篷船》是用一种写信的方式去写的,但是写信人和收信人都是他自己,所以读这篇散文,你就知道,周作人觉得这个世界上,没有人能够懂得他讲的这个道理,我跟谁说,谁也听不明白,只能自己说给自己听。所以,这里面有周作人的一种很深的孤独感、一种他的价值选择,他觉得他人都不能理解、认可的孤独感。面对民族文化价值破碎之后,他就是这么一种选择。

郭沫若是什么选择呢?在五四时期,他最有代表性的作品就是《女神》,其中最典型的是《凤凰涅槃》。他在诗当中写,东西南北、上下左右,人生没有任何可以去的地方,到处都是"屠场"呀、"囚牢"呀,就是说"此路不通"。而在这个高高的山上,生存的地方,已经实在是生存不下去了,唯一的只有"集香

木自焚",自己烧死,自焚之后诞生一种新的东西。很有意思的是,凤凰是百鸟之王,不是说那些百鸟觉得活不下去,是百鸟之王觉得活不下去。为什么?不知道自己活着该干什么,不知道自己活着的意义是什么,不知道自己为什么而活着。所以在这篇作品中,有一节是《群鸟歌》,那么多鸟都说,你这个凤凰怎么傻乎乎的呢?你比我们都好,你觉得活不下去,那你快死了吧,你死了我们占便宜。所以,郭沫若在这里,同周氏兄弟也有一个共同之处,那就是只有位处时代前沿的精神前行者、思想前行者的那种精神痛苦,那种不被众人理解的孤独。这是精神价值破碎之后找不到精神立足点的绝望,所以他觉得生活不下去了,对这个现存世界是绝望的,是彻底否定的。所以,要自杀,要涅槃。

鲁迅和周作人认为,其实你是找不到人生那种实然性的归宿点,在这一认识基础上,或者你就破衣烂衫地吃苦受难往前走,或者你干脆就当作是品茶。郭沫若呢?他就觉得要把这个世界彻底粉碎,在这之后,新的世界可能是我们的希望所在。作品中,郭沫若没有写这涅槃之后的东西实现后是什么样,没有写这浴火之后的凤凰会是如何。

五四时期还有一个很著名的作家郁达夫,写了个很著名的小说《沉沦》。一个男青年从国内跑到日本去留学,对日本女孩子身心向往,特别是对日本女孩子的身体特别向往。他又把日本女孩子的身体写得很美、很健康。中国的这位男青年,身体则是病弱的。还有,就是日本女孩子对他"目中无人",根本看不起他,或者说这位中国男青年在日本女孩子面前很是自卑。这样的一种文化心态,可以说在那个时代是很有代表性的。那个时代留学日本的中国男留学生的笔下,大概都是这么个写法。当然,你不能由此说,日本的女孩子都是漂亮的、健康的,但是,在日本的中国男留学生的笔下,却都是这么个情形。这说明了当时我们民族的某种文化心态。

就是说,我们民族那时觉得西方、日本的生命感是强壮的、饱满的,这种生命感又是与身体密切相关的。我们则正相反。这样的一种生命感,正是我们所缺失的,是我们所向往的。我们希望向他们学习,但他们因此对我们的歧视、侮辱、欺负，又是我们所不能忍受的。这样的一种矛盾，可以说是贯穿于我们民族的整个现代化进程中，弄得我们很尴尬。这篇小说的主人公在这样的一种尴尬面前，他实在没有办法活下去，最后的结局是，他跑到大海边，面对着自己的祖国，投海自杀。这可以说是郁达夫为代表的一种价值路向。

西方是以物质作为第一位的，我们民族长期以来是以精神作为第一位的，一直讲"先义后利"，义在利的前面，一直到了邓小平时代才把物质文明放到精神文明前面。但是我们始终不知道应该怎么把精神的东西建筑在物质上。我们很少有这样的思想资源，我们始终是以排斥物质来建造自己的精神世界的。可是当我们真正走出国门的时候，看到西方都是以物质占第一位的时候，精神的东西没有地方可以依存。所以《沉沦》讲了一个很有意思的话题，就是他怎么样安妥自己的身体，这个身体的欲望怎样能够得到正常的实现，一直到今天，我们都无处安置自己的身体，或者有一句很时尚的话，叫"沉重的肉身"。你只要看一看我们民族当中、历史当中、文学史当中讲的作品，比如讲爱情故事的，从来讲的是在结婚之前男的女的怎么痴情相爱，怎么反抗外在的压力，构成一段动人的爱情故事，从来没有讲过两个人在身体结合之后幸福、动人的故事。在没有身体结合的时候、没有物质的时候，人的精神是多么纯洁高尚，一旦有了身体、有了物质，就不知道如何使自己的精神变得美丽起来。譬如像《红楼梦》当中，宝玉与他最心爱的黛玉和薛宝钗，他是不会和她们有身体关系的，只有和袭人才会有身体关系。所以结婚以前两个人相爱，爱得如醉如痴，但是结婚之后，两个人几乎过不好日子，甚至有一句话叫作"结婚是爱情的坟墓"。当我们把物质的东西看得很重要的时候，我们的精神反而无处安置了。所以《沉沦》里面，他面对女孩子的身体，觉得一方面是一种诱惑，另一方面又觉得这种诱惑是对自己的一种抨击，而他又没法拒绝这种诱惑，到最后，没法处理这个事情，只能去投海自杀。

胡适也是这样，他承认这个社会不好，但是从根本上来说，他认为没有什么好办法。他最早的白话诗集《尝试集》，其中有一首诗叫《蝴蝶》："两只黄蝴蝶，双双飞上天。不知为什么，一只忽飞还。剩下另一只，孤单怪可怜。也

无心上天,天上太孤单。"就这么一首诗。最经典的一句是什么?"不知为什么,一只忽飞还",都想过一种非常理想的生活,但是不知道为什么,一只又飞回来了。什么原因呢?过去的文学史中的作品,都是有原因的,家族势力呀、功名呀、经济呀、婆婆呀。胡适讲得很清楚,"不知为什么",弄不清楚为什么,不知道。但是在不知道的情况下,注定另一只"孤单怪可怜。也无心上天,天上太孤单",再美好的生活,也是没有意义的,无心上天,又没有路可走,上天上不去,回来又不对。他表现的是无处可去的困境。所以,胡适在骨子里,与周氏兄弟是相通的,都是对实然世界持一种绝望态度。

巴金写过一个很有名的小说《家》。老大觉新不管怎样,含辛茹苦地支撑这个家,意思是说我们这个社会不管怎样、怎样付出牺牲,总得支撑这个社会吧?但是他讲得很清楚,谁含辛茹苦支撑这个社会,谁就是被牺牲者、被吃者,而且这种被牺牲毫无意义。所以老大牺牲了自己的事业、牺牲了自己的爱情、牺牲了自己所有的一切,就是为了支撑这个家,但是当这个家腐朽掉了,已经没有支撑理由的时候,你越付出、越牺牲,你的付出、牺牲越没有意义,对你的戕害越重,生命的荒诞感、破碎感就越强烈。

那是不是就能跑掉呢?找一个新的地方,所以最后小说的结尾就是老三觉慧走了。是不是有一个新的路子、一个新的归宿呢?我们只要仔细读读小说,就知道对这个归宿是不能抱太多信心的。为什么?我们看这个小说,导致觉慧离家出走直接的原因是他喜欢一个小丫鬟,叫鸣凤。小丫鬟不识字,很喜欢他,但是他自己不敢接受她,因为这在当时是大逆不道的一件事情。一个大公子,怎么能跟一个小丫鬟好呢?他又喜欢人家,又没有勇气接受人家,当小女孩想跟他好的时候,他总是推,他说我在忙着干什么干什么,就是说当他想把个人的东西、个体的东西看得至高无上的时候,他不敢接受这个东西。他用最传统的"儿女情长英雄气短"的东西来给自己找借口,用最传统的对社会的热情重于对自己喜爱的女孩子来给自己找借口。当我们看到这里的时候就会觉得,他与中国传统社会崩溃时,《红楼梦》中的新人形象贾宝玉的差距有多大。鸣凤到最后被逼要嫁给一个七十多岁的老头,最后跳湖死了。死了之后觉慧说这么一个家怎么待呢？一定要走，所以就走了。由此我们可以知道，这是一个多么不健全的东西在支撑着他走。第一个，他没有勇气接受鸣凤，而且在没有勇气接受的时候，他又想用社会价值的实现来取代个人价值的实现，给自己找一个逃避的灵魂处所。第二个，我们设想一下，如果鸣凤真的从湖里面被人家救出来了，他会怎么想？他照样不会接受她。鸣凤死了，这种现实的威胁没有了，他在这种没有威胁的情况下，才表现自己怎么怎么好；如果危险存在，他马上不会这样了。一个非常实在的例子，就是《雷雨》当中的周朴园。作为一个社会成功人士，他可比少不更事的觉慧要强多了。他曾经喜欢一个丫鬟，而且还与她生了孩子，但是后来，他逼着丫鬟跳了河。他以为这个丫鬟死了，然后整整三十年时间，他都在怀念这个女孩子。而且这种怀念并不是给人看的，而且这种怀念也是很感动人的：他每天生活在一个虚幻的与这个女孩子在一起的世界里，连房屋中的布置也没有变，生活中的细节也没有变，甚至有一个知书达礼的漂亮女性蘩漪在他的身边他也不会动心，只是做样子尽责任而已。其实这个女孩子当时被人救了，当三十年之后，这个女孩子偶然出现在他眼前的时候，他马上就说，你来干什么？你走吧！为什么呢？他还是没有勇气在现实生活中接受她。只要这么一比较，我们就会觉得，鸣凤即使被救上来，也别指望觉慧会接受她。所以，当我们明白觉慧是抱着这样的态度离家出走的时候，又怎么会相信他能走到一个新的世界呢？

《家》之后，巴金还写了《春》《秋》。这之后，关于出走的觉慧，就没有续篇了，但是巴金用他的一生写了这个续篇。多少年，他一个人没有任何的浪漫故事，他喜欢上了一个女孩子叫萧珊，从相恋到结婚，整整用了八年。他以为他走出了旧家，有了新家，但"文化大革命"把萧珊整死的时候，他终于搞清楚了。他说我一直以为我从家当中走出来了，到现在我才知道，我根本没有走出来，还在这样一个家当中生活。所以，在这之后，他写了《忏悔录》。这可以算作是觉慧出走的结局吧。这就是以巴金为代表的一种价值路向。

老舍也是现代一个很著名的作家，《月牙儿》是他的一篇主要代表作。写

一个女孩子,认为母亲是最圣洁的。父亲死了,母亲对自己最疼爱,让自己上学。在她的眼睛当中,母亲是最神圣的、最好的。但是终于有一天,她发现母亲是一个暗娼,靠出卖肉体来获取生活资源,供自己上学。她说怎么能是这样子?就离家出走了,绝对不认自己的母亲,它的隐喻是什么呢?我们曾经相信我们相信的是非常美好的,突然有一天,我们发现根本不是那样子,非常糟糕。离家出走又能走到哪儿去呢?月牙儿到最后被别人欺骗,在社会上寻求帮助,结果最应该帮助她的警察逼她当了暗娼。当她看到最道貌岸然的、有身份的人,却在她身上显现出了另外肮脏的一面,而所有肮脏的东西,大家又都归集到她身上的时候,她对社会彻底绝望了。然后她又回到了母亲的身边,她终于知道母亲为什么要当暗娼了,终于认可了母亲。她曾经以为这是一个美好的存在,后来知道它是一个不美好的存在,就毅然决然地出走了,但最后的结局是又回来了。

曹禺写的《雷雨》也是一个出走的故事。中国现代文学中最主要的名篇,都是出走的故事或者是毁灭的故事。在《雷雨》中,那个时代认为这个家庭是最好的家庭,认为周朴园是全社会最好的人。但是我们可以看到,那是个什么样的人。周朴园为了在社会当中成为一个好人,他牺牲掉了个人的东西,虽然这种个人的牺牲,给他带来了三十年的痛苦。下一代的人觉得不应该过这样的日子,周萍、周冲觉得这样的日子不能过了,一定要离家出走,结果是什么呢?周冲抓住了电线,被电打死了,而没有出走的人,周朴园他们最后变成了精神病人。

朱自清写过一个很有名的散文《荷塘月色》,这也是他的代表作,其实讲的也是一个出走的故事。散文一开头,"我这几天心里头颇不宁静",有心事,但是妻子哼着眠歌在哄孩子入睡。于是就想到白天的荷塘,一定要去荷塘看看。晚上是人的归宿所在,这在我们民族文化传统中,一直是有这个隐喻意义。譬如推敲典故中,就说"僧敲月下门"。那么,妻子在哼着眠歌哄孩子入睡,这是多么温馨的家庭环境呀!是传统文化中,最理想的归宿所在了吧。但是朱自清觉得不行,待不下去,得离家出走。这和《凤凰涅槃》差不多,就是大家、传统认为非常好的，主人公却觉得活不下去。活不下去还没办法说，按道理，他的心事应该跟妻子讲，因为妻子是他生活当中最亲近的一个人，但是妻子在干什么呢？哄着孩子，哼着眠歌。母亲哄孩子入睡是多么纯洁的事情，天经地义的事情，她根本顾不上朱自清这个"颇不宁静"，所以朱自清不能被理解，不能沟通，他无话可说。所以他最后只能跑出去，看一看荷塘月色。这荷塘月色，不管从西方文化还是中国文化来说，全部都是女性意象。譬如按弗洛伊德的心理学讲，池塘本身就是一个女性意象；从中国文化来说，水、月光也都是女性意象，譬如我们说月亮是婆婆，太阳才是公公。就是说，朱自清在现实生活当中，不能得到一种实然性的女性慰藉，那他就要到虚幻当中去获得，而这个是非实体的女性、虚幻当中的女性。我们就知道他在现实世界当中，根本找不到一个可以使他的身心得到归宿的处所。在传统老中国，男性在这方面是可以有现实依托的。他有两个办法：一个办法是青楼妓馆，所以有那么多青楼妓馆的妓女和念书人相爱的故事，而且当他获得身心的休息之后，他马上就把这个女的扔掉了，他绝对不敢把这个女人带到自己的家里去，或者说这样的女人不能在自己的家里当正房，所以，这样的女人，不是他的归宿所在。老中国的男性，他还有一个办法，就是我讲一个故事，在故事当中获得一种安慰。譬如我倒霉了，就想象有个有钱人家的小姐，知书达理的，而且又长得漂亮，是个大家闺秀，拿钱帮我，还拿感情安慰我，还带个活泼的小丫鬟，让我开心。讲这么一个故事，安慰自己。但是安慰完之后，他仍然要去赶考。就是说，这种社会的功名，才是他们最看重的，才是他们的归宿之所在。但是朱自清不一样，他是在一个虚幻的女性当中获得安慰，获得安慰之后，散文的结尾是"不知不觉我已经走到家门口，推门进去，妻子已经熟睡好久了"。从一个大家都认为是最理想的家中出走，获得一种短暂的人性的安慰，不是社会价值的安慰，他要追寻的，是现实生活中根本就没有，现实中实在的妻子，"已经熟睡好久"，根本就不知道他干什么去了，或者根本就不知道他的心里还有什么烦恼，但是你又不能指责她。出走之后，还得回来。所以，这是一种多么孤独、绝望的悲凉，绝望的无路可走之后寂寞的心境。

沈从文写过一个很著名的小说《边城》。讲人在人生中间这一段,没有人生的家园可以依靠。他讲了人生两头的故事,一头是一个刚刚入世的女孩,一个是即将告别人世的她的爷爷。人生中间这一段,他讲弟兄俩向翠翠求爱。求爱本来是最美好的事情,但这却是注定不能实现的,总不能两个男人与一个女孩结婚吧。所以,虽然几个人都是好人,但是,悲剧还是不可避免。哥哥因为求不到爱,就说我是不是可以到别的地方去、是不是可以有新的世界呢?所以这个哥哥离家出走了,结局是在出走途中死了,出去的找不到新的出路。弟弟觉得哥哥已经死了,我要去找他,要看看他是怎么一回事。最后的结尾是"这个人也可能回来,也可能永远也不回来了"。像这样的都是好人,都是纯净的故事,但悲剧仍然不能避免,就更让人感到了一种绝望感。

钱钟书写过《围城》,这本书写得更清楚。去海外,有没有新的生活?不行,海外的价值系统根本就进不去,所以他写方鸿渐这个人什么都学不好,最后买了个毕业证回来。回来的时候,在船上每天都在打麻将、泡小姐,所以精神的东西就是麻将,物质的东西就是小姐。当他接受这些东西的时候,你要指望这些能承载西方文明、坐着远洋船舶回来的学子要给中国带来一种新的希望,那是不可能的。他真正喜欢的唐小姐,自己追求不到,就是说,他的出走之后所要寻求的新的东西,现代个体性追求的是实现不了的,可是进入到原来的社会结构当中去,他又不能适应,不能回去了。所以他出洋、坐船、回到家乡,从家乡再跑到上海,再跑到三闾大学,最后他去了四川。看完这个之后我们就知道,他去四川也待不住,也不会是他理想的最终归宿。所以《围城》无非就是从这个城出来进那个城,那个城待不住,还得再出走,再进一个城。不断地出城、进城、出城、进城,永远走不出去,永远没有一个真正的地方可以供你驻足。所以,《围城》讲得也是一个不断漂泊的过程、一个不断漂泊的故事。

有时候抓住人生瞬间的东西,或者幻想的东西,可以使人获得短暂的精神上的一种安慰或者归宿,比如徐志摩写了一首很有名的诗《再别康桥》:"轻轻的我走了,正如我轻轻的来;我轻轻的招手,作别西天的云彩。那河畔的金柳,是夕阳中的新娘;波光里的艳影,在我的心头荡漾。"这首诗写得可真好。"波光里的艳影,在我的心头荡漾",他其实追求的不是现实的、实然的东西。本来河畔的柳树就是柳树,但是他说这不是柳树,是"夕阳中的新娘",已经把它美化了、虚幻化了,但即使这样,这种东西他也不认可,认可的是一种更虚幻的东西,他心头更珍惜的是金柳的倒影在水里的那种更虚幻的东西,是"波光里的艳影"。这些东西和现实的东西是完全不沾边的,但作者就是要追求生命这种自由的状态,开头连用三个"轻轻的",可见作者对此的呵护,也可见他呵护的是多么的娇贵,不经一碰。这就是作者所追求的这样一种个体的生命自在、自由的状态,希望挣脱生活中所有的各种各样的价值系统对他的束缚。但是由此我们可以知道,这样的一种东西,它可以构成一种价值的召唤形态。在社会当中,要想作为现实形态生存的话,那是根本不可能的。它最多只能是使你在一天当中的几分钟里是这样的生命自由的状态,但你最终还是得回到现实的束缚中来、回到生活常态中来。就是说,徐志摩所说的这种价值形态,更多的是作为一种价值的召唤形态,而不是价值的现实形态。当你试图用价值的召唤形态,在现实当中生存、把它作为现实形态的时候,你的最终悲剧便不可避免。所以徐志摩最后坐飞机撞山而死,那是他的必然宿命,或者说是《再别康桥》在现实形态中的必然宿命。

在社会历史进步的过程当中,有的人说,那我干脆不出走了,我就固守着被历史进步淘汰了的美,那是不是也算一种价值路向的选择?戴望舒写过一首很有名的诗《雨巷》:"撑着油纸伞,独自,彷徨,彷徨在悠长,悠长又寂寥的雨巷,我希望逢着一个,丁香一样地,结着愁怨的姑娘。"当社会都已经进步了,大家都已经打着洋伞、折叠伞的时候,他还在固守着被历史淘汰的油纸伞。没有人固守着过去的生活方式,他还在固守,所以注定了他会很孤独。他希望能够获得他人的理解,但是能够理解他的人,能够和他一块儿行走的人,到最后他没有实然地碰到,那只是他的一种想象。"巷",给人的感觉是又窄又长,在又长又窄的路上,只有一个人在孤独地行走,而且这路似乎是没有出口的,似乎是永远也走不完的,就这么走呵走呵的。这首诗为什么很多

边缘之思

人愿意读它呢？因为每个人在重新选择自己的路子的时候，你突然觉得自己的路子和社会构不成一种对应关系，但是你的人生之路还得往前走，在这个走的过程当中，当你需要得到一种价值对应的时候却找不到。

还有，鲁迅很称赞的一个作家柔石，他的名作是《二月》。写的是一个叫萧涧秋的，出走之后，满身疲惫地回到乡下，以为是世外桃源，结果呢，还是满身伤痕地又出走了。还有丁玲的《莎菲女士的日记》，写一个叫莎菲的女士，在现实生活中，老中国传统式的男性、西方化的男性，她都得到了，但最后还是很绝望地出走了。还有茅盾的《子夜》，写的是一个很有才干的实业家吴荪甫，从中国到法国，再从法国回到上海，踌躇满志想做实业，最后也是失败后出走。

所以，从《红楼梦》开始，我们就看到这么一个主题，就是贾宝玉最后离家出走，不知所终。顺着这样的一个逻辑起点，从鲁迅的《过客》，到周作人的《乌篷船》，和刚才笔者列举的作品，几乎囊括了五四到20世纪30年代所有重要作家的作品，他们最重要的作品都在讲漂泊的主题，都是觉得原来的生活方式不能继续下去了，新的生活方式是什么又不知道，但是总得去寻求。去什么地方寻求呢？所寻求的东西又是什么呢？对这些，又时时地抱着一种怀疑的态度。

20世纪40年代之后，在国统区，这个主题还是在延续着，譬如说张爱玲的《金锁记》、路翎的《财主家的儿女们》。但是在解放区，这样的漂泊主题基本上是很少有了。因为那个时候，人们以为在这样一个新的社会结构里、在这样一个新的社会形态下，人有了一种新的生活方式，这种方式是我们所能够追寻到的，而且是比较合理的，能够实际实现的。它既不同于传统老中国的方式，也不同于西方。这个西方，曾经欺负过我们，但又觉得人家先进，但后来，又看到它们本身也有许多不对的地方。我们对笔者所说的这样一种新的社会结构、社会形态，曾经抱有很大的热情、信心。但是到了20世纪80年代末之后，特别是进入20世纪90年代，这样的一种自信就动摇了。原因是什么呢？从我们自身来说，按照原有的形态往前走，你走不通。我们曾经学习过的一个模式——苏联模式,经过他们七十年的试验,突然间解体了,证明此路不通。这时,一个新的市场经济重新开始在中国出现,这次可是大面积的,而且不仅仅在思想领域当中出现,而是涉及每个人的经济利益,涉及每个中国人,不但涉及思想层面,而且涉及实际人生层面。如果说五四时期还只是在"凤凰"这个层面上,还只是在朱自清这种层面上发生价值动荡,那么,一进入20世纪80年代末到20世纪90年代初,这种价值动荡却是在全民族每个人身上发生了。这种实际的物质冲击,带来了生活方式的变化,迫使每个人都做一个选择,你到底用什么方式生活。所以,20世纪90年代之后,中国的社会再一次面临着一个价值漂泊的主题。不知道如何去选择自己的人生,不知道怎样的生活形态是最好的,不知道应该如何安顿自己的肉体,如何实现自己各种各样的欲望。所以,在我们今天的社会生活当中,我们经常听到的声音是,身体怎么样。大家更相信的是自己的身体,觉得只有自己的身体才是自己可以相信的,其他的都不切实际。但是,身体健康之后,身体与心灵怎么安放,大家又都很迷茫。

所以,我们看到不管是法德的、苏联的、英美的、日本的、中国传统的,还是所谓的后现代、后殖民的,都让人疑惑。

比如说王蒙那代人,他们遭受过很多的灾难,但是现在他们觉得灾难也是一种财富,自己受了这样一种灾难之后,不去诅咒这种灾难,不去揭示这种灾难给他们带来的生命的破碎感、荒诞感,反而一味地表白自己在灾难中的精神品格。像我们这一代的插队知青,很多人打出"青春无悔"的旗子,表白自己在灾难当中曾经的精神灿烂。像20世纪70年代、80年代、90年代出生的人,这些更年轻的一代人,他们可能更多地把个人的、物质的、欲望的东西看得更重。这样的价值漂泊所形成的各个价值板块,这些价值板块的无可归属,就和五四到20世纪30年代,就和笔者刚才通过作品所讲到的各种各样的价值碎片、价值板块,以及他们到最后都不能构成一种价值归宿非常相似,都注定了是无望的漂泊。在这种漂泊面前,我们应该怎么样?我们可能找不到被大家认可的价值归宿,但是通过这样的辨析,我们可以搞清楚,现在有多少

刚才我们所说的价值板块;我们可以搞清楚,我们曾经做过什么样的价值漂流。在这种讨论辨析当中,可以使我们对这些慢慢地认清,使我们的人生形态有所改变,或者说使我们对自己的人生形态,获得一种比较清醒的认识。

(本文根据2007年12月9日在山西省图书馆的学术讲演稿整理而成,有删节)

人生的"蝴蝶效应"

——鲁迅、梁实秋青少年时期对其人生成就影响之比较

中国在鸦片战争之后、在走向现代化进程之后,就对西方的接受来说,有三种文化资源、有三种文化形态,相应地也就有了三种知识分子:一种是受到法德俄的文化思想影响。这样的知识分子,更多地推崇用激进的方式、用突变的方式,推动社会变革。他们认为是有着一种完美的、理想的社会形态的,是有着一种完满的理想人格的。为了实现这样的社会形态,他们比较推崇团体的力量,推崇理想教育,推崇牺牲精神、集体主义精神,推崇对苦难的承受,推崇英雄、领袖,推崇人格风范,不反对暴力等。比如说,法国大革命、俄国的十月革命等。其实从思维模式说,德国的战争行为也是如此。这样的一种思想资源,曾经极大地影响了我们的民族。我们很多的前辈革命者,都是在法国、俄国留学回来的,这大概是一种对中国社会现代化进程中产生很多影响的知识分子群体。

还有一种就是留学日本的。日本原来的文化形态主要是接受中国传统文化,但西方的文化精神,特别是法德俄的思想进入日本之后,日本马上就接受了,使日本由一个传统的亚洲民族变成了一个欧化的民族。这种融合,日本成

为一个相当成功的范本,对中国的刺激很大。清朝末年,中国有很多知识分子是留学日本的,像章太炎、鲁迅、郭沫若等。中国的留日学生,在中国建立民国的过程中作用是很大的,也给中国思想界带来了很大的影响。

第三种那就是英美派的。他们不认为社会可以是一个完满的、理想的社会,他们觉得社会总是有缺陷的,而人也总是有缺陷的,在这种缺陷当中人就有局限性,这个社会就是有局限性。他们也不要求快速地变革社会,推崇改良、推崇渐进式的变革社会的方式、推崇个体利益,不怎么寄希望于人格力量,而是希望于各种各样的制衡关系。他们更多地强调个体的生存权利,不强调超常性的、完美无缺的人生形态,而强调平常性的、有缺陷的人生形态的合法性。这些英美派的文化资源、英美派的知识分子群,在中国的社会格局中,始终是边缘性的,这可能和这种资源对中国传统文化来说,更具异质性有关。

大致说来,法德俄日的文化资源和底层的民众亲和性更强,对底层的没有社会地位的人,更具备一种感召性。英美派的文化资源,和上层社会、和有钱人阶层亲和性更强。鸦片战争之后,革命在推动中国的社会进程中产生了很大的作用,法德俄日的思想资源更具主流性,英美派的资源没有发生强大的实际作用。法德俄日派的知识分子之间,争斗也很激烈、残酷,但他们更多的是看谁更正统,对英美派的知识分子,则是一致不予认可的,始终是把他们抛弃在一边的。在今天这样一个社会根本转型的阶段,中国已经从强调政治革命方式转为以经济建设为主,在这样的转型过程中,英美派的思想资源开始在中国备受重视,被重新加以研究,并形成了中国文化思想冲突、碰撞的新格局。

梁实秋是一位文化大家,但他的知名更多的是因为和鲁迅的论战,他是英美派知识分子的主要代表人物。众所周知,鲁迅是一位伟大的文化巨人,我们不好把他严格地界定在某个群体当中,是一个非常独特的超越任何群体的人物,但相对说来,他和法德俄日的思想谱系要亲近得多,对英美派则始终可以说,从感情上就是敌视的,一开口就是:那些英美派的大教授们如何如何。

　　我们可以把这二位作为以上所说的两大知识分子群体的代表,从个人性的日常生活形态方面做一些比较,特别是看看他们的青少年时期,对他们其后思想、生活的形成,产生过哪些作用。这对我们认识这样两大知识分子群体,应该说是件很有意思的事情。

　　我们还可以换一个角度来说,从个体生命的角度,就是我们不看生命的社会价值,而偏重于生命的个体价值。我们每个个体生命,都是独特的、一次性的,是别人不可以替代的,也是自己不可以重复的。

　　鲁迅和梁实秋代表两种完全不同的人生形态、人生类型。鲁迅的一生,跌宕起伏,充满紧张、冲突、矛盾;梁实秋的一生,就相对平和,比较和谐、宽松、滋润。我们从个体性的日常生活中比较一下和他们的青少年时期有很大的关系。

　　先说吃。鲁迅对吃不讲究,他在北京教育部当官的时候,早晨起来不吃饭就去上班。在教育部当官,他的午饭都是下面的人来买,人家问他中午吃什么?鲁迅就说,随便吃什么都行,你看着买好了。作为南方人,他不大爱吃鱼,因为嫌鱼刺多,吃起来麻烦。他唯一喜欢吃的是什么?是辣椒。其实他也不是喜欢,就是养成习惯了。因为他年轻的时候没有钱,在南京上学的时候,天很冷,可他只穿着一条裤子,为御寒就吃辣椒。

　　梁实秋在吃这个方面重视的不得了,喜欢各种各样的小吃。梁实秋在美国留学回来下车之后,第一件事不是回家,而是去北京有小吃的地方先吃小吃,然后才回家。他一生对吃很是津津有味的。梁实秋曾经说过,他很羡慕长颈鹿,说它有那么长的脖子,一伸脖子就可以吃到自己想吃的东西,很方便的,而且食物通过这么长的脖子,感觉一定很舒服。当然是开玩笑,但是可以看出他对吃非常欣赏。梁实秋曾经写过一本很有意思的书,叫《雅舍小品》,当中写了很多对吃的感受、欣赏。比如有一小段,写很穷的卖煤球的父子俩,冬天生不起炉子取暖,父子俩都没钱成亲。有一次,寒冬腊月的半夜,儿子回来给了父亲一个梨,父亲想想,这梨要是拌上一种佐料吃才更有味道。于是,

边缘之思

跑出去两个小时,终于讨回来这种佐料,于是,才有滋有味地吃了。梁实秋对这样的生活态度很是欣赏,并把这当作一个人一生当中很重要的内容。梁实秋关于吃的故事很多。

再说穿。他们都不太讲究穿,其实还是有很大差别的。

鲁迅是真的不讲究穿衣服的,许广平回忆说,他给女学生上课的时候,穿的一件黑布袍,上面打满了各种颜色的补丁,像满天的星斗一样灿烂。他吃完油食后的习惯动作,就是在袍子上擦手,他对这个一点也不在意。

梁实秋好像不讲究穿,其实他是讲究的。他是留学美国的洋教授,回来之后在大学上课时他穿的是什么?很土的传统服装,特别是大裆裤。这种装束,也曾经让听课的学生很吃惊。但梁实秋不喜欢西装,觉得很紧,穿着不舒服。他还写过许多这方面的文章,说西装怎么让人穿着不舒服,而穿中式老派衣裳的时候,应该注意什么,是很有讲究的。所以,他对穿其实还是很讲究的,很讲究穿着的舒适感、美观度。

鲁迅的日常生活,几乎就是每天在工作当中,休闲娱乐时间很少。他说过,他是把别人喝咖啡的时间都用在了工作上。鲁迅特别喜欢青年女作家萧红,他也特别疼爱自己的儿子海婴。春天的时候,萧红说,鲁迅先生,泥土解冻了,叶绿了,花开了,带上海婴,咱们去公园玩玩吧。鲁迅说,公园有什么好看的,公园一进门就是一个假山,假山后面是一个大湖,沿着湖边有一些树呀花呀,再在旁边放几把椅子。他自己也说过,对于自然景色的美,他好像没有感觉。

梁实秋呢?只要有一点时间,他就要去喜欢的景色地玩玩。他在青岛任教的时候,带着孩子和妻子在海边玩,终日不归。他到了台湾之后,听说有个地方比较好,就跑很远的路去看。结果他去了之后,看到只有一棵树和一个烂泥塘,但是夫妻二人在这个地方玩了大半天,感觉很好。

钱是人生中必不可少的。相对说来,鲁迅对钱比较重视。我们看他的日记,经常要记谁借了他多少钱,还了他多少钱,他自己买书花了多少钱。他曾经在私下场合说过,最重要的还是要攒钱。鲁迅一生中,很少被人攻击而不还击的,但他对别人对他攻击的两个方面始终保持低调:一个是他的婚姻,还有一个就是他在教育部做官。鲁迅的政敌经常攻击他说,你说这个政府不好,你为什么还在这个政府当官?其中一个很重要的原因,就是当官有薪水,有经济保证。再比如说,鲁迅在中山大学当教务长的时候,蒋介石屠杀学生,鲁迅立即辞职不再上班。当局为了表示挽留诚意,仍给他发薪水,鲁迅照拿不误。梁实秋呢?对钱不是太重视。他当参议员的同时,还当中小学教材编写委员会的主任,有两份薪水。他说我是政府的人,我拿一份钱就行了。如果说鲁迅比梁实秋境界低,那也不是。鲁迅营救革命者、资助青年作家,会无偿地拿出很多钱。但在他的心目中,对钱比较重视,这却是真的。

  从人际关系来说,鲁迅少有时间非常长的朋友,而且经常和人发生论战,跟几个很好的朋友也会发生激烈论战,最后会把私人关系也搞得很僵。鲁迅自己也常常感叹自己,觉得非常寂寞。鲁迅对朋友,是看大的观点,大观点一致,就是曾经怎么恶毒攻击过他,他也不计较。譬如郭沫若曾经骂过他是"双重的反革命"、"封建的遗老遗少",但后来,斗争观点一致时,他会真的不计前嫌。但大观点不一致,再好的朋友,在小事上他也马上断交,而且丝毫不遮掩自己的态度,正是这一点,让人觉得鲁迅很不通人情。对他的好朋友钱玄同、林语堂、刘半农等,都是这样。他觉得这是对朋友的负责。鲁迅之所以写小说,是受钱玄同反复鼓动的。那时,他们的关系非常好,常常聊天到后半夜,钱玄同也就住在鲁迅那里不回家了。但是后来,钱玄同不想搞思想革命,出国搞学术去了。许多年没见,两人在北京见面了,钱玄同给了他一张名片,钱玄同自己的笔名叫作疑古玄同,鲁迅的名片上面还是鲁迅。见面后,鲁迅不理睬钱玄同,钱玄同只能没话找话说,说你笔名还是用的这两个字。鲁迅就说,我是从来不会用四个字笔名的,嘲讽钱玄同。而且他后来写的日记当中说,自己与钱不想说话,"默不与言"。鲁迅的一个学生请鲁迅去讲演,鲁迅给学生讲课总是站着,这个学生看到鲁迅身体不好,就说,老师,给您拿把椅子坐着讲课吧。鲁迅说,拿一张床躺着更舒服。

  梁实秋关系亲近的私人性朋友很多。他在青岛任教的时候,男女八个同

事，授课之余，喝酒游玩，号称"八仙"。他与闻一多、冰心，都是很好的朋友。闻一多在美国留学时，冰心也是梁实秋最好的朋友，他们几个朋友之间，在重庆的草棚屋里，一晚上一晚上地打麻将，但是非常纯洁的感情。冰心的一位朋友画了一朵花，冰心在上面题词说，一个人应当像一朵花，花有色、香、味，人有才、情、趣，我的朋友中，梁实秋最具备这一点。梁实秋有很多这样的朋友，同性、异性的朋友都很多。但是梁实秋在朋友相处中，特别尊重个人的选择。闻一多后来向"左"转，梁实秋内心很不以为然，但他却不会对此做出批评。如果换成鲁迅，那绝不会是这样的。

一般的评价，都会认为鲁迅这个人对人过于苛刻，甚至认为是一种"阴毒"的性格，但他的好朋友林语堂不这么认为。林语堂写过一篇很好的文章《悼鲁迅》，最后一段写得特别好。大概意思是说，我们是常人，只会爱我们爱的人，恨我们恨的人。鲁迅是伟人，他爱世间的万事万物，大的小的，值得爱的，不值得爱的，他都投以巨大的热爱。批评他们，希望他们变得好起来。正是因为鲁迅的心肠太热了，所以，最后的结果是"五脏俱焚"，鲁迅把自己牺牲了。林语堂的这个评价是准确的。鲁迅是一个有大爱的人，所以，许多被他尖刻批评过的人，对他还是很怀念的。

在婚姻生活方面，鲁迅与梁实秋也是非常不一样的。

鲁迅的原配夫人叫朱安，是母亲介绍给他的。鲁迅根本就不喜欢朱安，但是他很爱自己的母亲，最后听母亲的话和朱安成了亲。鲁迅与朱安在日常生活中，几乎没有任何交往，每天也就是三两句话，无非是大门关好没有，大门开了没有。他们吃饭也是自己吃自己的，谁也不理谁。鲁迅说朱安是母亲娶的媳妇，那就让她伺候母亲好了。

后来鲁迅有个学生叫许广平，对他好，要和他同居，鲁迅很担心别人说闲话，就说我又不能和你结婚，和你在一起算什么？许广平说，无所谓，反正我要和你住在一起。他们在上海同居的时候，许广平住在楼上，别人问鲁迅为什么许广平和他住一起？他说，许广平帮他抄稿子，他绝对不肯承认许广平和他同居。直到许广平怀孕五个月时，他才承认了。他们关系没有公开的时候,去杭州玩,鲁迅告诉他杭州的学生许钦文,让他安排一个房间,房间要有三张单人床,晚上让许钦文必须过来,而且必须睡在中间的床上。那意思是太明显不过了,就是说,你可是一个证人,证明我与许广平没有什么。鲁迅与许广平结婚之后,有的时候吵架了,会很不高兴,一个人睡在阳台上,谁也不知道他为什么生气,总得许广平与他主动和好,和好之后,问他当时生气的原因,他也不会说。

梁实秋的夫妻生活是非常幸福的。他谈女朋友的时候,他父亲对他非常开明。那时候男女之间,个人谈朋友是犯忌的事情,但他父亲很支持他,还多给他零花钱,对他说谈女朋友不能太小气。梁实秋结婚后,就不想去美国留学了,他妻子就说,你去吧,一个男人还是要有事业心的。他妻子对他的帮助很大。拿一个最简单的事情来说,他妻子在大家庭当中,和所有的家庭成员相处得非常好。《莎士比亚全集》是梁实秋一个人翻译过来的,翻译东西是很累的,但是他不觉得累,他翻译一会儿,妻子就过来送水、送茶,陪他休息一下,每天对他的关心无微不至。梁实秋说,他之所以能以一己之力翻译完《莎士比亚全集》,得力于父亲和妻子。妻子死了以后,他写了一篇很长的文章《槐园梦忆》,所有的人看了之后,都非常感动,觉得他们夫妻之间感情那么好。

但是仅仅半年多,梁实秋在一个朋友家看到了一位电视艺员,叫韩菁清,比他小二十八岁,他一下子就爱上这个女人了,像年轻人一样狂热地追求,那动人的追求细节就太多了。这件事在当时的台湾影响很大,许多人觉得他和结发妻子这么多年相濡以沫,而且怀念妻子的文章让人看了感动得伤心落泪,结果我们伤心的眼泪还没有干,你就去追求新的女人,而且还是娱乐圈的,而在那个时代,娱乐圈是被人看不起的。所以,对梁实秋这件事的指责很多。那时,梁实秋被誉为"中国现代的孔夫子",他的学生们还组织了"卫师团",坚决阻止这件事,说要维护老师一生的清誉。这件事其实也给韩菁清带来了极大的精神负担。她曾经对梁实秋说过,我给你找一个有文化、有教养的上层知识女性吧,我给你当红娘。梁实秋马上接了一句话:"我爱红娘。"在这件事情舆论沸腾的时候,梁实秋还表示过,谁要是反对我和你好,

 边缘之思

哪怕是多年老友,我也和他绝交。梁实秋在这方面,就是这样地不顾忌舆论、不顾及众人的评价。相比较而言,鲁迅在其他方面是不在乎众人的意见的,但在这方面,他是很顾忌舆论的,他始终觉得是一个心病。从这些方面,也可以看出鲁迅与梁实秋是完全不同的两种人生类型。

鲁迅和梁实秋,从中国的社会文化构成、从社会文化代表性来说,对社会起了完全不同的两种影响、两种作用。单单从一个人生命的个体价值来说,两个人也是完全不一样的。不管从一个人生命的社会价值来说,还是从生命的个体价值来说,他们二人都是很不一样的。不论从社会文化来说,还是从个人成长的角度来说,作为两种类型的代表,他们非常具有代表性、典型性。

那么,这样的人生形态是怎样形成的呢?他们的出身、他们的少年时期和他们这种人生形态之间有什么样的关系呢?在这里,笔者借用一个名词,叫"蝴蝶效应"。这个名词原本是气象学的名词。那意思是说,大洋彼岸的一只蝴蝶,轻轻地煽动了一下翅膀,就可能会引起大洋此岸的一场急风暴雨。笔者借助这个名词是指:人小的时候,一些细微的行为会影响到他成人之后的命运,而他的命运又与时代风云的形成密切相关。

笔者想把他们二人青少年时期对他们成人后的影响比较一下:第一,家庭类型。鲁迅小时候是个少爷,祖父在北京当官,官职不是太高,但作为一个京官,在绍兴是非常受尊重的。但是后来,因为涉及考场作弊,他的祖父被革职进了监狱。为了保祖父,他家就不断地给各个关节送钱,最后把家产也都送完了,人最后虽然没有死,但是官职没有了,家境破落了。

这样的家庭出身,给鲁迅一生的影响是很大的。

一个是他的优越感。鲁迅小时候是少爷,无法无天。他的老师很严厉,有的学生不想上课,就说我要解手,上一次老师就给你一根竹签,规定你一上午不能拿多少根竹签。鲁迅是少爷脾气,他就趁老师不注意,把老师的那个竹签筒子里的竹签都折断了。还有一次,他们那儿有一个人得了一个武举人,鲁迅就带着祖父的腰刀,带了几个小孩去和他比武,羞辱他。这种优越感

根深蒂固,对他的一生影响很大。比如说,家境破落之后,通常大家都会忍气吞声,屈从于环境。鲁迅就不是。在绍兴这地方,不能念书的破落户子弟有两条出路:一个是当师爷,一个是当店铺的伙计,慢慢地学着开一个店铺。但鲁迅不屑于走这样的路,他要远走高飞,说自己哪怕是去一个毒蛇猛兽出没的地方呢。他在被大家谁也看不起的情况下,在他灰溜溜出走日本时,他还觉得自己不是一般人。比如说,他临别时给弟弟们留下一首诗:"从来一别又经年,万里长风送客船。我有一言应记取,文章得失不由天。"我们可以感受到他身上的那种豪气。这样的精神气质,是需要家族积淀的。这种血脉中的积淀,对小孩子人生信念的影响是根深蒂固的。

所以,成人后,他去参加左翼作家代表大会的时候,回来就会和别人讲,我看了一下,没有一个人有大出息。

一个是他对阴暗的敏感。一个人自尊心过于强的时候,在他倒霉了而且别人又欺负他的时候,就会强化他的屈辱感、对不公正的敏感。鲁迅家没有倒霉的时候,家乡的人都捧他,但那未必是自愿的,内心还往往是仇视的。一旦你倒霉了,这种内心的仇视会宣泄得更厉害。鲁迅当时作为家中长子,很多事情没主意的时候,会去向一个中年女性讨教。这也很自然,少年男子一旦失去原有的依靠时,往往对成熟的中年女子有一种亲近感、依靠感。问题是,这个中年女子表面上对鲁迅特别好,但实际上,很多对鲁迅的暗算都出自她那里。当鲁迅明白了,所有的最不好的语言都是从表面最关心你的人的嘴巴里说出来的时候,他对这个世界怎么还会再采取一个相信的态度。所以,鲁迅说过,谁如果从小康家庭坠入贫顿时,那他是会看到世人的真面目。他还说过,自己对人类阴暗面有一种天生的直感、敏感,别人看不见的阴暗,他往往可以看见,而且在大家公认最灿烂的事物面前,他马上可以看到那个里面很不好的东西,而且在事后,往往可以验证鲁迅的判断是对的。这就是鲁迅眼光的犀利处。所以,我们也就能明白,为什么鲁迅到了日本仙台之后,日本人对他那么好,他却说,那"大概是物以稀为贵吧"。所以,我们也就容易明白,鲁迅对人为什么更多地具有批判性。

再一个是对底层、对边缘位置的亲和性。这是受家庭变故后的那种沦落感所影响的。所以，鲁迅成人后的一个显著特点，是愿意为弱者、为底层、为边缘说话。他在日本翻译西方文学，会自觉地翻译那些东欧弱者民族的文学。他的一个好朋友叫冯雪峰，是共产党员。鲁迅对冯雪峰说过，你们现在要我和你一块反抗现在的政权，但等你们掌权了，肯定也会杀我的。他对那些上层人的优越感特别反感。他与梁实秋论战的时候，讲过一句很有名的话："林妹妹哪里会知道北京捡煤渣老妈子的辛酸。"明白了鲁迅的这一点，我们也就明白鲁迅为什么对个人的吃穿、对个人的物质生活那么不讲究。他是自觉地用自己的身体感受，保持着他对弱者的体验。他说过，我何尝不知道生活得舒服一些，但一个人要是讲究物质生活，就会为这些所累，失去对社会的批判感了。鲁迅确实是伟大的。

梁实秋的祖父是个城外的普通人，靠自己的努力在北京站住了脚。到他父亲这一辈，则接受了完整的教育，并出任公职，有一份稳定的薪水。可以说，是温馨的书香型的小康人家。

梁实秋也有优越感。他从小生活在北京，北京的文化对他影响很大。优越感是京城文化的一个特点，在北京特别能感受到。北京的平民百姓，看风云变化多了，对大官对权势都不是很敬重、很迷信。政坛风云常常成为他们茶余饭后的闲谈内容。梁实秋从小生活在这样的一种文化氛围中，他家境又好，小时候读的又是清华。在读清华时，小小年纪又是出诗集，又是请当时文化名人讲演，然后就是留学美国。这些都会形成他的优越感。

北京文化看重生活中的休闲享受。梁实秋受这种文化影响很大，所以，我们也就明白，梁实秋为什么会讲究吃穿玩、为什么看重日常生活的情趣。这些与他日后所接受的英美文化中，对个体生命日常生活的看重，是有着内在联系的。

相较于鲁迅对阴暗面的敏感，梁实秋对社会人生更多地持一种平和态度。这与他从小没有受到那么切身的压迫、刺激有关，与他生活比较顺当有关。所以，五四运动中，他看到他的同学们把与他同宿舍的卖国贼儿子的被褥从宿舍里扔出去,心里会很不以为然。梁实秋抗战期间,做国民党的参议员,代表政府慰问了国民党军队之后,他就说,也应该去慰问共产党军队。毛主席对梁实秋没有好感,说如果这个慰问团来延安,我们表示欢迎,但是梁实秋如果来了,我们不欢迎。梁实秋说,这么不欢迎我,我就不去了。但他还是说,共产党在抗战中是立功了,不知道为什么不欢迎我去,我很遗憾没有机会亲自去看看。

这样的人生经历,会让梁实秋对社会、对他人更多地具有一种平和性。他在美国留学的时候,其实也常常受到歧视,但对他构不成伤害。就好像家境优越的人、在一个充满爱心的世界里长大的人,他有一种底气,你说他句坏话,他不会怎么放在心上。梁实秋自己也讲过,比如说去了美国之后,美国的理发店不给中国人理发,梁实秋说这不是歧视我们吗?就通过法律打官司。那个理发店就找到他们说,我去你们住的地方给你理吧,我还可以不要你的钱,但你不要去我的理发店,因为美国人觉得中国人不讲卫生,中国人去多了,美国人就不去那个店理发了,影响理发店收入。梁实秋说他并没有屈辱感,反而觉得作为中国人,也有值得自己反思的地方。再比如说,他毕业的时候,发毕业证时,美国学校的做法是,一个男生和一个女生并排去领,但所有的美国女孩都不想和中国人站在一起。梁实秋就说,我们几个中国男学生并排也领上了。再比如说,他在美国留学时,他的房东收他很多的钱,但却总是食物很少,让他吃不饱,但事后回忆起来,梁实秋还说,那个老太太和她的两个女儿让他生活得很快乐,因为在那个房东家有许多有趣的人情味。

但也正是因为没有受到压迫排挤的切身痛苦,梁实秋对社会也就没有那么多激烈的批判性,容易与社会主流认同。他在与鲁迅论战时就说过,那些砸东西、散传单的事我是不会去干的,语气中对此颇为不屑。所以,他会说,一个人只要老老实实地努力,总会挣得一份足以养家的资产。这都与他的家庭历史、与他小时候的人生经历有关。

家庭类型不一样,给鲁迅和梁实秋带来了许多的不一样。比如说,鲁迅对中国传统文化就少有好感,甚至对学生们说过,中国书一本也不要读的过

边缘之思

激话。你认为是天经地义的传统文化,把他挤对得实在活不下去,出走海外,父亲也被中医害死了,你怎么可能还让他对传统文化有好感?梁实秋呢?从小在北京文化中得到日常生活的乐趣,留学美国是北京文化把他送出去的,他为什么要对传统文化恨之入骨?再比如,鲁迅比较看重金钱,梁实秋对金钱就不大看重。鲁迅从小被金钱逼迫得走投无路,他怎么会对金钱不当回事呢?梁实秋从小衣食无忧,没有感觉到金钱带给他生活的压力,金钱在他心中当然就没有那么大的分量了。再比如,鲁迅总希望从根本处变革社会,梁实秋就觉得渐进式的改良更好。这与他们本身的切身遭际也是分不开的。

父母从小对鲁迅、梁实秋日后成人的影响也是值得我们研究的。

鲁迅的父亲对他影响不大。鲁迅的父亲身体不好,也没有出息,所以,他可能觉得自己没有什么成就吧,也就没资格多管教孩子。总之是,他对鲁迅不大管。比如说,有一次,鲁迅用自己的零花钱买了一些出格的书,让他父亲知道了,鲁迅当时还有一点紧张,然而他父亲把他叫过去,说你买了什么书让我看看?他父亲看了以后说,你爱看就看吧。他父亲不管他,这个使他的思想处于一种自由的状态。而且,鲁迅十几岁还未成人,父亲就死了。可以说,父亲在鲁迅的成人过程中,是缺失的。

鲁迅小时候,在思想上主要是受祖父的影响。他祖父是非常刚硬的一个人,在那个地方很有威望,小孩子就会觉得他祖父是一个很有本事的人,他对孙子们要求又很严格,要求鲁迅好好读书。但他祖父后来出事了,因为接受别人的行贿,被关进了监狱。这个时候,整个社会都看不起他家了,这只能导致他对祖父的教导产生怀疑。譬如鲁迅的祖父希望鲁迅考科举,鲁迅考乡试的成绩本来也挺好,但是,鲁迅还是放弃了祖父指给他的科举之路。

中国社会是一个男权社会,父亲就相当于皇帝,一个家就是小的国家,家国不分,在家能孝敬家长,在外才能忠于君主。男性家长是家庭的主心骨。父亲角色的缺失、祖父威信的失去、家庭的变故,使鲁迅不能再相信原有的价值体系,他没有了一种依托感,他不知道什么东西是可以相信、什么是可以信赖的。他从小就失去了存身的家园,也失去了精神的依托,现有的东西都是不好的。好的东西是什么？自己也不知道。这给鲁迅的成长带来了极大的自由发展的空间,也给他一生的选择带来了极大的骨子里的漂泊感。可以说,鲁迅所有的作品,都在写一个寻求与不知道该去哪里寻求的主题,都在写一个出走与不知走到哪里的主题。鸦片战争之后,中国的文化体系彻底地崩溃了,从此以后,就是不断地寻找,不断地失望,不断地矛盾。这与鲁迅的漂泊、寻求是一致的。再譬如鲁迅在人生漂泊的过程中,常常会在作品中忆念、美化自己小时候的事情,同时,又不断地自觉地粉碎这种忆念中的幻觉。鲁迅的这种回望与我们民族对历史的回望也是一样的。中国在自己的现代化进程中,也是不断地回头遥望自己的历史,一次一次地不断回头。鲁迅为什么会成为一个伟大的思想家呢?就是他作品中的主题,与中华民族发展中的主题是一致的。

梁实秋的父亲对他一生的影响很大。父亲从小对梁实秋就很宽松。譬如说他们家有很多的书,一到晴天的时候,父亲就把书抱出来晾晒。梁实秋说他小时候,最大的印象就是跟着父亲把书抱出来晒。他父亲说,你想看什么就看什么,也不管小孩能不能看。再比如说,父亲款待客人的时候,梁实秋想喝酒,他父亲就说,你想喝就喝,结果喝多了,出了许多的洋相,但他父亲也没有责骂过他。梁实秋的父亲很开明,支持他读新书,给他钱办诗社,鼓励他自由恋爱。而且,梁实秋的父亲在社会上小有地位。这都既给孩子一个非常自由生长的空间,又会给孩子以一种亲近感、信任感,容易让孩子受父亲的影响。

梁实秋的父亲遇到大事是有主意的。比如说,日本人要来了,梁实秋在北京,母亲不想让他走,梁实秋疼爱的妻子一时也不能走,所以,梁实秋就有些犹豫,但父亲却说,你赶紧走,遇到大事要敢于拿大主意。如果梁实秋不走的话,日本人来了,他很可能会遇到和周作人遇到过的遭遇。再比如说,抗战回来之后,梁实秋的父亲把他的房子整修一新,说,好好地把你的《莎士比亚全集》翻译出来,男人做事要有定力。梁实秋很信服父亲,觉得父亲在大事上把握得非常好。这和鲁迅不一样。鲁迅没有父亲的庇护,人生、思想只能漂

泊。梁实秋因为有对父亲的信服,所以,相信社会、人生是有目标的,是可以一点一点地努力去做好的。

鲁迅缺失父亲,长兄如父,他就会用父亲的态度对待他人,希望别人服从他,谁不服从,他就会批评谁。梁实秋呢?父亲在位,他就会用兄弟的态度对待他人,兄弟之间,就只能商量了。这些都是很有趣味也很深刻的话题,会引发我们对中国思想史上很多事情的思考。

下面,笔者再谈谈母亲对鲁迅、梁实秋的影响。

当鲁迅的祖父、父亲给他提供的思想,社会指向都失去的时候,母亲在鲁迅的生命当中就成为非常重要的了。母亲对他的影响,在他心目中的地位就一下子上升了。鲁迅的母亲对他特别器重,抱着最大的希望,而鲁迅对他母亲也非常孝顺。这可以称之为文化意义中的寡母抚孤现象。这样的母亲对孩子一生的实际影响是很大的,特别是个人的情感方面。譬如说鲁迅这样的一块硬骨头,对母亲的话却是言听计从,母亲让他与朱安结婚,他就结婚,宁愿失去自己一辈子的男女幸福。但也正是在这一点上,鲁迅能够最亲身、最真切地感受到中国文化的"吃人"本质,那就是用爱的方式"吃人"。但在做实际选择时,他还是选择了听母亲的话,这是与当时以走出家庭追求个人幸福完全格格不入的。

这样的母子关系,也容易造成儿子的情感缺失,所以,鲁迅一辈子的情感生活是不顺当的。

这种个人性情感的维系与断裂,可能是更为深层、更为深刻的。譬如说鲁迅在思想上,极端地批判中国传统文化,但在他的个人生活中,却又完全是中国传统式的。譬如说他对西服是很厌恶的,他曾经用很厌恶的笔调,写四个他不喜欢的左翼作家,说他们"一律西服"。鲁迅本人呢,穿着打扮完全中式化的,譬如说他上课,也是不会拿个西式大皮包的,而是用包袱皮包讲义。再譬如说他对传统的大家庭生活特别看重,自己借钱在北京买大房子,花大力气装修,把母亲、两个弟弟全家,甚至弟媳的亲戚都接到北京来,总是希望弟兄三家加上自己的母亲,一大家子生活在一起,甚至为此不惜忍受很多的委屈。再譬如说他独身在北京教育部的时候，正是他情欲最旺盛的年龄，但他却没有男女之事，一般人都不理解他是怎么抗拒的，毕竟是一个有血有肉的人，怎么能抗拒？那么，能得到的解释只能是他把全部的情感都放在他的大家庭了，放在了他母亲那里。他原来的家是很显赫的，突然之间坍塌了，让所有的人都看不起，他作为一个长子，要守护这个家，他的个人性感情就是这样。

  这样的理性与情感的矛盾，在我们这一代也可以说感受特别强烈，一方面在理性上赞同很多的现代方式，但在个人情感上，又总是与理性认可正相反。

  所以说，个人性情感的变革，可能会是最深层、最深刻的。在这方面，可以看到中国传统文化强大的惯性，也可以看到传统文化变革的程度。

  当梁实秋的父亲主要对他产生影响的时候，相对说来，梁实秋的母亲对他的影响就显得次要一些。这主要体现在对梁实秋情感温和一面的影响上。梁实秋多次回忆说，他对小时候印象最深的是，晚上睡觉的时候，他母亲怕他着凉，把他的被子压紧，他从小就生活在这样温馨的家庭氛围中。

  那么，应该如何评判鲁迅与梁实秋人生形态的不同呢？笔者认为，我们不能简单将二者做高下之分，他们在中国文化思想格局中，在对我们生命的个体价值选择中，各有各的价值与意义。人生、生命的价值与意义，不论是从生命的社会价值层面，还是从生命的个体价值层面，其深刻性、丰富性，都不能用"痛苦"、"幸福"、"激烈"、"平和"、"高尚"、"平庸"等词语去做简单的判定。鲁迅、梁实秋，他们的生命形态是生命富矿，我们应该努力地去走近他们、理解他们，汲取他们的生命资源。

（本文根据2005年9月11日在山西省图书馆的学术讲演稿整理而成，有删节）

接受视野中的巴金

2005年10月17日,一代文学巨匠巴金先生永远地离开了我们。作为中国文学一个标志性的人物,巴金可以提供给我们的话题很多。那么,我们就从接受的角度,来谈一下巴金对于我们的意义。

我们过去一般说作品的意义都是作品本身构成的,而在作品本身的意义当中,我们又容易从当时的时代来谈这个作品,谈一个时代为什么会产生那样的作品,他和那个时代的关系是什么,我们可能在过去的作品当中经常是这样理解作品。比如说巴金,我们可以说巴金的作品,比如说他的《家》,他的人物、他的作品的构成、他的意义是什么。那么这个意义怎么说明呢?譬如说"上世纪三十年代中国封建大家族最终解体的趋势",作为一个说法,我们可以这么讲。

西方20世纪60年代流行一种新的文学阐释理论,叫作接受美学。接受美学的一个基本观点是我们为什么对作品感兴趣,那是由我们现在的价值危机、精神需求所决定的。比如在历史长河当中有很多作品,或者有很多人物,我们为什么忽然对某一些作家、某一些历史人物感兴趣?那肯定和我们今天的价值结构、精神需求有内在的血缘关系。比如说《武则天》,有一段时间比较热,那么一定是和人们重新确定女性的价值标准有一种必然关系,否则的话我们难以解释,为什么在历史长河中有那么多的人物,偏偏有这些人物在这段时间,大家不断地讲他们的故事?这样就构成了当下和以前历史之间的一种对话关系,而不完全是一种认识问题、反映问题的关系。如果光从认识和反映问题的角度来看,我们对以前的作品不会发生兴趣。

我们在今天这样一个非常繁忙的时代、节奏非常快的时代,我们关心今天身边的社会问题,关心自己的生存问题还没有这个时间,哪有时间去关心宋代、清代,或者20世纪30年代人们生活的样子。如果从认识和反映问题的角度来看,我们完全没有这个兴趣,也没有这个愿望。我们能够对以前的问题发生兴趣,肯定是那个东西和我们今天的东西非常一致,这才是文学超越时空的一种生命价值,我们今天的时代背景、价值格局和精神需求决定了我们会赋予这个作品什么样的意义,而意义又在阅读当中不断地来增添,这样的话,就能够把这个作品意义的当下性讲得更清楚一些,也能更清楚地讲出来我们今天价值上的构成到底是怎么样来形成的,所以说接受美学是这样来理解问题的。

那么作品的意义到底是由什么来构成的呢?今天的时代背景用了一个词叫语境,就是说今天的语境决定了一部作品更多地具备了一种什么样的意义。比如说在前二十年,我们对鲁迅更多地强调他阶级性、战斗性的一面,那么到今天,我们每个人都面临着生命当中遇到的很多人生选择,所以今天人们重新研究鲁迅的时候,往往更多地看重鲁迅在人生构成当中所面临的价值困惑,从而发掘鲁迅作品当中的这些意义。面对一个作品,人们可以从好多方面发掘意义,而且在不断的阐释当中,使这个作品的意义不断发生变化,而赋予这个作品什么样的意义,往往是阅读的人内心的文化心理结构所决定的,而这个心理结构和阅读者的社会文化心理结构是受影响的,那么这个东西就是前结构,就在这个前结构视野当中,有些东西能够进入到阅读者正在阅读的作品中来,有些东西进不来,尽管这个东西存在,但是等于是不存在的。

一部文学作品当中的意义可能存在很多,但是对阅读者构成什么意义,

这个是由阅读者接受视野当中的文化结构、心理需求、精神需求所决定的。

那么对巴金的解读起码也可以是一种方式,而对巴金的这种解读可以作为我们当代人的一种价值需求,和巴金构成一种对话关系。从巴金作品的发生学角度来说,那就是另外一种解读了。假如从发生学的角度理解巴金的作品,那么为什么在那样的阶段会产生巴金这样的作家、作品?那是另外一种解读方式。

下面,笔者通过几个人物来讲一下巴金的情感意义。

一个是高老太爷。《家》当中,这个四世同堂大家族当中主要的家长就是高老太爷。过去大家说他是一个封建统治者暴政的形象,或者说他是一个封建统治者的形象,这么解读也未尝不可,但是笔者觉得没有解读到一个很深刻的层次上,就是说不管是觉新还是觉慧,还是梅表姐,造成年轻人这一代的人生悲剧,造成这种灾难性后果的肯定是高老太爷,他是直接的原因,因为他是一个权威者。但是如果我们把他当成一个反动的人、很坏的人去理解,那就没有什么意思了。高老太爷从个人的角度来说,觉新是他直接的受害者,因为高老太爷的意见,使觉新婚姻上非常不幸,求学又受到阻碍,又没有完成自己的个人事业,他是直接的牺牲品,导致了他人生的极大悲剧。觉慧正是因为看到了他大哥的悲剧才要离家出走。觉新的悲剧最主要就是高老太爷造成的,但对于高老太爷本身来说,他并不是希望要造成觉新的不幸福。觉新是他的长房、长孙,家庭最直接的继承者就是觉新,而且他觉得觉新这个人在家庭当中是最有才华的,也是品性最好的。高老太爷对两个孩子克安、克定就没有那么重视,他觉得这两个孩子没出息,居然在外头租房子然后包养一个女人,所以说他特别气愤,把克安、克定的媳妇叫来,当着其他人的面说他们怎么能做这么道德败坏的事情?自己抽自己的嘴巴,自己惩罚自己,希望他们能够改邪归正。就是说他作为一个家长,他并不希望自己的孩子们走一种没出息的路子,而他在这些孩子里对觉新特别器重,或者说他对觉新的爱比别人的爱更多一些,他要让觉新把这个家承担下去,让他有这样一种责任感、使命感,有一种亲情感,那么这些东西融合在一起,使得他对觉新是充满爱的。但是他越是充满爱,就越希望觉新要按照自己的人生范式去走。按照高老太爷当时的时代来说,高老太爷觉得觉新要中断学业,然后做一种实业;觉新不能娶梅表姐,觉新要娶一个性情非常贤惠,家庭背景也非常好的瑞珏来当媳妇,这样他觉得觉新会生活得很幸福。在外面有很好的实业、在社会当中有很强大的经济实力,他认为这是有身份的人。有经济实力的人,家庭又非常和睦,他觉得这是最幸福的人生,所以说觉新一定要这样做。他是真心诚意地希望觉新过一种幸福的生活,而这样一种标准正是那个时代大家都公认的。如果从今天的角度来说,我们认为这是对人性的一种戕害,可是在当时是非常幸福的一个标准。

所以从《家》的角度来说,高老太爷是从情感出发的,他用爱的方式来爱自己的后代,结果越是爱觉新,到最后可能越是对觉新造成了伤害;如果不爱他可能还造不成伤害,比如说高老太爷对克安、克定就造不成这样的伤害,因为他觉得这两个人不可救药,由他去吧!

鲁迅非常深刻地看到了这一点,鲁迅说中国文化这种"吃人"是最可怕的,因为他不是用一种敌对的方式去吃你,是一种爱的方式去吃你,而且这种爱的方式又不是社会的爱,它是一种亲情之爱。这种情感性的东西,渗透到骨子里的是最根本的爱,而社会的爱,不是血肉之爱、不是亲情之爱。那么中国的传统文化越是用这种爱去爱对方,往往造成你所爱的对象最根本的痛苦和不幸。所以鲁迅把中国文化叫作"吃人"文化,高老太爷正是通过家庭的亲情关系,导致了"吃人"的悲剧。

这有点儿类似于《红楼梦》中的贾母。导致宝玉、黛玉最后爱情悲剧最直接的人其实是贾母,不是王熙凤。但是你如果说贾母不喜欢宝玉、不喜欢黛玉,那是说不通的。在整个家族当中,贾母最喜欢的就是宝玉,最疼爱的是黛玉,因为黛玉的母亲是贾母的女儿,是她的外孙女。贾母的女儿死了以后,外孙女无处可归,身体又不好,来到她的门下,她是非常疼爱的,最好的东西、最上等的人参一定要给黛玉。她最疼爱的就是这两个人。但是起码按照她的标准来说,她觉得宝玉和黛玉在一起是不合适的,她觉得这样不会使宝玉获

得幸福,而且这样黛玉也不会幸福。她有自己的尺度,她真心地想让两个人过好生活,但却到最后造成了悲剧。

中国的这种冲突是经常发生的,就是上一代和下一代人的这种冲突。家是什么?家是情感的共同体,而这种冲突总在家中完成,因为中国本身就是以血缘结构为主体的,中国的文化结构就是把家看成人基本的生存单位。人之间的亲密程度是靠什么呢?在中国不是靠利益,而是靠血缘关系构成最亲密的人际圈。那么在历史的进程当中,社会在历史当中形成了很多社会规矩,上代人经过这么多年之后,他对这种社会规矩、社会法则就非常懂,那么作为下一代人是从生命需求出发的,那么这种生命法则和社会法则发生冲突的时候,最后一定要以生命法则占上风,一定要以生命法则改变社会法则,虽然在这个过程中,代表生命法则的人要付出惨重的牺牲和惨重的代价。历史就是这么进步的,因为这个社会的进步最后都是看利不利于人的进步。所以在这个冲突当中,往往体现在上一代人坚持的是社会法则,下一代人坚持的是生命法则,二者之间经常有矛盾。在家庭当中几代人是这样的,社会当中几代人也是这样的,到一定的程度,上一代的人、老一辈人,或者上一代社会结构一定让位于新的。但是关键是上一代人对下一代人有这种迫害、戕害、毒害,但他表面上不是凶恶的,而是一种亲情的东西,正是这些东西构成了非常可怕的伤害,甚至是难以抵御的伤害,所以中国文化对人最可怕的伤害就在这里。他用对你非常负责的、爱的方式让你接受一套价值系统,当然,这套价值系统用爱的方式、用对你负责的方式让你接受的时候,也就剥夺了你的生命权利。

我们拿一个具体的例子来说。比如说鲁迅,他说中国文化这种"吃人"太可怕了,他的体会特别深。因为鲁迅的父亲很早就去世了,母亲把他拉扯大,又对他特别器重,对老二、老三都不如对老大看重,比如说在自己家境不好的情况下,她都不和老二周作人在一起生活。她对鲁迅特别好,而鲁迅也对母亲特别孝顺,结果母亲给鲁迅娶了一个他并不喜欢的,但是母亲特别喜欢的妻子朱安。鲁迅的母亲认为朱安是特别好的一个女孩子,如果嫁给鲁迅的话,鲁迅一定会很幸福,所以她做主,让鲁迅把朱安娶了。但是鲁迅不喜欢,又不愿意让母亲伤心,所以他娶了朱安,造成鲁迅精神上一辈子的痛苦,所以鲁迅说,这种用爱的方式,用甜蜜的毒药最后把人毒死,这是中国文化最可怕的东西。比如说中国的小脚文化,从当时的情况来说,脚裹得越小说明这个人就越漂亮,所以每个女孩子都觉得要当一个漂亮的女孩子,自己就把自己的脚裹得小小的。戕害人的人用爱的方式去戕害,而被戕害的人又是自觉自愿,所以《家》当中的高老太爷是这样一个角色。

那么面临这样的一种爱有两种选择:一种选择就是,明明觉得这个东西不能接受,但是要为这个东西付出牺牲,要奉献自己,那么这就是长子觉新的形象。觉新这种形象讲的是什么呢?比如觉慧责备他,说你怎么这么懦弱、这么胆怯?说什么你就听什么。他说不是,你自己这么说行,我不能这样,我要让爷爷、叔叔高兴。觉新说,父亲临死的时候说"这个家就靠你了,你要为这个家付出、牺牲"。那么即使是我不愿意,我明明知道高老太爷给我做的这些东西是不对的、不应该的,这个并不是我觉新自觉自愿的选择,但是我为了让大家都过上幸福的生活,让大家都满意,所以我要牺牲掉我自己,这样使自己最后从婚姻到事业、求学、走出家庭,几个大的人生选择上都牺牲掉了,甚至在最后自己爱情的选择上先放弃了梅表姐,最后自己的媳妇生孩子,为了让家人都能满意,首先牺牲自己的媳妇,让自己的媳妇去外面租房子生孩子,最后自己的媳妇在生孩子时难产死掉了。就是说这个家庭是自己非常喜欢的一个家庭,我要对这个家庭负责,我为了这个家庭,虽然这件事情是我不想做的,但是还要委屈自己去做,这就是一种牺牲精神、一种奉献精神。

但是在巴金看来,你越是牺牲自己,越是奉献自己,到最后首先毁灭的就是你,而且你这个毁灭还是没有价值的、没有意义的,因为你所牺牲、你所奉献的东西本身是不值得你牺牲、奉献的东西,它是虚幻的一个神圣存在。那么你越是忍辱负重、越是无私奉献,其实你个人的悲剧就越深刻,同时你在奉献、牺牲的时候,你又对奉献、牺牲的对象构成了窒息和扼杀。这种窒息

和扼杀由于你是用奉献的精神来表现的,使被窒息和扼杀的人对你又形不成反抗,所以这种奉献、牺牲就是三重的可悲:第一重,对旧的东西是一种妥协;第二重,对新的生活是一种窒息;第三重,自己先把自己毁灭掉了,所以巴金的《家》当中,把这些东西通过觉新的形象揭示得非常深刻。

巴金的《家》,像觉新就是这样一个形象,首先牺牲自己,他不知道这种牺牲毫无价值,所以巴金对这种东西是持否定态度的,这是觉新的形象。

用亲情之爱来伤害人,那么当你接受这种亲情之爱的时候,你为了补亲情之爱,你来牺牲、奉献自己的时候,只能导致自身的毁灭,那么巴金对这种人是否定的。巴金写的另外一个人就是觉慧,是觉新的三弟,也面临这种亲情之爱。小说一开始就写觉慧在风雪之夜回到家,我们知道,在人生旅途当中有很多不如意的事情,人生情感的归宿是家,所以写他在风雪之夜回到家,十个人正在围着桌子吃团圆饭,这就是一种亲情之爱。但是在这种亲情之爱当中,觉慧总觉得限制自己的生长,所以他说我要离开这个家,因为他看到了大哥的悲剧,他说我一定要走。但是他一次一次地说,却一次一次地没有走,为什么呢?他觉得这个家对他有那么多的亲情、关爱,而且有一种血肉上的维系,所以这种抉择是非常难的,最后离家出走等于就是说把原有的价值体系从血缘上一刀两断了,我再也不和这个家庭发生任何联系了,所以离家出走。拒绝亲情的关爱是非常困难的,因为觉慧对爷爷是非常有感情的,一个非常有感情的人你要背叛他、背弃他,要走他不希望你走的路,这需要多大的勇气?你不是恨他,如果是恨他,就没有什么勇气不勇气了;你明明爱他,他也爱你,但是你知道这样爱下去结果是一个悲剧,这个时候你要斩断这份爱,要离家出走,这是不容易的。所以扩大一点说,中国的传统文化在血肉一样的日常生活当中滋养你、养育你,而我们长到一定程度的时候,突然要对养育自己的东西构成一种背叛,这非常不容易。我们只要想一想,像鲁迅这样的人最后在他母亲面前都是缴械投降,就知道觉慧的离家出走需要何等的勇气。

胡适也是一样的,也是接受他母亲的选择,娶了一个自己不喜欢,但是他母亲认为是最好的一个女孩子,胡适也是在母亲的选择面前缴械投降了。五四时期最优秀的这么两个民族代表在这种亲情选择中,最后都没有这种反叛的勇气,因为你叛变的人、反叛的人是你最爱的人,也是最爱你的人,这需要多大的勇气?但是觉慧有了这样的勇气,终于背叛了他的爷爷,最后出走,但不知道要到什么地方去。但是巴金认为这样一种选择是对的,他的价值取向认可这种选择。为什么必须得离家出走呢?因为你不能改造这个家。这个家当中的亲情结构你是改造不了的,你必须是背叛、离开它,这个时候你才能有新的收获。巴金认可这个,这是觉慧的形象。

从这种情感的意义上来说,中国是家国同构的,是家国一体的。中国小说喜欢写家,写一个家族,写一个大家庭。那么在这种家国一体当中,也就是我们和社会的一种关系。中国从传统社会向现代社会转型当中,我们是在传统社会当中长大的,传统社会对我们有一种血肉般的滋养,它已经渗透到我们的血肉当中去了,比如说家庭当中的亲情观念、人际交往观念,比如说我们对财产的观念,比如说我们对社会当中的观念,我们基本上都是在传统社会当中形成的,那么当进入到现代社会当中的时候,我们发生了非常多的不适应。

从亲情观念来说也是这样的,就是说在我们的人生过程当中,我们的情感可能更多地接近于传统,理性上我们明明知道现在是对的,但是你要让我在情感当中选择一种新的生活方式,那是非常困难的。但是能不能挣脱这些?笔者觉得都有这个问题,因为我们是从传统观念中长大的,就是从个人的日常生活到大一点的社会选择,包括我们对孩子的态度,从理性上说觉得孩子有很多的选择,不要过多地干预,因为他们有自己的理由,他们更多地和时代发展同步,我们有些东西是不太合适的,但是有些时候,我们总是喜欢用自己的价值尺度去规范自己的孩子,唯恐自己的孩子不按照自己的规范,将来有更多的人生痛苦。这个时候我们必须得明白,我们这时候确实是发自真心的,而且是非常真诚的,但很有可能我们的这种关爱会使我们成为21世纪的高老太爷,就会造成悲剧性的问题。这种情感性的东西,大概对我

们的人生是一种根本性的制约,所以《家》可以给我们提供很深刻的东西。

接下来,笔者想说一下其中三个人的形象。《家》中塑造了三个女性形象,一个是梅表姐,一个是鸣凤,一个是瑞珏,三个女性都是悲剧。现在大家知道,梅表姐非常真诚地爱着觉新,那么觉新也非常爱梅表姐,但是最后不让他俩结婚。觉新虽然很痛苦,但瑞珏是非常贤惠、善良、体谅人的一个人,她知道觉新喜欢梅表姐,所以在被子上还绣上梅花,安慰自己的丈夫。那么在这种关爱面前,觉新很快就沉浸在了夫妻生活之中,获得了情感的满足。但是梅表姐不一样,梅表姐爱觉新爱得非常深,这样使她的感情转不过去,她转不到自己的丈夫身上,所以她的家庭生活非常不幸,很快和丈夫闹黄了,成了孤独的一个人,而她又找不到新的依靠,最后郁郁而终。所以觉慧跟觉新说,你看现在有嫂子在身边,你们生活得其乐融融,但是梅表姐就不行了,她的命运非常悲惨。你说你不爱她,但你是不是也造成了她的人生悲剧?虽然你在感情上同情人家,但是你的生活状态跟人家太不一样了,觉慧指责他。

鸣凤是一个丫鬟,喜欢觉慧喜欢得不得了。一个有钱的老财主想娶她当妾,她不想去,觉得干脆寻死算了。但是在寻死的关头她去找觉慧,她明明知道觉慧不可能答应她的求爱,她自己也觉得不会嫁给觉慧,这个社会制度下她也不可能嫁给觉慧,但她认为只要是为了觉慧而死,还是值得的。最后觉慧说赶紧走吧!我这儿正有事。这样鸣凤已经非常满足了,她就觉得死了也知足了,而觉慧虽然内心深处喜欢鸣凤,但是他不能接受,因为他觉得那是少爷和丫鬟结婚,在当时的社会来说,那是伤风败俗的一件事情。我们现在可以说是"打破等级观念",但是在当时的社会当中,一个有身份的少爷和底下的使唤丫头结婚,那是伤风败俗的事情,所以虽然自己的内心非常喜欢她,明明知道鸣凤很可能到最后会走向一种非常悲惨的结局,但是觉慧还是觉得我得放弃。鸣凤死了之后,觉慧又很真诚地怀念她,男性的这种怀念是非常真诚的,但是假如鸣凤被人救起来,觉慧照样不敢接纳她,这就像曹禺写的《雷雨》一样,周朴园对侍萍非常真诚地怀念,但是侍萍真正到了他跟前,他根本不敢接纳她。这是影响社会声誉的,这就是鸣凤的结局。

那么瑞珏呢？大家都觉得她生孩子有血光之灾,这是非常带有迷信色彩的,瑞珏知道,觉新也知道,但是为了大家都满意,她说那我就牺牲自己好了。瑞珏搬出去,最后在难产当中死掉了。瑞珏死了之后,觉新非常悲痛,但是觉慧说了一句话,他说你现在确实非常悲痛,但是在过了悲痛之后,你还会过一种幸福的家庭生活,但是瑞珏却是永远不可能活过来了。

即使是巴金在写这个的时候,他基本上也是站在一种男权立场当中,就是说他所写的这三个女性形象都对男性有利,或者是男性价值期待当中的女性形象。而且我们通过他的描写也知道,像瑞珏、梅表姐、鸣凤都是自觉自愿做这种选择的,那么当这三个女性自觉自愿做这种选择的时候,其实女性已经放弃了自身的价值追求,完全成了男性的附庸。所以即使像巴金这样一个充满五四现代意识的作家,尽管他在作品当中也通过觉慧对这种男权意识做过某种程度的批评,但是他的整个导向仍然是男权立场。在这种男权意识当中,他通过这三个女性形象,满足了男性对女性的价值期待,在这种满足当中,女性只有悲惨的命运。如果女性也把这种悲惨的命运当成自身归宿的话,那就是女性双重的悲剧,第一重悲剧是她们自身的悲剧,第二重悲剧是这样的悲剧自身也可以认可,那就是更深一层的悲剧。如果女性自身也这样认可的话,那么女性永远也没有自身解放的一天。如果女性像鸣凤那样当成自己价值满足的话,那么女性自身的幸福永远不可能到来,因为在这样一个社会结构当中,女性永远只能当一个牺牲品。可是在我们的社会结构当中,我们却发现这些东西比比皆是,这是笔者想说的第一层意思。

接着说第二层意思,当女性意识到了这样一种结局只能给自己带来悲惨命运的时候;女性不再满足男性想象中期待的时候;女性从这些东西当中挣脱出来,开始维护自身利益的时候,那么男性的这种期待就会落空。男性的期待落空之后,男性的期待事业当中又没有新的女性,这时候越是女性的解放,越会给男性带来一种新的情感空虚,这是男性极大的不幸。所以我们现在可以清楚地看到,女权主义的崛起给男性带来的困惑。从理性上,我们

知道这是女性自身一个非常公正的理由，但是当男性看到女性不再为男性付出的时候，男性所期待的女性本身是什么？男性的这种失落感是非常可怕的。所以我们现在就看得很清楚，特别是在大的都市当中，比较成功的女性在家庭当中已经给男性造成了选择上非常大的困惑，或者男性有了一种不知所措的畏惧。越是大的都市当中，越是在社会上获得成功的女性，她们所要选择的男性范围越小，因为男性不太敢接受。男性为什么不愿意接受她们呢？因为男性对女性自身的东西看得很多，他们觉得不可能像传统女性一样为他们付出很多。巴金也是在这种心理满足当中，完成了男性自身对对方的期待满足，所以这三个女性形象会给我们提供这样一种新的启示。

下面笔者再讲另外一个问题。巴金的创作有两个高潮：一个是他的《家》，一个是他的散文集，总题目叫《随想录》，一共一百五十一篇。从《家》怎么发展到《随想录》呢？《随想录》会给我们带来什么样的启示呢？

巴金应该说是对情感非常重视的一个人，他之所以写《家》，就是以他自己的家做原型。觉新是他大哥的原型，他自己本身其实就是觉慧。他对这个家充满了感情，他深深地爱着这个家，深深地爱着他大哥。但是他也像觉慧一样，觉得如果不挣脱这个爱的守则，他最后也会窒息，所以他最后离家出走，到了法国。当时法国巴黎是全世界最浪漫的一个城市，但是巴金在那里没有留下任何的个人情感故事。按道理，一个人在异国他乡，身边又不乏各种各样的女孩子，而且他当时正是二十多岁，很容易发生这样的情感故事，但是巴金一个故事都没有。为什么呢？因为他把所有的情感都深深地留在了他四川的家当中。最后他说我要把这个写出来，写给我大哥看一看。最后终于写出来这个《家》，很可惜的是，《家》出版的时候他大哥正好死掉了，他觉得很遗憾。

但是这个说明什么呢？就是巴金的情感世界完全在旧的家庭当中，新的情感进入不到他的生活当中。那么写完《家》之后，他大哥去世之后有一个女孩子闯进了他的视野，这就是他后来的妻子，叫萧珊。她是一个热心的读者，互相通信，然后变成友情关系，然后变成恋情。但是巴金和萧珊的爱情整整延续了八年时间,从三十二岁到四十岁。大家知道,三十二岁对一个男人来说,应该说是相对稳定的一个年龄,不是情感冲动的年龄,而四十岁应该是一个比较成熟的年龄。那么他用了整整八年的时间来充实这段恋爱,在这场恋爱当中他没有别的故事,在当时的文化当中也没有和萧珊同居。由此我们可以看到,巴金可能是对生活、情感看得很重的一个人。最后经过八年,和抗战一个长度的恋爱生涯,他和萧珊最后结婚了。由此,我们可以推想巴金对萧珊的看重程度和巴金对自己新建小家庭的重视程度,原来他的根在大家庭当中,现在开始把这个根移植到自己的小家庭当中。

巴金在对这个小家的看重过程当中,他对旧的东西没有批判,开始对新的东西有一种新的追求。那么这种新的追求随着家庭的温馨,也随着新中国的建立,他开始渴望新的生活,他对新生活亦步亦趋,试图跟上新中国的步伐。比如说朝鲜战场他去过三次,那么高度的近视眼,甚至亲自由战士护送他,两个人架着他的胳膊到前沿战壕里去看真正的冲锋,他试图写出真正的斗争生活,但是都没有成功。"文化大革命"的时候他也非常真诚地参加,而且他确实非常真诚,根据很多人的回忆、记载,他最开始对"文化大革命"并不是抵触,他觉得那是一个非常神圣的革命,他说把我十四卷的《巴金文集》全部烧掉好了。他非常有这种牺牲精神,他说我这十四卷的《巴金文集》没有一个字可以留给这个世界,新社会是不需要的,烧掉就对了。而且他非常虔诚地改造自己,比如说他的好朋友、几个作家曾经写过几篇文章,发一些牢骚,但是巴金说不要牢骚,这个运动是对的。他作为一个被迫害的对象,他却给迫害他的人说好话,对自己身边受迫害的朋友做这种思想工作。但是他不出卖自己的朋友,所以他的朋友觉得他很可笑,觉得巴金很真诚地拥护"文化大革命"。

但是巴金最后为什么对"文化大革命"产生怀疑,并且特别痛恨呢?主要是来自于萧珊,因为他觉得萧珊是一个非常好的人,萧珊后来照顾他的生活,没有参加社会工作,就做一个家庭妇女,有时候去《收获》杂志社帮助看看稿子,但是一分钱都不要。他觉得萧珊是再好不过的一个人,但是"文化大

革命"的时候开始批斗萧珊,给萧珊贴大字报。而萧珊又是从小在好的环境下长大的、自尊心很强的女性,所以她接受不了这种侮辱,很快就被摧垮了,住进了医院。而在住医院的时候,批斗巴金的人就说她住医院你又不是大夫,你陪着干什么?你去劳动改造吧!所以巴金没有机会在萧珊病重的时候陪在萧珊的身边,只是在萧珊临死的时候才赶回来。所以他就觉得这个革命绝对不是一个好革命,怎么能让萧珊这样的人这样死掉呢?所以从此以后,他对"文化大革命"开始彻底地反思,他觉得"文化大革命"绝对不是好的,然后他才开始想这个"文化大革命"是怎么发生的,我为什么拥护这个革命,我怎么走到这一步的,他开始反思。

我们可以看到,他太爱旧的家庭了,所以走出这个家庭、反叛这个家庭;他又太爱萧珊了,由萧珊又引发了对他真诚所爱的这个国家的反思,所以刚刚打倒"四人帮",他在病床上就开始写《随想录》,而在《随想录》所有的篇章当中贯彻的一个主要事情就是反思。我们有一个良好的愿望,要建立一个好的社会,但却一步一步地走到了"文化大革命"这场大的浩劫当中。然后他就说,我们非常真诚地、一步一步地丧失了自己独特的判断,我们认可了那些封建的东西,所以在《随想录》当中,他主要批判的是长官意识、特权思想、专制集权、没有民主、把西方的东西看得很不好。基本上就是对封建东西的全面批判,对五四的全面张扬。用巴金自己的话来说,他说我真诚地以为我走出了四川这样封建的家庭当中,现在终于发现了,我们现在还生活在这个家当中,我们现在的主要任务还是必须要走出这样的家,而《随想录》就是这样的一本散文集。《随想录》最开始的时候是不允许在大陆发表,一直在香港发表,后来随着对"文化大革命"的否定才在大陆得以发表,最后结集出版。

但是即使到今天,我们对巴金的《随想录》也仍然没有做到巴金所能够做到的程度。巴金在《随想录》当中他专门批判的是什么呢?比如他晚年病危的时候几次提出,说我们一定要建立一个文革博物馆,让子孙后代记住我们曾经有这样一场浩劫,这样才能使我们以后不发生这种浩劫。但是一直到今天都没有一个文革博物馆,不但没有,而且我们甚至到今天出现了某种不好的苗头,甚至有些人开始怀念"文化大革命",面对市场经济之后,随着物欲的泛滥,有些人甚至提出说"文化大革命"这种神圣的精神运动对今天仍然有价值。

而巴金在《随想录》当中有一个特别可贵的声音,就是忏悔意识。按道理,他自己是一个受迫害的人,但是在打倒"四人帮"之后,他首先说我应该忏悔,他说我们在一步一步走到"文化大革命"的过程当中,胡风是我的好朋友,但是上面让我批判胡风我就跟着批判了,我担任的是落井下石的角色。他说正是我们一步一步真诚地批判,到最后,当别人批判我们的时候,就没有人再来替我们说话了,所有的人都开始批判我们,我们就是这么一步一步走来的,所以我们造成的灾难是我们自己一步一步在挖一个陷阱,到最后把自己掉进去了。我们曾经受害,但是我们却在不断地害人,我们在不断地害人过程中,最后自己终于成了一个受害者。他说我们现在必须认识到这一点,认识到自己曾经是一个有罪责的人,这才能使我们以后不再发生这样的悲剧。

这样一种声音是非常难得的,中国的现代化进程当中鲁迅在第一部小说《狂人日记》中就曾经讲过,他通过狂人说什么呢?他说我是一个被人"吃"的人,但是,我确实也是"吃"过人的人,我曾经"吃"过妹妹的肉,现在大哥要"吃"我的肉。我是一个"吃"人者,那么这时候轮到别人"吃"我了,才认识到世人的可怕。他说我们只有认识到"吃人"的可怕,认识到自己也曾"吃"过人,认识到人怎么一步一步被"吃"的时候,才能建立一个将来不"吃人"的世界。巴金的这种声音,应该说和鲁迅,或者说和中国现代化进程当中第一个反抗旧世界的声音非常一致,只是这种声音是在打倒"四人帮"之后重新响起的,就是说我们曾经"吃人",我们"吃人"的结果就是最后成为一个被"吃"者。如果认识到这一点,我们就能建立一个不"吃人"的世界,避免这样的灾难发生。所以这种忏悔意识,他在忏悔自己对别人的迫害,同时也忏悔自己是怎样一步一步地走上这种历程的,而这种历程就是中国的思想界、知识界,或者中国的历史这么一步一步走过来的,巴金首先做出过这样的反思和

忏悔,所以他首先反复强调的就是要建立一个文革博物馆。

在第二次世界大战这样一场大的历史灾难面前,我们看到谁忏悔得最好呢?德国人忏悔得最好。德国人建了一个奥斯维辛集中营,但也是德国人说一定要把这个奥斯维辛集中营保存下来,让全世界世世代代的人知道有奥斯维辛集中营,知道这里曾经发生过怎样灭绝人性的屠杀。而曾经参加奥斯维辛集中营的德国军官也说,我曾经做过这个,但是大家要记住这个事情,而做这种大屠杀的人当时真诚地认为自己献身的是一个神圣的使命。德意志民族是一个非常优秀的民族,在当时全世界的经济危机面前,德国的经济是最差的,但是希特勒使用集权,他在三到五年的时间内,使德国的失业率从全世界最高的变成失业率最低的,使德国整个的福利事业发生了翻天覆地的变化。在这样的事实面前,整个德国的知识界、思想界完全缴械投降。德国最知名的哲学家,或者说西方现代哲学之父海德格尔率先联合德国思想界、知识界的精英联合签名,拥护希特勒上台,最后终于导致了希特勒的执政,他们要把这种文明形态推广到全世界去。所有最优秀的德意志青年,从少年团到所谓的什么青年团、党卫队、冲锋队,把最优秀的年轻人组织到一起,要把那些最不好的东西彻底消灭,德国到处搞这种屠杀犹太人的运动,然后要推广到别的国家去,他们真诚地以为自己在完成一个神圣的使命,丢掉了那么多德意志优秀青年的生命和青春,最后才发现自身的付出是完全没有价值的,对自身是一个极大的灾难,同时也给全人类造成了极大的灾难,他们觉得这是德意志人最应该反思的,所以他们要让全世界都知道奥斯维辛集中营,所以德国总理能够当众下跪表示忏悔。他们不是说我们给世界造成了什么灾难,而是说我们为什么会造成这样的灾难。

巴金讲过一个事情,他说我在"文化大革命"当中受了这么多的磨难、这么多的折磨,"文化大革命"结束之后没有一个人跟我道过歉,只是把我叫到组织部,面无表情地说,巴金,以前对你的迫害是错误的,现在宣布给你正式平反,恢复以前的待遇。他说没有一个具体的人给我道过歉,给我道歉的是两个日本人。他说我去日本访问的时候,两个日本青年作家一见面就跟我道歉,说巴金先生对不起,"文化大革命"的时候,我们作为青年作家,我们也向往这种神圣的革命,不知道大陆到底怎么回事,总觉得报纸上在批判你,所以当时写了很多文章批判你。现在看来,在你最落难的时候,我们曾经做过很对不起你的事情,现在我们非常真诚地向你道歉。巴金说,我在中国受到这么多的迫害,没有人给我道歉,在日本却受到了道歉,他说我们这个民族太缺乏忏悔意识了,他反复呼吁的是这个。

当我们的民族,那么多的年轻人那么真心地投入到这场运动当中,付出自己青春的时候;当那么多的知识分子那么真诚地改造过自己之后;当那场浩劫过去之后,我们看到巴金老人不断地发出忏悔之声。

从《家》到《随想录》,笔者觉得这是巴金能够提供给我们的,而且对每个人都有深刻人生启示的东西,这是巴金所带给我们的当今最具现实意义的所在。

(本文根据2005年12月4日在山西省图书馆的讲学术讲演稿整理而成,有删节)

未必清醒的反视（代跋）
——我的文学批评自述

十分感谢山西作协在我步入花甲之年行将退休之时，给我这样一个对自己文学批评道路给以反视的机会，虽然自己的反视未必清醒，但也有可能有一种"个例"的意味吧。

一

反视自己的文学批评生涯，却要从自己的少年时期开始，因为"病"的"基因"是在那时形成的。

"文化大革命"那年，我小学还没毕业，却面临家破人亡的变故——自尊心很强的母亲，不堪屈辱，愤而谢世。与本地文化形态格格不入的父亲，被莫须有地进了"牛棚"，哥哥姐姐时在外地串联，自己走在外边，总会有恶作剧的孩子们，三五一伙，在你身后往你身上扔石子，喊些骂人的顺口溜骂你，让你无可奈何又心生恐惧；躲回到"家"里，又因母亲是在"家"中弃世，心里依然会有一种恐惧感挥之不去。这样的一种不敢将自己示人于前，又无处躲藏，却又总想把自己"躲藏"起来不为人知的心态,影响自己至今——虽然今天有时会被人作为"学者"、"专家"请去发言,但自己发言时,却身子尽可能地往回缩,绝不可能腰背挺直,以至于负责摄像的工作人员总是责备自己形象不佳。你说,以这样的心态,从事文学批评,去"批评"文学,又可能走多远?

"文化大革命"期间,印象最深的是那铺天盖地的大字报,是满天飘洒的红卫兵传单,后来是两派斗争的传单,排比的句式,反诘、质问的语气,感情色彩强烈的语词,让人感到了一种逼人的气势,感到了一种心灵的震撼。这些文字曾经深深地打动了我,我反复地读着它们,惊异于文章有着这样的感染力。也许有人会问,你作为一个狗崽子,怎么会被这样的批判文字所打动呢?我说不大清楚,但当时不由自主沉浸其中却是十分真实的。现在想来,不管是怎样的一种感情迷狂吧,那时的大字报和传单的作者是把自己的一腔真情、激情溢满于大字报和传单的字里行间,这样的一种真情、激情还是能够激动人心的,尤其是一颗少年的心。20世纪90年代,我读了刘小枫的《沉重的肉身》,他在那本书中讲,在武斗的年代,他们是围绕着一个初三的孩子,听他讲雨果的《笑面人》。我没有这样的幸运,我是直到大学毕业了,也没有读过这本《笑面人》的,我相信,在那时读大字报、传单与读《笑面人》,对人日后的成长是截然不同的,影响是巨大而又深远的。还有一点需要提及的是,虽然家破人亡,但由于先前家境的优裕,自己养成了不过问或没有能力改变物质生存境况的习惯,宁愿把整日的光阴抛洒在对自己实际生存毫无用处的对大字报与传单的阅读上,而那时,我身边的许多朋友正在忙着帮大人挣一点小钱以补贴家用。我觉得,这种人生兴趣最初的不同,对我们日后各自不同的成长也影响甚大,特别是在我于今天回首插队经历时,对此的认识与感慨尤深。

四处漂泊几年后,我到农场插队落户,一插就是八年,整整一个抗战。乡下无书,那也不是一个读书的年代,队部仅有的一张报纸,因为放在队长办公室,也不是我这样的人敢随便进去翻阅的。但读大字报与传单养成的阅读习惯,使自己总想找点什么来读读。说来可笑,我读的那本《红楼梦》，因为被撕得无头无尾，我是从半中间读的，以至于我当时不知道自己读的是《红楼梦》。那是一个深秋，秋风萧瑟，秋雨绵绵，虑及个人前途，自己心情十分忧伤，所以，当我读到林黛玉所写"秋风惨淡秋草黄，耿耿秋灯秋夜长，已觉秋来秋不尽，哪堪秋雨助凄凉"时，心中产生了深深的共鸣。那年秋天，我把《红楼梦》翻来覆去读了几遍，我相信，它在无意中培养了我的文字感觉。我还读到了一本缺行少页的唐代诗文集，那里面有这样的句子："冯唐易老，李广难封，屈贾谊于长沙，非无圣主；窜梁鸿于海曲，岂乏明时。"我记得自己当时激动极了，对这样的句子佩服得不得了，觉得它说出了我们家当时的遭际。我把那本残破不全的唐代诗文集放在枕头边读了很长时间，以至于后来给生产队写个快板什么的，那韵脚信手拈来。

说到写快板，我那时连平仄的概念都没有。一个朋友写了一首诗让我看，倒是押韵，但韵脚平声一面倒。我告诉他不能这样写，并且按平仄要求给他做了修改，他问我为什么，我却说不上来，只是觉得念得顺口，与我念过的诗词感觉一致。1977年高考的时候，有一道题是让把一大段话中的关联词与过渡句填上。天可怜见，我那时连关联词与过渡句的概念都没有，就从念得顺口的角度出发，填上了一些自以为是的词与句子，下来与懂行的人一核对，却也没发生错误。还有一道古文题，虽然没见过，但由于平时读过一些古诗文，所以，翻译自不待说，就是该题要求的对若干难词的解释，自己也可以根据上下文而把词义说出来，我想，这都是平日阅读的原因吧。当然，靠自己阅读，往往要走许多弯路，譬如还是在读大字报和传单的年代，那时盛行毛主席的两句诗："宜将剩勇追穷寇，不可沽名学霸王。"由于这两句诗出自毛主席的《人民解放军占领南京》，涉及战争打仗，所以，我一直把"宜将"这个词视作是对打仗将领的指代，把"霸王"这个词视作为不要打下江山就不思进取坐享其成称王称霸。直到多年后，一位长者才纠正了我的错误。

就是依仗着这点儿阅读功夫，也是因为乡下缺少文化人，所以，我那时给队里、场部、县里写了大量的批判稿、工作总结、先进材料、演唱材料等。记得第一次给场部写先进材料时，我找了一份大报上刊发的某单位的先进材料的框架充做我文章的结构,然后照猫画虎,把我们农场的所谓先进事迹填进去。材料上送后,上级部门的一个"大秀才"专门把我叫去,问我是哪里毕业的,然后很奇怪地看着我,说没想到这样的大材料出自我的笔下。我第一次给县文化馆写小戏,也是先找了个剧本做底本,然后按唱腔的要求把唱词换上去,居然也让县曲艺队上演了若干场。

这样的写作,固然锻炼了我的行文能力,但也给我的写作带来了难以疗治的根本性的创伤。为什么呢?由于身体较弱,不谙农活,自己又胆小怕事,不敢偷懒,大田劳动对于我简直是一种无法逃避的折磨。我那时急于脱离大田劳动,所以,上边让我写什么,我就写什么,让我怎么写我就怎么写,功利性很强,渐渐地养成了写作习惯,以至于不会再说自己的话。直到今天,这么多年过去了,自己写起学术文章来,一不小心,就又落此痼弊。我的许多同时代人,在那时的乡下,以一种非功利的自由心态,或读各种各样的书,或与朋友书信往来,表情达意,或者写写抒情议论的诗文,及至时代变化后,他们就以健全的心态得以较快地发展。我想,这是我与他们在其后的人生道路上差距越拉越大的一个重要原因。鲁迅曾说过,有谁从小康人家坠入到困顿之中么,我以为在这途路中,大概是可以看见世人的真面目的。不幸的是,我只是"感到"却不能做到"看见",且在这困顿之中,也早已经没有了鲁迅在《别诸弟》中所显示的"万里长风送客船"的情怀。众人的唾弃与冷落、下乡插队期间的不堪重负,形成了我"精神奴役的创伤",形成了我遇事便委屈自己以求现实生存的"鼠目寸光",想顺从所有的人,就是没有了自我。困苦的环境不仅可以磨炼人、造就人,使生命得以升华,更可以消磨人、毁灭人,造成生命的破碎、生命的萎缩。我在后来,之所以与山西作协来往密切,一个很重要的原因,就是作协的"气场"感染人,特别是对我这样从小备受压抑、胆小怯懦之人,尤其如此。那种锐气、那种豪气、那种汪洋恣肆、那种酣畅淋漓,人气文气,相得益彰,实实是让我感佩不已。只是我永远是力不从心,永远可望而不可即。于是,你就想想吧,以我上面所说的自己的心态、自己的写作姿态，我去从事文学批评，去"批评"文学，又能走多远呢？而我，就是在这样的起跑线上，开始了自己的文学批评之路。

二

从1983年第5期《华东师范大学学报》刊发我的小文章《王蒙没有藏匿金钥匙》算起，自己在高校任教的同时从事文学批评写作，也有三十年的时间了。这三十年间，自己的文学批评写作之路，我想，可以用"随波逐流"这个词来做概括与总结，而之所以"随波逐流"，其根本的原因就与前述自己的"病因"有关。我还记得，长期的农场集体宿舍、三年的学生集体宿舍，使我对个人空间的安全感，有着一种极度的渴望，因此，当我留校后马上结婚，有了自己的一间小屋子后，我是一种自足心态，当一个不受欺压的顺民足矣。因此，总是工作让写什么就写什么，时尚让读什么就读什么。因为身在山西，山西作家自然成为自己时时关注的对象；因为博士需要毕业，所以有了个体生命的研究视角；因为从事文学教育工作，所以文学教育类的写作成了题中应有之义；因为朋友相邀，所以学术、随笔类文字拉拉杂杂地也就一路写来。新时期伊始，李泽厚红极一时，于是将他的三本"史论"购来一读；20世纪80年代中期，又是方法论又是观念年，文学还要向内转还要纯文学，于是也就弗洛伊德一把，对文学与政治不再一提；后来，刘小枫神性迷人，"肉身"而"沉重"，外来的昆德拉却又说"生命中不能承受之轻"，还有德里达要解构福柯权力成话语，却又有人说不读孔孟不是读书人。西拉东扯，东拼西凑，既不是出于或服从自己的生命需求，又不是基于严格的学术训练；学术根基不实，研究对象不一，批评武器杂乱，价值立场亦不明晰，但三十年下来，居然也能够陆陆续续地发表了有百万字的文学批评类文字。如今面对这些文字，反视梳理，归为四类，其写作原因及其中优劣，我在叙述中一并给以说明。

第一类，是从个体生命视角对新中国成立后"十七年文学"及其他作家给以评说的文字。

2000年9月,我送女儿去北京邮电大学读书,离开的时候,许是从小对"家"的缺失感觉,我的心里特别地难受。北京邮电大学与北京师范大学一墙之隔,我其时忽然异想天开,想到如果我在北师大读个博士,岂不是可以就近与女儿相伴三年?于是,又是向北师大的王富仁老师倾吐心愿,又是购置外语书与外语录音磁带,但来年面对外语试卷,却目瞪口呆,不知所以。而其时,我所在的学校,却又面临着三校合并的命运,而以我的资历,说不定会让我来负责中文系的事情。一想到此,心惶惶然。于是,找来《光明日报》,一页页翻去,好在天无绝人之路,河南大学还有一次考试机会,于是,立马前去。

我非常感激河南大学,不在乎我其时年岁已大,仍招收我读了他们的博士生,而且在那里受到了良好的学术训练。

河南大学虽然地处开封,但却是个有着悠久历史、学植深厚的学校。其时刘增杰、刘思谦、关爱和、沈卫威、孙先科老师及挂在这一博士点的吴福辉老师,在各自领域都有颇多建树。后来,我师从的沈卫威老师调至南京大学,我又得以得到南京大学许志英、丁帆、王彬彬老师的指导。在河大、南大三年,我感触最深的,是那里严格的学术训练与学子们的学业志向,都让我心怀畏惧时存退避三舍之感。尽管这样,刘思谦老师从个体生命视角而对女性文学的研究、沈卫威老师从现代自由主义思潮而对个体生命的涉及,都让我对个体生命产生了浓厚的兴趣。我以此为视角,试图以新中国成立后的"十七年文学"为载体,对"十七年"的价值形态、人生形态、社会形态,给以解读。之所以将"十七年文学"作为我的解读对象,是因为我的少儿时期是在"十七年"中度过的,我觉得自己许多的价值观念的形成,都与这一时期有关,我想弄清楚这一历史时期对我们这一代人的影响,并且认为,王蒙那一代人的价值观念也基本上是在那一时期形成的。而王蒙的"五七族"一代与我们"知青族"一代,在中国的新时期及其后的市场经济时代,有着举足轻重的位置。我还认为,今天为世人所诟病的种种时弊,其实根子是在"十七年",虽然看似截然不同,但却是一体两极、一物两面。我还想以此为基点，搞清楚延安、"十七年"、"文化大革命"、新时期、市场经济时代，这之间在价值观念演化上的内在逻辑关系。我围绕这些想法，试着写了十几篇文章，有点影响的是刊发于《文学评论》《二十一世纪》《文艺争鸣》等刊物上的《心灵的迷狂——张承志现象批判》《打捞"十七年文学"中的个体生命碎片》《"五四"与"民间"在"十七年文学"中的侧影》《论"十七年文学"中精神结构精神质素与今天精神世界建构之关系》《探寻面对"整体"的"个体""踪迹"》等。但这一写作开了个头，却没能够深入、拓展下去。一是因为自己功力不够，一是因为自己博士毕业后，俯首听命成习，又回到了自己原来工作的学校，随即投入到了那非常耗人心神的教育部组织的教学评估工作中，然后是申硕，一耽搁就是十年，现在想想，殊为可惜。时至今日，我仍然认为个体生命视角，是一个非常深刻、独到且对于中国的今天，颇具现实意义的视角。近几年，自己曾因此而被香港浸会大学出资邀请去那里做学术讲座，也曾因此而被韩国外国语大学邀请前去参加会议。不知自己今后，是否还可以重新将之捡拾起来，因为自己仍然每每念及与此，且时时因此而感到愧对河大、南大的老师们。

第二类，是对山西20世纪40年代之后文学的评说。

我1978年入晋东南师专中文系读书。那虽然是个地处小城的专科学校，但老师中却不乏藏龙卧虎之人：宋谋玚、储仲君、梁积荣、李蹊老师等。但自己当时实在是愚钝得不可救药，眼光只盯在长治小城以自存。记得谢泳从太原来长治参加个什么文学活动，专门从市里来到学校拜访当时他似乎不曾谋面的宋谋玚老师。谢泳后来以研究知识分子而享誉文坛、学界，从当时我们对宋老师的亲近、重视程度，也可见出我俩眼界、格调高下之悬殊。储仲君老师1983年即介绍我与施蛰存先生相识，后来又介绍我与邓绍基、陈贻焮、储斌杰、钱谷融先生相识，但我见几位先生时，无知到了无法问话的程度。梁积荣老师甚至是到了近几年，才让我时时生出如朱自清先生所说过的"那时，自己实在是太聪明了"的悔悟之感。李蹊老师，其实也是到了我开始研究"十七年文学"时,才真正认识到了他的价值所在。

　　长治是个小城市,文科只有晋东南师专这一个高校,20世纪80年代又是个文学时代,所以,但凡有文学活动,自己也就时时得以参加。那时,文学活动似乎也比较多,自己因此时时得以读到研讨会上让大家阅读的文学作品,自己又听话、认真,但凡参会,总是会按照会议要求,写写对会上要讨论作品的看法,这些作品大多是长治地区文学作者的作品。再后来,就开始参加省城组织的文学活动了,一如既往,听话而又认真地写文章参加对作品的讨论,只是被讨论的作品,大多是山西省著名作家的作品了,而其时,"晋军崛起"其势正盛,山西作协《批评家》杂志的董大中、蔡润田老师,《太原日报》的杨士忠、张厚余老师等人,对我们这样来自小城的文学评论者,又热情有加。再后来,我又调到太原任教,与山西作协交往更为密切,一来二去,我写得关于山西作家作品的评论文字越来越多。这其中,《从"山药蛋派"到"晋军后"——山西三次小说创作高潮之再审视》在整体上对山西的三次小说高潮成因的研究;《赵树理与"山药蛋派"》是对赵树理与"山药蛋派"之间关系的梳理;《论赵树理文艺创作中的三晋文化特质》《梦幻中的现实》对赵树理、马烽等人创作的评论,以及对成一、李锐、张石山、张平、钟道新、蒋韵、田澍中等人小说创作的论说文字,似乎尚可一读。2012年,山西作协为我们几个做文学评论的作者出了一套《山西文学批评书系》,我把自己近三十年来的关于山西作家作品的评论文字收集在一起,名为《从"山药蛋派"到"晋军后"》,却十分惭愧地发现,自己作为山西高校的一名从事中国现当代文学教学的教师,作为一名山西作协的编外人员,自己关于山西作家作品的评论文字,竟是十分的零散,既没有略微有点系统性、系列性的山西作家论,也没有对山西文学创作从若干个创作范畴给以梳理,也没有找到山西文学创作的特质,或者找到其在全国文学格局中的优劣短长之所在。其原因,我觉得自己还是为"随波逐流"的积习所累。

　　在这里,我想稍稍从对山西文学的研究宕开去,展开一下,谈谈我对在山西做文学批评的价值站位的理解。对山西、对山西文学关注越久,我就越觉得山西、山西文学是一个充满魅力的所在,是一座金矿。值得立足的地方、言说的对象,并不远在天边,其实常常就在脚下、眼前。身在山西做文学批评,要汲取山西山水的精魂,有一种自信,这不是保守心态,而是一种大气。抛开政治倾向不说,阎锡山有两句话给我留下很深的印象,让我常常思索山西的文化气象是什么。这两句话一句是,踩在三个鸡蛋上跳舞。他不是要认可哪个鸡蛋,却是要在三个鸡蛋上跳舞。还有一句是在评说某种学说时,他说:"有这个理,没这个事。"短短八个字,横扫千军,这又是何等的气度。山西的文化、文学,就像是山西的大山,看着土,但却巍然屹立在那儿,任云在上面飘,任水在下面流。我觉得做山西的文学批评,也要秉承山西的这一气质、这一气度。正是基于此,近年我常常思考"边缘"与"中心"这一话题。这几年自己出的书,不是《边缘处的言说》,就是《边缘之声》。这固然是因为自己身处社会、学界的边缘,但也与自己对山西的文化特质、形态、价值、意义的思考有关。在一个全球化的时代,"中心"的力量是巨大的。如果说一个时代的统治思想,就是那个时代的统治阶级的思想,那么套用这句话来说,在今天这样一个时代,"中心"的话语,往往最有可能成为统治性的话语。当然,"中心"有各种各样的"中心",以电影界为例,似乎奥斯卡大奖就是世界电影界的一个"中心"。我不否认"中心"力量的合理性,但我想强调的是,天长地久地置身于一个大一统的环境下,相积容易成习,身处"边缘"、身处"边缘地域"的人,要避免用"中心"的思考代替自己的思考,要避免用"中心"的"问题"代替自己的"问题"。在一个社会根本性转型的大变局时代,去除"中心"对"边缘"的遮蔽,用"碎片"、"边缘"去解构,重构"中心"。"边缘"对"中心"这样的一种变革性意义,"边缘"与"中心"的对话关系、张力关系、间性关系,可能是值得我们身处"边缘"、身处"边缘地域"的人所思考的一个问题。在这一思考中,我觉得我们需要对山西、对山西文学给以重新的认识,对山西文学批评的站位给以新的理解。

第三类，是学术性随笔。

还是在1988年，我在《山西青年报》开了个专栏，是随笔性的文学评论，每周一篇，每篇千余字，陆陆续续的，写了有四万多字。1994年，我帮助朋友在《山西发展导报》上主持一个《文化批评》版，因为工作之需，经常换个名字写些对当时文坛时评性的文字，大概也有两万多字吧。2006年11月，我在上海《文学报》开了个专栏，每周谈一个话题。这些文字，如今翻出来看看，似乎也还可读，观点放在今天，对某些人也还是有点启发的。2011年底至今，我在《深圳特区报》开了个《每周文坛观察》的栏目，基本上每周一篇，每篇千余字，虽然这个专栏更偏重于信息性，但我还是想在其中体现一点自己对当下文坛的判断。有那么几年，我对文坛现象比较关注，常常发些议论；朋友们出了学术书，拜读之余，难免也要用随笔的笔法，谈谈自己的看法。这其中，我是力图写得可读性要强，又要有一定的学术深度，或者文化思想深度；或者力图通过对一本书的评述，体现出对一个学术问题或者文化思想类问题的看法。这类学术性随笔，诸如《随笔时代》《高妙的战法》《旗帜的神化》《毕竟只有一个周扬》《论性别研究中男性话语的缺失》《〈百家讲坛〉向何处去》《关于文化强省的思考之一（之二、之三）》等，自己也还有所偏爱。学术性随笔，虽然篇幅短小，但我对之却颇为重视。我曾在《随笔时代》中，借朋友之口说过这样的话：当今时代（有那么几年吧）是专著不如论文，论文不如随笔。究其因是因为在当前的学术体制中，有些专著与论文，学术水分太多，反不如随笔，三言两语，观点鲜明，问题也揭示得清楚。我还有个看法，就是在高校工作，时常写学院派学术论文的人，写写学术随笔，对活跃自己的思维、文笔，是大有好处的。近些年来，自己由于年事渐长，常常被邀去一些文化部门、高校，做一些学术演讲。这类演讲文字，我也是把它归入学术随笔类。

第四类，是文学教育类文字。

这类文字，可以分为三种：第一种，是对文学文本细读的文字。还是在1988年，我与梁积荣、李仁和老师撰写了一本《中学语文鲁迅作品讲析》,我没有按照讲课稿的形式写,也没有拘泥于当时学界对鲁迅作品的解读,而是写自己个人的阅读体会,用心去与读者交流。经过这样的尝试,2000年,当段崇轩兄邀我与他合作撰写《中学语文名篇双解》时,我很快就找到了自己写作的感觉,那就是将自己个体感性生命经验与学术性理解融为一体,并以生动亲切的语气讲出,构成在文学鉴赏活动中,解读与交流的在场,且希望以自己的在场示范,让中学语文老师在中学语文课堂中在场。《中学语文名篇双解》在语文刊物上连载过很长时间,其间,收到了中学师生的一些信件、电话,让我很受鼓舞。后来,崇轩兄忙于其他写作,《中学语文名篇双解》停了下来,其后,曾有多次修订重版的机会,也因崇轩兄写作任务过多而暂时搁置,令我时时心生遗憾。或许是我从事教育工作的原因,我一直比较重视这类文学教育类、文学鉴赏类文字的写作,并且将之视为文学批评中的一种。

第二种,是大量的对不著名的基层文学写作者作品的评论文字。因了与山西作协的关系,我有时要参加一些基层文学作者的作品研讨会,或者时常要写一点关于这些作品的评论文字。但说实在话,这些写作者能够因此进入或有希望进入作家行列的为数极少。这些作者的作品往往数量不少但质量不高,阅读这些作品费时不少,但被所评作品的文学含量拘囿,所写的评论学术水准也不会高,但写起来却并不省力。所以朋友们常常劝我,宁可去研究大作家的边角料,也不要把精力用在对这些作品的研读上,甚至还说,那样只会磨损自己的艺术感觉。

朋友们讲得不无道理,但面对基层文学作者渴盼的眼神,我还是不断认真地写着这类评论文字。但凡一个人,总得为自己做的事找点价值依据,我于是常常思考这样的问题:既然不可能从这些作者中培养出作家,更不可能培养出21世纪的中国文学新星、巨匠,或者我们不能以此为目标,那么我们对他们的帮助价值何在?

我以植物界的生态为例。百年老林中的参天大树之所以能够长成,离不开相应的生态环境,譬如气候、水分、土壤、肥料等,而这些又都与小草、灌木等形成的植被条件是分不开的。我觉得在文学创作中，也有一个文学生态问题，没有大批的基层文学作者形成的文学创作与接受的生态，作家与大作家是难以产生的，更不要说文学生态对民族精神生态的重要作用了。正是这样的想法，支持着我写了大量的对基层文学写作者进行论说的文字。我将之也归在了文学教育类文字中。

第三种，是对文学教材的编写。我前面说过，我2004年博士毕业回到学校时，正赶上教育部的本科教学评估。我天性认真又后天听话，所以，对如何教学颇费了番工夫。也正因此，看到了现行中国现当代文学教材中的一些不适应教学实际的问题。因此，自己写了关于这方面的思考，并且主编了新的中国现当代文学的教材——《中国现当代文学史综合教程》。这一教材在北京师范大学出版社出版后，似乎在国内还有点反响，《中国现代文学研究丛刊》所刊发的长文《中国现代文学史编纂的历史与现状》还对此著做了评述。高校重科研轻教学，编写教材一般不作为学术水平的体现，许多老师宁愿一辈子东拼西凑地写一些没有原创性的论文或专著，也不愿意做这些实用性、应用性极强的工作，我一直对此不以为然。那原因，还在于我前面说过的，没有文学教育形成的良好文学生态，是不会有文学的大树、精神的春天的。

三十年过去，弹指一挥间。生命是一次性的，过去的，也就只好让它成为过去了。近来，山西文坛时时有"衰年变法"一说，心向往之，心向往之呵。我终于明白，三十年来，我之所以与文学批评结下了不解之缘，除了少年时期生命缺损给自己带来的"随波逐流"的精神创伤外，还有着与这生命缺损同时形成的精神饥渴，是这精神饥渴，沉潜在自己无意识的深处，使自己即使是在衣食无忧、"功成名就"之时，也总是有着一种精神缺失的痛苦感，总是有着一种无路可走的茫然感、漂泊感，从而总是要在文学作品中寻求那精神的营养。于是，我明白、清楚地知道了，我与文学批评的缘分是割不断了，至于能走多远，那就是我所不求而唯求尽心尽力了。

（本文收录于《山西文学批评家自述》三晋出版社2013年版）